KB069998

하버드
22학번

구하비 장편소설

다섯
책방

이 책은 데케이드 전에 쓰였어야 할 필연을,
연필로 뒤늦게 옮겨 적은 것일 뿐이다.
필연과 연필의 간극을 메우려 나는 모두를 낯설게 적었다.
오직 둘만이 예외였다.

책의 모든 문장을 낯익게 읽을, 엄마 아빠에게.
함께 겪어냈기에.

0교시

새장 속의 새는, 창살 틈을 파고들어오는 언 바람을 피할 수 없다.

한겨울의 평일 점심, 몰래 교문을 빠져나온 고등학생 서넛이 즐겁게 웃고 떠들며 치킨집 문을 연다. KFC. 다만 가게의 진짜 이름은 당신이 아는 그 유명한 '켄터키 프라이드 치킨'이 아니고, '코리안 프라이드 치킨'.

그런데 밖에 서 있는 이 학생은, 누군가를 기다리고 있나? 매서운 추위에 교복 재킷을 꽁꽁 동여맨 다른 고등학생 손님들과 달리, 그들과 비슷한 또래로 보이지만 평상복을 차려 입은 사람이 있다. 명찰이 없는 그의 이름은 구하비. 조심스럽게 문을 열고 들어온 그에게 아르바이트생이 명랑한 목소리로 말을 걸어온다.

"어서오세요, KFC입니다! 주문하시겠습니까?"

"……네, 저, 일반 세트 두 개요."

동글뱅이 안경을 끼고 모자를 꾹 눌러쓴, 씩씩한 말투의 아르바이트생은 그와 비슷한 또래 같아 보인다. 카운터 뒤에 있는 주방에서는 사장이 튀김기의 뜨거운 열기를 견디면서 닭을 힘차게 지글지글 튀겨내고 있다. 아르바이트생과 사장과 손님들 모두 각자의 나이에 마땅히 지닐 법한 긍정적 에너지를 뿜어낸다. 구하비를 제외하면 말이다. 그는 가장 구석진 곳에 자리를 잡고 자신의 앞에 일반 세트 하나, 맞은편에 다른 하나를 놓는다. 황금색의 바삭한 치킨 튀김옷을 아그작, 베어 물자 그제야 그의 얼굴에 약간의 미소가 피어난다.

"어때, 단테야. 맛있지?"

"오, 맛있네."

"여기가 내가 숨겨둔 맛집이야. 시험 끝나면 치킨이나 먹으러 가자고 말만 하다가 이제야 왔네."

한동안 아무 말 없이 튀김옷이 바스락대는 소리만 이어진다. 황금색이었던 치킨이 조금씩 식어가며 갈색으로 변하고, 와자지껄하던 고등학생들이 오후 수업을 위해 학교로 돌아간 뒤에야 하비가 다시 입을 연다.

"단테야, 치킨집과 대학교의 공통점은 뭘까?"

"방구석 철학자도 아니고, 갑자기 치킨집 철학자가 된 거야?

"원래 배부른 사람들이 철학자가 되는 거야."

"흠, 그래. 공통점 하나 있네."

"뭔데?"

"둘 다 너무 비싸졌다는 거."

"하하, 그래. 정답이네. 둘 다 존나 비싸졌지."

"그치. 그럼, 차이점은 뭘까?

단테의 질문에 하비는 손에 들고 있던 치킨을 내려놓고 답한다.

"음…… KFC나 파파이스는 물론이고, 교촌이나 BBQ를 생각해 봐. 치킨집은 잘될수록 체인점을 엄청나게 늘리기 시작하지."

"그렇지.

"근데 대학은? 절대 아니지. 치킨은 많이 팔수록 이득인데, 교육은 적게 팔수록 이득이니까."

"예리하네."

"그러니까, 단테야."

"응."

"난 무슨 일이 있어도 가장 위대한 입시 스토리를 써낼 거야. 하버드에 합격하는 그 순간부터는 자유롭게 날 수 있을 테니까."

하지만 그 말은 공허하게 흩어지고, 그의 앞에는 닭 날개 한 조각만이 남아 있다. 날개를 거칠게 물어뜯는 하비의 귀에, 다시 목소리가 들려온다.

"너무 스스로를 연료로 태우면서 달리지는 마. 그러다 보면 절박함이 진짜 새장이 되니까."

하비는 살점 하나까지 모두 발라 먹고 남은 앙상한 날개 뼈를 트레이 위에 툭, 내려놓는다.

"어쩔 수 없어. 모든 건 다 닭이냐 달걀이냐 하는 문제잖아."

"정확히는, '캐치-22' 문제지."

"하, 맞아. 캐치-22. 그걸 어떻게 잊어버리겠어?"

이번엔 대답이 들려오지 않는다. 멀리 카운터에 서 있는 아르바이트생만이 혼자 앉아 있는 그를 물끄러미 응시할 뿐이다. 하비는 쓸쓸한 표정을 짓다가, 냅킨으로 손가락과 입가를 닦은 후 빈 트레이 두 개를 반납한다.

"저, 손님!"

문을 열고 나가려던 차에, 아르바이트생이 또다시 해맑게 그를 부른다.

"혼자 자주 오시는데, 학생이면 학생 세트 주문하시면 돼요! 20%나 할인되거든요."

그러나 그가 복잡한 표정으로 아무 대답을 하지 않자 아르바이트생은 자신이 혹시 말실수를 했나, 생각하며 당황한 얼굴을 한다.

"어…… 고등학생 아니세요?"

"……모르겠어요."

"네?"

"자퇴생이에요, 그냥."

"평일은?"

"학교 가서 공부해야지."

"주말은?"

"학원 가서 공부해야지."

차 안에서 도돌이표 같은 이런 대화를 이어가던 모자는 어느새 목적지에 도착했다. 따뜻한 봄에 학생들을 맞는 여느 친절한 학교들과는 달리, 수도외고는 항상 그래왔듯 해가 바뀌고 며칠 지나지도 않았는데 입학식을 열었다. 인파로 북적이는 주차장. 수도외고의 상징이라고 할 수 있는 한복 교복을 말끔하게 차려입은 학생 몇 명이 안내를 돕고 있었다. 하지만 자아도취에 빠져 있는 듯, 꼿꼿하게 허리를 펴고 극히 최소한으로만 움직이는 그들의 몸동작은 주차 안내보다는 런웨이에 어울릴 것 같았다.

"저기, 수도외고 입학식 왔는데요. 주차할 곳이 없어서. 혹시 이 근처에 자리 있나요?"

그러나 학부모의 다급한 질문에도 학생은 미소만 지어 보일 뿐 아무 대답도 하지 않았다. 뒷좌석에 있던 아이가 뒤늦게 핀잔을 던졌다.

"아이, 엄마. 여기서부터는 '잉글리시 온리 존(English Only Zone)'이잖아. 영어로 물어봐야지……."

"아, 그렇네. 으음…… 그, 파킹? 카, 풀?"

여전히 학생은 아무 대답 없이 미소만 지어 보였다. 아이는 답답했는지 그제야 뒷좌석 창문을 내리고 자신이 직접 나섰다.

"이…… 이즈 데어 파킹? 파킹 엘스웨어?"

아이 역시 완벽과는 거리가 먼 영어를 구사했지만, 학생은 그제야 말을 하기 시작했다.

"슈어. 메이크 어 레프트 턴, 고 스트레이트 투 블록스, 턴 라이트, 앤 유 슈드 씨……."

그러나 유창한 영어를 알아들을 수 없을 만큼 빠른 속도로 지껄이는 그는, 길을 가르쳐준다기보다 그들을 압도하려고 작정한 것 같았다. 차에 탄 모자가 그의 말을 십 분의 일이라도 알아들었는지는 알 수 없었다. 그러나 무례하고 재수 없는 행동에도 불구하고 모자는 그를 영웅 보듯 올려다보며 땡큐, 땡큐 하고 차를 돌렸다. 너도 수도외고 합격하면 열심히 영어 공부해서 저 형처럼 돼라. 알겠어, 알겠어. 내가 알아서 할게. 모자의 대화 소리가 차와 함께 멀어졌다.

수도외국어고등학교. 대한민국 교육의 중심이자 심장, 정점이자 상징. 학교 구석구석에는 수도외고의 유구한 역사와 위대한 유산들이 기록되어 있지만, 역사와 유산에만 의존하는 곳이었다면 이곳은 이미 박물관이 되어버렸을 것이다. 수도외고와 같은 대한민국의 명문 고등학교들은 마치 상장기업과 같아서, 꾸준한 대학 진학 실적을 내지 못해 주주들을 만족시키지 못한다면 냉혹한 시장의 평가에 따라 머지않아 상장폐지가 되고 만다. 건물은 여전히 존재하겠지만 우수한 인재가 들어오지 못하는 학교는 죽은 것과 같다.

1953년 개교. 한국전쟁이 끝난 뒤 어느 경사진 공터 위에 이 작은 학교가 세워졌다. 수도외고가 첫 번째 졸업생들을 배출해 낼 당시, 한국 사회에서 대학 진학은 극히 드문 일이었다. 그러나 그로부터 몇십 년이 흐른 지금, 대학 진학 자체는 이제 당연한 일이 되었고 관건은 '어느' 대학에 진학하느냐였다. 그리고 해외 유학도 더 이상 극소수 상류층만의 전유물이 아니었기에 욕망의 범위는 확장되었다. 여전히 비싼 값을 치러야 한다는 점에서는 예전과 같지만 유학생들이 배를 타고 아메리카 신대륙에 도착하는 소수의 콜럼버스들로 여겨지던 시대가 아니라는 것이다. 하버드, 스탠퍼드, 예일, 프린스턴…… 그 외에도 단순한 교육기관의 역할을 뛰어넘어 하나의 신분으로서 군림하는 대학들. 당연히 수도외고의 깃발이 향한 곳은 그 학교들이 있는 미국이었다.

그러나 미국 대학입시에 도전했던 첫해, 수도외고는 단 한 명의 아이비리그 합격자도 배출하지 못했다. 수도외고의 학생들은 한국을 넘어 중국, 인도, 일본, 싱가포르에 있는 각종 명문고 학생들과 경쟁해야 했다. 단순히 공부를 잘하는 것만으로는 충분하지 않았다. 대전략이 필요했다. 당시 교장을 비롯해 많은 교직원들이 대대적으로 물갈이되었고, '선진두'라는 초짜 신입 교사가 수도외고의 새로운 선장이 되었다.

수도외고 학생들은 미국 시민권을 가지고 있거나 영어권

국가에서 수년간 살다 온 학생들이 아니었다. 물론 어느 정도 우수한 성적과 뛰어난 공부 DNA를 가지고 있는 학생들이었지만, 미국 대학입시에 대해서는 아무것도 알지 못했다. 그 학생들을 이끌고 선진두는 입시의 패러다임을 바꿔놓았다. 누구보다도 명민했고 가차 없었던 그가 부임한 이래 수도외고 졸업생들은 스탠퍼드, 예일, 프린스턴, MIT, 칼텍 등, 세계 최고라고 할 수 있는 미국 대학 합격생이 되어 교문을 나섰다. 검은 머리 외국인들이 가득한 국제학교가 아니라, 한국의 고등학교에서 학생들을 세계 최고의 대학에 합격시킨다는 것. 그것은 진정한 의미에서의 교육혁명이었다. 선거철마다 교육 개혁을 부르짖는 대통령이나, 교육부 장관, 교육감들도 학생들과 학부모들의 끝없는 상승욕구를 충족시키지 못하기 때문이다.

그렇기에 오늘의 입학식은 단순한 입학식이 아니다. 아이들은 부모님의 차에서 내려 가파른 경사의 수도외고 언덕을 오르기 시작했다. 정문에서는 수도외고의 상징인 봉황(鳳凰)이 아이들을 내려다보고 있고, 옆문에는 수도외고의 교훈이 큼지막하게 적혀 있었다.

"Veritas Vos Liberabit."

라틴어로 "진리가 너희를 자유롭게 하리라"라는 문장이다. 그러나 여기 오는 이들 중 누가 자유롭고 싶겠는가? 이들의 소망은 수도외고와 미국 명문대들에게 구속되고 싶은 것뿐인데. 그 소박한 소망을 가슴에 품고 학생들은 계속, 계속 정문을 넘어 분주하게 학교 건물 안으로 입장한 후 또다시 계단을 오른다. 계단의 오른쪽에는 처음 보는 이름의 조선시대 학자들의 초상화가, 왼쪽에는 중세시대 스타일의 가발을 쓴 파란 눈을 가진 이름 모를 학자들의 초상화가 나열되어 있었다.

헐떡이며 강당에 도착해 필사적으로 명당자리를 선점하려는 학생들 사이, 모든 게 조금 낯설어 보이는 신입생 구하비. 유명 국제중학교 출신이거나 수학 올림피아드 학원에서 만난 아이들은 서로를 알아보고 인사했지만, 하비는 평범한 중학교 출신일 뿐이었다. 전교 1등이긴 했지만 농구가 공부보다 좋았고 그래서 공부도 농구처럼 하는, 그저 요령없이 승부욕만 강한 학생이었을 뿐. 갑자기 올스타전에 참가하게 되자 락커 룸 구석에서 주눅 들어 조용히 신발 끈을 매는 선수가 되어버렸다. 수도외고에 합격하던 작년 그날의 기분과는 전혀 달랐다.

*

아직 녹지 않은 채 얇게 펴져 있던 농구장 위의 얼음은 분주하게 움직이는 소년들의 운동화에 파삭, 소리를 내면서 갈라졌다. 하비의 체공 시간은 조던의 그것에 비하면 반의반도 되지 않았지만, 동작만은 제법 그럴듯하게 더블 클러치 레이업*을 시도해 본다.

"와, 패스 안 하냐? 저, 저, 개인플레이 좀 보소."

항상 하비와 같이 소화도 덜 된 채로 농구장에 나와서 뛰는 병운이 웃으며 소리쳤다. 농구공이 골대를 한 번 빙글 돈 후, 쏙 하고 들어가자 하비도 웃으면서 받아쳤다.

"쏘리…… 라고 하려고 했는데 들어가 버렸네?"

"오우, 운빨. 운을 아껴 써야지. 그나저나 긴장 안 됨? 아까 보니까 지우는 곧 토할 것 같은 얼굴로 교실에 앉아 있더만."

"엄청 되지, 긴장."

"합격자 발표 언제라고 했지?"

"삼십 분 후."

"와, 미친. 오히려 내가 개떨리네."

하비와 친구들은 한겨울 야외 농구를 계속하다가 오후 수업이 시작하기 몇 분 전에야 교실로 돌아갔다. 몸은 얼어붙었지만 머리가 뜨거웠다. 수업보다 몇 배는 더 중요한 이벤트가 하비를 기다리고 있었다.

반에서 외고를 지원한 학생은 총 네 명이었고, 나머지 세 명은 이미 오전에 불합격 통보를 받았다. 그중에는 같은 농구부 친구이자 반 2등인 지우도 있었다. 아침부터 종일 엎드려 있는 지우에게 하비는 말도 걸어보지 못했다.

"에휴, 다들 그냥 마음 편하게 나처럼 여기 동네 고등학교 가면 되지, 뭐 하러 이렇게 스트레스를 받냐."

---

* double clutch lay-up. 농구 경기에서, 점프한 뒤 공중에서 다른 동작을 시도해 변화를 주는 슛.

"에헤이. 한번 원하기 시작하면 꼭 쟁취해야만 되는 게 있는 거야."

"오우, 잘난 척. 뭐, 그래도 솔직히 넌 합격할 것 같다."

"아이고, 웬일로 따스한 격려의 말 감사합니다."

"유튜브 각 뽑아야죠. 제목은 〈따끈한 수도외고 합격 리액션〉으로."

"수익 배분은?"

하비는 병운과 실없는 소리를 하며 긴장을 억눌러 보려 했지만, 이제는 수도외고 합격자 발표까지 5분 전. 농담은 곧 모두 침묵으로 바뀌었다.

하비는 결과에 대해 자세히 생각하지 않으려고 애썼다. 징크스 때문이었다. 간절하게 바라는 어떤 것을 상상하는 순간, 그것은 절대로 이루어지지 않는 징크스. 정작 바란 적 없거나 상상하지 못했던 일들이 오히려 대신 일어나서 그를 괴롭히곤 했다. 그는 양자역학과 불확정성 원리에 대해서 전혀 모르지만 이걸 '양자역학 징크스'라고 부르기로 했다. 따라서 지금 수도외고 합격에 대해서는 절대로 생각하지도, 상상하지도 말아야 했다. 그러나 그런 하비의 심정과는 무관하게 친구들, 그리고 평소에 그렇게 잘 알지 못했던 아이들까지 슬그머니 그의 주변으로 모여들었다. 하비는 겉으로는 웃는 표정을 지었지만, 속으로는 터질 것만 같은 심장을 진정시켜야 했다. 예방주사를 맞듯이 합격과는 정반대인 '최악의 불합격 시나리오'를 상상하기 시작했다. 혹시라도 정말 불합격했을 때 세상이 무너지지 않을 수 있도록.

부모님도 지금쯤 말없이 시계를 들여다보며 매 순간 초를 세고 있으리라. 하비는 미리 수도외고 합격자 발표 사이트에 로그인을 마쳤다. 옆 반에서는 1시가 되기 전인데도 '해당 사항이 없습니다'라는 결과가 떴다고, 누군가가 절규를 내지르는 소리가 들려왔다. 하지만 그러거나 말거나. 하비는 평정심을 유지하려고 애썼다. 단 몇 초만이 남은 지금, 휴대폰 화면 상단의 숫자가 12:59 네 자리에서 1:00 세 자리로 바뀌는 순간을 기다리며 마음속으로 숫자를 세고 있었다. 나중에 듣기로는, 그날 1시 수도외고 홈페이지에 지원자가 한꺼번에 몰리는 바람에 서버에 과부하가 왔고, 시스템이 다운돼서 5분 전부터 모두에게 '해당 사항이 없습니다'라는 멘트가 떴다고 했다. 그러나 징크스를 의식한 덕분인 걸까. 하비는 그런 사소한 불행을 비껴갔다.

됐다, 시간이.

그는 작은 새로고침 버튼을 떨리는 손가락으로 꾸욱 눌렀다.

[구하비] 님은 수도외고에 최종 합격하셨습니다.

어어?

"와아! 와아아아!"

미친 듯이 환호성을 지르며, 하비는 3층 교실에서부터 농구장을 향해 전속력으로 계단을 뛰어 내려갔다. 실내화가 중간에 벗겨져 버려서 양말만 신은 채였지만 아무 상관이 없었다. 정신 나간 사람처럼 농구장을 가로지르다가 얼음에 미끄러져 넘어진 하비에게 친구들이 달려들어 격하게 축하해 주었다. 합격 순간을 찍어서 유튜브에 올려주기로 한 병운도 카메라를 켜는 것을 깜빡하고 같이 따라나와 버려서, 그날의 환희가 동영상으로 영원히 기록되지는 못했다. 그래도 그 순간은 하비에게 영원한 원동력이 되어줄 것이었다. 하지만 그가 미처 깨닫지 못한 것이 있었다. 이날의 성취가 그에게 너무나도 크고 지나친 자극으로 작용했다는 것. 합격은 친구들과 농구를 하고 마시는 이온음료가 아니라, 고독한 망망대해의 뗏목 위에서 마시는 바닷물과 같았다는 것이었다.

*

그렇게 오늘, 수도외고의 대강당에서 입학식이 시작되려 하고 있었다. 파릇한 신입생들 모두는 잔뜩 기대에 찬 표정을 지었다.

"어이구, 오, 오늘 우리 수도외고를 찾아주신 모든, 콜록, 학생 여러분들, 콜록, 안녕하십니꺼."

긴장한 채로 헬로, 굿 모닝, 나이스 투 미츄 등등 여러가지 영어 인사말들을 속으로 연습하고 있던 신입생 몇몇은, 교장에게서 구수한 한국말이 튀어나오자 안심하며 웃었다. 동시에 그의 미약하고 노쇠한 실루엣에 실망했다.

"……그래서 수, 수도외고는, 콜록, 미국의 명문 보딩스쿨의 커, 커, 커리큘럼을 한국에 이식한, 그, 뭐냐. 콜록, 하이브리드 솔루션이라고 할 수 있습니다. 그리고, 또, 에, 우리 수도외고의 교훈, 콜록, 교훈 아십니꺼?"

아, 제발. 수도외고도 교장 훈화는 별수 없구나.

"바로 진리가…… 콜록, 진리가 너희를 자유롭게 하리라, 라는 뜻입니다. 그…… 베리타스가 라틴어로 진리라는 뜻이잖습니까, 콜록. 다 아시죠? 멋지지 않습니까? 허허허…… 그렇기 때문에, 우리 학생들도 단지 성적이나 합격뿐 아니라 진정한 진리를 찾는 것이 참된 교육……."

"아뇨, 제 해석은 조금 다릅니다."

갑자기 무대 뒤에서 들려오는 카리스마 있는 중저음의 목소리. 선진두 선생은 커튼 뒤에서 드라마틱하게 등장해 교장의 손에서 마이크를 확 뺏어왔다.

"수도외고 총괄, 선진두입니다."

그는 아무런 추임새나 헛기침도 없이, 이름 석 자로 자신을 소개했다. 저 사람이 선진두구나. 저 사람이 선진두야. 사방에서 수근대는 소리가 들려왔다. 다른 소개와 설명은 필요하지 않았다. 이미 그가 만들어낸 합격 실적이 전설이었기 때문에.

"'베리타스'는 라틴어로 '진리'라는 뜻이 맞습니다. 하지만 그건 사전적 의미에 불과하죠."

그는 잠시 말을 멈추고, 신입생들을 여유롭게 스윽 훑어본 후 모두를 깨우는 큰 목소리로 소리쳤다.

"수도외고의 베리타스는 바로 이것입니다!"

펄럭. 선진두가 손짓하자 위층에서 커튼이 떨어졌다. 대강당 위층에는 소강당이 숨겨져 있었다. 마치 비밀의 방처럼. 강당 위의 강당, 옥상옥이었다.

"위층의 저 소강당은, 수도외고 '명예의 전당'이라고 부릅니다."

하늘을 올려다보듯, 신입생들은 목을 꺾어 통유리로 되어 있는 명예의 전당 안쪽을 응시했다. 세계에서 가장 위대한 학교들의 로고, 그리고 그의 일원이 된 졸업생들의 이름들이 대리석 기둥마다 새겨져 있었다. 그들의 이름을 올려다보는 신입생들의 시선이 중첩될수록 기둥은 더욱 비대해지는 것만 같았다.

다만, 가장 정중앙에 있는 검붉은 색, 아니 정확히는 크림슨 레드색의 기둥—그곳은 비어 있었다. 아무 이름도 새겨져 있지 않았다. 오직 방패 문양 하나만 표류하고 있을 뿐이었다. 오늘 이 대강당에 모인 학생들뿐만 아니라, 전 세계의 학생들과 학부모들이 가장 욕망하는 로고였다. 크림슨레드색 방패 문양 안에는 세 권의 책이 펼쳐져 있고, 각각의 책 위에는 순서대로 'VE(베)', 'RI(리)', 'TAS(타스)'라고 알파벳이 적혀 있다. 그것들이 모여 이루는 것은 바로 현존하는 모든 교육기관들의 정점이자 상징 그 자체—하버드대학교의 교훈이자 문양이었다.

"수도외고는 미국의 명문 보딩스쿨이나 극소수의 특권계

충만 들어갈 수 있는 국제학교가 아님에도, 수십 명의 아이비 리그 합격생을 배출하는 괄목할 만한 성과를 이뤄냈습니다. 대학 입학 실적에 있어서는 필립스 엑시터* 같은 미국 최고의 보딩스쿨들과도 견줄 수 있습니다. 그리고 이 모든 것은 저만의 성과가 아니라, 공정한 경쟁이 빚어낸 성과입니다."

신입생들은 연신 고개를 끄덕거렸다.

"그럼에도 아직 이루지 못한 목표가 하나 남아 있습니다. 아시다시피, 이곳에서 학생들을 아이비리그로 보낸다는 것은 불가능의 영역이었습니다. 그렇지만 우리는 그 영역을 보란 듯이 극복했고, 이제 한 단계 더 높은 불가능의 영역에 도전하려 합니다. 바로 외국인학교나 국제학교가 아닌 이곳 수도외고에서, 처음으로 하버드 합격자를 배출하는 것입니다!"

선진두의 이 선언은 마치 인간을 달로 보내겠다고 했던 케네디 대통령의 연설처럼 들렸다. 선생이란 사람의 설교를 들으면서 이 정도로 가슴이 부푼 적이 있었나?

"다만, 여기 있는 모두를 하버드에 합격시키겠다는 거짓말은 하지 않겠습니다. 어미새는 둥지에 최대한 많이 알을 낳습니다. 떨어져서 깨질지도 모르고, 포식자가 공격해 올지도 모르니까요. 그게 수도외고를 비롯한 대부분의 명문 외고들이 택한 전략이었습니다. 한국에서 아이비리그에 합격하는 건 정말 불가능에 가까운 일이니까, 한 녀석만 대박이 터져라 기

---

* 필립스 엑시터 아카데미(Phillips Exeter Academy). 미국 최고의 명문 보딩스쿨(기숙형 사립학교)로 손꼽힌다.

우제를 지내면서, 최대한 많은 학생을 최대한 많은 학교에 지원하게 합니다. 그래야 학교들은 합격 실적을 늘릴 수 있기 때문입니다."

헛기침을 한 번 하고, 선진두는 더욱 냉정하게 톤을 바꿨다.

"하지만, 대한민국 최고의 학교임에도 아직 하버드 합격생을 배출하지 못한 저희에게는 입시 전략의 대전환이 필요했습니다. 선생들의 추천서가 성적도 안 되는 학생들에게 남발된다면, 추천서의 신뢰성은 물론이고 학교 전체의 신뢰성을 떨어뜨립니다. 그래서!"

그는 부자연스럽게 말을 멈추고 눈앞의 신입생들을 스윽 바라보았다. 시간 차를 둬야만 했다. 이 폭탄을 투하하기 직전에.

"올해부터는 수도외고에 절대적인 규칙이 생겼습니다. '온리 원 하버드(Only One HARVARD).' 하버드에는 한 명, 오직 단한 명만 지원할 수 있습니다. 3년간의 내신 성적, 최종 SBT* 성적, 외부 활동 기록, 입학 에세이 점수 등을 토대로 종합적으로 평가한 후, 최종적으로 1등을 거머쥐는 그 한 명만이 하버드에 지원할 자격을 얻습니다. 나머지 학생들에게는 지원을 허락해 줄 수 없고, 추천서를 써줄 수도 없습니다."

신입생들의 얼굴은 청천벽력 같은 소식에 마비되었다. 그들을 향해 활짝 열렸던 문이 도로 닫히는 듯했다. 더욱 우려되는 것은 곧바로 닥쳐올 피 튀기는 경쟁이었다. 전교 1등이었

* 'Scholastic Baccalaureate Test'의 약자로, 미국 대학 지원자들이 응시하는 시험이다. 한국의 수능과 비슷하며 SAT, ACT, IB, AP 등을 통합한 시험으로 설정하였다.

던 전국의 중학생들을 이곳에 수집해 놓았는데, 거기서 오직 한 명을 뽑는다는 것은 생지옥을 만들겠다는 소리와 마찬가지였다. 대강당의 분위기는 순식간에 가라앉았다.

당연히 선진두는 이런 반응을 예상했다. 하버드라는 이름만 얘기하면 다들 혹했다가, 그 혹독한 과정에 대해서 이야기하고 나면 모두의 표정에서 걱정과 불만이 빠르게 치고 올라온다. 알고 있다. 하지만 어쩔 수 없다. 욕망만을 부추기는 것은 사기꾼이지만, 욕망을 이루는 과정을 설명하는 게 선생이니까.

"이곳은 새장입니다. 제가 이 수도외고에서 하는 일은 학생들을 자유롭게 날게 하는 것이 아니라, 새장에 다시는 갇히지 않게 하는 겁니다."

"두 개가…… 같은 것 아닌가요, 거의?"

신입생 중 누군가 손을 들고 기어들어가는 목소리로 물었다.

"아니. 여러분들은 아직 어리기 때문에 새장에 갇혀본 적은 없을 겁니다. 혹시 대학에 간 형이나 누나 있나요? 또는 친척?"

손윗형제가 있는 학생들은 제각각 들릴 듯 말 듯 한 목소리로 말했다. 재수하느라 기숙학원에 들어갔어요. 행정고시 준비하느라 고시원에 들어갔어요. 취업 준비하느라 원룸에 살아요. 답변을 취합한 선진두는 호소력을 실어 말했다.

"기숙학원, 고시원, 원룸. 여러분의 형, 누나들이 왜 기숙학원의 칸막이 속에서 밤을 새는 걸까요? 왜 새장만 한 크기의 노량진 고시원에 들어갈까요? 부모님이 시켜서요? 아니면 자기를 괴롭히고 싶어서? 물론 경제적인 이유를 배제할 수 없겠지만, 떠올려 보세요. 한때 여러분의 영웅이었던 형, 누나를. 부모님이 여비를 더 지원해 준다고 하는데도 왜 굳이 비좁은 곳을 찾아 들어가는 걸까요?"

학생들은 쉽게 답하지 못했다. 선진두는 청중을 설득하려 하지 않았다. 그저 말할 뿐이었다.

"자유롭게 하늘을 날던 새도, 자신보다 더 위에서 날고 있는 새를 보는 순간 더 이상 결코 자유로울 수 없습니다. 여러분은 중학교를 졸업하고 이곳에 합격하면서 있는 힘을 다해 새장의 문을 열고 나왔다고 생각했겠죠. 하지만 밖에 여러분보다 더 높이 나는 새들이 있다면 어떻겠습니까? 그걸 보고 난 뒤의 무력감, 열패감에 의해 무너지고 싶지 않기에 다시 들어가는 겁니다, 가장 빠져나오기 힘든 새장으로. 그리고 와신상담하며 다짐하는 겁니다. 다음에 이곳을 나가는 순간, 그때는 어떠한 무력감에도 사로잡히지 않겠다고. 그렇게, 절박함이 위대함을 피워내는 겁니다!"

그의 선언이 쩌렁쩌렁하게 강당에 울려 퍼졌다. 메아리가 사라지자 강당은 고요하게 변했지만, 선진두에게 매료된 학생들이 보내는 경외와 믿음의 눈빛은 그 침묵을 가득 채우고도 남았다.

"가장 위로 올라가지 못한다면 결코 자유로울 수 없습니다. 그리고 수도외고 학생인 여러분에게 지금 가장 높은 곳은 하버드입니다. 그렇기에 베리타스는 진리가 아니라 하버드를 가리킵니다. 나는 여러분을 진정 자유롭게 날 수 있는 새로 만

들기 위해서, 여러분을 일시적으로 수도외고라는 새장에 가두는 사람입니다. 이 새장을 나온 뒤에는 절대 다시 다른 새장에 갇히지 않고, 가장 높이, 가장 자유로이 날게 하기 위해!"

도전적이고 도발적인 발언이었다. 분명 교장을 비롯한 몇몇 선생들과 소수의 신입생들은 이렇게 노골적이고, 점잖지 않게 입시에 대해서 언급하는 것을 탐탁찮아할 것이었다. 그들의 욕망은 아마 더욱 추잡하겠지만, 아니, 그렇기 때문에 더욱 '진리' '명예' '규범' 따위의 훌륭하고 점잖은 단어들로 포장하기를 원했다. 반면, 절대다수의 신입생들은 선진두의 가차 없는 실용주의에 반해 그를 따를 준비가 되어 있었다.

"여기, 자유롭게 날 준비가 되어 있는 세 명의 학생들이 있습니다. 59기의 가장 우수한 학생들입니다. 이들은 가장 절박했기에 위대함을 피워낼 수 있었습니다. 자, 후배들에게 한마디씩 해주렴. 먼저 가장 오른쪽은 수도외고의 학생회장, 반채인 학생입니다. 1지망 대학은 예일대. 다음 왼쪽은 천재적인 바둑부 부장, 마주은 학생입니다. 1지망 대학은 스탠퍼드."

짝짝짝짝…… 박수에 맞춰 수도외고의 모델들은 목례했다. 물론 신입생들은 그들에게 붙은 형용사에는 별다른 관심이 없었고 마지막 명사에만 관심을 가졌다. 원래 미국 대학의 얼리* 합격 발표 기간은 12월 중순이었지만, 지원자 수가 워낙 많아 한 달 정도 연기되었다고 들었다. 그러나 1지망 대학을

* 미국의 대학입학시험 전형 중, 수시모집에 해당한다.

얘기하는 저 선배들에게는 도저히 불합격할수가 없는 오라가 느껴졌다. "힘들 때 서로 의지하고 도와주면 잘 헤쳐나갈 수 있을 거야"라며 반채인 선배는 선량하지만 속내를 전부 드러내지는 않는 투로 말했고, "너희들이 진짜 좋아하는 걸 찾으면, 열심히 하는 것도 쉬워질 거야"라며 마주은 선배는 조금 따분하고 정석적으로 말했다. 하지만 그다음은 조금 달랐다. 선진두가 소개를 하기도 전에 마이크를 잡고, 딱 한마디만을 했다. "공부는 알기 위해서 하는 게 아니라, 이기기 위해서 하는 거야. 뉴턴이 아니라, 조던처럼."

그리고 이 말은, 입학식에 앉아 있던 다른 신입생 누구보다 하비에게 가장 큰 울림을 주었다.

"훗, 이 성격 급한 학생은 문도형 학생입니다. 1지망 대학은······."

잠시 뜸을 들였다가,

"하버드입니다."

라고 선진두가 마지막 명사를 뱉어내자 '와' 하는 탄성이 터져 나왔다. 새장의 문을 박차고 나갈 선배 새들을 보자, 신입생들의 욕망은 한층 구체화되었다. '온리 원 하버드', 씨발. 합격하는 것 자체도 불가능에 가까운데, 원서를 내보는 것조차 거의 불가능하게 되어버렸다. 그러나 불가능해 보이는 것일수록 가슴을 뛰게 하는 무언가가 있었다. 인간은 위로 올라갈 수 있다고 믿어야만 버틸 수 있는 존재다. 선진두가 이 선언을 하지 않았다면 아이들은 각자 원하는 대학에 합격하는 장밋빛 꿈을 품은 채 평안하게 교실로 돌아갈 수 있었을 것이다. 그러나 이제는 꿈을 실현하기 위해 옆에 있는 아이를 경쟁에서 무자비하게 이긴 다음, 그 피로 붉게 물들인 장밋빛 꿈을 피워내는 수밖에 없었다.

선진두는 마지막으로 수도외고의 라틴어 교훈을 유창하게 읽었다.

"Veritas Vos Liberabit. 진리가, 아니 하버드가 너희를 자유롭게 하리라. 신입생 여러분. 명예의 전당은 학생증만으로도 언제든지 출입이 가능하니, 최대한 자주 와서 야망을 기르시기를."

그는 자신만이 이 어린 양들을 위대한 명문대로 인도하는 목자라는 듯 흡족한 미소를 지으며, 손가락 세 개를 펼쳐보이며 마무리했다.

"3년 후, 여러분들의 가장 위대한 입시 스토리가 완성될 겁니다."

감사합니다, 라는 말이 끝남과 동시에 우레와 같은 박수갈채가 쏟아졌다.

2교시

　질서 정연한 수도외고의 첫날. 중학생 시절처럼 연초에 새로운 반으로 배정될 때의 설레는 공기는 없었다. 이곳의 학생들은 이곳에 없는 누군가를 이겼기 때문에 이곳에 존재한다. 그렇기에 앞으로도 이곳에 모여 있는 이들을 이겨야 계속 지금처럼 존재할 수 있는 것이다. 억지로 짓는 웃음들. 서로를 스캔하고 판단하는 시선들. 하비는 낯선 얼굴들 속으로 들어가 자신의 이름표가 붙어 있는 책상 앞에 조심스럽게 앉았다. 그의 옆자리와 앞자리는 아직 비어 있었다.

　십 분 정도가 지나도 그에게 말을 걸어오는 사람은 아무도 없었다. 먼저 말을 걸어보려고 해도, 이미 모두 대화 상대를 찾아 재잘거리고 있어 쉽지 않았다. 하비를 더욱 위축시킨 것은 그들의 유창한 영어 실력이었다. 대부분 한국에서만 공부했다면서 어떻게 이렇게 원어민처럼 혀를 굴려대는지. 몇몇은 잉글리시 온리 존인 게 오히려 편한 듯했다. 특히 맨 뒷자리에는 패거리의 우두머리인 것 같은 놈이 일부러 성대가 짓눌린 듯한 목소리를 내면서, 혀를 현란하게 굴려대며 나불거리고 있었다. 우월감에 가득 찬 표정이겠지. 돌아보지는 않았지만, 모습이 그려졌다. 유치하다고 생각했지만 위축됐다. 하비는 괜히 휴대폰을 꺼내 중학교 친구들과의 단톡방을 열어보았다. 가장 최근 톡은 어제 올라온 것이었지만, 바쁘게 답장하는 척을 했다. 그렇게 불편한 침묵을 견디다 못해 결국 정수기가 있는 복도로 나가서 일 분에 한 모금씩 종이컵 안의 물을 홀짝거리며 남은 시간을 죽였다.

배치고사 10분 전이 되어서야 교실로 복귀. 아, 다행히 옆자리와 앞자리에 드디어 누군가가 도착해 있었다. 하비는 얼마 남지 않은 용기를 짜내서 멋쩍게 먼저 인사를 건넸다.

"어…… 안녕, 난 하비야."

하비는 자신의 영어 이름을 본명과 같은 '하비(Harvey)'로 정했다. 다만 발음은 전혀 달랐다.

"난 아론이야."

"아, 안녕, 하비야. 난 단테야. 안단테."

단테라는 친구는 역시나 하비의 이름을 잘못 이해했다. 그건 하비가 가진 버릇 때문이었는데, 브이(v) 발음을 제대로 하려면 두 입술이 닿아서는 안 됐다. 하지만 한국식 발음이 익숙한 그는 자꾸만 브이를 비(b)로 발음하는 것이었다.

세 명은 어색하게, 유창하지 못한 영어로 인사를 나눴다. 일상에서 영어로만 대화하는 것은 거의 처음인 것 같았다. 뒤에서 신나게 발음을 굴리는 패거리에 비하면 이들은 마치 초급영어 회화 스터디 그룹처럼 보였다. 그래서인지 셋은 동질감을 느꼈다. 그때, 드륵— 문을 열고 교실로 들어온 사람은……선진두가 아니었다.

"안녕, 얘들아! 난 테레사라고 해. 일 년간 너희 담임을 맡게 됐어. 입시는 물론 선진두 선생님이 총괄하실 거고, 나는 보조를 맡을 거야."

텁텁하고 무거운 수도외고의 공기와는 이질적으로 인자해 보이는 선생이었다. 그녀가 교탁에 내려놓는 두터운 서류 봉투를 보고, 아이들은 누가 시키지 않았는데도 휴대폰을 집어 넣고 책상을 정리하기 시작했다. 그렇게 수도외고에서의 역사적인 첫 시험, 배치고사가 시작됐다.

분주하게 사각거리던 연필 소리는 생각보다 빨리 사라졌다. 아이들은 조금 혼란에 빠졌다. 문제 난이도가 생각보다 너무 낮았기 때문이었다.

'고작 배치고사인데 너무 긴장했나? 아니면 수도외고도 실제로는 별거 아닌 건가?'

하비도 여유롭게 문제들을 풀어나갔다. 합격과 불합격이 달린 시험도 아니고, 설령 꼴찌를 하더라도 여전히 수도외고생일 것이기 때문에 별로 걱정할 것도 없었다. 마지막 문제까지 풀었을 때는 15분 정도가 남아 있었다. 이미 시험을 끝내고서 딴짓을 하고 있는 학생도 여럿 보였다. 바로 뒤에 앉은 학생은 무슨 글을 쓰고 있는 듯했다. 객관식 문항만 있는 시험에서 연필 소리가 이렇게 사각사각, 음악처럼 날 수는 없었다. 하비는 눈을 감고 그 리듬을 감상했다.

툭. 그런데 갑자기 연필이 바닥에 떨어지는 소리가 작게 울려 퍼졌고 앗, 하는 뒷자리 학생의 목소리가 짧막하게 들렸다.

아직 공식적으로는 시험 시간이었기 때문에 하비는 최대한 소리 나지 않게 연필을 빠르게 주워 뒤로 건넸다. 신속하게 연필을 받아가는 뒷자리 아이의 절제된 동작이 고맙다고 신호를 보내는 듯했다.

"시간 다 됐네. 자, 뒤에서부터 시험지 걷자."

테레사 선생이 알람 시계를 끄면서 말했다.

"결과는 내일 아침에 확인할 수 있을 거야. 오늘 저녁에는 한 명씩 면담을 할 거고."

시험 결과가 단 하루 만에 나온다고? 잠시 놀란 표정을 짓던 아이들은, 의아함을 크게 내색하지 않고 저마다 자신 있다는 듯이 고개를 끄덕거렸다.

뒷자리의 학생이 하비의 등을 톡 건드렸다.

"아까 연필 주워줘서 고마워. 난 민로사야. 넌?"

"아, 나는 구하비야."

로사는 하비에게 작고 당찬 손을 내밀었다. 그는 몇 초 동안 그녀의 제스처가 악수하자는 것인 줄 모르고 가만히 있었다. 처음 본 사람과 농구하면서 하이 파이브를 한 직은 있어도, 처음 본 사람에게 이렇게 기품 있게 악수를 청하는 또래는 처음이었다. 그녀의 오라에 긴장한 탓에 하비는 '하-브이'라고 발음해야 하는 것을 또 잊어버렸다.

"반가워. 하비야."

하지만 로사는 대신 '브이' 발음을 고쳐 속삭여 주었다. 그도 그녀의 세심한 배려를 알아채고 연한 미소를 지었다.

"발음이 존나게 국산 토종이네. 자기 이름인데 발음이 어렵나? 구하비야, 구하-브이야?"

갑자기 맨 뒷자리에 앉은 놈이 끼어들었다. 아까 혀를 굴려대던 패거리의 우두머리인 그놈이었다. 하비는 부끄러움과 불쾌함에 얼굴이 확 붉어졌다.

"큭. 농담이야, 농담. 난 반재익. 제이크야."

반재익은 딱 그런 인간형이었다. 먼저 무례한 말을 지껄인 후, 뭘 그렇게 심각하게 받아들이느냐며 오히려 상대를 소인배로 만들고 선심 쓰듯 먼저 악수를 청하면서 대인배 행세를 하는 유형. 그러나 그의 분위기에 눌린 하비는, 자신이 이미 얕보였다는 것을 느끼는 것 빼고는 아무것도 할 수 없었다.

"야, 모르는 거 있으면 여기 재익이한테 많이 물어봐. 재익이 형이 여기 졸업생이시거든. 이번에 예일대 합격하셨어."

반재익 패거리는, 반재익 형의 권위가 마치 자신들의 권위라도 되는 양 의기양양하게 지껄여댔다. 그래도 예일대라니 대단은 하네. 아, 잠깐. 입학식에서 본 그 선배? 반씨가 흔한 성도 아니고.

"혹시 너희 형 이름이 반채인이야?"

"너, 형이랑 아는 사이야?"

"아…… 아니. 입학식에 계셨던 그 선배인가 해서……."

"하, 그럼 그렇지."

재익은 그래, 네가 우리 형이랑 아는 사이일 리가 없지, 라는 식으로 대답했다. 하지만 하비가 정말로 궁금한 것은 반채인 선배가 아니었다.

"그럼 혹시, 그, 문도형이라는 선배는 대학 어디 갔는지 알아? 그…… 입학식에서 하버드 쓴다고 하신 선배."

그런데 하비의 그 질문에 재익의 얼굴이 싸늘해졌다. 이유는 모르겠지만, 문도형 선배에 대해 언급도 하고 싶지 않은 것 같아 보였다. 뭐야, 무슨 볼드모트도 아니고.

*

하비가 반채인 선배를 직접 만나게 된 것은 바로 그날 저녁이었다. 교실 한가운데에는 선진두가 앉아 있었고 왼쪽에는 테레사 선생, 그리고 오른쪽에는 반채인 선배가 앉아 있었다.

"구하비, 반갑다. 왼쪽은 담임인 테레사 선생. 아침에 만났겠지? 수도외고 50기 졸업생이다. 프린스턴대 영문학과 졸업했고, 발달심리학을 공부해서 상담사 자격증도 있으니 힘들다고 징징댈 거면 내가 아니라 테레사 선생에게 하는 게 훨씬 도움될 거다. 오른쪽은 반채인, 수도외고 59기. 이번에 예일대에 합격했고, 잠시 조교를 맡고 있다."

반채인 선배의 스펙이야 이미 알고 있었지만, 테레사 선생님 역시 다른 학교도 아니고 프린스턴을 나왔다니. 그러나 그런 상상을 초월한 스펙을 가진 선생들이 양쪽에 앉아 있음에도, 이 공간은 압도적으로 선진두의 것이었다. 분위기를 풀어

주려는 듯 테레사 선생이 하비 쪽으로 몸을 기울이며 미소를 지었다.

"자, 구하비 학생. 면담이라고 너무 긴장하지 말고 편하게 있으면 돼요. 우선, 리딩 리스트에 있는 책들 다 읽어오셨죠? 그중에……."

하비가 진땀을 빼며 가장 인상 깊게 읽은 책 한 권을 영어로 소개하는 동안, 아무도 고개 한 번을 끄덕여 주지 않았다. 혹시 또 발음이 문제인가 해서 혀가 마비되도록 성심성의껏 굴려보았지만 여전한 무반응 무호응에 갈수록 머릿속이 하얘졌다. 면담의 막바지에 다다르자, 선진두가 드디어 하비에게 한마디를 던졌다.

"네가 가장 원하는 1지망 드림 스쿨은 어디냐?"

"드림 스쿨이요?"

"여기에 적어봐라. 익명으로 하는 설문일 뿐이니까, 네 야망이 남들한테 재단될까 봐 걱정하지 말고. 귀가 꽤 좋구나. 집요함도 있어 보이고."

선진두가 건넨 의외의 격려가 아니었다면 하비는 아마 다른 학교를 적어냈을 것이다. 실현 가능하고, 안전한 선택지인 다른 평범한 학교를. 그러나 익명이니까, 하버드. 하비가 연필을 꼭 쥐고 종이 위에 눌러쓴 글자는 하버드였다. 그래도 수도외고에서 첫날을 마무리했다는 설렘 때문인지, 조금은 비현실적인 꿈을 가져도 괜찮을 것 같았다.

아직 짐도 못 풀었네. 하비의 캐리어는 아직 기숙사 정문 입구에 그대로 있었다. 기숙사 배치표에 따르면 하비가 머물게 될 방은 건물의 가장 꼭대기 층, 룸메이트는 오전에 만났던 단테였다. 휴, 다행이야. 반재익 패거리와 룸메이트가 되지 않았음에 하비는 안도의 한숨을 쉬고 엘리베이터를 타고 높이 올라갔다. 문을 열자 단테는 이미 도착해 방 정리를 마치고 있었다.

"으음, 안녕…… 단테야. 우리 룸메이트네."

"어어, 왔구나. 하비야. 면담은 잘 했어?"

"응. 나쁘진 않았는데 기가 다 빨렸어, 하하."

"그치, 나도 그랬어."

둘은 어색한 웃음을 나눈 후, 각자 말없이 짐을 풀고 마저 방을 정리했다. 한 시간 쯤 지나자 기숙사 전체에 방송이 울려 퍼졌다.

잠시 후, 의무소등입니다. 잠시 후, 의무소등입니다.

불이 꺼지고 점호를 하러 온 사감에게 하비가 물었다.

"저어, 사감 선생님. 매일 12시 정각에 불이 꺼지나요? 그러면 시험기간 같은 때 밤에 좀 더 공부하려면……?"

사감은 기계적으로 대답했다.

"일부 학생들이 자율적으로 불을 껐다 켰다 하게 되면, 수면 사이클이 다른 룸메이트들 간에 갈등이 일어나서 12시에 전체 소등하는 거야. 그리고 잠을 충분히 자야 뭐, 기억력이 향상된다고 하던데. 어찌 됐든 똑똑한 분들이 결정하신 거니 그냥 따르면 된다."

"예……."

웃기는 말이라고 하비는 생각했다. 대한민국에서 공부를 가장 많이 시키는 학교가 학생들이 밤을 새워서 공부하는 것을 장려하지 않는다니. 어쨌든 불은 꺼졌고 둘은 침대에 누웠다. 눈을 감았지만 이제 이 긴 여정이 시작됐구나, 하는 실감에 쉽게 잠이 오지 않았다. 중학생 때 2박 3일로 수련회를 간 것 이후로는 집을 떠나 혼자 자는 것도 처음 아닌가? 억지로 감았던 무거운 눈꺼풀을 들어 칠흑같이 어두운 천장을 쳐다보자 두려움과 외로움이 엄습했다. 역시 잠에 들지 못한 단테의 뒤척거리는 소리가 그나마 위로가 되었다.

똑똑. 그때 노크 소리와 함께 밖에서 목소리가 들려왔다.

"애들아, 나 아론인데…… 혹시 안 자고 있으면 들어가도 돼?"

하비와 단테가 일어나 문을 열자 아론이 화려한 실내화를 벗고 방으로 들어왔다.

"와, 너희 둘이 룸메이트구나. 좋겠다."

"네 룸메이트는 누구야?"

"반재익……. 우리 방에 걔 패거리가 몰려와서 계속 떠드는 바람에 여기로 왔어."

"룸메이트를 바꿔달라고 할 수는 없나?"

안타까운 표정을 짓는 하비의 팔을 아론이 툭 쳤다.

"아이, 괜찮아. 그나저나 우리 왜 계속 불편하게 영어로 얘기하고 있냐?"

"생각해 보니 그렇네. 여긴 선진두도 없잖아. 선진두보다는 세종대왕님이 먼저여야지."

하비를 시작으로 셋은 수도외고에 들어온 후로 처음—물론 아직 하루도 지나지 않았지만— '잉글리시 온리 존'의 금기를 깨고 한국말로 재잘거리기 시작했다. 그것만으로도 셋은 훨씬 많은 얘기를 할 수가 있었다.

"너희는 수도외고 지원한 특별한 이유 같은 거 있냐? 면접용 가짜 이유 말고, 진짜 이유. 우선 난 중딩 때 아빠 직장 따라서 뉴욕이랑 보스턴에 한 1년 정도 있었는데, 그때 아이비리그 대학들 실제로 보고 나서 진짜 미국으로 대학을 가야겠다고 생각했어."

"음…… 난 수도외고 붙고 나니까 뭔가 더 가지고 싶어졌어. 이런 성취의 카타르시스를 한 번 더 경험하고 싶어졌다고 해야 되나?"

"오, 인정. 나도 그 기분 뭔지 알 것 같아. 한 단계 레벨 업 하고 나니 더 레벨 업 하고 싶은 기분. 솔직히 그것만큼 현실적인 이유가 어디 있냐?"

하비는 아론과 신나게 떠드는 자신과 달리 단테가 대화에 쉽게 끼어들지 못하는 것 같아, 맞장구를 치려던 것을 멈추고 단테를 향해 돌아앉았다.

"단테야, 너는?"

"음…… 나는 그냥 자유로워지고 싶어서?"

머뭇거리며 답하는 단테의 말을 듣고 아론이 놀리듯이 말했다.

"어쩐지, 나 아까 교실에서 단테 네가 독서에 푹 빠져 있는 거 보고 뭔가 낭만 있는 철학자 타입이구나, 생각했어."

"하하…… 아냐. 난 그냥 책 읽는 게 제일 재밌더라. 내가 가지 못한 곳을 여행하는 느낌이랄까?"

"그럼 단테 넌 면접에서 어떤 책 얘기했어?"

"『캐치-22』. 제목이 멋져 보여서."

"아, 나도 그 책 리스트에서 보긴 했어. 근데 '캐치-22'가 무슨 뜻이야? 공 잡을 때 캐치(catch), 그 뜻인가?"

"아아, 스펠링은 똑같지만 그 캐치는 아니고. 여기서 캐치는 빠져나오지 못하는 딜레마…… 그러니까 사람을 이러지도 저러지도 못하게 만드는 이율배반적인 상황을 의미하는 거야. 예를 들어 눈이 나빠서 항상 안경을 써야 하는데, 아침에 일어나서 안경을 찾으려면 먼저 안경을 껴야 하는 상황. 아니면 취업을 하려면 경력이 있어야 하는데, 경력을 쌓으려면 먼저 취업부터 해야 하는 상황."

단테는 다른 얘기를 할 때는 약간 말을 더듬거나 우물쭈물했지만, 좋아하는 책 얘기를 할 때는 막힘이 없어 보였다. 하비는 룸메이트를 제법 존경스러운 눈빛으로 바라보았다.

"잠깐만. 우리야말로 '캐치-22' 아니냐? 우리 대학 가면 22

학번이잖아."

아론이 말했다. 한국에서 대학을 간다면 18학번이 되겠지만, 미국 대학은 졸업 년도로 학번을 매긴다. 그렇다면 나는…… 하버드 22학번이 되겠구나. 물론 바라는 대로 다 이루어진다면 말이다. 하비는 면담에서 드림 스쿨로 적어낸 세 글자, 하버드를 떠올렸다. 아론은 아득한 표정을 짓는 두 친구를 보고 화제를 돌렸다.

"그나저나, 우리 대화 주제가 벌써 한 시간째 왜 이렇게 학구적이야? 주제를 좀 바꿔야 하지 않겠어?"

아론은 눈을 가늘게 뜨고 하비와 단테를 바라보며 말을 이었다.

"아니, 아무리 수도외고라고 해도 고딩 때 풋풋한 연애소설 한 권은 써보고 졸업해야지. 근데 우린 지금 뭘 하고 있냐? 진짜 책 얘기를 하고 있어! 이게 말이 돼? 하……."

"하하…… 나는 잘 몰라서."

"그래. 단테는 아직 책을 조금 더 좋아한다고 치고. 하비, 너는?"

"나도 잘 모르겠어."

"나만 본능에 충실하다 이거구나. 너네 오늘 권샐리 봤냐? 오늘 맨 뒷자리에 반재익이랑 앉아 있었잖아. 실물로 보니까, 와 진짜 예쁘더라. 재벌가 딸 후광인지는 몰라도."

하비는 권샐리가 어떻게 생겼는지는 전혀 기억이 나지 않았다. 다만 자신이 연필을 주워줬던 로사가 생각났다. 그녀의 얼굴보다는 우아한 목소리와 작지만 단단한 손이 기억났다. 그는 사실 연애 감정이 어떤 건지 전혀 몰랐다. 중학생 시절에 잠시 좋아했던 아이는 같은 토론 동아리에서 알게 된, 자신보다 더 똑 부러지게 토론을 하던 아이였다. 하비에게는 동경과 호감이 동의어 같았고, 그래서 아직 잘 모르겠다고 대답한 것이었다. 아론은 장난스럽게 개탄했다.

"하, 왜 내가 비정상인 것 같지? 아무리 수도외고라고 해도, 우리 다 고등학생이라고! 머리에 풋풋한 연애 감정밖에 없을 시긴데…… 외눈박이 나라에 가면 두눈박이가 비정상이라더니. 로맨스 없이 이 각박한 수도외고 3년을 어떻게 버틸 거야?"

세 명은 즐겁게 웃으며 농담을 주고받고, 무거운 얘기를 가볍게 하면서 새벽 4시까지 깨어 있었다. 아론은 중학생 시절 하비가 사귀었던 친구들과 똑같았다. 몇 번 시답잖은 농담을 주고받으며 마음을 트면 몇 년은 알고 지낸 사이처럼 허물없이 편해지는 친구. 반면 단테는 특이하고 서정적인 친구였다. 조용했지만, 형언할 수 없게 끌리는 부분이 있었다.

새벽의 담소가 마무리되어 갈 때, 세 명의 휴대폰이 동시에 울렸다.

"뭐지?"

'배치고사 결과'라는 글자가 언뜻 화면 위로 지나갔다.

"테레사 선생님이 배치고사 결과는 아침에 알 수 있을 거라고 하셨는데. 그렇다고 새벽에 이렇게 나올 줄은 몰랐네."

하비의 말에 아론이 한숨을 내쉬면서 자리에서 일어났다.

"와, 잔인하다. 제때 잠 안 든 학생들 벌주는 건가봐. 난 내일 볼래. 이만 자러 가야겠다."

아론이 돌아가고, 단테도 당장 확인할 마음은 없는 듯 곧바로 잠에 빠져들었다. 하비도 피곤이 몰려오는 건 마찬가지였지만 배치고사 점수를 확인한 후에 자고 싶었다. 아무리 성적에 반영되지 않는다고는 해도 수도외고에서의 첫 평가이지 않은가. 그는 긴장하며 문자를 열어보았다.

배치고사 결과: [5]등.

와! 5등? 시험이 쉽게 느껴지긴 했지만, 생각보다 많이 높은 성적이었다. 다만 노력한 정도에 비해 높은 점수를 받아보는 것은 하비에게 처음 있는 일이어서, 그는 좋으면서도 조금 불안해졌다. 그래도 오늘 정도면 수도외고에서의 첫날치고는 나쁘지 않은 것 아닌가? 하비는 제법 만족스러운 얼굴로 알람을 맞추고, 이불을 덮었다.

*

"보자. 다음은…… 구하비 학생이네요."

"나쁘지 않았어. 공부를 알려고 하는 게 아니라 이기려고 하는 놈들은 잘만 키우면 재밌거든. 다만, 저놈의 절박함은 아직 체현된 게 아니야. 누구를 모방한 절박함일 뿐이지. 그렇게 생각하지 않나, 반채인 조교?"

선진두는 고개를 돌려 반채인을 바라보았다. 하지만 그는 포커페이스를 유지하며 아무 말도 하지 않았다.

"테레사 선생은 처음 부임해서 모르겠지만, 이번에 졸업한 애들 중에 문도형이라는 학생이 있었어."

문도형을 언급하는 선진두의 말투에 조금 쓸쓸함이 묻어 나왔다.

"아……! 네, 도형 학생은 알고 있어요. 그런데…….."

"그래, 아쉬워. 도형이 그놈만큼 이 수도외고의 철학을 그대로 체현한 놈은 없었으니까."

선진두는 미처 보지 못했지만, 테레사 선생은 문도형이라는 이름을 듣는 순간 항상 웃고만 있던 반채인의 표정이 일시적으로 격렬하게 찌그러지는 것을 보았다.

"지금 구하비 저놈은, 앵무새처럼 도형이 흉내만 내고 있는 거야."

테레사 선생은 하비의 서류를 뒤적거렸다.

"음, 그래도 수도외고 입학시험 결과랑 면접 점수는 좋네요. 그러면 배치고사는 몇 등으로 설정할까요?"

"5등."

오전에 학생들이 치렀던 배치고사 시험지들이 그대로 선생들의 책상에 놓여 있었다. 전혀 채점되지 않은 채로 말이다.

"생각보다 높은데요?"

"높이 올라갔다가 추락하게 만들어야 진가를 알 수 있으니까. 아까 1등으로 정한 로사라는 아이 있지? 민로사."

"아, 네. 굉장히 인상적이었죠. 실제로 채점해도 1등 아닐까 싶네요."

"그래, 민로사는 이미 실패를 겪어봤어. 준비가 되어 있는 애란 말이야. 수도외고 합격이든, 배치고사 1등이든 이 애한 테는 아무 감흥도 없어. 하버드에 합격하기 전까지는. 그렇지 만 구하비, 이놈은 아직 성공에 취해 있을 테니 한번 크게 박 살 나봐야 해. 다른 애들도 마찬가지고. 절박해져야 위대함을 피워낼 수 있는 거야."

테레사 선생은 고개를 끄덕였지만, 조금 걱정스러운 얼굴 로 물었다.

"하지만 그러다가 너무 의욕이 꺾이면 어떡하죠?"

"그럼 그 아이의 그릇이 그 정도인 거지. 한번 보자고, 어디 까지 절박해질 수 있을지."

선생들은 새벽까지 교무실에 남아 나머지 학생들에게도 임 의로 배치고사 등수를 부여한 후 결과를 전송했다. 그렇게 만 들어진 것이었다, 하비의 5등은. 배치고사 시험지 더미는 그 들이 퇴근하기 전, 한 번 펼쳐지지도 않은 채 문서파쇄기로 들 어갔다.

*

이른 아침, 학생들은 동아리 오리엔테이션을 위해 기숙사

밖에 모였다. 하루 만에 어느 정도 파벌이 갈려버린 건지 무리지어 서 있는 아이들.

안내를 맡은 선배를 따라 들어간 바둑 동아리실에는 일반 바둑판보다 몇 배나 큰 거대한 바둑판이 놓여 있었고, 바둑알 하나하나는 거의 농구공만 했다. 기형적이었다.

"혹시 여기 바둑 둘 수 있는 사람 있니?"

선배의 말에 한두 명이 손을 들었다.

"많이는 없구나. 하지만 전혀 문제없어! 왜냐하면 우리는 기존의 바둑 룰을 따르는 게 아니라 '수도고(SudoGo)'라는 걸 하거든."

"수도고요?"

"응. 바둑이 영어로 고(Go)잖아. 이세돌 9단이랑 붙은 알파고(AlphaGo), 다들 알지? 그것처럼 우리한테도 수도고가 있거든. 봐. 이 바둑판에는 사실 자기장이 있어. 바둑돌들은 자석이고. 그래서 우리가 어떤 알고리즘을 컴퓨터로 입력하면, 바둑돌들이 그대로 움직이는 거야!"

선배가 컴퓨터에 무언가 입력하자 농구공만 한 큰 바둑돌이 느리지만 분명하게 움직이기 시작했다. 와, 아이들은 감탄을 내뱉었고 그는 뿌듯해했다. 아론과 하비가 속삭이며 말했다.

"야, 하비야. 저거 〈해리 포터〉에 나오는 체스 판 같다."

"그러게, 그 마법사 체스."

"여긴 한국이니까 바둑을 두는 건가 보지. 어른들이 항상 인생은 바둑 한판과 같다고 하시잖아."

"너 바둑 둘 줄 알아?"

"아니, 전혀 몰라. 그러니까 인생은 바둑 한판과 같다고 할 수 있는 거지."

아론의 농담에 하비와 단테는 조용히 낄낄거렸다.

"이거 만든 바둑부 부장 마주은 선배는 이번에 스탠퍼드대 합격하셨어."

아이들의 동경과 감탄 사이에서, 조금 회의적이고 날카로운 질문이 날아들어 왔다.

"수도고는 알파고와 어떻게 다르죠?"

"아…… 좋은 질문이야. 음, 그냥 알파고의 굉장히 단순한 버전이 수도고라고 생각하면 돼."

"하지만 알파고는 머신러닝을 사용해서, 즉 데이터를 학습시킨 기계를 이용하는 거잖아요. 그런데 수도고는 ……."

계속해서 반론을 제기하는 이 학생의 이름은 수진희였다. 그녀는 선배를 포함해 이 자리에 있는 그 누구도 이해하지 못할 복잡한 컴퓨터 용어를 사용해 가며 질문을 계속했다. 선배는 땀을 삐질삐질 흘리며 자신감 없는 목소리로 대답했다.

"으응…… 그냥, 뭐랄까. 알파고 '처럼' 하는 거야."

"그러면 방금 보여주신 시범은 인공지능 기반이 아니라, 단순한 룰베이스(rule-based)였던 건가요?"

"음…… 웅. 맞아. 사실 내가 클릭하는 곳으로 바둑알이 그냥 움직이는 거야."

선배가 모양 빠지게 대답하자, 아이들의 얼굴에도 애개, 겨우 그거였어? 하는 표정이 역력했다.

"하지만 이걸로 스탠퍼드대에 합격하셨잖아? 스탠퍼드가 좋아하면 우리도 좋아하는 거야!"

억지같이 들리는가? 하지만 그의 말은 수도외고생들을 충분히 설득하고도 남았다.

"자, 그러면 다음으로는 스포츠 동아리를 보여줄게!"

선배는 아이들을 실내 체육관으로 데려갔다. 천장에는 각종 대회 우승 배너들이 걸려 있었고, 농구 골대를 비롯한 모든 시설들은 최첨단이었다. 하비는 이제 겨울에도 얼마든지 실내에서 농구를 할 수 있게 되었다고 생각했다.

"수도외고 라크로스 동아리가 얼마나 유명한지는 너희들도 다 알 거야."

아니, 전혀. '라크로스'? 대부분의 아이들이 미적지근한 반응을 보이자, 선배는 시범을 보이려는 듯 공과 잠자리채를 닮은 장비를 꺼내온 후 반재익을 불렀다.

"어…… 아! 거기 재익아. 네가 라크로스 시범 좀 보여줄래?"

선배와 아는 사이인가 보네, 반재익은. 부러운 하비와는 달리 그는 별로 내키지 않아 하면서 라크로스 스틱을 잡았다.

"이게 드리블 같은 거고, 이렇게, 이렇게 하다가 패스하면 돼!"

선배는 공을 잠자리채처럼 생긴 스틱 망 안에 넣고 두세 번 휘두르다가, 어정쩡한 타이밍에 반재익을 향해 날렸다. 하지만 공은 반재익의 잠자리채가 아니라 얼굴을 향해 정확히 날아갔고, 반재익이 공에 맞아 쓰러졌다. 이 안타까운 광경에 반 전체에서 웃음이 터져 나왔다. 선배나 반재익이나, 운동신경이라고는 아예 제로인 사람들이라는 것을 한눈에 알 수 있었다. 그런데 천장에는 어떻게 저 많은 우승 배너들이 걸려 있는 것일까.

"저게 라크로스인가 봐…… 난 저런 스포츠가 있는 줄도 몰랐어."

"나도."

하비와 단테가 속삭이자 이번에도 아론은 당연한 일이라는 듯 말해주었다.

"생소하다는 거, 그게 포인트지. 축구나 농구는 인기 종목이니 열심히 해봤자 딱히 승산이 없어. 근데 라크로스? 한국에서는 아무도 모르는 비인기 종목이니까, 운동치들도 리그 만들어서 우승을 나눠 가지고 스펙 쌓을 수 있는 거지. 미국에서 꽤 유명한 운동이야. 승마나 펜싱만큼 비싼 스포츠는 또 아니고."

"와, 아론이 왜 이렇게 박학다식하냐?"

"좀 멋지냐?"

"네가 라크로스 동아리 주장해라."

하비는 장난스럽게 아론을 부추겼지만, 역시 너무나도 기형적인 현상이라고 생각했다.

선배는 반재익을 부축해서 보건실로 데려가려고 했지만, 반재익이 신경질적으로 손을 뿌리치고 혼자 가버린 탓에 어색하게 서서 나머지 아이들에게 마저 설교를 이어갔다.

"반재익 형, 그러니까 반채인 선배님은 라크로스부 주장인데 이번에 예일대 합격하셨어. 예일이 좋아하면, 우리도 좋아하는 거야!"

다시, 대부분의 학생들은 고개를 끄덕일 수밖에 없었다.

"저, 농구부는 언제부터 모집하나요?"

하비가 손을 들고 질문했다.

"우리 학교에 농구부는 없어. 어차피 농구는 원서에 쓸 수도 없잖아."

뭐라고 반박할 말이 없었다. 다른 아이들도 마찬가지인 것 같았다. 솔직히 조금 실망스러웠다. 좋은 대학을 가기 위해서 이렇게 뭐든 해야 한다는 것에는 백번 천번 만번 동의한다. 다만, 이곳에서 공부를 하고, 등수를 올리는 것 외에 가슴 뛰는 무언가를 찾기는 글렀다는 생각이 들었다.

1교시는 역사. 삶에 무척 찌들어 있는 것처럼 보이는 역사 선생은 수업 종이 치고 몇 분이 지나서야 들어오더니, 학생들에게 제2차 세계대전에 관한 신문 만평을 나눠준 후 각자 해석해 보라고 시켰다. 너무나 유창한 영어로 나불대는 아이들 사이에서, 하비는 답을 찾는 것보다 답을 말하는 게 훨씬 어려웠다. 하비를 제외한 아이들은 무슨 경매라도 열린 것처럼 전투적으로 손을 들고 저마다의 답을 외쳤다.

2교시는 수학. 하비는 수학 수업에서는 주눅 들지 않고, 더 열심히 참여하기로 마음먹었다. 근데 웬걸. Ordinal number? Cardinal number? 이게 무슨 뜻이야? 이제는 원어로 표기된 수학 용어 자체를 몰라 답을 구하기는커녕 문제도 읽을 수 없었다. 수학 선생은 매우 건조한 사람이어서 학생들에게 발표를 시키지는 않았지만 하비는 한 교시 내내 문제를 푸는 대신 수학 용어들부터 외워야 했다.

나머지 수업들도 비슷하게 하비만 묘하게 소외된 채 전개되었다. 일과의 마지막은 '데일리 에세이'라는 과목이었다. 영어 에세이를 읽고 쓰는 것은 학원에서 꽤나 훈련해 왔기 때문에 자신이 있었지만, 선진두가 진행하는 수업이기에 긴장을 놓을 수는 없었다. 각자의 자리에는 빈 A4 용지가, 교탁에는 큰 프린터인지 스캐너인지 모를 것이 놓여 있었다.

"데일리 에세이 수업에 온 걸 환영한다. 역사, 수학, 영어, 생물…… 알다시피 이 모든 과목들은 SBT의 객관식 영역, 즉 전체의 90%라는 절대적인 비중을 차지한다. 하지만 그 90%는 얼마나 공부했느냐가 정직하게 반영되는 수치다. 진짜 차이를 만들어내는 와일드카드는 바로, 나머지 10%를 차지하는 마지막 서술형 문제지. 왜 그럴까?"

"마지막 서술형 문제에는 어떤 주제가 출제될지 미리 알 수 없기 때문입니다."

반재익이 대답했다. 하비는 SBT가 대충 SAT와 IB를 섞어놓은 잡탕 짬뽕 시험이라고만 알고 있었지만, 역시나 반재익은 이런 것들에 대해 빠삭하게 알고 있었다.

"그래. 하도 다양한 분야의 주제가 나오니 예측하는 것은 불가능하지. 그렇다고 손 놓고 있어서는 안 된다. 어떤 주제가 나와도 대응할 수 있는 능력이 필요하다. 그래서 우리는 '데일리 에세이'를 쓴다. 매일 쓰고, 매일 첨삭받아야 한다. 자, 오늘의 주제는……."

선진두는 준비되어 있던 데일리 에세이 주제를 전자칠판에 띄웠다.

지식은 문화와 독립적으로 존재할 수 있는가? 언어학 분야와 관련하여 서술하라.

"이것이다. 제한시간은 정확히 30분. 시작."

말도 안 되게 난해한 주제를 보고 학생들이 내쉬는 한숨 소리와 탄식 소리가 천장을 뚫고 나갈 기세였다. 하지만 몇몇은, 특히 반재익 같은 놈들은 기다렸다는 듯이 언제 꺼내놓았는지도 모를 연필을 들고 사각사각 답을 써나가기 시작했다. 하비도 연필을 들어야 했다.

그렇게 반 시간 내내 연필 소리가 계속되는 동안, 간헐적으로 한숨 소리가 더해졌다. 하비는 고민했다. 아무리 봐도 두 번째 문단이 논리적이지가 않은데. 서론도 다시 써야 하나?

"30초!"

젠장. 논리는 나중으로 하고 우선 완성부터 하자. 그가 급하게 마침표를 찍으려고 할 때 알람 시계가 시끄럽게 울렸다.

"끝! 모두 앞으로 제출해라."

하. 에세이를 백 퍼센트 만족스럽게 써낸 학생은 없어 보였다. 선진두는 걷은 시험지들을 한 장씩 앞에 있는 OCR 스캐너에 집어넣었다. 그러자 연필로 삐뚤빼뚤하게 쓴 글씨들이 정갈히 타이핑된 문자로 출력되었다. 아이들은 저마다 저린 손목을 주물럭거리다가 이 신기술을 신기하게 구경했다.

선진두는 OCR 스캐너에 들어갔던 첫 번째 에세이를 확대경에 비춰 모두가 볼 수 있게 큰 화면에 띄웠다. 아주 짧고 작게 으아, 하는 소리가 났다. 필히 저 에세이의 주인이리라.

"우리는 이 에세이를 쓴 학생이 누군지 모른다. 그러니 예의, 존중, 우정, 이런 것들을 잊고 사정없이 돌팔매질해라. 자, 먼저 너! 이 에세이에서 보이는 오류 하나를 말해봐라."

"어…… 질문에 대한 주장부터 확실하게 정하지 않았습니다."

"좋아, 다음 너."

"첫 번째 문단 맨 앞에 정관사를 써야 하는데 쓰지 않았습니다."

"그래, 다음 너."

선진두는 하비를 가리켰다.

"아…… 두 번째 문단을 시작하는 문장이 조금 장황한 것 같은데……."

하비가 말끝을 흐리자 선진두가 소리쳤다.

"더 무자비하게!

"네. 조금 장황한 것 같습니다. 수동태보다 능동태 문장을 쓰는 게 더 좋을 것 같고요."

하비의 말이 끝나고도 선진두의 지목은 계속됐다. 그렇게 첫 에세이에 대한 평가는 각각 모든 아이들이 최소 한 번씩 돌을 던지고서야 끝났다. 반재익처럼 시키지도 않았는데 자발적으로 손을 들어 오류를 지적한 학생들도 있었다.

다섯 번째 차례에 하비의 에세이가 화면에 떠워졌고 역시 돌팔매질을 당했다. 신기한 것은, 그렇게 에세이가 처형대에 올라가고 난 후에는 고해성사라도 한 듯 마음이 조금은 가벼워졌다는 점이었다. 나는 이제 죄를 씻은 자. 가뿐한 마음 때문인지, 다음 차례로 처형대에 올라가는 에세이에 더욱 심한 돌팔매질을 하게 되는 것이었다. 다만 이 단체 첨삭이 끝날 때마다 선진두는 곧바로 점수를 매겼고, B를 받은 학생 둘을 제외하면 전부 C+, C, 혹은 C-였기 때문에 아이들의 마음이 마냥 가벼울 수만은 없었다. 마지막 에세이가 처형대에 올라왔을 때, 아이들은 모두 측은해하면서도 돌을 던질 준비를 했다.

그러나 이 순간만을 기다린 듯, 마지막 에세이는 달랐다. "Semantics" "Interoperability" 같은 무거운 단어들로 모두를 압도했다. 하비는 문장에 빨려 들어가는 것을 느꼈다. 특히 세 번째 문단의 첫 문장이 가슴에 깊이 박혔다.

The vitality of language lies in its ability to limn the actual, imagined and possible lives of its speakers, readers, writers.*

언어의 생명력이란, 우리의 모든 실존하고, 허구이며, 실현 가능한 삶에 숨결을 불어넣는 것이다.

완벽하고 우아했다. L의 반복으로 이뤄낸 흐르는 듯한 두운 법, 그리고 "limn"이라는, 태어나서 처음 보는 영단어. 재빠르게 휴대폰으로 검색해보니 결과도 몇 개 나오지 않았다. 쉽게 해석하자면 '묘사하다'라는 뜻이었지만, 이 에세이의 문장들은 그 너머의 심상을 나타내는 듯했다. 선진두는 아무 말도 하지 않고 있었다. 그 와중에 반재익이 손을 들었다.

"그래, 반재익. 오류를 말해봐라."

"두 번째 문단에서 세 번째 문단으로 이어지는 논거가 약합니다."

하지만 선진두는 차갑게 잘라 말했다.

"아니, 나는 전혀 그렇게 생각하지 않는다. 내가 너희들을 하나씩 지명한 건 그렇게 반대를 위한 반대를 하라고 한 게 아니라 그만큼 한심한 에세이들이었기 때문이다. 이 상황에서는, 잘 쓴 에세이를 인정 못하는 게 오류지."

반재익은 당황해서 얼굴이 벌게졌다.

"이 에세이는 당연히 A다. 아직 A+는 아냐. 더 높은 경지에 도달할 수 있을 것 같기 때문이다."

* 1993년 노벨문학상을 수상한 소설가 토니 모리슨의 Nobel Lecture(December 7, 1993) 에서 차용.

아이들은 오오오, 하며 에세이의 주인이 누굴까 궁금해했다. 그때 마침 수업 종이 쳤다.

"자, 모두 수고했다. 앞으로 데일리 에세이는 수업이 있는 날 아침에 미리 제출하도록 한다. 수업 이후에는 에세이를 바닥에 흩어놓을 테니, 알아서 본인 에세이를 찾아가도록."

굳이 서로간 성적을 공유하지 말라고 당부할 필요는 없었다. 이 자존심 강한 수도외고 학생들이 C밖에 받지 못했다는 사실을 신나게 떠들어댈 리는 없기 때문이다. 하비도 C가 거칠게 휘갈겨 있는 에세이를 누가 볼까 재빨리 주워 가방 속에 숨겼다. 그렇지만 왠지 기분이 나쁘지만은 않았다. 마지막 에세이와 사랑에 빠져버렸기 때문이었다. 그 에세이에 비하면 자신의 에세이는 아직 얼마나 부족하고, 어디까지 올라갈 수 있을지가 조금은 보였기 때문이었다.

*

학교가 시작된 지 일주일이 지났을 때, 대부분의 아이들은 좀비가 되어버렸다. 하비도 당연히 마찬가지였다. 단지 공부할 양이 많은 것뿐만 아니라, 수업 시간 매분 매초를 긴장하며 보내야 했기 때문이다. 언제 역사 선생이 귀찮은 듯한 손가락질로 자기를 가리킬지, 또는 언제 선진두가 자신의 에세이를 처형대에 올려놓을지 신경 쓰다 보면 초저녁에 수업이 끝나고 나서는 완전히 녹초가 되어버렸다. 푹신한 베개가 초호화 저녁 급식보다 고팠다.

고독하기도 했다. 중학생 때는 친구들 앞에서 방어 태세를 갖출 필요가 없었다. 서로의 취약한 부분을 숨기지 않고 드러내면 오히려 공통점을 발견하고 친구가 되는 경우가 많았다. 그러나 이곳의 아이들은 필사적으로 자신의 약점을 숨기고 주변 탐색만 했다. 언제든 남의 약점을 발견하면 물어뜯을 준비를, 언제든 얻어낼 게 있으면 빌붙을 준비를 하는 반재익 패거리 같은 하이에나들 사이에서 자신을 드러내고 솔직해진다는 것은 최악의 방법이었다. 하지만 사람은 생긴 대로 살아야 하는 법. 24시간 내내 긴장을 하고, '척'을 해야 하는 환경에서 하비는 많이 초췌해졌다. 아론도 많이 피곤한지, 더 이상 하비와 단테의 방을 찾아오지 않았다.

그래도 위안이 되는 존재가 있다면 단테였다. 룸메이트 하나만큼은 참 잘 만났다고 생각했다. 그는 말하기보다는 주로 쓰는 사람이었다. 자신의 얘기를 많이 하지는 않았지만, 남을 섣불리 판단하지 않고 이야기를 잘 들어주었다. 물론 서로 초라한 아이들끼리 동병상련을 느끼는 것이라고 누군가가 비웃어도 할 말은 없었다.

단테는 이 수도외고에서 어쩌면 유일하게 하비보다 미국 대학 입시에 무지한 학생이기도 했다. 그는 대부분의 시간을 책을 읽으면서 보냈고, 선진두와 면담이 있는 날에는 심하게 깨진 후 울적한 얼굴로 방에 들어와 하비에게 원서 준비에 관해 물어보고는 했다. 그 역시 아는 건 많지 않았지만, 최대한 성심

성의껏 단테를 도와줬다. 그래서 단테 역시 티는 내지 않았어도 하비를 좋은 아이라고 생각하고, 마음을 많이 열고 있었다.

기숙사는 언제나처럼 12시가 되자마자 바로 소등. 하비와 단테는 방 한가운데에 간이 책상을 두고 컵라면을 끓여 어둠 속에서 후루룩대고 있었다.

"나도 그, 맨날 A 받는 학생처럼 데일리 에세이 시간에 걱정 없었으면 좋겠다. 도대체 누구지? 혹시 단테 너는 아니지?"

"에이, 아니지. B는 누군지 알아. 수진희. 언제 한번 내가 실수로 집어 간 적이 있어서 진희도 B 받은 걸 봤거든."

"와, 그래도 B도 엄청 대단한 거잖아. 첫날부터 계속 두 명밖에 없고…… 어, 잠시만."

하비는 삼키려던 컵라면을 도로 뱉어냈다.

"근데 단테야, 잠깐만. 그러면 다른 B 받은 학생이 너야?

"아…… 응. 하하."

"와아. 아니, 도대체 그 B의 주인이 누군가 했는데 내 앞에 있었네. 아니, 제가 감히 겸상해도 되나요?"

"노노. 사실 안 됨."

"아, 단테 형님."

둘은 면을 모두 후루룩 흡입하고 국물을 들이켜며 웃었다.

"근데 진짜 진지하게, 어떻게 하면 B 받냐? 아니, 우선 C+라도 받아보고 싶다. 하……."

"그냥 책만 읽다 보니까…… 하하."

하지만 하비에게는 농담이 아닌 진짜 해답이 필요해 보였고, 단테는 친구를 도와주고 싶었다.

"음, 내가 조언을 할 입장은 전혀 아니긴 한데……."

"아냐, 아냐, 말해줘. 말해줘."

"알겠지만 난 맨날 영어 소설이랑 잡지 같은 거 끼고 살잖아."

"응, 근데 난 읽어도 글쓰기 실력은 별로 안 오르던데."

"맞아. 그냥 읽기만 해서는 너무 오래 걸리기는 해. 나는 처음에 아예 읽지도 못했어. 문장 구조 자체가 이해가 안 돼서. 그래서 그냥 어려운 문장들은 통으로 외워버렸거든. 물론 그러면 다 읽는 데 엄청 오래 걸리기는 하지만, 문장 구조나 이런 거는 확실히 눈에 들어오더라고. 근데 그냥 무식한 방법이야…… 하하."

아니다. 좋은 방법이다. 하비는 단테의 방법을 잘 배워서 내일부터 바로 시도해 봐야겠다고 생각했다.

단테가 잠든 후에도 하비는 생각에 잠겨 있었다. 해외에 나가본 경험도 없는데 저렇게 영작문을 잘하는 그가 대단하다는 생각이 들었고, 반재익처럼 혀를 굴리는 것만이 전부가 아니라는 사실이 위로가 되기도 했다. 그러나 또 다른 마음 한편으로는 단테마저도 사실 자신보다 훨씬 앞서 있다는 현실, 지금까지 학교와 학원에서 열심히 노력해 온 시간들은 아무 의미가 없고 완전히 맨 밑바닥에서 다시 시작해야만 하는 현실에 조금 막막함과 두려움을 느끼면서 잠이 들었다.

그렇지만, 바로 다음 날부터 단테의 방법을 따라해 보아도 여전히 돌아오는 것은 C가 휘갈겨진 에세이들뿐이었다. 젠장. 늘 A를 받는 에세이가 처형대에, 아니 시상대에 올라왔을 때 하비는 바로 그 아이 것이라는 걸 알아볼 수 있었다. 이대로 가만히 있을 수는 없었다. 하비는 수업이 끝나고 아이들이 모두 나가기를 기다렸다가 선진두에게 다가갔다.

"저, 선생님……."

"뭐냐?"

그 차가운 목소리에 하비는 심장이 얼어붙는 듯했다. 더구나 그의 눈빛이 "나는 C를 받는 학생 따위와는 상대 안 한다"는 듯했기에. 그래도 하비는 두려움을 무릅쓰고 선진두에게 물었다.

"혹시 오늘 A 받은 에세이…… 누가 쓴 건지 알려주실 수 있나요?"

"누가 썼는지는 나도 모른다."

"아니, 사실 누구인지 몰라도 괜찮습니다. 혹시 가능하다면 그 에세이를 필사하고 싶어서요……."

선진두는 어이가 없어 피식 웃었다. 무슨 성경 필사도 아니고. 그렇지만 그 A 에세이의 문장은 지금의 하비에게는 성경 말씀보다도 거룩한 것이었다.

"짐작 가는 학생이 있긴 하군. 그 학생에게 에세이를 필사까지 하고 싶어 하는 열혈 추종자가 있다고 말은 해보지. 하지만 너무 기대는 하지 말고."

"네, 감사합니다."

하비는 도서관 책상 앞에 또다시 앉기 전에 소파에 털썩 누웠다. 다른 과목은 최대한 열심히 공부하니 아주 더디지만 성장하는 게 보였다. 그렇지만 데일리 에세이를 쓰는 건 여전히 힘들다. 실력이 느는 게 눈에 보이지가 않아서, 그게 제일 힘들다. 그가 할 수 있는 것은, 소등 전까지 일 분도 낭비하지 않고 공부하는 것뿐이었다. 그럼에도 현재의 하비는 누가 봐도 하위권에 속하는 학생이었다. 게다가, 이번 59기에도 하버드 합격자는 없다고 들었다.

도서관에서 기숙사로 돌아가는 길에는 짧은 산책로가 있었다. 하비는 밤하늘을 보면서 엄마와 아빠를 생각했다. 엄마 아빠는 내가 행복하기만을 바라시겠지. 그래, 난 지금 절대로 행복하지는 않아. 그리고 공부를 그만두고 도망친다면, 엄마 아빠는 그 결정도 수용해 주실 것이다.

그 사실이 오히려 하비를 버티게 했다. 그는 밤하늘이 아름답다고 생각했지만, 이 아름다운 밤하늘을 더 또렷하게 볼 수 있는 인적 드문 곳으로 내려가서 모든 세속적 욕망을 내려놓고 사는 것을 행복이라고 생각해 본 적은 결코 없었다. 그러니 달과 별까지 닿을 수 있는 욕망의 쳇바퀴에 다시 올라타는 수밖에.

수도외고에서 학생회 임원을 모집하기 시작했고, 아이들의 묘한 기 싸움은 조금 더 수면 위로 드러났다. 하비는 투정부리지 않고 눈앞에 보이는 할 수 있는 모든 것을 해보려고 했다. '합격'을 따낼 수만 있다면. 62기에서 중에서 학생회에 지원하는 사람은 총 다섯 명이었다. 세 명은 반재익과 반재익 패거리 원, 투였고, 나머지 두 명은 하비와 로사였다. 패거리는 애초에 별로 당선되어야겠다는 생각도 없어 보였고, 그저 반재익의 당선을 위해서 일부러 지원한 것 같았다. 재익은 이제 하비를 향한 적대감을 노골적으로 드러내기 시작했다.

"학생회 원서 접수하려고 왔는데요."

하비는 복도에서 접수를 받고 있는 학생회 선배에게 다가갔다. 그때, 뒤에서 반재익의 목소리가 들려왔다.

"이제 개나 소나…… 넘볼 걸 넘봐야지."

나한테 하는 말인가? 단전에서부터 뜨거운 열기가 올라왔다. 하비는 목에 힘을 주고 할 수 있는 한 큰 목소리로 소리쳤다.

"뭐라고?!"

그러나 반재익은 아무렇지 않은 듯했다.

"응? 뭐가?"

그는 언제나 절대 문제가 되지 않는 선에서만 교묘하게 하비를 공격했다. 이곳에 하비의 편은 없다. 하지만 머릿수보다 실력에서 밀리고 있다는 사실이 더 힘들었다.

반재익 같은 아이가 그간 하비의 인생에서 없었던 것은 아니다. 중학교 때는 지우가 있었지. 지우는 1등을 도맡아 하는 하비를 고까워하는 전형적인 2등이었다. 그러나 어느 시점에서 지우는 하비를 인정하기 시작했다. 지우가 드러내는 적대감은 기껏해야 그 나이 또래 아이들의 질투 정도에 불과했다. 그러나 반재익의 태도는 또래 학생에게 가지는 경쟁심이나 적대감이라고 볼 수만은 없는 종류의 것이었다. 농구 코트 위에서 정정당당하게 겨루는 식의 대결이 아니라, 몰래 농구화에 압정을 넣거나 음료에 이상한 걸 타서 이기려고 하는, 그런 비겁한 방식의 경쟁이 하비는 이질적이고 불편했다. 두렵지 않다고도 할 수 없었다. 하지만, 그렇기 때문에 왠지 더욱 지기 싫었다.

또 어김없이 돌아온 데일리 에세이 시간. 안 봐도 뻔하지. 하비의 에세이는 C, 그 이름 모를 학생의 에세이는 A. 하도 필기를 하고 밑줄을 그어대서 하비의 손에는 굳은살이 박였다. 하지만 아무리 유용한 문장을 통으로 외워와도 에세이를 쓸 때 바로 적용할 수가 없었다. 어쩌면 뉴스나 소설 속의 문장들이 데일리 에세이 형식과 딱 맞아떨어지지 않기 때문일 수도 있었다. 에세이를 빌려달라는 부탁은 거절당한 건지, 선진두로부터는 아무런 소식도 없었다. 그래서 오늘 하비는 아예 그 A 에세이를 통째로 받아 적어볼 계획이었다. 빌릴 수도 없고, 이 작은 교실에서 사진을 찍을 수도 없으니 손으로 베끼는 것만이

유일한 방법.

그 에세이다. 확대경에 비춰지자마자 하비는 알아보았다. 바로 연필을 꽉 잡고, 빛의 속도로 화면에 떠 있는 에세이를 받아 적기 시작했다. 전부 적지는 못했지만, 굳은살이 박인 손으로 그 거룩한 문장들을 자신의 노트에 빠르게 복사해 나갔다. 수업이 끝나자마자 하비는 도서관에 가서 받아 적은 에세이를 복기했다. 그냥 읽어보기도 하고, 레고 블록을 맞추는 것처럼 해체한 후 재조합해서 써보기도 했다. 다시 봐도 어떻게 이런 문장들을 써낼 수 있는 건지 감탄만 나왔다.

다른 수업 시간에는 발표에도 열심히 참여했다. 물론, 손을 들 때마다 망신당할 각오를 해야 했다. 무뎌지는 것이 가장 어려웠다. 그래도 발표를 하고 나면 마음이 조금은 편해졌다. 가끔 받는 칭찬을 양분 삼아, 나는 소년 성장만화 속에 들어와 있는 것이라고 상상하며 조금만 더 발버둥을 쳐보기로 했다.

계속, 계속. 하비는 자투리 시간까지 활용하며 데일리 에세이 작문을 연습했다. 동시에 학생회 면접까지 준비했다. 하지만 모든 쳇바퀴가 완벽하게만 돌아갈 거라고 생각한다면 오산이다. 어딘가에서는 반드시 나사가 헐거워지고 마찰이 생긴다.

정신 없이 글을 쓰다가, 퍼뜩 시계를 보니 쉬는 시간이 일 분 남아 있었다. 다음 시간은⋯⋯ 보자. 수학이네. 하비는 수업 시간에 딱 맞추어 수학 교실에 도착했지만, 교실은 비어 있었다. 평소의 하비라면 당연히 시간표를 재확인했겠지만 과부하가 걸린 그의 뇌는 휴식을 요청했다. 그렇게 하비가 다들 늦나 보네, 하며 빈 교실에 5분 정도 평안하게 앉아 쉬고 있을 때, 단테의 문자가 도착했다. 몰래 보낸 건지 오타투성이인 채로.

단테: ㄴㅓ 왜 안 어ㅏ

뭐? 너 왜 안 오냐고? 그때서야 하비는 자신이 수요일인 오늘을 화요일로 착각한 것을 깨달았다. 수학 시간이 아니라 역사 시간이었다. 젠장, 젠장, 젠장! 자책하면서 황급히 역사 교실로 뛰어가는 동안 화가 나서 심장이 터질 것 같았다. 죄인처럼 앞문을 열고 들어가자, 모두가 하비를 쳐다보았다. 항상 같이 앉던 단테의 옆자리에는 이미 다른 학생이 앉아 있어서 가장 앞줄에 앉아야 했다. 맨 앞줄은 항상 반재익과 그 패거리가 앉는 곳이다.

역사 선생은 하비를 한심하게 쳐다본 후 말했다.

"주변 사람하고 세 명씩 조 짜서, 오늘 논문들 가지고 토의해 봐."

하비는 머리를 쥐어뜯고 싶었다. 거기다가 옆에 앉아 있는 건 반재익, 그 옆에는 아론이 얘기했던 권샐리라는 아이가 있었다.

"안녀엉! 나는 권샐리라고 해."

"어, 안녕…… 난 구하비야."

권샐리는 반재익 패거리이긴 해도 나쁜 아이는 아닌 것 같았다. 하지만 중간에 앉은 반재익은 하비를 힐끔 돌아보더니,

몸을 휙 돌려서 없는 사람 대하듯 무시해 버렸다. 그리고 이내 권샐리에게만 말을 걸며 하비를 노골적으로 투명인간 취급하는 것이었다. 그냥 정학당할 것을 감수하고 등을 돌리고 있는 반재익 놈에게 백 초크*를 걸어버리고 싶은 마음에 하비의 손이 움찔움찔했다. 하지만 수도외고생치고 그런 과감한 일을 저지를 수 있는 학생은 없을 것이었다.

역사 선생은 토의를 시켜놓고는 아무 관심도 주지 않고 교탁 앞에 앉아서 주식 창이나 들여다보고 있는 것 같았다. 오히려 그게 다행이었다. 반재익 놈한테 이야기에 끼워달라고 하는 것은 하비의 자존심이 허락하지 않았고, 어차피 논문을 읽어오는 것도 깜빡해서 할 말도 없으니 그냥 조용히 책이나 보면서 시간을 때우기로 했다. 물론 가시방석에 앉은 것처럼 불편했다. 하비는 그냥 이대로 역사 수업이 빨리 지나가기만을 빌었다.

한 시간 정도가 지나자 역사 선생이 벽시계를 힐끔 쳐다보았다. 종이 울리기를 학생들보다 더 바라는 듯한 눈빛이었는데, 아직 5분이 남은 걸 보고 실망하는 듯했다.

"쩝, 아직 좀 남았군…… 그러면 조별로 한 명씩 대표로 토의한 것 중 어떤 부분이 가장 인상 깊었나 발표해 보자. 자, 여기 맨 앞부터."

안 돼. 같이 수업이 빨리 끝나기만을 바라는 처지에 역사 선생은 하필이면 정확히 하비를 지목하며 핵폭탄을 투하했다. 하

* back choke. 뒤에서 상대방의 목에 팔을 휘감아 조르는 행위를 일컬으며, 주로 레슬링 경기 등에서 사용한다.

비는 이제 심장이 철렁하는 걸 넘어서서, 왜 수도외고에서 일어나는 모든 상황들이 자신을 이렇게 고통스럽게 만드는 건지—그리고 왜 자신은 이렇게 무력한 건지—괴로운 마음에 그냥 소리를 지르고 싶었다.

뭘 말해야 할지 아무것도 모르겠다. 순간 입술을 너무 꽉 깨물어서 피가 났다. 빨리 뭐라도 말해야 하는데. 뇌가 다 타버린 것 같았다.

"아…… 가장 인상 깊었던 부분은…… 하아."

"잠깐. 너 이름이 뭐지?"

"구하비…… 요."

비, 에서 멈칫했지만, 이미 발음을 의식적으로 굴리는 것을 잊어버린 뒤였다.

"아아, 하비구나. 아까는 하-브이라고 잘못 들었네에?"

권샐리가 옆에 있는 반재익에게 꽤나 큰 목소리로 물었다. 악의 없는 말인 것 같았지만 하비는 당황했고, 얼굴이 붉어지는 그를 본 비열한 반재익이 이 기회를 놓칠 리 없었다.

"아니. 하-브이 맞아. 그냥 자기 이름도 발음이 안 되는 거지. 흠, 우리 하비는 하버드(HARVARD)는 몰라도 하바-드 (HARBARD)는 확실히 가겠는데?"

재익의 말에 패거리는 물론 역사 선생마저 같이 낄낄거렸다. 아니, 반 전체가 자신을 비웃는 것 같았다. 하비의 혀는 이미 마비되어 버렸고, 읽지도 않은 논문에 대해 제대로 답변할 수 있을 리 만무했다. 더구나 그는 자기가 모르는 내용을 술술

지어낼 정도로 능글맞지도 못했다.

"지각에, 논문도 안 읽어와…… 참, 나. 요새 선진두 선생은 뭘 보고 이런 애들을 뽑는 건지 모르겠네."

하비의 고개가 힘없이 아래로 떨어졌다. 유일한 구조원은 수업 종뿐. 역사 선생은 종이 울림과 동시에 재빠르게 교실을 떠났다. 단테는 하비에게 다가가 괜찮은지 물어보려고 했지만, 온몸에 열이 올라 독기를 뿜어내는 그에게 차마 다가가지 못하고 주변에서 서성거렸다. 반재익 패거리는 점심을 먹기 위해 자리를 뜬 후였다.

하비는 화를 삭일 수가 없어서 배가 고픈 것도 잊고 교실에 그대로 엎드려 있었다. 태어나서 이렇게 자존심에 스크래치가 나본 적도, 무력해진 적도 없었다. 방금과 같이 굴욕적인 순간은 앞으로도 반복되고 또 반복될 순간이었다. 그는 처음으로 수도외고에 온 것을, 조금이지만 후회했다.

*

거슬렸다. 처음 봤을 때부터.

반재익은 수도외고에 이미 준비되어 도착한 학생이었다. 금수저니 뭐니를 논하는 것이 아니다. 단순한 통장 잔고로만 따지면 반재익 집안보다 돈이 많은 집은 얼마든지 있었다. 권셀리만 봐도 말이다.

그의 아버지는 자신의 아들들이 배부른 돼지가 아니라 자신

같은 굶주린 늑대가 되기를 원했다. 형은 아버지의 뜻을 충실히 따르려고 했다. 언제나 1등을 차지하던 형, 동생에게도 온화한 미소를 지어주던 형이었다. 그러나 조기유학, 선행학습 등 온실에서만 무럭무럭 자란 형은 날것의 야수성과 집념을 가진 문도형 선배에게 항상 패배했다. 아버지 앞에서, 선진두 앞에서, 그리고 수도외고에서 항상 억지 미소를 유지해야 했던 형에게 동생한테까지 지어줄 미소는 없었다. 형이 보여주는 미소는 형제애에서 비롯된 것이 아니라 동생이 자신을 영원히 뛰어넘을 수 없는 것을 알기 때문에 나오는 웃음이었다. 3년 내내 형의 감정 쓰레기통 역할을 하면서 재익 역시도 문도형을, 그리고 문도형과 닮은 모두를 증오하게 되었다.

그해, 온리 원 하버드 규칙이 없었던 59기에서는 1등부터 5등까지 전부 하버드에 지원했다. 그러나 2등이었던 형은 애초부터 하버드대가 아니라 예일대를 썼다. 문도형과의 정면승부만 피하면 된다는 생각이었다. 만약 자신은 떨어지고 문도형은 붙는다면 견딜 수가 없을 것이기에.

결과적으로 입시는 형의 판정승이었다. 문도형은 하버드대에 불합격했고, 형은 예일대에 합격했다. 그러나 그와 동시에, 형은 영원히 수도외고에 갇혀 버렸다. 그 성취는 진정한 성취가 아니었다. 다시는 문도형을 이기지 못하게 되었기 때문에. 아버지로부터의 인정을 영영 받을 수 없게 되었기 때문에. 개강 전까지 굳이 수도외고에서 조교를 맡은 것도, 선진두가 뿌리는 조금의 인정 부스러기라도 주워 먹기 위함이었다.

물론 구하비 따위는 절대 문도형 선배가 될 수 없을 것이다. 하지만 거슬렸다. 처음 봤을 때부터. 입학 첫날, 야망에 불타오르던 하비의 눈동자가. 수업에서 두각을 나타내는 것 같지도 않은데 계속 이길 수 있다고 생각하는 표정이. 데일리 에세이 수업에서 A 받은 에세이를 전부 받아 적는 정신 나간 짓을 하고, 또 그 받아 적은 것들을 스스로에게 이식하며 공부하는 모습이. 그 집요함, 그 향상심. 문도형과 구하비 같은 부류에게 내재되어 있는 그것들을 볼 때마다 자신은 그저 아버지가 만들어낸 가짜일 뿐이라는 것을 매번 깨닫는 재익이었다. 그렇기 때문에 무슨 일이 있어도 하비를 넘어뜨려야 한다. 그렇지 않으면 자신도 형처럼 영원히 고등학교를 졸업하지 못할 수도 있다.

"여기."

도서관에서 나온 로사가 반재익에게 종이 뭉치를 건넸다.

"와, 땡큐. 진짜 진짜 땡큐. 역시 우리 로사 누님."

"그 재미도 없는 누님 호칭은 떼고. 근데 이런 부탁은 좀 갑작스럽네? 채인이 오빠한테 부탁하지, 왜."

"형은 이제 엄연히 학교 직원이잖아. 그리고 에세이는 네가 형보다 더 잘 써. 우리 사이에 뭘."

"친구 사이니까 더 확실하게 하는 거지."

'친구'를 아주 살짝 강조하는 로사의 말을 반재익은 일부러 모르는 척했다. 로사와는 아주 어릴 때부터 알던 사이다. 재익의 아버지와 로사의 부모님은 대학 시절부터 친구이기도 했다.

사실 재익이 구하비 따위를 견제할 필요는 없었다. 하버드에 지원할 수 있는 그 한 자리에 가장 가까운 것은 당연히 로사다. 첫날부터 데일리 에세이를 모조리 A를 받으며 평정해 버린 것만 봐도 그렇다. 그러나 가장 강력한 경쟁자임에도 불구하고, 반재익은 로사에게 친구 이상의 호감을 가지고 있었기 때문에 적대감은 하나도 들지 않았다. 어쩌면 구하비가 거슬리기 시작했던 건 배치고사 날 로사의 연필을 주워주는 걸 봤을 때부터였던 것 같기도.

"갑자기 내 에세이 원하는 사람들이 왜 이렇게 많지?"

"무슨 소리야?"

"모른 척은. 선진두 선생님이 내 에세이 화면에 띄울 때마다 그, 구하비라는 애가 무슨 빨리 쓰기 대회라도 하는 것처럼 받아 적던데. 너도 그거 알고 내 에세이 달라고 하는 거 아니었어?"

"너 걔 이름도 알아? 걔가 네 에세이 베껴도 아무 상관없어?!"

"갑자기 급발진하네. 선진두 선생님이 내 에세이 보고 필사하고 싶은 학생이 있다고 해서 권샐리인 줄 알고 거절했는데, 알고 보니까 걔였더라. 그렇게 열심히 공부하는 마음이 어떤지는 나도 모르는 거 아니니까, 그냥 두려고."

"아니지! 선진두 선생님한테 말해서 못 받아 적게 해야지!"

"너한테는 방금 그냥 줬잖아."

"너 걔한테 무슨 관심 있냐? 먼저 막 악수하자고 손도 내밀고."

"하, 초딩이냐? 손잡으면 사귀게? 그냥 처음 보는 애니까 인사한 거지. 더 시간 낭비하는 건 싫으니까, 이제 그만 얘기해."

"알았어……. 근데 혹시 구하비가 네 에세이 달라고 하면 안 줄 거지?"

"내가 왜 굳이."

로사에게 하비는 정말로 '같은 반 학생1' 그 이상 그 이하도 아니었다. 다만 데일리 에세이 시간에 자기 에세이가 무슨 성경이라도 되는 양 미친 듯이 받아 적는 하비가 조금 재밌었을 뿐. 반재익도 마찬가지였다. 이 아이가 자신을 좋아하는 건 알고 있다. 그렇지만 로사는 반재익에게 아무 마음도 없었다. 에세이는 친구여서라기보다는, 반재익 가족과 아는 사이였기 때문에 보여주는 것뿐이었다. 구하비에게 관심 있냐고? 반재익은 치졸한 짓을 할 때면 머리가 좋은데 이럴 때는 머리가 나쁘다. 로사가 하비나 재익이 자신의 에세이로 공부하는 것에 큰 관심을 두지 않는 이유는, 그들이 아무리 그렇게 해도 자신의 경쟁자가 될 수 없기 때문이다. 오직 그뿐이었다. 하버드 한 자리를 놓고 경쟁하게 될 사람은 아마 그 '인간 알파고' 수진희일 거고 이외에는 관심이 없다. 그리고 그녀의 이런 자신감은 절대로 오만이 아니었다.

"아, 로사야! 그리고, 여기 내일 학생회 면접에 나올 질문 리스트."

서로 친한 학생들끼리 해 먹는 부서가 되어버린 지 오래인 학생회에, 누가 뽑힐지는 이미 정해져 있었다. 반재익은 에세이에 대한 보답으로 로사에게 선배들로부터 받은 리스트를 건넸지만, 그녀는 언짢은 듯이 바라보았다.

"나 이런 거 부탁한 적 없는데."

"알지, 알지. 그냥 보답으로."

"내일 면접은 내가 알아서 준비할게. 간다."

로사는 가버렸다. 딱히 공정성 같은 가치를 중시해서는 아니었다. 다만 학생회처럼 하찮은 것을 위해 편법까지 쓰는 것이 그녀의 기준에 부합하지 않았을 뿐이었다.

*

하비는 어젯밤을 꼴딱 새워 학생회 면접을 준비했다. 아무것도 하지 않고 있으면 밤새 무력함에 잠식당해버릴 것 같아서였다. 면접 장소에 도착하니 이미 반재익 패거리는 자리를 잡고 낄낄대고 있었다. 하비는 그들과 조금 떨어진, 나무로 가려져 있는 구석진 자리의 간이 책상 앞에 앉아서 면접 상황을 머릿속에서 시뮬레이션으로 돌려보았다.

로사는 5분 후에 도착했다. 재익은 로사에게 손을 흔들었지만, 그녀는 고개만 약간 까딱하고 다른 쪽에 자리를 잡았다. 현재 성적이 나쁘지 않을진 몰라도, 수도외고에서 정체란 후퇴를 의미한다. 자기 형처럼 공부해도 모자랄 판에 허구한 날

멍청이들과 패거리지어 다니는 오랜 친구가 한심했다.

"저렇게 돌대가리들끼리 같이 다니면서 돌끼리 부딪치면 더 멍청해지기만 할 것 같은데."

"내 말이."

로사는 혼자 내뱉은 말에 동의하는 생소한 목소리가 들려서 화들짝 놀랐다. 간이 책상이 나무에 가려져 있어서 사람이 있는 줄 몰랐다. 자신도 모르게 로사의 말에 답해버린 하비도 화들짝 놀랐다.

"저기, 나 방금 혼잣말한 건데."

로사는 뒤를 돌아보며 말했다.

"으아, 미안해. 그…… 그냥 갑자기 들려서 나도 모르게."

그녀는 상황이 조금 어이가 없기도 하고 그의 얼빠진 얼굴과 명확하게 빨개진 귓불이 조금 웃기기도 해서 픕, 하고 웃었다.

"그…… 그때 연필…… 로사 맞지? 오랜만이네. 아니지, 오랜만은 아니고, 그냥 안녕."

부끄러워서 횡설수설하는 하비였다. 그날 이후로 로사와 대화를 해보는 것은 처음이었다. 찰랑거리는 단발머리, 지적인 무테안경, 포쉬(posh)한 악센트, 청아한 목소리. 이런 부분적인 단서들로만 그녀를 인지해 오던 하비였는데, 그 조각들이 모여서 완성된 로사가 갑자기 나타난 것이다.

"그래, 안녕. 하비야."

로사는 가볍게 웃어주었다. 둘 사이에는 어색한 공기가 감돌았다. 그녀는 그냥 다른 곳으로 갈까, 생각하다가 어색함을 조금 해소하는 방향을 선택했다.

"음, 무슨 준비를 그렇게 열심히 해?"

"아, 면접 볼 거 예상 문제랑 답변……."

로사는 연필로 삐뚤빼뚤 쓴 글씨가 가득한 하비의 메모장을 보고 측은함이 들었다. 이미 누가 뽑힐지 다 정해져 있는 것도 모르고 이렇게 열심히 준비하다니.

Leadership is changing our imagination into our reality.
리더십이란 상상을 현실로 바꾸는 것입니다.

게다가 하비의 문장은 단순하고 일차원적이었다. 그냥 오지랖인지, 아니면 학생회가 어떻게 돌아가는지 뻔히 알면서도 자신은 결국 뽑힐 거라는 사실에서 오는 부채 의식 때문인지, 로사는 하비에게 도움을 주고 싶어졌다.

"저기, 하비야. 잘 쓰기는 했는데, 좀 더 멋있게 표현할 수 있을 것 같아. 'Leadership means'라고 해도 좋고, 각 단어 앞에 'the'를 넣어 'the imagined' 'the possible' 이렇게 바꿔줘도 좋아. 그러면 더 세련된 표현이 되거든. 그리고 여기도."

로사의 손가락이 메모장 위를 맴돌다가, 어느 한 곳에 멈췄다.

"'Limn'이라는 단어는 문어체인데, 면접 때는 이것보다 더 구어체인 단어들로 답변하는 게 좋아."

아, 너무 잘난 척했나. 주변 사람들은 로사를 똑똑하다고 치켜세워 주면서도 막상 그녀가 뭔가 가르쳐주면 고깝게 생각하곤 했다. 로사는 하비를 힐끔 쳐다보았다. 하지만 하비의 표정은 감탄과 존경으로 가득 차 있었고 그녀는 약간 부끄러우면서도 우쭐해져서 말했다.

"그래도 이 정도면 잘 썼어. 'Limn'이라는 단어를 아는 사람 처음 봐."

그러게? 하비는 'Limn'이라는 단어에서 묘한 기시감이 느껴졌다. 아……! 그는 입을 벌리고 로사를 쳐다보았다. 왜 로사를 생각 못했지? A 받은 그 에세이, 로사 네 거였구나.

"저, 로사야. 갑작스러운 질문이긴 한데…… 그, 늘 A 받는 데일리 에세이, 혹시 네가 쓴 거야?"

"음…… 응. 맞아."

괜히 맞다고 했네. 로사는 곧바로 후회했다. 주변 사람들은 로사를 똑똑하다고 치켜세워 주면서, 자기들이 필요할 때는 공부 잘하는 사람은 마땅히 그래야 한다는 듯이 도움을 요청했다. 얘도 재익이처럼 에세이 내놓으라고 하겠네. 방금 전까지 가졌던 측은한 마음은 사라져 버리고, 그가 귀찮다는 생각만 들었다.

"맞구나. 네 에세이 보면서 진짜 감탄만 했어."

"흠, 아마 A라는 점수 때문에 잘 썼다고 생각한 걸 거야."

로사는 당연하다는 듯 조금 시니컬하게 대답했다. 에세이를 주든 말든 큰 상관은 없지만, 재익에게는 안 준다고 말해버렸으니.

"하비야."

"응?"

"미안한데, 내 에세이 주는 건 좀…… 어려워. 알지?"

"어? 응, 물론. 그런 뜻이 아니라……."

하비는 헛기침을 한 번 하고, 자신이 할 수 있는 한 가장 세련된 발음으로 문장 하나를 읊었다. The vitality of language lies in its ability to limn the actual, imagined and possible lives of its speakers, readers, writers. 언어의 생명력이란, 우리의 모든 실존하고, 허구이며, 실현 가능한 삶에 숨결을 불어넣는 것이다.

처음에 로사는 그가 갑자기 무슨 말을 하는 건지 이해하지 못했다가, 이내 깨달았다.

"어! 그건…….."

"응. 첫 번째 데일리 에세이 시간에 네가 세 번째 문단 첫 줄에 썼던 문장."

로사는 놀라워하며 말했다.

"와, 그걸 어떻게 기억하고 있어? 너 무슨 포토그래픽 메모리 같은 거야?"

"아, 그건 아닌데, 그냥 너무 인상 깊은 문장이어서 외워졌어. 그…… 로사야. 나는 그냥 고맙다고 말하고 싶어서…… 사실 저번 주 데일리 에세이 수업 때부터, 네 에세이 첨삭할 때마다 거의 다 받아 적었거든. 네 문장들이 너무 아름다워서.

그리고 그걸로 공부했어."

애초에 그는 그녀에게 에세이를 달라는 부탁을 할 생각이
전혀 없었다. 하비는 책가방에서 자신이 필사했던 노트를 주
섬주섬 꺼내 보여주었다.

"수업 시간에 내 에세이만 뜨면 막 받아 적는데, 설마 몰랐
겠어?"

"헉, 알고 있었어?"

"응, 당연하지. 올림픽에 속기 종목 있으면 금메달 따겠더
라."

"아…… 부끄럽다. 미안. 선진두 선생님 통해서 허락받으려
고도 했는데……. 내가 생각해도 좀 집착적인가, 하하."

"에세이 집착남(Essay-Phile)이네?"

"그러게……."

"아잇, 장난이야. 에세이가 본다고 닳는 것도 아니고. 그리
고, 으음, 내 문장이 아름답다고 해줘서 고마워."

로사의 말을 들은 하비의 얼굴과 귓불이 다시 붉어졌다. 충
분히 기분 나쁠 수 있는 상황임에도 이해해 준 것이 고맙기도
했지만 그녀의 위트, 그리고 말하면서 고개를 살짝 까딱이는
제스처가 너무 우아하고 멋있어 보였다. 로사도 그가 조금은
흥미로웠다. 다른 사람들과 달리 말에 진심이 어려 있는 게 느
껴졌다. 또 까만 글씨로 빽빽하게 채운 노트에서 뿜어져 나오
는 간절함과 집요함이, 자신과 닮아 보였다.

"그런데 그 단어 하나 때문에 내가 쓴 거라고 알게 된 거야?"

"그것도 있기는 한데, 문장 표현에서 느껴졌어. 음, 프로파일링이 가능했다고 해야 하나?"

"프로파일링이라고? 뭐야, 무슨 경찰이 범죄자 필체나 지문 찾는 것처럼?"

"너, 유나바머* 알아?"

"응, 그 천재 폭탄 테러리스트? 사회를 비판하는 선언문도 쓰고 그랬잖아."

"맞아. 역시 아는구나. 그 사람이 하도 치밀해서 CCTV도 돌려보고, 목격자 진술도 받고, 우편물을 역추적해 봤는데도 절대로 잡을 수가 없었대. 근데 어떻게 잡았는지 알아?"

"음…… 아니?"

"유나바머가 쓴 그 선언문 때문이었어. 어떤 형사가 몇 달 동안 그 선언문만 계속 읽어보다가 그 사람 글에서 특정하게 반복되는 '언어 지문(fingerprint)'을 발견할 수가 있었대."

"언어 지문? 말하거나 쓸 때 나타나는 버릇 같은 건가?"

"맞아. 세대별로, 지역별로 쓰는 말이 다르잖아. 예를 들어서 '대단하다'는 말을 '쩐다' '대박'이라고 하는 것처럼, 세대마다 쓰는 유행어가 있잖아. 그걸 가지고 유나바머가 몇 살인지, 어디 사는지 유추해서 결국 잡았다고 하더라."

호감 있는 여자 앞에서 이런 따분한 얘기를 신나서 지껄이

---

* 본명은 시어도어 존 카진스키(Theodore John Kaczynski). 하버드대 출신의 수학 천재이자, 테러리스트. 기술의 진보에 반대하며 관련 종사자들을 향한 우편물 폭탄테러를 감행했다. 주로 대학교와 항공사를 공격해 "유나바머(Unabomber, university and airline bomber)"라고 불렸다.

는 하비를 친구들이 봤다면 뜯어말렸겠지만, 로사도 역시나 그런 너드적인 이야기를 좋아하는 편이었기에 둘의 대화는 매끄럽게 이어졌다.

"아, 그러면 너도 내 언어 지문을 발견했다는 거네. 와, 그래도 바로 알아보기가 쉽지 않았을 텐데."

"유나바머를 담당한 형사도 선언문을 그냥 많이 읽기만 한 게 아니래. 범죄자가 쓴 글인데도 읽을수록 사랑에 빠지게 돼서, 나중에 바로 발견할 수 있었다고 하더라."

아무리 문장의 주체가 글이라고 해도 자신도 모르게 '사랑에 빠졌다'는 표현을 쓴 하비는 아무렇지 않은 척했지만 조금 부끄러웠다. 로사도 물론 그 순간을 포착하고 웃었다.

"그런데, 하비야. 그러면 네가 형사고, 나는 여러 명을 죽인 극악무도한 범죄자 유나바머라는 거네? 조금 무례한 비유 아닐까?"

"아…… 미안. 그런 뜻은 절대 아니야."

하비의 귓불이 다시 빨개졌다.

"에이, 농담이야. 그리고 유나바머는 하버드대 졸업생이잖아? 나쁘지 않은데?"

어느새 어색한 공기가 완전히 가시고, 둘은 눈을 마주치면서 미소를 교환했다.

"구하비 지원자! 다음 차례입니다. 준비해 주세요!"

학생회 선배가 하비를 불렀다. 하비는 급히 로사에게 인사하고, 메모장을 들고서 후다닥 면접실로 달려갔다.

저녁이 된 뒤 로사는 면접장을 나섰다. 그녀의 예상대로 학생회 면접 질문들은 하나같이 수준 낮고, 허접하고, 상상력이 고갈되어 있는 것들이었다. 하지만 학생회가 어떻게 돌아가는지 모르는 하비에게는 어려울 수 있겠다는 생각이 들었다.

"아, 다 잘 끝났네. 누님. 너도 잘 봤지? 그, 구하비 새끼는 끝나자마자 바로 기숙사로 가버리더라. 지도 불합격이라는 걸 아는 거지."

로사는 재익을 노려봤다.

"뭐야, 왜 이렇게 무섭게 봐? 밥이나 먹으러 가자."

"야."

"응?"

"너 앞으로 나한테 데일리 에세이 달라고 하지 마."

"무슨 소리야, 갑자기? 왜?"

"밥은 네 패거리랑 먹고."

"아니, 갑자기 왜 그러는데!"

"누님이라고 부르지 말라고 했잖아."

하비는 그렇게 열심히 면접을 준비했는데, 반재익처럼 자격 없는 것들이 자리를 차지하는 게 화가 났다. 또, 자신도 다른 사람 눈에는 그렇게 비칠 수 있다는 것에 더 화가 났다. 로사는 얼이 빠진 재익을 놔두고 기숙사로 돌아갔다.

예정대로 하비는 학생회에 불합격했다. 무엇보다 로사에게 그렇게 열심히 준비했다는 걸 보여줬는데 불합격했다는 사실이 자존심에 스크래치를 냈다. 그래서 그녀를 며칠간 피해 다녔다. 물론 수도외고는 하비에게 실망감에 빠져 있을 틈도 주지 않았다. 첫 번째 시험을 앞둔 하비는, 시험 준비를 하면 할수록 자신이 얼마나 모르는 게 많은지 알아갔다.

소등 시간은 예전부터 느꼈지만 너무 일렀다. 시험기간에 학교도서관이 새벽 2시까지 열리기는 한다. 이 정책은 하비나 아론 같은 야행성 학생들에게는 호응을 받았지만, 주행성인 단테나 재익 같은 학생들의 반대에 부딪히기도 했다. 11시에 렘수면에 빠진다고 해도, 룸메이트가 도서관에 2시까지 남아서 공부하고 들어오면 아무리 살금살금 걸어도 깰 수밖에 없다. 공부는 공부대로 못하고, 잠은 잠대로 설치는 상황이 계속되는 것이다. 결국 공부 스트레스, 수면 스트레스로 학생들은 서로 극도로 예민해져 그간에 겨우 형성되었던 일말의 전우애조차 사라지고 말았다. 개학한 지 첫 달 만에 이곳은 이미 지옥으로 변했다.

*

"하비야."

어느 밤, 기숙사로 돌아가던 하비를 아론이 조용히 불러냈다. 뺨에 눈물 자국이 있는 것 같았다. 어두운 곳에서 봐도 상태가 정말 안 좋아 보였다.

"어어, 아론아."

"너 혹시 있잖아, 옥상 가봤냐?"

"어?"

"……아니다."

아론은 더 말을 나누려 하지 않고 기숙사 방으로 들어가 버렸다.

그날, 하비는 악몽을 꿨다. 몸서리치며 잠에서 깨 휴대폰을 보니 새벽 4시였다. 목이 타서 침대 옆에 둔 물통을 집었는데 텅 비어 있었다. 그는 할 수 있는 만큼 최대한 살금살금 걸어서 복도 정수기로 물을 받으러 나갔다. 그런데 평소에는 잠겨 있다고 생각해서 신경도 쓰지 않던 복도 구석의 철문이 열려 있는 것 아닌가. 하비는 비몽사몽 물을 받으면서 저게 과연 어디로 통하는 문일까, 상상했다.

슬며시 문을 열자 바로 가파르게 올라가는 계단이 보였다. 옥상으로 통하는 문. 옥상으로 통하는 문이다. 갑자기 잠이 확 깼다. 설마? 아니, 그건 말도 안 돼. 그럴 리는 없는데, 없어야 하는데……! 극도의 불안감을 느끼며 하비는 계단으로 뛰어 올라갔다. 문을 확 열어젖히자, 다행히 옥상에는 아무도 보이지 않았다. 차가운 밤공기가 하비의 잠을 완전히 깨웠고, 희미하게 반짝이는 별들이 기괴하지만 아름답게 보였다. 힘이 빠졌다. 그래…… 내 코가 석 자인데 누구 걱정을 하고 있냐. 아론이는 방에서 조금 울고 있겠지. 조금만 더 바람 쐬다가 돌아가자.

추운 곳에 있다 보니 화장실에 가고 싶어졌다. 화장실 안에 들어가자, 아무도 보이지는 않는데 뭔가가 부산스럽게 움직이는 인기척이 느껴졌다. 목소리나 물소리가 아닌, 책 넘기는 소리 비슷한 게 들린다. 화장실에서.

"아론아, 여기 있냐?"

갑자기 고요해졌다. 잠시 숨을 죽였다가 이내 다시 책 넘기는 소리가 났다. 하비는 몸을 조금 굽혀서 화장실 칸 아래를 보았다. 모든 화장실 칸마다 실내화를 신은 발들이 보였고, 그 중에는 낯이 익은 아론의 화려한 실내화도 있었다.

하, 도서관은 여기였구나. 벌써 여러 명이 당연한 듯 변기 커버를 의자 삼아 앉아서 공부하고 있는 걸 보면, 이 깜찍한 아이디어는 꽤나 예전부터 존재해 오던 문화 같았다. 생각해 보면 말이 된다. 각방마다 화장실이 있기 때문에, 웃기게도 기숙사 공용 화장실은 가장 깨끗한 화장실이었다. 더구나 24시간 불이 켜져 있는 곳은 이곳밖에 없었기에 새벽과 함께 공부하기에 최적인 공간이었다.

하비는 뒤처지지 않으려면 내일부터 자신도 화장실에 들어가야겠다고 생각했다. 오늘부터 시작하기에는 너무 피곤했다. 하지만 방으로 들어갔을 땐 이미 잠이 다 깨버린 뒤여서, 결국 나머지 밤을 거의 뜬눈으로 지새웠다. 그들은 이 잠들 수 없는 밤을, 천 번 넘게 반복해야 한다.

4교시

　드디어 첫 번째 시험 날이 밝았다. 학생들은 대강당 앞에서 대기하면서 저마다 시험 전 의식을 치르고 있었다. 입장할 때는 SBT 주관사에서 파견된 감독관들이 금속 탐지기까지 들이대며 엄격한 소지품 검사를 실시했다. 대강당에 들어서자 책상들이 사람 하나가 누울 수 있을 만큼의 간격을 두고 한 치의 오차도 없이 가지런하게 정렬되어 있었다. 학생들은 자리표에 따라 착석했다.

　"학생증 확인하겠습니다."

　오랜만에 꺼내는 학생증이었다. 처음 이 학생증을 받았을 때는 매일 꺼내 볼 정도로 좋기만 했었는데. 감독관들은 미국 입국심사관들보다 더 까다롭게 학생과 학생증을 대조 확인한 후에야 OMR 카드와 시험지를 나눠주었다.

　"자, 1분 후에 시험 시작하겠습니다. 아직은 아무 페이지도 넘기지 마십시오."

　시험관들은 미란다원칙을 고지하듯 엄숙한 목소리로 시험 규정을 쩌렁쩌렁하게 읽어나갔다. 학생들은 크게 심호흡을 하고, 스타트 준비를 했다.

　"시험 시작!"

　공이 울렸다. 시험지의 커버 페이지를 넘기는 하비의 손이 조금 떨렸다.

1번 문제. 어…… 이건 공부했던 건데. 정답은, 3번. 그런데 다음 문제로 넘어가려는 순간 5번 보기가 눈에 들어온다. 5번 보기 역시 정답 같다. 하비는 백지상태로 돌아가 다시 1번 문제를 읽었다. 이번에는 5번으로 결론이 모아진다. 역시 5번인가? 그런데 갑자기 어디서 주워들은 말도 생각난다. 원래 처음 풀 때 고른 답이 가장 맞는 법인데. 괜히 고쳤다가 틀리지 말자. 3번 보기? 5번 보기?

……시간을 너무 많이 낭비하고 있었다. 넘어가자, 넘어가자. 하비는 허둥대면서 2번 문제, 3번 문제를 풀었다. 그러나 4번 문제에서 똑같은 현상이 일어났다. 분명히 맞는 답이 있는 반면, 조금 덜 정답 같아 보이지만 그래도 정답 같은 보기도 있었다. 갈팡질팡. 거기다가 아직 1번 문제도 풀지 못했는데, 시계를 보니 벌써 10분이 지나가 버렸다. 그렇게 혼돈 속에 숨을 가쁘게 내쉬며 30번 문제까지 다다랐지만, 그중 반 정도는 풀었다고 할 수 없는 상태였다. 이러면 안 되는데, 이러면 안 되는데. 완벽하게 풀어내려는 욕심이 오히려 족쇄가 되고 있다. 공든 탑이 무너지고 있다.

설사 시험을 잘 봤다는 생각이 든다고 하더라도 이 수도외고에서 10등 내에 드는 것은 장담할 수 없다. 그런데 시험 도중에 이렇게 완전히 망쳐버렸다는 생각이 들 정도면 실제 등수는 얼마나 낮게 나올까? 반재익 같은 놈들 근처에 닿을 수나 있을까? 자신이 너무 밉다. 이가 갈린다. 그럴수록 문제는 더욱 흐리게 보인다.

이 상태로는 객관식 문제를 더 풀지 못할 것 같았다. 하비는 30번 문제에서 바로 마지막 서술형 문제로 넘어갔다. 오히려 답이 명확하지 않은 서술형 답안을 쓰는 것이 더 수월했다. 훌륭한 답변을 썼는지 아닌지와는 별개로, 적어도 그동안 데일리 에세이 시간에 필사해 온 문장들을 떠올릴 수 있었으니까.

적당히 서술형 문제를 마무리하고 객관식 영역으로 돌아갔다. 조금 안정을 찾은 뒤였다. 시간은 30분 남아 있었다. 그는 초인적인 집중력을 발휘해 순항하는 듯했으나 결국 44번 문제에서 다시 좌초되었다. 분명히 답을 골랐는데, 뭔가 더 완벽한 답이 존재할 것만 같다. 무뚝뚝한 문제 뒤에 숨겨진 출제자의 음흉한 의도가 잘 읽히지 않는다. 분명히 다 아는 문제인데, 왜 이렇게 갈팡질팡하지? 첫 시험이라 그런가? 이렇게 넓은 강당에서 보는 건 처음이라 그런가?

하비는 중학생 때부터 언제나 올백 아니면 안 돼, 하는 태도로 시험에 임했고 언뜻 과대망상 같은 이 기대에 제법 부응해 왔다. 시험은 기세라고 했던 영화 〈기생충〉 대사처럼, 정신 무장만 잘하면 그다지 어려울 것이 없었다. 지금까지는 말이다.

이번 첫 번째 SBT 시험에서 가장 어려웠던 문제는 1번 문제였다. 출제자들은 일부러 가장 어려운 문제를 가장 앞에 배치했다. 그것이 하비처럼 과도하게 백 점, 완전무결에 집착하는 아이들에게는 강박의 부메랑으로 돌아왔다. 기세는 꺾이고, 모든 문제들을 의심하게 됐다.

"10분 남았습니다!"

하비는 고개를 푹 숙였다. 너무 크게 한숨을 쉰 탓에 주위 학생들은 물론이고 저 멀리 있던 감독관마저 화들짝 놀라 그를 바라보았다. 마지막 10분 동안 체념 상태로 문제를 푸니 오히려 잘 풀리는 것 같았지만, 그 10분은 너무나 짧았다. 결국 색칠하지 못해 구멍이 나 있는 OMR 카드 부분에, 하비는 생애 최초로 '찍어서' 답을 채워 넣었다.

"시험 끝났습니다! 필기도구 모두 그 자리에 그대로 두시고, 손 올려주세요."

학생들은 포로처럼 손을 머리 위에 올리고 감독관들이 시험지와 OMR 카드를 집어갈 때까지 소리 하나 내지 않았다.

"수고했다, 모두."

어라, 외부 감독관들만 있는 줄 알았던 SBT 부스 안에서 선진두가 갑자기 걸어나왔다. 하긴, 이 학교의 설계자가 가지 못할 곳이 어디 있겠는가. 그답지 않게 자상한 목소리여서인지, 그래도 익숙한 얼굴을 보니 반가웠는지, 아니면 그냥 자신의 처형 시간을 알고 싶었는지, 누군가 선진두에게 질문했다.

"선생님, 시험 결과는 언제 나오나요?"

누가 저딴 질문을 하는 거야? 아이들은 목소리가 들려온 곳을 쩨려봤다. 아, 그러면 그렇지. 수진희였다. 중학생 때의 하비도 시험을 보면 항상 빨리 결과가 나왔으면 했다. 하지만 지금은 시험이 끝나면 바로 기억상실증에 걸려버리고 싶다는 옛 친구의 심정을 이해했다.

"서술형까지 채점해야 하니까, 약 일주일 정도 후에 나올 거다."

　미칠 노릇이군. 사형수의 식사를 도대체 몇 번이야 해야 하는 건지.

　"그리고 또 일주일 후에 부모님께도 성적표가 우편으로 발송될 테니 사인 받아와야 한다."

　재익이나 단테처럼, 오히려 이 부분에서 더 크게 탄식을 하는 학생도 많았다.

　"모두 퇴실하셔도 좋습니다."

　강당을 나가는 학생들의 표정을 보면 성적을 대강 유추할 수 있다. 하비는 뇌가 이미 다 타버린 것 같아서, 아무도 없는 학교 뒷마당에 멍하게 주저앉았다. 혹시 마지막 서술형 문제라도 성적이 괜찮게 나오면…… 어느 정도 만회할 수 있지 않을까? 그래, 지금까지 데일리 에세이 열심히 써왔잖아. 이렇게 스스로 펼치는 망상의 나래, 즉 '행복회로'를 돌리는 것에는 긍정적인 측면과 부정적인 측면이 있다. 긍정적인 측면은 하비의 뇌세포가 완전히 다 타버리지는 않았다는 것, 뇌가 방어기제를 발동하며 다시 일을 하기 시작했다는 것이다. 방어기제가 무너지지 않았다는 건 적어도 그가 내일을 살아갈 준비는 되어 있다는 것을 의미했다. 부정적인 측면은, 일주일 후에 실제 시험 결과가 나와서 하비의 마지막 행복회로마저 파괴된다면, 과연 그때도 버틸 수 있느냐는 것이었다.

*

일주일은 결국 흐른다. 고대하던 저녁 종례시간, 선진두는 1초도 늦지 않고 문을 열었다.

"긴장되는 저녁이겠군, 여러분. 자. 성적 발표를 시작하겠다."

하루 내내 말라가던 학생들의 심장이 다시 초긴장 상태로 두근대기 시작했다.

"수도외고의 전통에 따라, 상위 다섯 과 하위 다섯 명 학생은 공개적으로 호명하겠다."

"그러면 그 중간은요?"

누군가의 질문에 선진두는 가차 없이 대답했다.

"애매한 중간 등수에게는 영광도, 굴욕도 필요 없지. 나머지 학생들은 무작위로 호명하겠다. 먼저 상위 다섯 명. 5등, 안단테!"

아이들은 모두 놀란 눈으로 단테를 바라보았다. 그 스스로도 깜짝 놀라 벌떡 일어났다.

"축하한다, 안단테. 매일 소설책을 끼고 산 보람이 있었던 모양이지. 그렇지만 다음 시험 때 네가 읽어보지 않은 소설이 지문으로 출제된다면, 그때는 얼마나 잘 풀지 지켜보겠다."

"헉, 어떻게 아셨어요?"

"『율리시스』 같이 어려운 작품이 지문으로 나오면 시험지에 고뇌의 흔적이 남기 마련인데, 이미 읽어봤던 글인지 네 시험지는 깨끗하더군. 그것도 네 능력인 거다. 네 배짱에 커닝을 했을리도 없고. 이놈만큼 책을 꾸준히 읽어오지 않았으면 불가능한 일이니까 다들 이제 와서 헛짓거리에 시간 낭비하지 말도록."

선진두의 말대로, 단테는 운이 좋았던 것이 아니라 그동안 쌓아왔던 독서량이 빛을 발한 것이었다. 하비는 자신의 룸메이트를 향해 진심 어린 박수를 쳤다.

뒤이어 4등으로 다른 한 명이 불려 나간 다음, 3등으로는 반재익이 불렸다.

"정말 대단하군, 반재익."

"에이, 아닙니다."

"아니야, 정말 대단해. 왜냐하면 네 형은 단 한 번도 3등 따위로 내려가 본 적이 없거든."

재익은 얼어붙었다.

"3등을 호명할 때 자신의 이름이 불렸다면, 네 형은 수치심에 바로 창문 밖으로 뛰어내렸을 거다. 그런데 너는 무슨 개선장군처럼 의기양양하게 걸어 나오고 있군. 아니, 아니지. 이게 네가 할 수 있는 최대치냐? 네 아버지는 이곳에서 항상 1등이었고, 네 형은 만년 2등이었고, 너는 만년 3등인가?"

"……."

"이게 네 최대치냐? 어! 이게 네 최대치야?"

고함치는 선진두 앞에서, 재익은 아무 말도 하지 못했다. 수치스러움에 고개를 숙이고, 성적표를 구기며 자리로 돌아갔다. 그러나 하비는 쌤통이라는 생각은 전혀 들지 않았다. 오히려 조금 부러웠다. 3등을 했는데도 저런 취급을 받는다는 건, 선진두가 재익에게 가지고 있는 기대치가 훨씬 높다는 것이기에.

"2등, 민로사."

짧고 작게 박수가 터져 나왔다. 박수 지분의 반 이상에는 하비가 기여했다. 그녀는 약간은 아쉽다는 듯한 미소를 지으며 앞으로 나갔다.

"아쉽겠군, 민로사."

"네. 더 올라갈게요."

1등은 안 봐도 수진희일 것이다. 하지만 그녀는 로사 같은 야심가 스타일이 아니라 은둔형 천재 스타일이었다. 정말로 공부를 순수하게 좋아하는 학생. 더군다나 진희의 1지망 학교는 하버드대가 아니라 MIT라는 소문이 돌았기에 하버드 한 자리를 노리는 학생들은 진희가 아니라 로사를 더욱 경계했다.

"1등, 수진희. 축하한다."

그녀는 별 관심 없다는 듯이 성적표를 받고 자리로 돌아갔다.

"자, 이제 이번 시험의 패배자들을 호명할 차례군. 30등, 반재익 따까리 원. 29등, 반재익 따까리 투."

이름도 제대로 불리지 못한 둘은 사색이 되어 같이 앞으로 끌려 나갔다.

"이 덤 앤 더머는 도대체 어떻게 수도외고에 입학했는지도 의문이군. 반재익, 아버지 백으로 교육청에 압박이라도 넣은 건가?"

그러나 재익은 여전히 자신의 굴욕을 삭히느라 관심도 없었다. 선진두는 그들의 인격을 조금 더 유린한 뒤 성적표를 나눠주었다. 반 아이들 중, 이 공개 처형 광경을 보고 웃는 아이들은 아무도 없었다. 언제든 자신들도 저 꼴을 겪을 수 있기에. 모르는 친구들의 이름이 뒤이어 불렸다. 선진두가 입을 뗄 때마다 하비의 심장 상태가 악화되었다. 27등까지 불리고 난 뒤에야 그는 참았던 숨을 한꺼번에 내쉬었다. 교실 곳곳에서 안도의 한숨이 터져 나왔다. 뒤를 돌아보니 아론도 깊게 숨을 내쉬고 있었다. 눈이 마주친 둘은 서로 어이가 없어 피식 웃었다. 몇 주 전까지만 해도 아무 걱정 없이 성적 발표를 기다리던 전교 1등 출신 학생들이, 제발 하위 다섯 명에만 들지 않기를 간절히 기도하고 있었다. 너무 간절하기에, 자신들의 처지가 얼마나 바뀌었는지도 생각할 겨를도 전혀 없었다. 그때였다.

"26등, 구하비."

"네?"

"26등 한 게 자랑스러우면 한 번 더 불러주랴? 나와!"

선진두는 하비에게 소리를 질렀지만, 그의 귀에는 들리지 않았다. 온몸의 메커니즘이 정지되어 버렸다. 진공 속에서 부유하는 것 같았다.

"왜? 믿기지가 않나? 배치고사는 5등이었는데? 이렇게 등수가 20등 넘게 떨어진 학생은 수도외고 역사상 단 한 명밖에 없다. 구하비, 너는 신기록을 세웠다. 이렇게 망상과 현실이 동떨어져 있는 놈은 처음이야. 모두 박수를 쳐줘라."

아무리 그래도 이건 너무 잔인하다고 생각했는지 학생들은 머뭇거렸다.

"모두가 박수를 치지 않으면, 다음 하위권 등수부터 차례로 공개 호명하도록 하지."

정말로, 이건 너무 잔인했다. 그러자 무명의 중위권 아이들은 박수를 치기 시작했다. 아론마저도. 마지막까지 가만히 손을 내리고 있던 것은 단테와 진희, 그리고 로사뿐이었다.

"26등을 해놓고 이렇게 정신 빠져 있다니. 구하비, 넌 네가 스스로 굉장히 특별하다고 착각하는 모양인데 현실을 말해주지. 아무리 여기가 수도외고라고 해도, 26등이면 네가 선택할수 있는 대학은 절대 없다. 절대로."

하비는 정신이 반 나간 상태로 굴욕감에 몸을 떨었다. 그렇게 노력했는데, 이렇게까지 처참하게 노력에 배신당할 수가 있나?

"아직도 현실 부정 상태군. 첫날 면담에서 너는 어느 학교를 적어 냈지? 아하! 하버드였지?"

선진두의 그 말에 하비는 정신이 완전히 돌아왔다. 이전의 그것은 익명 설문 따위가 아니었던 것이다.

"하버드? 네 성적 따위로? 제대로 적어낸 게 맞나, 구하비? 설마. 아, 너는 브이 발음이 안 되니까, 하버드가 아니라 '하바-드' 아닌가?"

선진두는 하비의 얼마 남지 않은 자존심마저 완전히 짓밟아 뭉개버리려고 했다. 그 순간, 하비는 눈이 뒤집혀 버렸다. 자신의 비루한 현실을 모욕할 수는 있어도 허황된 야망을 모욕하는 것은 견딜 수 없었기 때문이었다.

"닥쳐!"

내장 기관 가장 깊숙한 곳에서부터 터져 나오는 울분의 고함이었다.

"닥쳐요, 씨발! 다음, 다음번에 똑똑히 봐요! 다음번에 보라고!"

정적.

하비의 온몸이, 특히 볼살과 귓불이 눈에 띄게 부르르 떨리고 있었다. 반 아이들은 벙찐 채로 그를 바라봤다.

아, 망했다. 내가 무슨 소리를. 내가 무슨 소리를 한 거지. 순간 스스로를 제어할 수가 없었다.

그는 선진두가 들고 있는 자신의 성적표를 손에서 확 낚아챈 다음 90도로 꾸벅 인사를 하고 책상으로 재빨리 돌아와 앉았다. 어딘가로 숨고 싶었다. 끓는 피가 조금 가라앉자 반 전체가 조용히 하비를 힐끔거리는 것이 느껴졌다. 하비는 그제야 자신이 감히 선진두 앞에서 무슨 정신 나간 짓을 한 건지 제대로 깨달았다. 선진두가 지금 어떤 표정을 짓고 있는지 미친 듯이 궁금했지만 감히 쳐다볼 수 없었다. 이제 수도외고와의 인연은 끝난 것 같았다.

하지만 하비는 올려다봤어야 한다. 그렇다면 괜한 걱정을 하지 않았을 것이다. 선진두는 웃었다. 자신이 원하던 인형을 찾은 악마처럼.

"며칠 후에 두 번째 면담이 있을 거다. 그 전에."

선진두는 말을 잠시 멈췄다.

"내 교무실 밖에 자퇴서를 놔뒀다. 면담 전, 자퇴서를 작성하고 싶은 학생은 얼마든지 편하게 와서 가져가도 된다. 왜 자퇴하는지 물어보거나 자퇴를 만류하는 일은 없을 테니 걱정하지 않아도 된다. 기억해라. 절박함이 위대함을 피워내는 거다. 이상."

"야, 구하비 저 새끼 뭐냐? 사이코패스 아니냐?"

"앞으로 괜히 엮이지 말자. 야, 그래도 역시 재익이, 3등! 앞으로 두 칸만 가면 되겠다."

패거리가 아부하는 소리를 재익은 분한 기분으로 듣고 있었다. 그래, 3등. 객관적으로 너무나 훌륭한 등수다. 하지만 선진두가 자신을 모욕할 때 두려움에 한마디도 하지 못했다. 위로든 아부든, 패거리가 어떤 말을 해도 웃을 수가 없었다. 그는 전혀 그럴 기분이 아니었다. 선진두에게 받은 수모 때문에 여전히 분한 상태였다. 그러나 더 분한 것은 구하비였다. 26등이라는 상상도 못할 하찮은 성적을 받은 주제에, 구하비는 발끈해서 선진두에게 대들었다. 그 순간 형언할 수 없을 정도로 저놈에게 압도당한 듯한 더러운 느낌을 지울 수가 없다. 그리고 선진두는 왜 저놈이 미쳐 발광했음에도 혼내기는커녕 그렇게 흡족하게 웃었지? 26등인 주제에 네 야망을 모욕하는 게 뭐가 불쾌하다는 거냐? 왜 그렇게 아득바득 올라가려는 거냐?

재익은 고개를 돌려 로사를 바라보았다. 어차피 진희는 하버드가 아니라 MIT에 지원할 거니까 내가 이길 사람은 로사 한 명이다. 그녀가 모든 면에서 월등하지만 나만 알고 있는 비장의 카드가 있지. 하버드 한 자리를 따내는 것은 나다.

하지만 로사는 다른 쪽을 보고 있었다. 선진두의 후환이 두려워 걱정하면서도 한편으로는 아직 분이 풀리지 않아 씩씩거리는 구하비를 말이다. 선진두와 비슷한 미소를 지으며, 그를 보고 있었다.

*

수도외고에 첫 번째 자퇴생이 생겼다.

"여기 선진두 선생님 자리가 어딥니까?"

교무실 문이 부서질 듯 열렸다. 아론의 부모님이었다. 대부분의 학부모 상담은 은밀하게 진행되지만, 분을 삭이지 못한 아론의 부모님이 항의하는 소리와 책상을 치는 소리가 교실 복도에 울려 퍼졌다.

"선생님이 무슨 자격으로 애 앞길을 막아요? 뭐? 상위 다섯 명 안에 못 들면 아이비리그도 못 간다고? 우리 애가 들러리 서려고 온 줄 알아? 이럴 거면 그냥 애 자퇴시키고 다른 학교로 전학 보내는 게 낫겠어요!"

테레사 선생은 자퇴서를 흔들어대며 소리치는 아론의 부모님을 만류했지만, 선진두는 여유롭게 받아쳤다.

"아론이 어머님, 아버님. 화내시는 심정 충분히 이해합니다."

"하, 참! 이해를 하신다고요?"

"저도 학부모였으니까요. 그래서 존중합니다. 이렇게 학교에 다짜고짜 쳐들어오시는 것도."

아론의 부모님은 선진두의 포스가 보통이 아님을 느끼고 침을 꿀꺽 삼켰다.

"하지만 저는 부모님의 지나친 개입을 극도로 지양합니다. 왜? 그게 학생에게 비도덕적이어서가 아니라, 비효율적이기 때문입니다. 황아론. 어제 내가 마지막에 뭐라고 했었지?"

"어…… 절박함이…… 그, 위대함을 피워낸다고……."

"그래. 아론이는 절박해야 합니다. 어머님 아버님의 열정은 충분히 이해합니다. 다만 오늘 두 분을 보니, 아론이는 확실히 수도외고와는 맞지 않는 학생 같네요."

선진두는 재킷 안주머니에서 만년필을 꺼내, 아론의 부모님이 들고 있는 자퇴서를 확 낚아챈 뒤 쓱쓱 사인을 했다.

"뭐, 뭐 하는 겁니까, 당신?"

"자퇴서가 처리되려면 제 사인이 필요합니다."

"아니, 그게……."

아론의 부모님은 아들을 자퇴시킬 각오를 하고 오기는 했지만, 내심 아론이 남기를 바랐다. 이런 시나리오는 전혀 예상하지 못했다. 한순간에 갑과 을이 바뀌어 버렸다.

"선생님, 잠시만……."

"죄송합니다. 오늘 보니, 아론이는 확실히 수도외고와는 어울리지 않는 것 같습니다."

그러자 분통이 터진 부모님은 소리쳤다.

"그게 무슨 소리예요? 아니 우리 애가 여기 오려고 공부를 얼마나 열심히 했는데…… 시험 전에 화장실에서까지 밤을 새가면서!"

선진두는 웃으며 자신의 책상을 짚었다.

"어머님, 아버님. 오늘 교무실에 쳐들어와서 이 책상을 치며 난동을 부린 게 아론이라면, 저는 절대로 자퇴서에 사인을 하지 않았을 겁니다. 왜냐하면 그건 아론이가 절박한 거니까요. 근데 부모님이 대신 절박해 줘야 되는 학생은, 죄송하지만 제가 별로 관심이 없네요."

"……"

"자퇴서 처리되었습니다. 그럼 이만."

말을 마친 선진두는 테레사 선생과 교무실을 나가면서, 무려 30분이나 낭비했다며 한숨을 쉬었다.

아론과 부모님은 빈 교무실에 망연자실하게 서 있었다. 그동안 쌓인 설움이 북받친 아론의 눈에서 눈물이 흘렀다.

그는 전형적인 모범생이었다. 자신의 야망 때문이라기보다는 사나운 부모님 밑에서 열심히 공부했던 학생. 공부의 필요성은 부모님이 대신 찾아주고, 의자에 엉덩이를 충실히 붙이고서 그만큼의 정직한 점수로 보답해 왔던 아들. 그리고 그는 괜찮은 친구였다. 수도외고 같은 기형적인 장소가 아닌 다른 곳에서 만났다면, 같이 공부하고 놀며 서로를 건강하게 자극할 수 있는 우정을 나눴을 것이다. 아론은 아무 잘못한 것이 없다, 라고 하비와 단테는 말해주고 싶었다.

그는 눈이 약간 부은 채로 기숙사에 돌아와서 짐을 챙겼다. 어색한 공기 속에 하비가 먼저 아론에게 인사를 건넸다. 단테도 마지막 인사를 했다. 셋은 가볍게 포옹하면서 그래도 즐거웠던 첫날 새벽을 떠올렸다. 아론은 힘없이 인사를 하고는 수도외고 정문 밖으로 걸어 나갔다.

"얘들아. 잘 있어. 잘 지내고…… 잘 버티고."

"응, 아론이 너도……."

"나중에 방학하면 연락해."

"그럴게."

그는 마지막으로 옆문에 적혀 있는 교훈, "Veritas vos Liberabit"을 바라보며 말했다.

"그런데 얘들아, 알고 있지? 이건 존나 개소리야."

누구나 수도외고를 떠나는 것을 상상해 보았을 것이다. 그러나 그 일이 막상 현실로 일어나자 많은 아이들이 동요했다. 그래도 나는 쟤보다는 낫네, 여기서 더 버텨야겠다, 그래도 쟤는 저렇게 탈출하기라도 하네, 나도 탈출하고 싶다……. 고작 한 달 동안 알고 지냈을 뿐인 황아론의 서사에 모두들 자신의 고난을 더하며 하루를 버텨냈다.

하비에게 아론의 자퇴는 특히나 크게 다가왔다. 다음 날, 그는 부모님과 통화를 하기 위해서 사람이 없는 곳을 찾았다. 그동안 연락은 자주 했지만 자퇴하고 싶다는 얘기를 한 적은 없었다. 하지만 오늘은 털어놓고 싶었다.

기숙사에는 마음 놓고 통화할 수 있는 장소가 없었다. 결국 다음 날 아침 일찍 기숙사를 나서서 빈 교실을 찾기 시작했다. 대부분의 교실들은 아직 잠겨 있었고, 복도를 돌아다니다 벌써 불이 켜져 있는 선진두의 교무실을 보고 기겁한 하비는 가장 반대쪽으로 빙 돌아갔다. 아, 가장 위층 복도 끝에 동아리 방 같은 빈 공간을 하나 발견했다. 다행히 문도 열려 있고. 통화를 하려던 하비는 인기척이 느껴지는 것 같아 첩보원처럼 주변을 한 번 더 확인한 뒤 통화버튼을 눌렀다.

—여보세요? 하비야, 너무 일찍 일어나서 피곤한 거 아니야? 아픈 데는 없고?

"응, 몸은 괜찮아요…… 그런데 오늘 얘기하고 싶은 게 있어서……."

부모님은 통화할 때마다 아들의 목소리가 얼마나 지쳐 있는지 느꼈지만, 그가 스스로 말하고 싶어질 때까지 기다려 주는 분들이었다. 한번 물꼬가 트이자, 하비는 부모님에게 그동안 수도외고에서의 생활이 얼마나 고됐는지를 한참 하소연하고, 그리고 자퇴도 생각하고 있다는 사실을 털어놓았다. 자신의 변론에 설득력을 더하려 아론의 얘기를 판례처럼 덧붙이기도 했다. 다만 얘기 중간중간에, 자퇴하지 않고 이곳에서 이

겨내고 싶어 하는 자신을 간간히 발견할 수 있었다. 아들의 말
을 다 듣고 난 뒤 엄마는 조심스럽게 입을 열었다.

 —하비야, 얘기해 줘서 고마워. 그동안 많이 힘들었겠구
나…….

 "응…….."

 —네가 지금 당장이라도 그곳에서 나오고 싶다고 하면, 네
결정을 존중할게.

 "……."

 "하지만…… 하비야. 너한테 얘기한 적은 없었지만, 엄마
아빠도 분명 있었단다. 정말 그만두고 싶어서 그만뒀는데 막
상 후회됐던 순간들이."

 "으응."

 —자퇴가 잘못된 것이라거나, 후회스러울 선택이라고 하는
건 아니야. 다만 네가 정말 아무런 후회가 남을 것 같지 않다
고 느낄 때, 그때 결정을 해야 네가 수도외고를 나온 뒤에 더
큰 후회가 너를 감싸지 않을 것 같아…….

 의연했지만, 아들을 지옥 같은 곳에서 더 버티라고 밀어 넣
는 것 같아서인지 울음을 참는 목소리였다. 엄마 말이 맞다.
자신도 이곳에 아직 미련을 갖고 있었다.

 —하비야, 오늘이 1월 22일이잖아, 그치?

 "응…….."

 —그러면 딱 한 달만 수도외고에 더 있어보고 결정하는 건
어떨까? 그 정도면 네가 후회가 남지 않는 쪽으로 스스로 결

정을 내릴 수 있지 않을까?

"……그러면 딱 한 달만 더 채워서 있어볼게요. 2월 22일까지만."

—하비야, 괜찮겠어? 그 전이라도 힘들면 우리한테 꼭 말해주렴.

"응, 고마워요…… 나도 어떻게 들어온 건데, 이대로 나가기는 아쉽네. 딱 한 달만 더 해보고 못 하겠으면 그때 다시 얘기할게요."

—그래, 하비야…… 그리고 건강 항상 꼭 챙기고.

"응, 엄마 아빠도."

통화를 마친 후 하비의 심장은 아까보다 훨씬 말랑해졌다. 눈물이 찔끔 나오려고 했다. 휴대폰 캘린더 앱에 들어가서, 2월 22일로 디데이를 맞추어 놓았다.

곧, 또다시 하루의 시작을 알리는 아침 종이 울려 퍼졌다. 오늘 저녁에는 선진두와 면담도 해야 한다. 먼저 그날의 무례를 사과하고…… 살인적인 공부량이든, 굴욕이든 버텨내 보자. 딱 한 달만. 부모님의 목소리를 생각하며 하비는 결의를 다졌다.

교실에 들어가니 아론의 빈 책상이 어색하게 자리하고 있는 것이 보였다. 하지만 다른 학생들은 아무도 그의 빈자리를 느끼지도 못했고 신경 쓰지도 않았다. 왜냐하면 아론은 13등이었기 때문이다.

*

두 번째 면담. 하비는 면담실에 들어가서 먼저 예의 바르게 인사를 했다. 테레사 선생은 약간 측은한 미소를 지었고, 선진두 선생은 역시나 무표정이었다.

"저…… 선생님. 그날 성적 발표 때 죄송했……."

"그런 건 신경 쓰지 마라."

선진두는 말을 끊었다.

"구하비."

"네……."

"내가 성적 발표 때 굳이 상위 다섯 명, 하위 다섯 명을 따로 호명한 건 대우만 다르게 하려고 그런 게 아냐. 관리 역시 다르게 해야 되거든. 테레사 선생."

테레사 선생은 마음이 불편한지, 조금 머뭇거리며 얘기를 꺼냈다.

"음, 하비야. 이제부터 하위 다섯 명 학생들은 따로 데일리 에세이 수업을 들을 거야."

"예?"

"다시 말해주랴? 열등반을 따로 만든다는 말이다. 학생들 수준이 비슷해야 서로 보고 배우는 게 있는데, 널 포함한 하위 다섯 명은 수준 미달이라 다른 학생들의 시간만 낭비한다는 거지."

마음을 다잡고 새로 결의를 다진 하비에게 있어서 청천벽력 같은 소식이었다. 그렇게 되면 그나마 자리가 잡혔다고 생각한 공부 루틴도 완전히 바꿔야 했다. 또, 로사의 에세이를 필사하면서 공부하는 것도 더 이상 불가능했다.

이런 문제들을 넘어, 자신이 열등반에 속한다는 것, 그것을 그가 어떻게 받아들일 수 있을까. 지금 당장이라도 자퇴서를 이 인간 면상에 던져버리고 싶었다. 그러나 부모님과의 통화가 생각나서, 눈을 감고 크게 한 번 심호흡을 했다.

"……네, 알겠습니다."

겨우 분노를 삭이며 하비는 말했다. 그렇지만 자신을 이렇게 취급하는 선진두에게 아무 말도 하지 않고 물러날 수는 없었다. 앞으로 험난한 길을 헤쳐나갈 동력을 얻기 위해서라도.

"선생님."

"왜?"

"선생님이 이렇게 열등반까지 만드시는 의도는 모르겠습니다. 그렇지만…… 그렇지만 정말 마지막이라고 생각하고 노력해서 다음 시험에서는 선생님이 틀렸다는 걸 보여드리겠습니다."

그러나 선진두는 그저 비웃으며 말했다.

"하하, 나한테 어떤 의도가 있다고 생각하나? 정말로?"

"……"

"네가 지금 하위권에 처박혀 있고, 그래서 열등반으로 격리되는 것에 어떤 의도가 개입되어 있는 것 같나? 아니지, 그건 망상이고 착각이야. 그저 네 현실일 뿐이야. 그리고 그게 전부고."

하비가 방을 나가고 나서 테레사 선생이 선진두를 불렀다.

"선생님, 선생님의 철학에는 항상 동의하지만, 하비를 열등반에 집어넣는 건 좀……."

"불합리한가?"

"하비가 객관식에서 많이 틀리기는 했는데, 마지막 서술형 문제 점수는 상당히 잘 받았잖아요? 데일리 에세이도 나아졌고."

"맞아, 나도 동의해."

"그러면 왜 굳이……."

선진두는 하비의 시험지를 꺼내서 테레사 선생에게 내밀었다.

"말한 것처럼 서술형 답안은 꽤 잘 썼어. 근데 객관식 영역을 한번 봐. 답을 맞혔는지를 말고, 어떻게 골랐는지를."

무슨 색칠 공부라도 한 것처럼 하비의 시험지는 온통 흑연으로 칠해져 있었다. 1번이 맞나, 5번이 맞나. 2번이 맞나, 4번이 맞나. 갈팡질팡했던 무수한 고민의 흔적들이 시험지에 고스란히 남아 있었다.

"테레사 선생, 얘가 문제를 푸는 패턴이 보여? 테트리스를 하면 말이야. 대부분은 일고여덟 줄, 많아야 열 줄 정도에서 더 쌓지 않고 없애가면서 점수를 얻잖아. 근데 가끔씩 거의 스무 줄 넘게 계속 쌓기만 하는 놈들이 있단 말이야. 일자 블록을 기다리면서. 왜?"

"음…… 모든 게 딱 맞아떨어지면서, 단번에 블록들이 없어 지는 그 카타르시스를 느끼려고 하는 거죠."

"정확해. 구하비 이놈 머릿속에는 백 점밖에 없었어. 모르는 문제는 그냥 넘어가면 될걸, 도저히 틀리는 건 용납이 안 되니까 쌓아놓고 또 쌓아놨다가 나중에 일자 블록이 나오면 한 번에 콰과광! 맞아떨어지는 그 순간을 기다리기만 했어. 하지만 그렇게 끝까지 일자 블록을 기다렸다가 점수를 한꺼 번에 얻을 수 있는 건 현 시점에서는 민로사나 수진희뿐이야. 얘는 그냥 쌓기만 하다가 게임을 끝낸 거고."

"안타깝네요."

"안타깝지. 어제 황아론이라는 놈이 자퇴했을 때, 나는 솔 직히 놀랐다. 나는 첫 번째로 자퇴할 놈은 구하비 저놈이라고 생각했거든. 선생은 이 수도외고에서 누가 자퇴하는 거라고 생각하나?"

"공부가 안 맞는 아이들? 음악이나 그림 같은 다른 분야에 재능 있는 아이들 아닐까요?"

"아니지. 그건 다른 일반적인 고등학교 얘기지. 이 수도외 고에서 자퇴하는 학생들은, 현실에 비해 야망이 너무 큰 학생 들이야."

"현실과 이상간의 괴리 때문에 결국 무너지는 학생들 말씀 이시이군요."

"그래. 그리고 그 아이들은 대부분 한 학기 정도 지나면 현실에 무릎 꿇게 되지. 아니면 더 부서지기 전에 자퇴를 선택하거나. 그게 나쁜 건 아니야. 자연스러운 거야."

선진두는 물을 한 모금 마시고 말을 이어갔다.

"그렇지만 정말 가끔, 야망이 현실을 바꿔버리는 경우를 나는 분명히 봤어. 그동안 끊임없이 블록들을 비축해 놓기만 했었는데, 갑자기 하늘에서 일자 블록이 우수수 쏟아지면서 네 줄, 여덟 줄, 열두 줄…… 심지어 스무 줄이 단번에 모두 사라지는 걸. 문도형이한테서."

"하비가 그런 학생이라고 생각하세요?"

"아니, 아마 90% 확률로 한 달 안에 자퇴서를 낼 것 같군. 다만 나한테 그렇게 소리 지를 수 있는 놈이니까 조금 기대는 하고 있어. 그만큼 자기 야망이 소중하다는 거잖아."

선진두는 일어서서 수도외고의 모든 학생들의 사진과 등수가 붙어 있는 칠판 앞으로 걸어갔다.

"결국 하버드 한 자리를 두고 싸울 학생은 많아봤자 세 명. 그렇지?"

"네. 성적이나 외부 활동이나, 종합하면 로사, 진희, 재익이 순이네요."

"반재익은 빼."

선진두는 반재익의 사진을 톡톡 가리키면서 말했다.

"얘는 그저 자기 형의 열등감만을 답습하고 있는 것뿐이야. 지금 녀석이 앞서가는 건 선행학습에서 오는 반짝효과일 뿐."

"그러면 결국 로사와 진희 두 명 중에 결정 나겠네요."

"그 둘이 가장 유력하지. 그렇지만 수진희는 얘는 뭐랄까. 세속적인 야망이 없는 천재잖아. 지배하는 것엔 관심이 없고 공부하는 것만 좋아하니까."

"그럼 진희는 퀸(Queen), 킹(King)은 로사네요."

"그렇지. 문도형에 가장 가까운 건 민로사지. 이번에 아깝게 1등을 놓쳤을 때의 그 결기도 그렇고. 작년이었다면 이미 에이스가 될 카드를 찾았다면서 기뻐했을 거야. 하지만 말야."

선진두는 소파에 털썩 앉았다.

"작년에도, 재작년에도…… 나는 늘 학생들을 두고 예측을 하고 점수를 매겼지. 그렇지만 어떻게 되었나? 나는 문도형보다 더 확실하게 하버드에 합격할 에이스는 없다고 생각했어. 그럼에도 결국 실패했지. 우리가 아무리 예측하고 점수를 매겨도, 우리가 컨트롤할 수 없는 부분이 분명히 있어.

"예. 그러면 혹시 모르니까 재익이 말고 새로운 잭(Jack)을 찾아야겠네요."

"아니, 나는 조커(Joker)를 원해. 킹과 퀸, 다음으로 있는 잭 따위가 아니라 바로 에이스가 될 수 있는, 하버드에 갈 조커."

"그러면 그게……."

"두 번째 시험이 기대되는군. 두 번째 시험 성적 발표 때 구하비는 둘 중 하나야. 자퇴서를 작성하고 있거나, 정말로 야망이 현실을 바꿔버려서 내가 원하는 조커가 되어 있거나."

선진두는 짤막하게 말을 마무리했다.

"아마도 전자겠지.

*

    수도외고 밖에 있는 학생은 모두 이곳에 들어가고 싶어 하고, 수도외고 안에 있는 학생은 모두 나가고 싶어 한다. 하비의 여정은 시간이 지날수록 더욱 고독과 고난으로 가득 찼다. 그는 캘린더 앱을 볼 때마다 자퇴까지 남아 있는 시간을 하루 단위가 아니라 한 시간 단위로 세고 있었다. 744시간에서, 이제는 535시간. 그러나 그럴수록 시간은 너무나, 정말 너무나 느리게 갔다. 야망은 환상임을 깨달아 갔고, 이제는 진짜 한계가 다가오는 것 같았다. 그럴때마다 잠깐잠깐 기숙사 침대에 누워서 유튜브를 켜고 '자퇴생 마크 저커버그 성공 신화' 같은 동영상만 찾아보았다. 그래, 자퇴해도 성공할 수 있잖아?

    소등 후에도 잠자리에 들 수는 없었다. 화장실로 갔다. 연필과 노트와 문제집을 들고. 이미 명당을 차지하고 있는 화장실 스터디 그룹의 단골손님들 때문에 하비는 중간 칸에 들어갈 수밖에 없었다. 변기 커버를 내리고 최대한 편하게 앉은 후 노트를 꺼냈다. 이곳은 생각보다 깔끔하고, 면학 분위기도 조성되어 있는 곳이었다.

    처음 화장실에서 밤을 새우면, 첫 한두 시간 동안은 왠지 모르게 재밌고, 옆 칸 학생과의 무언의 전우애가 형성되며 시간을 알차게 쓰는 기분이 든다. 그러나 서너 시간이 지나면, 구부정하게 굽힌 허리는 아파오고 수면 부족으로 머리는 알코올에 취한 것마냥 헤롱거리게 된다. 더 이상 재미라고는 눈

곱만큼도 찾아볼 수 없고, 우리나라가 세계를 지배했으면 미국인들이 한국어를 배우고 우리는 영어 공부를 안 해도 됐을 텐데…… 이런 생각이나 하게 된다. 가장 이해가 되지 않으면서도 딱한 이는 공부하다가 잠이 드는 학생이다. 아니, 그럴 거면 그냥 화장실 말고 침대에서 자라. 아니, 됐다. 코만 골지 마라. 하지만 잘 자던 학생도 기상 알람 전에는 모두 깨어나게 된다. 화장실에서는 창밖의 해가 떠오르는 게 서서히 보이거든. 그러면 자던 아이는 눈이 부셔서 깨어나고, 깨 있던 아이는 책을 덮고 슬픈 눈으로 밖을 바라본다. 왜 이렇게 치열하게 살아야 하는 것일까. 언제까지 이렇게 치열하게 살아야 하는 것일까. 떠오르는 아침 해야, 네가 답해주겠니? 나도 모르겠어, 미안. 그래도 네가 들고 있는 영단어장은 조금 더 환하게 밝혀줄게. 그렇게 화장실의 용사들은 다시 노트를 들고 마저 힘겹게 공부를 이어간다.

기상 알람이 울리면 하나둘씩 화장실 칸에서 나오기 시작한다. 이때 마주친 이들은 서로 말없이 눈인사를 하고 방으로 돌아간다. 이들을 지탱해 줄 수 있는 건 목적과 인정뿐이다. 나는 잘하고 있다. 사람들이 우러러보고 닮고 싶어 하는 길을 걷고 있다. 계속해서 자랑스러운 수도외고생일 것. 또 미래에는 더욱 자랑스러운 아이비리그생일 것.

화장실에서 밤을 꼴딱 새며 시간을 빌려 쓰면, 늦어도 다음 날 점심시간에는 후유증과 만성피로로 그 시간을 갚아야 한다. 오전 수업을 마치자 모든 신경 다발이 다 끊긴 것 같았다.

오늘 점심 메뉴로는 바비큐 폭립이 나온다고 했는데, 아무리 그래도 지금 하비는 낮잠이 더 고팠다. 교실 책상에 엎드려서 잘까, 하다가 부모님과 통화할 때 들어갔던 복도 끝 낡은 동아리방이 생각났다. 만세. 오늘도 문은 열려 있었다. 오래되어 아무 쿠션감이 없긴 했지만 소파도 있었다. 하비는 정확히 점심시간이 끝나는 시각에 알람을 맞추고, 이 수도외고에서 유일하게 마음 편한 공간에서 잠이 들었다.

"파하."

낮잠에서 깨보니 아직 점심시간이 꽤 남아 있었다. 조금 일찍 깼지만, 그래도 신경 다발들이 다시 연결된 것 같았다.

"구하비."

자신의 이름을 부르는 감미로운 목소리. 어? 민로사가 동아리방의 낡은 의자에 꼿꼿이 앉아 공부를 하고 있었다.

"잘 자더라?"

"어어…… 하하. 누가 올 줄은 몰랐어."

"나도 아무도 안 쓰는 곳인 것 같아서 학기 초부터 애용하는 장소였는데, 누가 자고 있을 줄은 몰랐어."

"아…… 그랬구나. 미안."

"장난이야. 내가 전세 낸 것도 아니고."

"으응…….."

하비는 속수무책으로 잠든 모습을 보인 것도 부끄러운 데다, 설마 그날 부모님과 통화한 내용도 로사가 들었나 싶어 걱정되었다. 그러나 들었느냐고 물어볼 수도 없는 노릇이고.

"요새 데일리 에세이 시간이 조용하더라. 미친 듯이 내 거 받아 적는 애가 사라지니까."

"하하…… 그럼 난 가볼게."

"이거 받아."

로사는 하비에게 검은색 서류 파일을 건넸다. 파일을 열자 보이는 것은 다름 아닌 로사의…… 로사의 데일리 에세이들이 아닌가? 그것도 종이 군데군데에 그녀의 연필 자국이 묻어 있는.

"헉, 로사야. 이걸 왜…… 이거 내가 이렇게 받아도 돼?"

"응. 스캔하고 원본만 돌려줘."

오늘이 크리스마스인가? 하비는 루돌프 썰매를 탄 산타에게 직접 선물을 받은 어린이가 된 기분이었다.

"와, 와…… 진짜 고마워, 로사야."

"아냐."

말을 마친 로사는 연필을 꺼내서 물 흐르듯 에세이를 써 내려가기 시작했다. 원래대로라면 제한 시간 30분 안에 데일리 에세이를 완성해야 하지만, 하비를 포함한 대부분의 아이들은 밤늦게까지 종일 고민하다가 도서관이 문을 닫기 직전이 되어서야 겨우 완성해서 에세이를 출력하곤 했다.

"벌써 쓰는 거야?"

"응. 항상 점심 좀 빨리 먹고서 남은 시간에 쓰거든."

하비는 바삐 움직이는 로사의 연필 끝을 넋 놓고 바라보았다. 검은색 HB 연필은 그녀의 지휘봉, 그리고 그녀는 보스턴 심포니 오케스트라의 지휘자. 사각거리는 연필의 연주에 자극받은 하비도 곧바로 로사의 에세이 파일을 열고 집중해서 읽기 시작했다. 아무것도 하지 않고 가만히 로사를 바라보고만 있으면 두근거리는 심장 소리가 연주를 방해할 것 같다는 이유도 있었다. 물론, 로사도 이곳에 혼자 와서 에세이를 쓰던 때보다는 조금 긴장한 채로 연필 소리를 내고 있었다.

아직 점심시간은 끝나지 않았다. 로사는 가뿐하게 에세이에 마침표를 찍었지만, 하비의 얼굴은 아까보다 어두워져 있었다.

"하비야, 무슨 일 있어? 설마 내 데일리 에세이, 막상 읽어보니까 별로여서 실망한 거야?"

"하하, 그럴 리가 있겠어……."

하비는 로사의 농담에 억지로 웃어보려고 했지만 그럴 수가 없었다. 그녀의 데일리 에세이를 일부만 필사해서 공부할 때는 그저 감탄과 동경만 했다. 열심히 섀도잉하면 나도 언젠가는 저런 에세이를 써내고 저런 점수를 받을 수 있겠지, 하는 막연한 야망이 있었다.

그러나 그녀의 에세이 전부를 읽고, 30분도 채 되지 않아 눈앞에서 에세이를 또 하나 가볍게 완성해 버리는 로사를 보자 그 야망을 이루는 것이 어느 때보다 불가능하게 느껴졌다. 선진두나 반재익의 조롱은 오히려 하비를 불타오르게 했다. 그렇지만 로사의 에세이는……. 수도외고에 와서 처음으로 하비는 야망의 불가능성을 보았다. 마이클 조던을 존경해서 NBA 선수가 되고 시카고 불스에 입단했지만, 연습 경기 중에 허공에서 살아 움직이는 조던을 보고 자신은 절대 저렇게 될 수 없음을 처절하게 느낀 신인 선수. 그게 바로 자신이었다.

"아…… 점심시간 곧 끝나겠다."

"음? 아직 15분이나 남았는데?"

"로사야, 에세이 정말 고마워. 하지만…… 아, 아니야."

"쯧."

로사는 갑자기 짜증 난다는 듯이 혀를 찼다.

"너, 정신 좀 차려."

잔뜩 주눅 들고 말도 제대로 끝맺지 못하는 지금의 하비가 그녀는 매우 마음에 들지 않았다. 학생회 면접 전에 얘기를 나눴을 때도, 성적 발표 날에도, 그를 보면서 동질감을 느꼈었다. 이 아이의 이글거리는 야망과 집요함이 남들에게 이해받지 못하는 자신의 일부를 변호해 주는 것 같았다. 그래서 며칠 전 자퇴하겠다던 하비의 통화를 우연히 들었을 땐 실망이 컸다. 1년 전의 나약했던 자신과 너무나도 겹쳐 보여서.

"자퇴하는 거, 그거 진짜 바보 같은 짓인 거 알아?"

"뭐? 그걸 어떻게…… 하, 역시 그때 인기척은 너였구나."

"말했다시피, 원래부터 자주 오던 빈 동아리방에 네가 있었을 뿐이야."

하비는 로사를 노려보면서 말했다.

"너랑 상관없는 일이야."

"맞아, 백번 동의해. 나랑 상관없어. 나는 그냥 말해주는 거야. 네 상황에 있어봤던 선배로서."

자신의 가장 취약한 순간을 하필이면 로사에게 들켜버렸다는 것도, 자신보다 한없이 높은 우주에 있으면서 자신의 처지를 이해한다는 식으로 기만하는 것도 용납할 수 없었다. 화가 치밀어 올랐다. 낮잠으로 겨우 충전했던 에너지가 모두 달아나 버리고 있었다.

"하! 내 상황에 있어봤다고? 네가?"

"그래."

"로사야. 네가 모든 수업 시간에 항상 상상할 수 있는 최악의 상황에 빠져서 끊임없이 시뮬레이션을 돌려봤어? 매일매일! 매분 매초! 송곳들이 솟아 있는 바닥을 맨발로 미리 걸어야 돼. 아무리 그게 고통스러워도, 극악의 상황이 예상치 못한 순간에 찾아오면…… 그때는 버텨낼 수가 없으니까!"

사무치는 하비의 호소. 그러나 로사는 이를 차갑게 묵살했다. 갑자기 그녀는 왜 나를 공격하는 것일까?

"자기연민은 그만두지?"

"자기연민이 아니라, 이게 내 망할 현실이야! 그렇게 수업을 마치면, 네가 투자하는 시간의 최소 열 배는 공부해야 겨우 진도를 따라갈 수 있어. 결국 화장실에서 밤도 새워야 되지. 잠깐이라도 눈을 붙일 수가 없어. 그 잠깐 동안에 의식구조가 완전히 무너져 버리는 잠에 빠져버릴 테니까. 그런데도……

네가 내 상황에 있어봤다고?"

"있어봤어."

로사는 하비를 똑바로 쳐다보며 답하고 물었다.

"테트리스 안 해봤어?"

"뭐? 테트리스?"

"넌 그 긴 일자 블록이 아직 안 나온 거고, 난 그 일자 블록이 나온 상태인 거야."

"일자 블록?"

"일자 블록이 갑자기 나오는 순간 막혀서 쌓여 있던 모든 블록들을 한 번에 제거해 주잖아. 근데 잘 생각해 보면 그건 '갑자기' 나오는 게 아냐. 일자 블록은 첫날에 갑자기 나오는 게 아니라, 계속 기다리면서 노력하다 천 번째 되는 날에 나오는 거라고."

하비는 다시 뭐라고 반박하려고 했으나, 너무나 적절한 그녀의 비유에 설득되어 말문이 막혔다.

"네가 방금 말한 것보다 더 막막한 상황이 있다면 어쩔래?"

"그게 뭔데……?"

"게임에 참가할 자격도 없이, 아무 신분도, 소속도 없이 시간을 날려 보내는 거야. 자퇴하면 그렇게 된다고. 넌 그 상황에 있어봤니? 나는 있어봤어."

"로사 네가 자퇴를 한 적이 있다고? 언제?"

"반재익이 나보고 가끔 누님이라고 불렀잖아. 이제는 뭐, 그렇게 안 부르겠지만."

"그건 그냥 애칭 같은……."

"걔랑 나랑 무슨 사이라고 애칭까지 불러?"

"……무슨 사이야?"

"뭐? 그냥 어릴 때부터 아는 친구야."

흠, 흠. 그렇게 가슴 깊은 곳에 있는 울분까지 터뜨려 놓고서는, 그녀가 반재익과 아무 사이도 아니라고 규정해 주자 달아올랐던 얼굴이 진정되고 은근히 기뻐하기까지 하는 자신이 조금 어이가 없기도 하고, 한심하기도 했다.

"아니…… 로사야. 그럼 너 누나…… 예요? 한 살 많아? 아니, 많아요?"

핫. 되도 않는 반존대에 얼토당토않은 질문까지. 방금 전까지 샐쭉한 눈으로 자신을 노려보다가 묻는다는 게 이런 엉뚱한 질문이라니, 로사는 어이가 없어 웃었다.

"아니. 생물학적으로는 동갑이야. 학교를 1년 일찍 들어갔다가 1년 꿇은 거니까. 정확히는 반년 동안 자퇴생 신분이었지."

하비는 로사같이 완전무결해 보이는 아이가 자퇴생이었다는 게 믿기지가 않았다.

"……로사야. 우선 네 얘기를 해준 건 고마워. 그렇지만, 지금 네가 내 고뇌를 완전히 이해할 수 있는 건 아니잖아."

"그래, 맞아. 하지만 넌 왜 자퇴하려고 하는데? 그저 힘들어서 자퇴하는 거야, 아니면 자퇴해서 뭔가를 이루고 싶은 거야?"

"그건……."

"후자 맞지?"

"그래."

"지금 자퇴하면 넌 절대로 위대한 걸 이룰 수 없을 거야."

거의 저주 같은 로사의 말에 하비는 다시 조금 발끈해서 물었다.

"그걸 네가 어떻게 장담할 수 있어? 그, 페이스북 만든 사람. 마크 저커버그. 그 사람도 자퇴했는데 위대한 일을 이뤄냈잖아."

로사가 자신을 철없는 아이 바라보듯 하자, 하비는 부연 설명을 덧붙였다.

"알아, 그 사람은 하버드를 자퇴한 거. 알아, 그 사람은 정말 수만 명 중에서 성공한 한 명일 뿐인 거. 내가 말하고 싶은 건, 그럼에도 불구하고 누군가는 이런 답답하고 경직되고 수직적인 학교 시스템에서, 새장에서 탈출해서 혼자만의 힘으로 자유롭고 높게 날아간다는 거야!"

그러자 로사는 담담하게 다른 얘기를 꺼냈다.

"필립스 엑시터 고등학교라고, 알아?"

"뭐? 필립스 엑…… 시터? 그…… 뭐더라."

언젠가 그 이름을 들어본 기억이 있었다.

"입학식 때 선진두가, 수도외고가 한국의 필립스 엑시터라고 불린다고 했잖아."

"아아, 맞아. 그 미국 명문 보딩스쿨. 그게 왜?"

"나도 거기 학생이었어."

"뭐? 진짜?"

"반년 동안만."

"그리고 자퇴한 거야?"

"맞아."

하비는 로사에게 왜 자퇴했는지, 그리고 자퇴했을 때 지금 자신과 같은 심정이었는지 묻고 싶었다. 하지만 담담한 듯 해도 깊은 속에 여전히 남아 있는 듯한 그녀의 기갈을 보고 더는 묻지 않았다.

"거기 있을 때는…… 지금 너처럼 매분 매초가 숨 막히고 힘들었어. 그때 나는 준비도, 각오도 되어 있지 않았으니까."

"필립스 엑시터…… 그 학교는 거의 전교생을 다 하버드, 예일 이런 데 보내는 거지?"

"그렇지. 그렇지만 그건 그냥 얻어지는 게 아니라, 그 안에서 죽도록 치열하게 공부하고 경쟁해야 가능한 거야. 게다가 걔네는 하버드대 같은 학교가 진짜로 좋아할 만한 것들을 준비하지."

"어떤 것들?"

이건 어떤 입시 전문가에게서도 들어본 적 없는 얘기였다. 하비는 시스템 밖으로 나가겠다고 선언했으면서도, 이 솔깃한 이야기에 귀를 기울일 수밖에 없었다.

"뭐…… 거의 십 년 전에 졸업한 선배기는 한데, 어쨌든 그 선배 스펙은 이렇다고 하더라. 스포츠는 일반 학생들이 절대로 쉽게 할 수 없는 펜싱. 그것도 펜싱부 주장까지 했고. 또 외국어도 배워야지. 그런데 우리가 흔히 생각하듯이 다른 사람들이랑 소통하기 위해서 중국어, 스페인어 같은 외국어를 배우는 게 아니었어."

"그럼?"

"라틴어, 히브리어, 고대 그리스어 등등. 옛날 서양 귀족들이 읽고 쓰는 언어들. 아이비리그에서 딱 좋아할 만한 서양의 유서 깊은 언어들. 미국 최고 명문 보딩스쿨 출신에, 펜싱부 주장에, 영어로 읽기도 어려운 『일리아스』를 고대 그리스어로 읽을 수 있어. 이 선배가 어디 붙었을 것 같아?"

"허…… 뭐, 말만 들어도 하버드 붙었을 것 같네."

"그래. 딱 맞게 서양고전학과로 지원했고."

"참 나…… 명문 귀족 보딩스쿨 교육 시스템이 만들어낸 끝판왕이네."

하비는 그 필립스 엑시터 학생이 대단하다고 느낀 동시에 더욱 심한 거리감을 느꼈다. 로사가 자퇴하지 말라고 자신을 설득하는 건지, 아니면 겁을 줘서 오히려 자퇴하라고 종용하는 건지 헷갈렸다.

"그래…… 봐, 로사야. 네 말대로 테트리스의 일자 블록이 내려와도 나는 여기서 절대로 그 사람처럼 그렇게 교육 시스템의 가장 위에 서 있는 엘리트가 되지는 못할 거야. 하지만 이 시스템에서 벗어나면 적어도……."

"방금 내가 말한 그 필립스 엑시터 학생 누구인 것 같아?"

"어? 나야…… 모르지."

"아닐 텐데. 네가 아까 말했잖아. 마크 저커버그."

"무슨 소리야?"

"네가 방금 말한 그 교육 시스템에 반기를 든 자유로운 영혼, 그 사람 얘기라고."

"아니…… 저커버그는 그, 컴퓨터를 잘했던 거 아니야? 해킹하고?"

"그래. 지금 후줄근한 후드 입고 다니는 컴퓨터 천재 CEO 이미지랑 매치가 안 되지? 고등학교 때 스펙만 들으면 무슨 격식 있는 중세시대 귀족 가발 쓰고 라틴어 시를 읊으면서 차 한 모금 홀짝일 것 같잖아. 안 믿기면 검색해 봐."

검색해 보니 정말이었다. 하비는 대부분의 사람들처럼 저커버그가 하버드를 자퇴한 건 알았지만, 필립스 엑시터를 졸업했다는 건 전혀 알지 못했다. 거기다 하버드에 지원할 때는 컴퓨터공학과가 아니라 서양고전학과에 지원했다는 것도.

"대중매체에서 보이는 후드 입고 슬리퍼 신고 다니는 프로그래머 이미지 때문에 사람들은 저커버그가 무슨 경직된 시스템을 거부하고 나온 자유로운 영혼인 줄 알지. 근데 그건 착각이야. 저커버그만이 아냐. 학교를 자퇴한 다음 세상을 바꿨다고 알려져 있는 사람들은, 먼저 시스템에서 올라갈 수 있는 가장 높은 곳에 올라가 본 사람들이야."

로사는 잠시 말을 멈추고, 이미 자신의 성도가 된 하비를 또렷이 응시했다.

"알겠어, 하비야?"

"응?"

"시스템에서 벗어날 수는 없어. 다만 가장 높이 올라간다면 지배할 수는 있어. 바꿀 수는 있어. 그 정상이 바로 하버드야. 그리고 그게 내가 학교로 다시 돌아온 이유야. 다른 곳이 아닌 이 수도외고로."

로사가 말을 끝마치는 순간, 점심시간 종료를 알리는 종과 하비의 알람이 동시에 울렸다. 하지만 하비의 귀에는 두 소리 모두 들리지 않았다. 오직 로사의 언어만이 반복적으로 울려 퍼졌다. 우리에게 언어가 주어진다면 어떤 길이든 찾을 수 있다*고 한 시인의 말대로, 그녀의 언어로 말미암아 하비는 찾았다. 자신의 이상향이자 이상형, 민로사를.

"로사야."

하비는 아까의 주눅 들었던 목소리가 아닌, 다시 자신감에 찬 도전적인 목소리로 그녀의 이름을 불렀다.

"하버드, 어쩔 수 없이 우리 중 한 명밖에 못 가는 거 알지?"

"그래. 그리고 그 한 명이 내가 될 거라는 것에, 난 조금의 의심도 없어."

로사는 더욱 자신감 있는 목소리로 되받아쳤다. 그 순간, 하비는 자신이 로사를 사랑한다는 것을 알았다. 세상을 바꾼 다

---

* If you have the words, there's always a chance that you'll find the way. 1995년 노벨 문학상을 수상한 아일랜드의 시인 셰이머스 히니의 인터뷰 중 일부이다. 그는 하버드대 영문학과 교수이기도 했다.

른 어떤 사뇌생들보다, 하버드보다도 더.

"로사야."

다시, 그녀의 이름을 불렀다. 이번에는 자신이 곧 내뱉을 고백 멘트가 쑥스러운 듯, 하비는 조금 말을 흐렸다.

"그……."

"응."

"……내가 네 경쟁자가 되게 해줄래?"

로사는 파핫, 하고 웃음을 터뜨렸다.

"무슨 프러포즈하는 것처럼 말하냐? 그래. 앞으로 수업 끝나고 여기서 봐."

"그래도 돼?"

로사는 대답 대신, 아까 에세이를 쓰던 HB 연필을 건네주었다.

"하비야. 이건 자선이 아니라 공생이야. 이 수도외고에서 1등을 하는 건 필요조건에 불과해. 나는 그보다 더 높이 올라가야 돼. 필립스 엑시터든 어디든 더, 더. 네가 날 끝없이 자극해 줘."

"어떻게?"

"나를 이겨보려고 해봐. 다만 오늘처럼 네가 방향을 못 잡고 갈팡질팡한다면 그때는 널 굳이 도와줄 생각도 시간도 없어."

"응…… 그런 일은 없을 거야."

"그걸 네 이정표라고 생각해."

"이거? 연필?"

"그래, 거기에 마침 네 이름도 새겨져 있네. 하-브이 말고."

"내 이름?"

HB 연필. H-하 B-비 연필. 둘은 교실로 돌아가기 전에 서로를 다시 쳐다보며, 끊임없이 위로 올라갈 것을 서로 확인했다.

다음 날, 하비는 여전히 화장실 칸에서 아침을 맞이했다. 그러나 더 이상 떠오르는 아침 태양을 보면서 위로를 얻을 필요는 없었다. 자퇴 디데이까지 며칠 남았나 확인하는 것도 잊어버렸다.

첫 번째 시험 이후로 아이들은 환호하고, 좌절하고, 견제하고, 질투했다. 그러나 수도외고에 입학하기 전, 각자의 영지에서 절대자였던 그들은 이제 자신들이 하위권 학생들임을 받아들이고 상위권 학생들을 동경해야 했다. 그렇지 않으면 매분 매초 그들을 절대 이길 수 없다는 현실 속에서 고통스러워해야 하기에. 다만 평민 중에도 낮은 계급인 주제에 위계를 바꾸려고 하는 아이도 있었다. 이는 위대한 여왕의 지휘 덕분이기도 했다. 하비는 수업이 끝나고 로사와 함께 그 낡은 동아리방에서 완전히 몰입해 같이 공부했다.

가끔 동아리방에 단테도 찾아왔다. 로사도 문학에 박학다식한 그와 쉽게 친해졌다. 물론 단테는 둘의 핑크빛 기류를 최대한 방해하지 않으려고 했다. 로사와 단테는 하비가 데일리 에세이 쓰는 것을 도와주고, 하비는 대신 상대적으로 자신 있는 수학 공부를 도와주었다. 그의 데일리 에세이 성적은 아주 조금 올라 C+에서 B- 사이에 갇혀 있었지만, 그래도 에세이 실력은 확연히 향상되었다. 또 테레사 선생이 선진두를 설득한 끝에 열등반에서 벗어나 다시 로사, 단테와 함께 수업을 들을 수 있게 되었다.

*

"이번 여름방학에 열리는 세계학술대회를 소개하겠다."

선진두는 병든 닭 같은 학생들을 보면서, 특히 하위권 학생들 대부분이 무기력해지고 현실과 타협했음을 느꼈다. 그래서는 안 됐다. 아직 수도외고에는 혼돈이 필요하다. 두 번째 시험이 가까워지고 있지만, 성적 경쟁과는 약간 결이 다른 외부 활동을 통해서 학생들의 전투력을 환기시킬 필요가 있었다. 그런 점에서 이 세계학술대회, 즉 GSC(Global Scholar's Cup)는 확실한 터닝 포인트가 될 것이다.

"알겠지만, 나는 너희들이 외부 활동에 매몰되는 걸 달갑게 생각하지 않는다. 그럼에도 나가보라고 할 때는 그만한 가치가 있기 때문이야."

"예에에."

공부에 지친 아이들은 시큰둥하게 답했다. 하지만 재익이나 로사가 눈을 반짝이는 걸 보면, 그들은 이 대회에 대해 이미 잘 알고 있는 듯 했다.

"GSC 참여자로 선발되면, 그냥 학교 이름만 달고 나가는 게 아니라 대한민국 국가대표로 나가게 된다."

"국가대표요?"

아이들은 국가대표라는 말에 조금 술렁였다.

"너희 같은 범생이들을 위한 일종의 올림픽 같은 거지. 종목은 수영이나 달리기가 아니라 토론, 에세이 같은 거고. 네 명이 한 팀을 만들어서 이어달리기하는 것처럼, 릴레이로 에세이를 쓰는 종목도 있다."

"그러면 수도외고에서만 선발하는 건가요?"

"다른 학교들도 명목상 참가는 하지만, 언제나 우리학교 학생들이 선발되어 왔다."

"어디서 열리나요?"

"세계학술대회니까 당연히 매년 세계 각국의 대학에서 열린다. 그리고 아직 공식 발표되지는 않았지만, 이번 대회가 개최되는 장소는 미국 보스턴이다."

보스턴이라니. 선진두가 저렇게 아이들에게 출전을 강력히 종용하는 데에는 또 다른 이유가 있었구나.

"그래. 이번 GSC는 보스턴, 하버드에서 열린다. 우승은 기대 않는다. GSC에 선발되기만 해도 대단한 스펙이 만들어지는 거니까. 하버드 기념품 숍에서 티셔츠 사서 인스타그램에 자랑도 하고 해라. 다시 말하지만, GSC는 단 한 번밖에 없는 기회다. 개나 소나 참가비만 내면 할 수 있는 흔한 대회가 아냐. 다음 주에 주최 측에서 면접을 진행할 예정이니 면접 일정과 수업이 겹치면 그날은 결석해도 괜찮다."

그만큼 잡아야 할 기회라는 얘기다. 재익은 힘차게 손을 들고 질문했다.

"선발 기준은 정확히 어떻게 되나요?"

"서류 평가도 있지만, 주로 면접이 당락을 가른다. 너무 진부한 답변은 하지 말고."

"그, 만약에 면접이랑 겹치게 되면 결석해도 좋다고 하셨는데, 그러면 그날 데일리 에세이도 하루 쉬어도 괜찮나요?"

"이상."

반재익 따까리의 멍청한 질문을 선진두는 가볍게 무시하고 조회를 마무리했다.

GSC에, 데일리 에세이에, 두 번째 시험 준비까지 겹치면 이번 주는 생지옥 그 자체가 된다. 하지만 어느 하나 놓칠 수 없었다. 거기다가 하버드에서 열린다니…… 이제 하비의 야망에는 하나가 더 추가되었다. 만약, 만약 선발된다면, 그리고 로사와 함께 선발된다면…… 그는 잠시 그녀와 함께하는 한여름의 보스턴을 상상했다.

*

오늘 하비는 동아리방에서 혼자 데일리 에세이를 마무리했다. 로사는 지금쯤 GSC 면접장에 들어갔을 테지. 하비의 면접은 내일 저녁에 예정되어 있었다. 로사는 잘하고 있을까. 당연히 전부 압도하고 있겠지. 조금 잡생각을 하다가 연필을 들었다. 오늘의 데일리 에세이 주제는 조금 덜 철학적이어서 마음에 들었다.

자신이 존재하고 싶은 가장 이상적인 공간에 대해 서술하라.

그거야, 당연히…… 음. 어딜까? 수도외고 명예의 전당. 그래. 지금의 나라면 그곳이겠지. 이제는 제대로 된 데일리 에세이를 쓰는 법을 체화했다고 감히 말할 수 있었다. 재빨리 한쪽 구석에 브레인스토밍을 해서 큰 구조부터 적는다. 첫 문단에 너무 오래 머물지 말고 본론으로 넘어간다. 단어가 생각 나지 않을 때면 새벽에 화장실에서 외웠던 단어장을 머릿속에서 다시 넘겨본다. 에세이에 마침표를 찍으니, 3분 정도가 남아 있었다. 이렇게 빨리 완성한 것은 처음이어서 하비는 다시 차근차근 에세이를 읽어보기 시작했다. 문법이 틀린 곳을 몇 군데 고쳤다. 나쁘지 않았다. 타이머가 울리기 몇 초 전에 여유롭게 연필을 내려놓았다. 도서관에 있는 OCR 스캐너로 출력해 보니, 제법 만족스러웠다. 기숙사로 돌아온 하비를 단테가 반겼다.

"어, 왔어?"

"오, 단테야. 면접은 잘 봤나?"

"그냥, 나쁘지 않았어."

"이야, 잘 봤나 보네."

"하하. 아냐, 아냐. 근데 질문들이 생각보다 진부했어. 그냥 인터넷에서 흔히 접할 수 있는, 인생 목표는 뭐고 가장 중요한 가치는 무엇이냐, 이런 상투적인 질문들."

"핫, 뭐야. 우리보고는 진부하게 답변하지 말라고 했으면서."

"그치. 넌 내일 저녁에 면접이라고 했지?"

"응. 내일 면접 덕분에 데일리 에세이 수업은 하루 빠질 것 같네. 면접 시간이 수업 끝난 후이긴 한데 미리 가 있어야 돼서. 그 핑계로 째야지."

"하긴, 그렇네. 그래도 점수랑 피드백은 받는 게 좋을 테니까, 내일 데일리 에세이 시간에 내가 대신 제출해 줄까?"

"어, 진짜? 피드백 하나라도 더 받는 게 좋기는 한데…… 안 귀찮겠어?"

"아냐, 전혀. 제출하는 거야 쉽고, 수업 중에 점수는 바로 나오니까 끝나고 너한테 전달만 해주면 되는데 뭘."

첫 번째 시험이 끝난 뒤 진지하게 자퇴를 생각하는 룸메이트를 보고, 단테는 하비가 자퇴하지 않기를 바랐다. 하비는 좋은 친구니까. 그가 여전히 자퇴를 생각하는지 물어보고 싶었다. 하지만 '자퇴 할 거야?'도 '자퇴 안 할 거야?'도 모두 자신의 의도가 담긴 질문인 것 같아서, 관두었다. 그냥 친구가 온전히 결정하게 놔두는 게 낫다고 생각했다.

다음 날 저녁, GSC 면접을 한 시간 남기고서야 하비는 면접 준비는 이제 할 만큼 다 했다고 느꼈다. 짤막한 성취감이 가시자, 누적된 피곤과 긴장이 다시 찾아왔다. 다른 아이들은 모두 데일리 에세이 수업을 듣고 있었다. 하비는 샤워를 하고, 머리를 다듬고, 교복 대신 양복으로 갈아입었다. 무장은 완료했다. 슬슬 갈 채비를 해야겠다.

철컥. 수업을 마친 단테가 방에 들어왔다.

"오, 구하비. 뭐야, 좀 까리하네."

"가열찬 칭찬 땡큐다."

하비는 단테가 '까리하다'라는 말을 쓰는 게 재밌어서 웃었다. 그거, 좀 옛날 유행어 아닌가?

"그리고 이거. 데일리 에세이 따끈따끈하게 채점된 거."

"아…… 고마워."

아, 잠깐만. 단테야, 고맙지만 하필이면 이걸 지금. 보나 마나 또 C+, 잘해봤자 B-일 텐데. 괜히 멘털 흔들리면 안 되니까 열어보지 말고 가자. 쓥, 근데 어제는 잘 쓴 것 같은데. 확인도 안 하고 갔다가 괜히 면접 중에 떠올라서 방해될 수도 있잖아? 그래, 그냥 딱 점수만 확인하고 가자.

선진두는 항상 커버 페이지 안쪽 상단에 빨간색 연필로 점수를 휘갈겨 놓곤 했다. 하비는 고대 유물을 조심스럽게 다루는 고고학자처럼, 커버 페이지를 검지와 중지로 살짝 집어서 넘겨 보았다.

그런데, C가 쓰여 있지 않았다. B가 쓰여 있지도 않았다.

당당하게, A가 쓰여 있었다. 이게 뭐지? A라고? 실화인가? A인 것 자체도 기뻤지만, 선진두에게 인정받았다는 사실이 더욱 기뻤다. 하비는 환호성을 지르려다 양복 옷매무새가 망가질까 봐 속으로만 쾌재를 불렀다. 와, 와. 이런 일이. 이런 일이. 이런 일이! 이 좋은 소식을 전해준 단테도, 옷가지가 널브러져 있는 옷장도, 책으로 어지럽혀져 있는 책상도…… 모든 생명과 사물이 사랑스러워 보였다.

더 놀라운 일은 바로 직후에 일어났다. 다시 커버 페이지를 덮자, 작은 글씨로 "DailyEssay_0222_구하비"라고 적혀 있는 것이 보였다. 내가 타이핑하고도 잊어버렸네. 0222. 어, 잠깐만. 오늘이 2월 22일이었어? 하비는 캘린더 앱을 열어보았다. 앱은 오늘이 바로 그 자퇴하는 디데이임을 일깨워 주고 있었다. 로사와 얘기한 그날 이후, 캘린더 앱의 푸시 알림을 꺼놓았기 때문에 전혀 의식하지 못하고 있었다. 하얀 배경의 캘린더 앱 화면 위로 그동안 정말 느리게, 그리고 정말 빠르게 흘러간 시간들이 스쳐 지나갔다. 부모님과 자퇴하고 싶다고 통화한 그날로부터 31일, 정확히 744시간이 지났다. 묘했다. 오늘이었구나. 그렇게 고대하던 수도외고 잠정 자퇴 날짜가, 아니 독립기념일이 바로 오늘이었구나. 한 달 전의 계획에 따르면 그는 자퇴서를 제출하고 어제부터 짐을 챙긴 후 2월 22일 오늘 저녁에 수도외고 정문을 나설 예정이었다. 그러나 오늘의 그는 수도외고에서 처음으로 A를 받고, GSC 면접을 위해 정문을 나설 예정이다.

"잘하고 와."

단테의 목소리가 감상에 잠긴 하비를 환기시켰다. 이러다가 버스 놓치겠다. 그래, 아직 아무 것도 이룬 건 없다. 잘하고 올게, 하고 하비는 자신 있게 대답한 후 부랴부랴 학교 앞 버스 정류장으로 달려갔다. 면접장으로 가는 버스에서 은은한 저녁 풍경을 보며 요동치는 마음을 진정시켰다. 자신의 양자역학 징크스를 생각하면 일부러 안 좋은 일이 일어나는 상상을 해야 했지만, 오늘은 뭔가 괜찮은 하루가 될 것만 같은 기분에 빠질 수밖에 없었다. 마지막까지 면접 준비를 하는 대신, 하비는 이어폰을 끼고 수도외고 합격을 따냈을 때 많이 들었던 다프트 펑크의 노래를 재생했다. 「Get Lucky」.

그리고 부모님에게 문자를 쓰기 시작했다. 부모님은 오늘이 아들의 자퇴 디데이라는 것을 기억하고 계실 것이었다. 하지만 자퇴 결정은 온전히 아들의 것이 되어야 한다고 생각하는 분들이기 때문에, 재촉하거나 넌지시 안부를 묻는 문자조차 하나 오지 않고 있었다.

하비: 엄마, 아빠. 저는 잘 있어요. 미리 연락 못 드려서 죄송해요. 좋은 건지 나쁜 건지, 오늘 2월 22일이라는 걸 까먹어 버렸어요. 수도외고에는 더 있어볼게요. 지금은 중요한 면접이 있어서, 끝나고 밤에 연락할게요.

*

GSC 면접은 나쁘지 않게 진행되는 중이었다. 다만 먼저 면접을 봤던 단테의 말대로 너무나 뻔한 질문들밖에 없었다. 그 말인즉, 뻔하지 않은 답변을 내놓지 않는 이상 결과도 뻔할 것이라는 뜻이었다.

"구하비 학생, 1년 후 자신의 모습에 대해 설명해 보세요."

바로 지금 승부수를 던져야 한다고 하비의 본능이 속삭였다. 그는 한번 크게 심호흡을 하고 대답을 시작했다.

"오늘은 2월 22일입니다."

조금 뜬금없는 대답에, 면접관은 그런데요? 하는 표정을 지었다.

"음, 사실 저는 오늘 수도외고를 자퇴하려고 했습니다."

지금까지의 답변과 다르게 하비의 목소리가 살짝 떨렸다. 그리고 지금까지 그다지 흥미를 느끼지 못했던 면접관들은 안경을 고쳐 쓰고 그에게 집중하며 물었다.

"이유가 무엇이었나요?"

"수도외고에서의 매분 매초가 '캐치-22'처럼 느껴졌기 때문입니다."

"'캐치-22'라 함은?"

"뫼비우스의 띠처럼 도저히 빠져나올 수 없는 딜레마의 연속을 말합니다. 앎으로써 자유로워지고 싶다고 하면서, 자유로워지기 위해 오히려 스스로를 극한의 상황에 가두고 앎을 추구하는 제 모습이 그랬습니다."

"흠, 네. 그런데, 오늘 자퇴할 계획이었으면 이 면접장에는 어째서 오게 되었습니까?"

"솔직히 말씀드리면, 한 시간 전까지 저는 오늘이 2월 22일인 줄을 잊고 있었습니다. 캘린더 앱에 소리 없이 알림 표시가 떠 있는 걸 보고 그때서야 알게 되었습니다."

면접관들은 어렴풋이 미소를 지었다.

"오늘은 특별한 날이었습니다. 허구한 날 C만 받다가 학교에서 처음으로 A를 받기도 했고, GSC라는 엄청난 대회에 꼭 참가하고 싶어 이렇게 면접을 보러 오기도 하고……."

적당히 아부도 섞어가며, 자신감 가득한 표정으로 하비는 말을 이어갔다.

"'캐치-22'와 같은 상황에서 제가 해야 하는 것은 어떤 선택을 내리는 게 아니라, 선택을 내리지 않는 그 공허하면서도 불안한 시간들을 묵묵히 견디는 것이라는 걸 배웠습니다."

"그럼 그전에는 어떤 선택을 계속해 왔다는 말씀인가요?"

면접관들이 초반과는 달리 자신의 얘기에 몰입해 있다는 것을 느끼고, 하비는 더욱 자신감 있게 대답했다.

"네. 제가 그동안 학생으로서 해왔던 일은 누구보다 빨리 정답을 선택하는 것이었으니까요. 그래서 스스로 '캐치-22' 와 같은 딜레마에 갇혔다고 느끼는 상황에서도 어떻게든 선택을 해야 했고, 그 선택의 결과가 자퇴라고 스스로 결론을 내렸습니다. 하지만……."

"'하지만'?"

"하지만 '캐치-22'는 복잡하고 풀 수 없는 문제를 의미하는 말이긴 하나, 불변의 상태는 아닙니다. 어떤 고통도 영원하지는 않습니다. 다만 천천히 지나갈 뿐입니다. 답이 보이지 않을 때 어떻게든 선택하려고 애쓰는 대신, 저는 그 무응답의 시간을 견뎌낼 것입니다. 질문에 대한 답을 드리자면, 1년 후에도 저는 같은 장소에서 수도외고의 학생으로 존재하면서도, 이전보다 훨씬 더 전진해 있는 자신을 발견하고 있을 것 같습니다."

“잘 들었습니다.”

면접관은 웃으며 말했고, 하비는 마지막으로 경쾌하게 응답했다.

“감사합니다!”

6교시

2월 22일 이후로 하비는 자신만의 공부 루틴을 완벽하게 정립했다. 때로는 끊어지기 직전의 고무줄같이 위태롭다고 느낄 때도 있었지만, 그 탄력 덕분에 지치지 않고 나아갈 수 있었다. 그렇게 두 번째 시험 날이 다가왔다.

같은 강당, 같은 공기, 같은 OMR 카드와 HB 연필. 그러나 책상 앞에 앉아 있는 하비의 속성만큼은 달랐다. 지난번처럼 무지로 인한 두려움에서 비롯된 긴장감이 아닌, 지금까지 충실하게 준비한 것을 제대로 보여줄 수 있을까 하는 긴장감으로 무장한 상태였다.

드디어 시작종이 울렸다!

우려와는 다르게 1번 문제는 너무 쉽게 풀렸다. 그리고 2번도. 그리고 3번…… 뭐지? 아냐. 초반 문제들이 너무 쉽게 나온 것뿐이야. 침착하자, 침착하자. 그러나 '침착하자'라는 주문은 막상 정말로 침착해야 할 때 통하지 않는 법이다. 9번 문제에서 하비의 페이스는 조금 무너졌다. 조금의 허둥거림 후, 그는 다시 마인드컨트롤을 하고 10번 문제로 넘어갔다. 그러나 10번과 11번도 초반 문제들과 달리 쉽게 풀리지 않았고, 몇 분 전까지만 해도 남아 있었던 침착함은 12번 문제에 도달했을 때 거의 사라져 버렸다.

하비는 혼란 속에서 꾸역꾸역 기어갔다. 대여섯 문제를 풀지 못하고 남겨둔 채 마지막 서술형 문제에 도달했다. 그래, 이것만큼은. 처음으로 A를 받은 그날 이후, 에세이 혈(穴)이라도 뚫렸는지 그의 데일리 에세이 점수는 꾸준히 A, 적어도 B+를 유지해 왔다. 눈을 감고, 동아리방으로 장소를 옮기자. 로사가 앞에 앉아서 열심히 에세이를 쓰고 있다. 나도 연필을 들고 착수한다. 연습했던 대로, 에세이를 써 내려갈수록 안정감을 서서히 되찾았다. 하비는 마지막 문장에 자신 있게 마침표를 찍고 고개를 들어 시간을 보았다.

20분. 아직 20분이 남아 있었다. 아직 포기하기에는 남은 시간이 너무 많았다. 풀지 못한 문제들을 각각 3~4분 내에 풀어내면 가능할 것 같았다. 아니, 아니지. 양자역학의 징크스여, 죄송합니다. 다시 말할게요. 나는 망했다. 이 문제는 하나도 못 풀 거야. 그렇게 징크스를 달래가며 스스로를 안정시킨 후에 그는 10번과 11번 문제로 돌아갔다. 다시 보니, 시간은 조금 걸리겠지만 풀 수 있는 문제들이었다. 아까는 9번 문제 때문에 당황했던 것뿐이었다. 나머지 문제들도 마찬가지였다.

이제 9번 문제 단 하나만 남겨놓은 상태. 시간은 5분이나 남았다. 애석하게도 9번 문제는 도저히 하비가 풀 수 있는 문제가 아니었다. 그래도 아까처럼 이 문제 하나의 무게가 그렇게 무겁게 느껴지지 않았다.

"1분 남았습니다!"

어쩔 수 없지. 하비는 마지막까지 2번 보기와 4번 보기 중 도저히 답을 정하지 못하고 고민하다가, 그냥 직감으로 하나를 선택하고 연필을 내려놓았다.

"시험 종료입니다!"

시험관들은 정숙 속에 학생들에게 퇴실할 것을 명령했다. 하비는 일부러 자리에 조금 더 앉아 있다가 일어났다. 앞쪽에 앉은 로사와 함께 나가기 위해서였다. 로사는 그가 자신과 같이 걸어 나가려고 타이밍을 맞춰 일어서는 것을 보며 약간 웃었다.

"잘 봤어?"

로사의 속삭임에 하비의 귓불이 또 조금 빨개졌다. 응, 9번 문제에서 조금 막히기는 했는데, 그 문제만 빼면 잘 본 것 같아. 네 덕분이야. 이렇게 말하고 싶었지만, 이런 좋은 예감을 입 밖으로 내면 오히려 정반대로 될 것이기에 그는 짤막하게 그녀에게 속삭였다.

"고마워."

둘은 아무 말 없이 미소를 지으며 함께 시험장을 나와 적당히 더워진 초여름을 맞이했다.

*

두 번째 시험 결과가 나오는 날은 수도외고에서의 첫 학기가 마무리되는 날인 동시에 여름방학이 시작되는 날이기도 했다. 아, 그리고 짐작건대 GSC 선발 결과도 나오는 날. 이벤트가 참 많기도 하구나. 기다리는 하비의 마음을 읽은 듯 선진두는 1초도 이르거나 늦지 않게 아침 조회 시간에 딱 맞춰 교실에 도착했다.

"자, 모두가 고대하는 두 번째 시험 결과를 오늘 종례 시간에 발표할 예정이다. 아름답게 학기를 마무리하고 방학을 맞이하는 일은, 애석하지만 많지 않을 것 같군. 질문 있나?"

"저, GSC 선발 결과는 언제 나오나요?"

처음으로 반재익이 위대한 학생회의 간부다운 질문을 했다.

"아, GSC 결과 말이지……."

아이들은 조용히 침을 꿀꺽 삼켰다.

"……며칠 전부터 내 교무실 앞에 붙어 있었는데, 보러오는 학생이 없더군. 언제든지 와서 확인하면 된다. 이상."

아이들은 선진두가 조회를 마치고 나가자마자 우당탕거리며 교실을 뛰어나갔다. 하비의 자리는 교실 안쪽에 있었던 탓에, 조금 늦게 교실을 빠져나갔다. 그런데 선진두의 교무실 앞에 다다르자 아이들의 눈빛이 뒤늦게 등장한 하비에게 일제히 쏠렸다. 그것도 당황과 질투의 눈빛들이.

GSC 선발 학생 4인: 민로사, 수진희, 구하비, 안단테.

와! 하비는 자신도 모르게 탄성을 질렀다. 선택받은 학생과 선택받지 못한 학생들의 희비가 극명하게 엇갈렸다. 그렇기에 하비의 희(喜)는 더욱 극적이었다. 선진두는 교무실 문 뒤에서 이들을 구경하며, 기대했던 원초적 반응에 흡족한 미소를 지었다. 구하비를 조커로 생각하기는 했지만 자신의 예상보다 빨리 발화(發花)했다. 이에 맞춰 전략도 조금 수정할 필요가 있다. 짓누르고 절박하게 만드는 동시에, 실력으로 자신을 증명한 학생들은 철저히 인정하고 보상해 주는 것이 그의 원칙이었다.

"축하해, 하비야."

로사는 일부러 다른 학생들 앞에서 공개적으로 하비에게 축하의 말을 건넸다. 그러자 구하비가 어떻게 뽑혔냐며 의구심을 갖고 궁시렁 거리던 몇몇 목소리들은 이내 죽어버렸다. 여왕의 인정은 고만고만한 질투의 눈초리들을 한꺼번에 정리했다.

"고마워, 로사야. 너도."

옆에 있는 단테와도 세게 하이 파이브를 했다. 셋은 인파를 빠져나와 점심을 먹으러 급식실로 향했다. 매일 걷던 복도가―홍해처럼 갈라졌다고 하기에는 조금 비유가 과하고―질투 섞인 동경으로 가득 찬 패션쇼의 런웨이 같았다.

종례 시간이 다가오기 전에 하비는 기숙사 밖을 산책하며 아직 가시지 않은 환희를 조용히 음미했다. 여름방학에 하버드에 갈 수 있다니. 그것도 로사와. 이 마음은 사랑일까, 동경일까? 그런데 굳이 두 개를 구분 지어야 하나? 올해 들어 처음으로 하비가 짤막하게 해본 풋풋한 고민이었다.

그러나 막상 종례 시간에 다다르자, 그는 오전에 일군 성취를 마음속으로 평가절하할 수밖에 없었다. 마음의 준비를 하는 것이었다. GSC 대회에 선발된 것은 정말 엄청난 일이지만, 핵심은 언제나 성적이니까.

"점수 발표 방식은 저번과 똑같다. 그렇지만 이번에는 등수 변동이 꽤나 심하군. 5등은⋯⋯."

등수 변동이 심하다고? 하비는 기대감에 손톱이 손바닥을 파고들 정도로 주먹을 꽉 쥐었다. 혹시, 정말 혹시 내가 5등일 수 있지 않을까? 저번에는 뒤에서 5등, 이번에는 앞에서 5등이 되는 기적이 일어난다면⋯⋯ 아니, 그냥 혹시나 해서 하는 생각이야. 하지만 5등으로는 다른 친구의 이름이 불렸다. 후우우우. 한껏 품은 기대가 손톱으로 빠르게 빠져나갔다. 자신이 진희나 로사를 이겼으리라고는 상상한 적조차 없다. 물론, 인정하기 싫지만 반재익 저놈도. 그래서 가장 가능성이 높은 게 5등이라고 생각했는데. 4등은 아마 단테가 아닐까?

"4등, 반재익."

아이들이 술렁댔다. 재익은 이미 진희, 로사와 Top3 안에 확실히 들 줄 알았다. 그의 패거리도 이번에는 상황 파악을 하고 박수를 치지 않았다. 재익은 이 결과를 이해할 수도, 받아들일 수도 없다는 듯이 얼굴을 구기고 앞으로 걸어갔다. 4등? 이제는 3등도 모자라 거기서 더 퇴보했다는 거야? 더구나 선진두는 또 무슨 말로 자신과 형을 비교해 가면서 망신을 줄지.

하지만 선진두는 이번엔 그에게 아무 말도 건네지 않았다. 심지어 눈길조차 주지 않았다. 이미 조커가 발화한 상태에서, 반재익은 선진두에게 아무 가치가 없는 학생이었다. 가장 준비된 학생 중에 하나였지만 자신의 한계를 가장 빨리 정의해버린 학생이기도 하기에, 더 피워낼 잠재력이 남아 있지 않다고 판단한 것이었다.

재익은 성적표를 받고 자리에 앉아 부들부들 떨었다. 아버지와 형에 닿기는커녕, 지하를 뚫고 추락해버렸다. 그렇다면 도대체 누가 자신을 몰아내고 3등을 차지한 거지? 안단테? 에세이를 잘 쓰니까? 아니, 안단테같이 유약한 놈은 나를 이기지 못한다. 저기 지금 앉아 있는 것만 봐도, 완전히 망한 표정이다. 그렇다면 도대체 누가?

"3등…… 구하비!"

아이들은 모두 제각각 '와' '헉' 등의 감탄과 '아' '헐' 등의 탄식을 내뱉었다. 재익은 하비의 이름을 듣는 순간, 이를 너무 세게 갈아 뿌득 소리까지 냈다. 로사도 이런 결과를 예상하지는 못했기에 놀란 표정으로 하비를 쳐다보았다. 그 역시 아직 실감이 나지 않는지, 첫 번째 시험 때처럼 정신이 반쯤 나간 채 앞으로 걸어갔다.

"저번이랑 똑같이 정신이 빠져 있군."

"아, 아뇨. 아닙니다."

"구하비."

"예."

"잘했다."

그 말을 들은 하비는 더 이상 다른 누구의 시선도 느낄 수 없을 정도로 환희에 가득 차올랐다. 드디어, 드디어!

"모두 집중. 아직 호명 안 끝났다. 2등, 수진희."

반이 다시 한번 술렁였다. 수진희가 2등이라고? 아니 그러면 1등은……

진희는 아무 감정의 변동 없이 성적표를 받아 자리로 돌아갔고, 선진두는 곧바로 1등을 발표했다.

"1등, 민로사."

박수가 터져 나왔다. 이번에도 하비는 가장 열렬하게 박수를 쳤다. 진희에게는 조금 미안한 비유지만, 로사는 수억 개의 데이터와 알고리즘으로 무장한 알파고를 이긴 인간 이세돌 같았다. 하비는 자신의 승리만큼 자신의 영웅이자 스승의 승리를 진심으로 축하했다.

나머지 학생들에게 성적표를 나눠주고, 선진두는 한마디 잔소리도 없이 빠르게 종례를 마무리했다. 절박함이 위대함을 피워낸다는 그의 지론은, 절대 말로 가르칠 수 없는 것이기 때문이다.

*

질서는 바뀌었다. 반재익과 그의 패거리는 하비를 흘겨봤지만……

"뭘 보고 있냐?"

하비가 소리치자 그들은 이내 눈을 홱 피했다. 나머지 아이들은 오전과 다르게 그를 완전히 인정하고 부러워하는 눈으로 보았다. 이곳에서는 곧 등수가 권력이니까. 그리고 오늘의 승자가 누구인지는 자명하잖아? 다만, 굉장히 어두운 표정의 단테.

"단테야, 괜찮아?"

"아, 응. 하하······."

단테는 힘없이 웃기만 했다. 하비는 자신의 잘못은 아니지만 미안함을 느꼈다. 동고동락을 같이한 팀원은 재계약에 실패해서 팀을 떠나고 자신만 수백만 달러의 계약서에 사인한 느낌. 섣불리 위로를 할 수도 없었다. 친구를 동정하고 싶지 않았고, 그런 느낌조차 주기 싫었다. 단테 역시 자신이 바닥을 찍을 때 그래주었기 때문이다.

"단테야."

"응."

"또 같이 존나게 공부해서, 또 같이 존나게 올라가는 거야. 알았지?"

그제야 단테는 조금 웃었다.

"다음 주에 도서관 갈 때 연락해. 아님 그냥 심심할 때 아무 때나."

"하하, 그래. 너도."

하비의 책상으로 낯선 얼굴들이 몇 명 찾아왔다. 권샐리도 포함해서. 그동안 친분도 없던 그녀가 하이 파이브를 하는 제스처를 취해서, 하비는 얼떨결에 손을 맞췄다.

"요올, 구하비이, 축하 축하! 재익이를 이렇게 짓밟을 줄은 몰랐네에?"

권샐리는 의기소침한 재익을 보고 들으라는 듯 특유의 늘어지는 어투로 말했다. 재익은 분명히 그녀의 말을 들었지만 애써 듣지 못한 척 고개를 돌렸다. 둘이 굉장히 친한 사이인 줄 알았는데. 이제 보니 이 패거리의 실세는 권샐리였던건가. 반재익처럼 시종들을 달고 다니는 것도 비슷했다. 뭐 어찌됐든, 하비는 자신에게 쏠리는 교실의 새로운 관심과 질투를 한껏 음미하기로 했다.

"오늘 우리 애들이랑 저녁이나 같이 먹을래애?"

"어? 누구누구 가는 거야?"

"흐음, 아직 정한 건 아닌데에, 내 친구들이랑…… 또 누구 같이 가고 싶은 사람 있어?"

마침 로사가 옆을 지나가고 있었다.

"오, 로사야아. 완전 축하해애. 여역시 악착스러움 하면 민 로사지이. 오랜만에 같이 저녁이나 먹으러 갈래애?"

축하 뒤에 숨겨진 묘하게 수동 공격적인 뉘앙스.

"하비가아, 네가 안 가면 안 가겠대."

"아니, 아니. 내가 언제……"

"킥킥, 장난이야. 근데, 너희 요새 썸 타는 거 다 아는걸. 전에 교실에 둘만 있을 때, 완전 다정하던데에?"

그러나 로사는 아까와는 달리 조금 차갑고 단호한 목소리로 말했다.

"오늘 저녁은 선약이 있어서 어려울 것 같네."

"아하. 진짜아? 내가 물어보니까 선약이 갑자기 생긴 건 아니구?"

"아, 로사야 잠깐만……."

하비가 로사를 불렀지만, 그녀는 그를 힐끔 보기만 하고 자신의 자리로 향했다.

"뭐, 그으래. 그럼 하비야, 우리끼리 가야겠네. 프렌치 어때? 오르톨랑* 잘하는 곳 있거든. 물론 비건 오르톨랑."

그때, 하비의 휴대폰으로 문자가 하나 도착했다. 그는 문자를 보고 반색했다.

"음, 샐리야…… 미안한데 부모님이 데리러 오셨다고 해서, 오늘은 같이 못 가겠다. 미안."

순간, 권샐리의 소름끼치는 눈빛이 삭, 스쳐 지나갔다. 감히 네가 내 초대를 거절해? 샐리 옆의 시종들은 주인의 기분을 살폈다. 다행인지, 하비는 문자를 확인하느라 샐리의 표정을 보지 못했다.

"그래애, 그러면 어쩔 수 없지. 다음……."

"응, 방학 잘 보내!"

하비는 샐리의 말이 끝나기도 전에 일어나서 가방을 매고 씩씩하게 교실을 나갔다. 그리고 휴대폰을 다시 열어 부모님에게 문자를 썼다.

---

* 작은 멧새를 어두운 상자에 가둔 뒤 각종 곡물을 먹여 한 달 동안 기른 다음, 브랜디에 적셔 구워내는 프랑스 요리. 2007년 프랑스에서는 멧새 수렵을 금지하였다. 비건 오르톨랑은 멧새를 마지판 등으로 대체한 것이다.

하비: 엄마, 아빠. 저 오늘 3등 했어요. 이제 수도외고 생활도, 성적도 조금 감이 잡혀가니까 제 걱정 너무 안 하셔도 돼요. 오늘 친구랑 저녁 먹고 들어갈 것 같아서 약간 늦어요. With Love, 아들.

물론 곧 집에 가서 부모님과 기쁜 소식을 다시 공유하겠지만, 왠지 문자를 보냄으로써 이 순간을 기록하고 싶었다. 그는 웃으며 방금 전 도착한 문자를 다시 열어서 읽었다. 그것은 부모님이 아니라 다른 사람에게서 온 문자였다.

로사: 나 지금 저녁 먹으러 갈 건데. 선약은 딱히 없어.

하비는 휴대폰을 집어넣고 복도에서 천천히, 아주 천천히 걸어가고 있는 로사를 불렀다.
"로사야. 나도 저녁 먹으러 갈 건데, 같이 먹을래?"
"데이트 신청이야?"
"음, 그런 것 같아."
"네 경쟁자가 되게 해줄래, 보다는 조금 나아졌네."
둘은 말없이 웃으면서, 눈빛으로 하이 파이브를 하고 수도외고 밖으로 나갔다. 바로 내일이 로사의 생일이라는 사실은 저녁을 먹으면서 알게 되었다. 그렇게 둘은 오늘과 내일, 성공과 생일을 동시에 축하하기 위해 11시 59분부터 12시 01분까지 함께하기로 했다. 늦은 밤에 영업하는 카페가 없었기에 치킨집에 들어가 닭 날개+다리 콤보 세트를 시키고 맥주 대신 사이다로 건배했다. 테트리스 일자 블록을 위하여, 건배.

방학이 되어서야 하비는 그동안 쌓여 있던 중학교 친구들과의 단톡방 메시지들을 차근히 읽어볼 수 있었다. 벌써 몇 주, 몇 달이 지난 메시지들이었지만 스크롤을 올리는 동안 계속 웃음이 나고 즐거웠다. 한 달 전에는 누구도 만나고 싶지 않았지만, 지금은 빨리 오랜 친구들과 만나서 농구도 하고, PC방도 가고, 삼겹살도 먹으면서 잠시 얻은 자유를 만끽하고 싶었다. 아, 오늘도 아침부터 새 메시지들이 쌓이고 있었다.

윤석: 아니 ㄹㅇ 톡으로만 하지말고 솔직이 얼굴한번 봐야됨 우리 다 바로옆학교인데

병운: 너 맞춤법 빌런이지

윤석: 그게 머야

병운: 아냐 됐음

병운: 그러면 토? 일?

윤석: 난 아무때나 ㄱㅊ

그렇게 빠르게 쌓이는 메시지들 사이에 하비는 조금은 낯선 자신을 끼워 넣었다.

하비: 야 ㅎㅇ 다들 진짜 개오랜만이다

그러자 갑자기 메시지들이 쌓이기를 멈추고, 시끄럽던 단톡방에는 몇 초 동안 정적이 흘렀다. 하비의 메시지를 친구들은 분명히 읽었다. 적어도 앱의 읽음 표시는 그렇게 말해주었다. 아무 허물없이 지냈던 옛 친구들이, 자신의 메시지를 읽고도 응답 없이 가만히 있는 그 시간이 하비는 조금 낯설고 불편했다.

　　병운: 와 하비다
　　기주: 와 ㅁㅊ 구하비 살아 있네? 실화냐?
　　윤석: 수도외고는 어떠냐 너 거기 감금됫다매
　　기주: 오 주말에 나올 수 있냐

　　그러나 윤석의 답을 시작으로, 친구들은 변하지 않은 모습으로 반년 만에 금의환향한 하비를 격하게 반겨주었다. 그는 마치 집에 온 것 같은 편안함을 느꼈다.

　　병운: 야 얘들아 걍 오늘 볼래? 어차피 담주면 방학이고 오늘 야자도 없는데
　　윤석: ㄹㅇ 못본지 존나오래됐잖아 오늘 불금인데 걍 ㄱㄱ하자
　　기주: 하비 수도공원 쪽 올 수 있음?
　　하비: 오 좋지
　　윤석: 와 가자 가자

병운: 가즈아ㅏㅏㅏ

그러다 갑자기 있는 줄도 몰랐던 지우의 톡이 올라왔다.

지우: 아 난 오늘 야자 있는데

병운: 하 지우야 ㄷㅊ ㅋㅋ 걍 야자째고 나오셈

지우: 아니 나 이번에 우등반 들어가서 째면 존나 선생이 눈치챌 거란 말야

병운: 아니 시험도 끝났는데 뭔 야자야

윤석: 내말이 ㅅㅂ 수도외고생도 나오는데 어디서 우등반부심 부리냐

기주: ㅋㅋㅋ윤석이 노빠꾸네

친구들의 농담에도 지우는 반응이 없었다.

윤석: 아니 지우 저새기 어차피 우리모이면 또 알아서 나와 걱정 ㄴㄴ

병운: 오케이 그러면 7시까지? 삼겹살집 ㄱ?

하비: 아 오랜만에 농구 할래?

병운: 아 나도 하고 싶은데 밤 되면 너무 어두워서 못 할듯

기주: 응 우리 야자 쨌다고 해도 저녁에나 나갈 수 있어서

병운: ㄹㅇ 그리고 나 요새 농구 안 한지 너무 오래돼서 몸이 다 굳음

하비: 아 그것도 그렇네 ㅇㅋ

윤석: 그러면 바로 삼겹살 무한리필집에서 보자

기주: 거기 막 브라질산 고기 쓰지 않냐

병운: 야 배에 들어가면 다 똑같애

기주: 그건 ㅇㅈ

농구를 못하는 건 조금 아쉬웠지만, 하비는 오랜만에 친구들을 만난다는 사실 자체가 마냥 좋았다. 그는 설레는 마음으로 재빠르게 짐을 챙긴 다음 수도공원 쪽으로 가는 버스를 탔다. 오른쪽 가장 뒷자리. 중학생 때 듣던 다프트 펑크 노래 중 가장 신나는 노래를, 아니—그 시절을 다시 재생했다.

삼겹살 무한리필집이 위치해 있는 낡은 건물 앞에 도착해서 역시나 낡은 엘리베이터를 탄 하비는, 성공한 친구가 고향에서 열린, 조금은 누추한 동창회에 온 듯한 느낌이 들었다. 묘했다. 삼겹살 무한리필집 문을 열자, 연기와 열기가 하비를 화악 반겼다. 한쪽 테이블에서 고기 굽는 데에 열중하고 있는 자신의 오랜 친구들이 보였다. 하비는 한달음에 테이블로 달려갔다.

"와! 구하비이!"

"이야, 이게 얼마 만이냐, 진짜."

낯설고 불편했던 느낌들은 전부 기우였나 보다. 친구들은 하비를 격하게 반겨주었다. 싸구려 브라질산 냉동 삼겹살과 갈매기살이 노릇노릇하게 구워지며, 반년 만의 대화도 무르익어 갔다. 가끔 수도외고와 단절되어 있는 다른 세상 얘기를 할 때는 친구들이 무슨 말을 하는 건지 쉽게 이해할 수 없었지만, 하비는 크게 개의치 않고 함께 따라 웃었다.

그렇게 다양한 부위의 고기로 실컷 배를 채우고 '잔반 남기시면 5,000원'이라는 안내문이 눈에 들어올 즈음에야, 지우가 뒤늦게 삼겹살집의 문을 열고 들어왔다. 하비는 지우를 보고 손을 흔들었지만 지우는 보지 못한 것 같았다.

"야, 강지우. 여기! 여기!"

"아이고, 우리 지우 씨. 뭘 또 잘난 공부를 하신다고 이렇게 늦게 오셨습니까."

"내 말이. 우리 이미 거의 다 먹었어. 일찍 좀 오지."

"나 금요일에 바쁘다고 했잖아."

윤석과 병운이 웃으며 지우를 반겨주었지만, 그의 싸늘한 답변에 분위기가 차가워졌다. 하비는 말없이 주변 친구들을 바라보았다. 암묵적으로 분위기 깨지 말자고 얘기하듯이, 모두가 애써 웃고 있었다. 그래서 하비는 지우에게 손을 내밀어 반갑게 인사했다.

"지우야, 오랜만이다."

"어, 오랜만이다."

이번에는 하비가 내민 손을 보지 못한 것 같았다. 하긴, 우리끼리 언제 악수하면서 인사했다고. 그냥 못 본 거겠지.

병운이 불판에 고기를 새로 올렸다.

"자, 바쁘신 지우 씨. 이거 내가 제일 마블링 쩌는 걸로 집어 온 거니까 고기나 빨리 드세요."

"오냐, 고맙다. 근데 오천 원 내기 싫어서 먹이는 것 같은

데?"

"에이씨, 들켰네. 빨리 처먹기나 하세요."

병운의 주도하에 분위기는 중학교 때 농구 시합을 마치고 회식하던 때처럼 즐거워졌다. 적어도 잠시 동안은 그랬다.

*

지우는 한참 동안 제대로 익은 건지도 모르겠는 고기를 입에 마구 집어넣은 후에야 하비에게 말을 건넸다.

"야, 하비야. 잘 지냈냐? 수도외고는 어때? 그럭저럭 다닐 만해?"

"하하, 그냥 뭐. 죽다가 살아났어."

"근데 수도외고는 진짜 주말에도 공부 시키냐?"

"으응, 뭐. 집에 보내주기는 하는데 숙제하느라 다 지나가. 하하."

"아니, 넌 수도외고에 궁금한 게 뭐 그렇게 많냐?"

중간에 병운이 한 번 끼어들었지만, 지우는 질문을 멈추지 않았다.

"야, 병운. 있어봐. 그리고 진짜 다 영어로 수업해? 근데 교복으로는 전통한복 입으면서, 수업은 전부 영어로 하는 게 좀 아이러니하지 않냐?"

하비는 지우의 톤이 묘하게 조금 거슬렸다. 하지만 그냥 오랜만에 만나서 어색해서 그런 거겠지, 하고 넘어갔다.

"하하, 그러게. 정확히는 개량한복이긴 한데. 수업은 진짜 다 영어로 해. 처음에는 내 이름 영어로 발음하는 것도 어렵고 그랬어."

"지금은?"

"지금은 그래도 쪼오금, 나아지긴 했어."

"이야, 역시 수도외고생은 우리랑 달라."

윤석이 어색한 대화에 한마디를 보탰고, 지우는 장난 섞인 진심으로 반발했다.

"아니, 우리라고 엮지 말아줄래? 난 그래도 우등반이거든?"

"우리 학교에 아임 파인, 땡큐 말고 더 대화할 수 있는 사람 있냐?"

"지우 이 새끼 오늘 왜 이렇게 예민하냐? 빨리 고기나 처먹어. 배불러야 사람이 온화해지는 거야."

병운이 다시 한번 분위기를 풀어보려 했지만, 하비는 대화가 계속 삐걱거린다고 느꼈다. 지우가 가장 거슬렸으나 비단 지우만의 문제도 아닌 것 같았다. 우리는 여기, 너는 저기. 그래, 솔직히 자신을 조금은 특별하게 봐주기를 바란 것은 사실이었다. 그렇지만 자신이 이 친구들의 일부가 아니라고 생각한 적은 없었다. 살인적인 일정 때문에 메시지를 실시간으로 확인하지는 못했지만 단톡방을 나간 적도 없었다. 하지만 지금 생각하니 충분히 상상이 됐다. 아침에 반년 만에 메시지를 보냈을 때, 단톡방에 생겼던 찰나의 불편한 정적. 균열. 휴대폰을 바라보며 낯선 것을 보는 듯한 표정을 지었을 친구들의 얼굴…….

하비는 계속해서 이야기를 나눴다. 농담도 주고받았다. 하지만 예전처럼 날것이 아닌, 몇 번씩 스스로 검열한 것들이었다. 그래도 그는 자신의 귀향을 반기러 나와준 친구들이 고마웠다. 예전만큼 자연스럽지 않다고 해서 멀어진 건 아니다, 라고 그는 머릿속으로 되뇌었다.

마침내 고기를 다 먹어치운 지우가 사이다를 마시는가 싶더니, 다시 하비에게 폭탄 같은 질문을 던졌다.

"야, 하비야. 근데 미국으로 유학 갈 거면, 대학은 어디 갈 거냐? 하버드? 하긴, 그렇게 열심히 공부하는데 하버드는 가야지."

지우의 말에 테이블이 다시 한번 조용해졌다.

하. 하비는 기가 막혀서 헛웃음이 나오는 것을 참을 수가 없었다. 얼마나 현실 인식이 안 되면 저런 말을 할 수 있는 건지. 저놈은 하버드에 합격한다는 것이 얼마나 불가능에 가까운지 털끝만큼의 가능조차 할 수 없는 위치에 서 있는 것이다.

하비는 아랫입술을 한 번 깨물고, 옛정을 생각해 하고 싶은 말 대신 다른 말을 선택했다.

"하하, 응. 열심히 공부하면 좋은 대학 가겠지."

"그래, 그건 그런데. 내 사촌 형도 미국으로 유학 갔거든. 근데 지원한 대학 다 떨어졌다고 하더라. 한국 학생들이 멋모르고 갔다가 그러는 케이스 많대. 물론 우리 사촌 형 얘기지만."

됐어, 여기까지다. 이번에도 허울뿐인 우정을 위해 그냥 넘어가기에는, 수도외고에서의 한 학기를 거치는 동안 하비는 너무 날카롭게 벼려져 있었다.

"아 진짜? 근데 네 사촌 형도 너 외고 불합격했을 때처럼 질질 짠 건 아니지?"

"뭐어? 야! 그때 외고 입시가 이거랑 뭔 상관이야아!"

"상관이 없어 보여? 아, 맞다. 지우야. 너 아이큐 테스트 음성 나왔다고 했지?"

푸픕. 옆에서 윤석의 웃음이 터지자 지우는 얼굴이 벌개졌다.

"아이씨, 박윤석 쪼개지 마라. 야, 구하비 너 개소리……."

"그나마 음성이라 다행이다. 그래도 혹시 모르니까 자가 격리는 꼭 해. 괜히 대를 이어서 네 동생까지 불합격 DNA 전염시키지 말고."

결국 되돌릴 수 없이 험악해진 분위기에 친구들은 하비와 지우를 겨우 말리고 잔반 벌금 오천 원을 내고 밖으로 나왔다.

복작복작한 고깃집에서 나와 바람을 쐬니 조금은 머리가 맑아졌다. 먼저 시비를 건 것은 지우니까 받아치는 게 당연했다는 생각과, 그래도 좀 너무했나 하는 생각이 양가감정을 이뤘다. 다른 친구들에게 미안한 마음도 컸다. 자신을 반갑게 맞아줬던 친구들을 생각하면 그러지 말았어야 했나. 하비는 스스로를 조금 자책했다. 병운은 한숨을 쉬며 말했다.

"하비야, 후. 우리는 우선 지우 좀 진정시키고 올게. 잠깐만 쉬고 있어."

"……미안. 알았어."

몇 분 후, 하비가 자신 때문에 분위기를 망쳐서 미안하다고 말해야겠다고 결심한 찰나, 병운으로부터 톡이 왔다.

병운: 하비야
병운: 솔직히
병운: 네가 좀 심했어……

아니, 뭐가? 지우가 처음부터 먼저 공격한 건데, 나는 참고만 있으라고? 그러나 하비는 그 생각을 타자로 치지는 않았다. 뒤이어 톡이 하나 더 도착했다.

병운: 오늘은 우리 먼저 갈게…… 학교 일 때문에. 지우랑 같이 가야 돼서.
병운: 나중에 보자

손가락에 온 힘을 담아 하비는 휴대폰 전원을 꺼버렸다.

"우리." 그 단어는 하비와 친구들 간의 좁힐 수 없는 간극을 잘 요약해 주었다. 그 간극에는 분노가 차올랐지만, 우정이 깨져서 생긴 분노와는 조금 다른 성질의 분노였다. 그래, 몰이해. 이건 몰이해로부터 오는 분노다. 친구들이 자신을 이해해 주지 않아서 화난 게 아니다. 그들이 원래부터 자신을 영원히 이해할 수 없는 사람이었다는 사실을 알아버렸기 때문이다.

그래서 지우는 "우리"로 남고, 하비는 이해할 수 없는 "남"이
되어버린 것이다.

하비는 그것을 받아들이기로 했다. 상처였지만, 상처로 규
정하지 않기로 했다. 이번 일로 더욱 확실히 하게 되었다. 이
제 자신을 진정으로 이해할 수 있는 사람은 로사뿐이라는 걸.

다른 애들은 절대로 우리가 뭘 이루려고 하는지, 어떤 길로
가려고 하는지 이해 못해. 로사가 옆에서 속삭여 주는 것 같았
다. 그는 다시 휴대폰을 켜서 옛 친구들과의 단톡방에서 나가
버렸다.

구하비님이 퇴장했습니다.

*

GSC를 위해 보스턴으로 출발하기 전까지는 한 달 정도의
시간이 있었다. 방학 동안 하비는 단테와 자주 만나 도서관에
서 공부를 했다. 단테는 대부분 소설책을 읽으며 시간을 보내
다가 늦은 점심을 먹고 돌아갔지만, 하비는 항상 밤까지 남아
서 공부했다. 배움의 즐거움 따위를 위해서가 아니었다. 승리
에 대한 갈증 때문이었다. 승리에 관한 당연하지만 중요한 사
실 하나는, 패배의 경험보다 승리의 경험이 훨씬 그에 대한 갈
망을 고조시킨다는 것이다. 더 이상 그는 선진두가 두려워서,
반재익 패거리에게 굴욕을 당하는 것이 싫어서 공부하지 않

았다. 두 번째 시험에서 3등으로 호명되었을 때의 기분을 끊임없이 음미하며 공부했다. 공부를 지독하게 하면 할수록, 그 카타르시스는 커져만 갔고 그 감각 없이는 살 수 없을 것 같았다.

다른 중요한 이유도 있었다. 로사. 하비는 그녀와 같은 눈높이에 서 있고 싶었다. 고등학교 때 가지는 연애 감정은 대학 입시 패망의 지름길이라던 어른들의 말은 완전히 틀렸다. 왜냐하면 로사가 그 한심한 어른들보다 똑똑하고 위대하기 때문이다. 매일 새벽에 일어나 밤 늦게까지 공부하면서도, 그녀를 생각하면 힘이 났다.

단톡방을 나와버린 이후로 이제 하비는 중학교와 수도외고 양쪽에 모두 발을 담근 채 어디에도 제대로 속하지 못한 것 같은 기분을 더 이상 느끼지 않게 되었다. 이제 온전한 수도외고생이 되었다. 더 이상 뒤를 돌아보지 않고 진일보하며 로사와 함께 보스턴으로 떠날 준비를 마쳐가고 있었다.

"저희 비행기는 약 20분 후에 미국 보스턴 로건 국제공항에 도착하겠습니다."

수도외고 일행은 잠에서 깨서 좌석 등받이를 원위치로 돌려놓았다. 하비는 창밖의 보스턴을 바라봤다. 그동안 가봤던 다른 도시와 육안으로 확연히 드러나는 차이점은 없었지만, 야구장 같은 게 보일 때마다 저건 펜웨이 파크인가, 대학교 같은 게 보일 때마다 저건 하버드인가, 하며 설레었다. 로사도 벅차오르는 표정으로 창밖을 바라보고 있었다. 하비는 창밖에서 시선을 거두고 로사를 쳐다보았다. 이 여정은 야망을 찾기 위한 여정일까, 아니면 그녀를 찾기 위한 여정일까.

로건 공항의 공기는 생각보다 텁텁했다. 까탈스러운 입국 심사를 통과한 후 우버 택시를 타는 곳을 찾으려 했지만 복잡한 건물 구조 때문에 일행은 길을 헤맸다.

"어어…… 여기가 아니라 반대쪽 건물인가?"

보스턴 여행이 가고 싶어서 인솔 역할을 자원한 체육 선생이 제일 당황했다.

"우선 저기 엘리베이터 타고 4층으로 올라간 후에 다른 건물로 다시 내려가면 우버 타는 곳이라는 표지판이 있을 거예요."

진희의 안내 덕분에 일행은 무사히 캐리어를 드드드드 끌면서 우버를 타고, 호텔에 도착했다. 하비와 단테, 로사와 진희는 각자의 방에 짐을 푼 다음, 선글라스를 끼고서 켄달 스퀘어(Kendall Square) 주변을 구경하기로 했다. 긴 비행에 피곤할 법도 했지만, 이들에게 이번 여정은 외부 활동이 아니라 여행이었다.

GSC가 시작되기 하루 전.

참가자들은 아이스 브레이킹을 위해 호텔 로비에 모였다. 언어도, 문화도, 피부색도 다른 아이들은 서로를 굉장히 낯설게 쳐다보았다. 그래도 하나같이 들떠 있는 얼굴들을 보면 서로를 경계하기보다 더 알아가고 싶어 하는 것 같았다.

주최 측은 임의로 두 개의 조를 짰다. 로사는 단테와, 그리고 하비는 진희와 같은 조에 들어가게 되었다. 하비는 물론 로사와 같은 조가 되고 싶었지만 진희와 이 기회에 친해지는 것도 좋았다. 문제는, 로사네 조는 그 유명한 덕 투어*를 하며 찰스강 위에서 보스턴 시내를 관광하는 반면 하비네 조는 시외에 있는 산을 오르게 되었다는 점이었다.

"와아. 이건 아니지. 미국에도 등산 좋아하는 부장님 같은 사람이 있나?"

"하하. 그러게. 하비, 진희도 로사랑 나 사이에 껴 가면 모르지 않을까?"

"음, 아마 티켓 수가 정해져 있어서 힘들걸?"

---

* 제2차 세계대전 때 사용한 수륙양용차를 이용하여 강과 육지를 넘나들며 보스턴 시내를 관광한다.

"아, 진희 말이 맞네."

"하비야, 진희야. 단테랑 나는 시원하게 덕 투어 잘 다녀올게! 등산 파이팅!"

"와아…… 억울하다, 정마알."

하비와 진희가 속한 조는 보스턴에서 두 번째로 큰 숲이자 하이킹 명소인 린 우즈(Lynn woods)로 향했다. 푹푹 찌는 여름날, 그들은 한 시간이 넘도록 나무와 벌레들을 뚫고 정상을 향해 올라갔다. 마치 중학교 때 갔던 극기 해병대 캠프 같았다. 혼자 신난 인솔자를 제외한 모두는 흘러내리는 땀방울을 닦으면서 얼굴을 찡그린 채 산을 올랐다. 하지만 하비 옆의 진희는 역시 특이하게도 나무와 그 사이에 숨어 있는 벌레들까지 호기심 어린 얼굴로 관찰하며 걷고 있었다.

"초콜릿 먹으면 좀 덜 힘들 거야. 높은 확률로. 코코아 성분인 폴리페놀이 뇌혈관 기능을 활성화 시켜 주거든."

진희는 하비에게 다크 초콜릿을 하나 내밀었다.

"어, 응. 고마워!"

하비는 다소 놀란 표정으로 초콜릿을 받았다. 고마움의 표시로 자신도 뭔가를 주려고 했으나 준비해 온 게 없었다. 대신 그는 대화라도 한번 이어가 보려고 했다.

"저 신나신 인솔자 분은 뇌도 근육으로 이루어져 있을 것 같아."

"음, 그러게."

"중학생 때 해병대 캠프에 갔었는데, 거기 조교 분들이 딱

저런 분들이었거든. 국적을 초월하는 등산 사랑."

"해병대 캠프가 뭐야?"

"아, 너희 중학교는 안 갔어?"

"난 중학생 때 홈 스쿨링했어."

"아……."

그는 어떻게 반응해야 할지 몰라 잠시 곤란했다. 주변에서 홈 스쿨링을 한 사람을 본 적이 없었기 때문이다.

"아, 그랬구나…… 음…… 부모님이 선생님이기도 하면 그것도 흥미로울 것 같아……."

"난 부모님은 아니었고, 할아버지가 가르쳐주셨어."

단지 범접할 수 없는 알파고 같은 천재라고만 생각했던 진희에게도 그녀만의 사연이 있다는 것이 신기했다. 이런저런 얘기를 이어가며 둘은 서로에게 약간의 입체감을 부여했다. 그러다 보니 어느새 정상에 다다랐다.

인솔자는 정상에 오르자 아드레날린을 뿜어내며 참가자들한 명 한 명과 땀 찬 손으로 하이 파이브를 했다. 하비도 억지로 하이 파이브를 받아줬다. 린 우즈 정상에는 경주의 첨성대 같은 돌탑이 있었다. 인솔자는 탑 위에 올라가 보면 보스턴의 아름다운 스카이라인이 한눈에 보일 거라고 자신만만하게 얘기했다. 그런데 진희는 혼자 탑에 올라가지 않고 주변에 있는 나무나 관찰하러 가는 것이었다.

"진희야, 안 올라가?"

"나는 괜찮아."

돌탑 위에 오르자 정말로 보스턴 스카이라인이 한눈에 보였다. 물론 뉴욕, 두바이, 싱가포르 등에 비하면 그렇게 화려하지도, 웅장하지도 않았다. 하지만 하비에게 보스턴은 그냥 평범한 미국의 한 도시가 아니라 야망의 결정체인 곳. 십 분 정도 말없이 상념에 잠겨 경치를 충분히 마음에 담은 그는 탑을 내려왔다. 진희가 아쉽지 않을까 해서, 한 번 더 올라가 보는 게 어떻겠냐고 권했으나 그녀는 웃으며 괜찮다고 다시 한 번 거절했다.

내려오는 길은 훨씬 편했다. 진희와 함께 다른 나라에서 온 참가자들과 간간이 수다를 떨면서 내려갔다. 로사는 지금 보스턴 시내에서 잘 놀고 있을까, 생각도 했다.

"높은 확률로, 괜한 걱정일 거야."

"어? 뭐가?"

"로사한테 감히 집적거리는 애는 없을걸? 로사는 강하고 매력 있지만, 대부분의 애들은 로사를 보고 위협감을 먼저 느끼니까."

진희가 이런 얘기를 하니까 신기하면서도 뭔가 믿음이 갔다.

"물론 난 로맨스의 속성에 대해서는 잘 모르니까 오류가 있을 수도 있어."

"아냐, 하하. 나도 그건 전혀 모르는 분야라."

"그래도 비행기 탈 때부터, 내가 너와 로사 사이에서 세 번째 바퀴(Third Wheel)*인 건 충분히 느낄 수 있었어."

"아이, 아니야. 아니야. 그리고 단테도 있었잖아."

"그럼 난 네 번째 바퀴인 걸로."

"하하, 적절한 기출 변형이네."

  호텔에 도착했을 때, 아직 덕 투어를 간 팀은 돌아오지 않은 상태였다. 이대로 등산만 하고 보스턴에서의 하루를 마치기에는 아쉬운데? 하비는 호텔로 돌아가지 않고 로비에서 서성였는데, 그 순간 그의 눈을 잡아챈 것이 있었다. 바로 하버드 로고가 새겨진 셔틀버스. 이곳은 버스가 정차하는 곳도 아닌 것 같은데, 화장실이 급했는지 기사가 셔틀버스를 길가에 주차하고 호텔 안의 화장실을 향해 뛰어오는 것이 보였다. 하비의 눈이 반짝였다. 내일 대회가 하버드에서 열리기는 하지만, 하루 종일 실내에만 있기 때문에 교내를 둘러볼 시간이 없을 것 같았다.

"진희야. 저기, 저 버스 보여? 하버드 로고 있는."

"응, 하버드 교내 도는 셔틀버스네."

  하비는 공항에서부터 이런 걸 다 알고 있는 진희가 신기했다.

"너 별로 안 지쳤으면 우리 저거 타고 학교 투어나 잠깐 하고 올래? 체육 쌤은 어차피 다른데 놀러 다니고 계실 텐데."

"음, 그래."

  하비와 진희는 열린 문 사이로 셔틀에 후다닥 올라탔다. 재

* 상황에 맞지 않아 불필요한 사람을 일컫는 관용표현. 커플 사이에 불청객처럼 끼어 있는 사람 등을 표현할 때 사용한다.

학생만 이용할 수 있는 건가, 하는 걱정도 들었지만, 화장실에서 돌아온 기사는 손님이 두 명 더 늘어난 것을 모르고 학교로 출발했다.

우와. 하비의 입에서는 감탄이 절로 나왔다. 인터넷에서만 보던 하버드 건물을 이 두 눈으로 직접 보고 있다니. 크림슨 레드색 벽돌을 하나하나 눈에 담았다. 아, 그런데 오늘 아침에 유심 칩을 바꾸는 것을 잊었구나. 데이터가 없어서 휴대폰의 지도 앱이 제대로 작동하지 않았다.

"여기서 내리면 돼."

그러나 진희가 있으니 걱정하지 않아도 됐다. 둘은 하버드 스퀘어(harvard Square)라는 곳에 내렸다. 잔디밭에 누워 책을 읽는 학생들도 있었고, 낡은 하버드 셔츠를 입고 야외에서 체스를 두는 노인들도 있었다.

"내일 대회 열리는 곳은 여기 하버드 메인 캠퍼스 쪽이기는 한데, 사실 좀 더 조용한 장소들은 강 건너 올스턴 캠퍼스 쪽에 있거든. 그쪽으로 한번 가볼래?"

하비는 진희를 쫄래쫄래 따라갔다. 캠퍼스에서 나와 강 쪽으로 걸어갈수록 인적이 드물어지고 분위기가 목가(牧歌)적으로 변했다. 그는 모든 디테일을 놓치지 않고 눈에 담았다. 영화나 드라마에서 본 그 유명한 다리, 그 밑에서 적색 러닝셔츠를 입은 조정부 선수들이 강줄기를 따라 힘차게 노를 젓고 있었다. 이곳은 학교라기보다는 정원—오만하면서도 위대한 지

성의 울타리가 둘러져 있는 야외 정원이었다.

"저 다리, 유명한 다리지?"

"응. 우리는 저 뒤로 건너가면 돼."

"그런데 진희야. 뭐 하나 물어봐도 돼?"

"뭘?"

"어떻게 이 주변을 이렇게 잘 알아? 공항에서도 그렇고."

"……그냥 높은 확률로 보스턴에 자주 오다 보니 데이터가 많이 쌓였어. 어, 저기!"

항상 시니컬한 무표정을 유지하는 진희가 놀라운 정도로 밝은 얼굴로 무언가를 가리켰다. 비록 빨간불이었지만 아장아장 횡단보도를 건너고 있는 오리가족이었다. 온 세상의 번뇌를 잊게 하는 그 귀여움에 모든 차와 행인이 정지했다. 휴대폰을 꺼내서 사진을 찍는 사람들도 있었다.

"와, 진짜 너무 귀엽다……."

"진짜."

하비와 진희도 휴대폰을 꺼내서 플래시와 촬영음을 끄고, 사진에 다 담기지 않는 그들의 귀여움과 소중함을 저장했다. 뒤처진 새끼 오리 한 마리가 가족과 행여 떨어질까 필사적으로 달려오고 있었다. 진희는 무릎을 굽히고 새끼 오리가 다른 길로 빠지지 않게 길을 막아주었다. 그런데 새끼 오리가 다시 무리에 합류해 갈 즈음, 바로 뒤에서 쌩- 하고 바람을 가르는 소리가 들렸다.

"조심해, 진희야!"

자전거 한 대가 전속력으로 진희를 향해 달려오고 있었다. 하비가 소리치는 걸 듣고서야 놈은 급히 방향을 틀었다.

"앗!"

부딪히는 건 간발의 차이로 피했지만, 진희는 앉아 있던 상태에서 자전거를 피하느라 어정쩡한 자세로 넘어졌다.

"진희야! 괜찮아?"

하비가 급하게 달려왔다. 그 망할 놈은 이미 달아났다. 다행히 진희는 일어날 수는 있는 정도인지, 하비의 부축을 받고 벤치에 앉아 발목을 살펴보았다. 큰 외상은 없어 보였다. 아까 오리 가족을 보고 새끼 오리를 지켜줄 때를 제외하면 그녀는 1등을 하든, 발목을 다치든 아무런 감정의 동요도 없는 듯했다.

"그냥 조금 접질렸네."

"그래. 그래도, 구급차까지는 아니더라도 우버 타고 병원 가자."

"병원은 진짜 괜찮아. 귀찮아져서. 주변 약국에서 아이스 팩이나 하나 살게."

아, 그런데 데이터가 없어서 지도 앱이…… 망할 유심 칩을 바꾸는 걸 잊지 말았어야 했는데.

"진희야, 미안한데 나 휴대폰 데이터가 없어서……."

"아냐, 괜찮아. 내 걸로……."

하지만 진희의 휴대폰은 넘어지면서 액정이 심하게 깨져버려 도저히 작동되지 않았다.

"아…… 어떡하지? 아까 그 학교 셔틀 타면 되지 않을까?"

"아마 지금 시간이 늦어서 더는 안 다닐 거야."

"……진희야."

"응."

"우리 호텔이 MIT 주변에 있는 거 맞지? 여기서 멀지는 않았잖아."

"맞아."

"그러면 조금만 쉬었다가, 내가 너 업고 호텔로 걸어갈게."

"그건 안 돼. 너도 몇 시간을 하이킹했는데……."

진희는 다른 방법이 있는지 계산해 보느라 잠시 말하는 것을 멈췄다.

"그것밖에 방법이 없네…… 미안."

"아냐, 아냐. 대신 네가 내비게이션 역할은 다 해줘야 돼. 하하."

"응, 나 여기 주변 길은 다 기억해."

조금 숨을 고르다가, 하비가 진희를 업고 걷기 시작했다.

"가다가 택시 보이면 바로 타자. 이제 미국에서는 택시가 멸종됐다고는 하지만…… 내가 손가락으로 히치하이킹 표시도 계속 해볼게."

진희는 미안한지 평소보다 말이 많아졌다. 몇 시간 동안 등산을 한 뒤 진희까지 업고서 걷다 보니 힘이 부쳐오기는 했다. 그러나 하비는 내색하지 않고, 찰스강에 고즈넉하게 반사되어 깔리는 저녁 풍경을 감상하며 힘을 냈다.

그렇게 한 시간이 약간 덜 되게 걸었다.

"하비야, 이제 거의 왔으니까 나 걸어갈 수 있어. 곧 호텔 빌딩이 나올 거야."

"저기 저 빌딩인가? 아, 아니네. 저건 다른 빌딩이구나. 근데 엄청 특이하게 생겼다. 무슨 빌딩이 스펀지밥처럼……."

"맞아. 저 건물은 시몬스 홀이라고, MIT 기숙사야."

"아, 진짜? 역시 MIT는 기숙사도 특이하게 짓네."

"여기서 조금이라도 앉아서 쉬자. 고마워. 이제 갈 때는 걸어갈 수 있을 것 같아."

하비는 벤치 앞에 진희를 내려주었다. MIT 기숙사라는 건물은 자세히 보니 '스펀지밥'보다도 테트리스 블록들을 여러 개 모아 놓은 것처럼 생겼다. 이곳은 지나가는 차도, 행인도 없었다. 저녁의 고요 속에 빈 기숙사 불빛만 잠깐잠깐 빛나고 있었다.

"진희야."

"응."

"넌 3년 후에 이곳에 오고 싶어?"

"아니."

의외의 대답에 하비는 진희의 얼굴을 바라보았다.

"난 산 정상까지 오르는 건 좋아해. 그렇지만 정상에서 보이는 풍경은 보지 않으려고 하는 편이야."

"왜?"

"정상의 풍경을 보면, 내가 올라오는 길에서 만났던 나무들, 자갈들, 벌레들은 마치 처음부터 없었던 것처럼 느끼지 못하게 되어버리니까."

매미가 진희의 말에 화답하듯 찌르르 우는 소리가 들렸다.

"하비야, 넌 좋은 사람이야."

"아냐. 하하, 고마워."

"로사도 좋은 사람이야. 몇 번 얘기한 적 있거든, 로사랑도."

여기서 갑자기 로사가? 무슨 얘기를 했다는 거지? 진희랑 이렇게 연애 얘기를 많이 할 줄 몰랐는데……. 그때, 하비의 생각을 읽은 듯이 진희가 덧붙였다.

"연애 말고. 하버드 얘기."

아.

"그럼 하비 넌 3년 후에 이곳에 오고 싶어?"

"……응, 무조건."

"합격하면 어떤 기분일 것 같아?"

"와…… 그건 분명, 상상 가능한 범위를 넘어서는 환희일 거야. 상상도 못 하겠어. 아니, 근데 우선은 불합격한다고 믿을래. 합격하기 싫다는 건 아니고, 징크스 때문에."

하비에게 대체 무슨 해괴한 징크스가 있는지 진희는 알 턱이 없겠지만, 그녀는 대충 알겠다는 듯 묘한 웃음을 지어 보였다.

"진희야, 이런 철학적인 질문들이 오가니까 하나 묻고 싶은 게 있는데."

173

"응."

"넌 항상 보면 도를 깨친 사람처럼 달관의 경지에 이른 것 같아. 나나 로사나, 반 애들 모두 원하는 게 분명하잖아. 성적 잘 받고, 좋은 대학 가는 거. 너는 어떻게 그렇게 초연할 수가 있어? 솔직히……."

"솔직히?"

"솔직히 지금 수도외고에서 하버드 갈 수 있는, 단 한 명만 뽑으라고 하면 너잖아."

"모르겠어."

진희는 발목이 괜찮은지 확인하기 위해 조심스럽게 다리를 움직였다.

"물론 확률적으로는 높겠지. 그건 똑똑해서라기보다는 내가 레거시여서 그럴 수도 있어."

"레거시라고? 레거시 입학?"

레거시 입학. 하비도 들어본 적이 있었다. 수백억을 기부하면 미국 명문대에 입학할 수 있다고 잘못 아는 사람들이 있는데, 기부 입학은 사실 거의 존재하지 않으며 진짜 문제가 되는건 '레거시 입학'이라고. 대학에 지원할 때, 가족 중에 그 대학을 졸업하거나 근무했던 사람이 있다면 엄청난 혜택을 받는다. 말하자면, '금'수저가 아닌 '뇌'수저가 더 막강한 것이다.

"그럼, 부모님이 하버드 나오신 거야?"

"……교수."

"지금? 여기 계셔?"

"아마. 초등학교 때까지만 같이 살아서 모르겠어."

"와⋯⋯."

그래서 여기 지역도 잘 아는 거구나. 물론 아무리 그렇다고 해도 일반적인 초등학생이었다면 이렇게 보스턴 전 지역 지리를 다 꿸 수는 없었겠지. 수진희여서 가능했던 것이다. 근데 왜 하버드를 안 간다는 거지? 재산 물려받기 싫어서 자립해 살겠다는, 뭐 그런 재벌 아들딸 같은 건가?

"⋯⋯그러면 넌 하버드 레거시를 거부하고 싶어서 MIT를 지원한다고 하는 거야?"

항상 그랬다. 가정사를 털어놓으면 묘하게 바뀌는 공기는 진희를 기회를 저버리는 기만자로 만들었다. 수도외고에서 만나는 아이들은 높은 확률로 특히 더 그랬다. 입시는 수도외고생의 전부니까. 성적, 두뇌, 거기다가 레거시. 수진희가 이미 가지고 있는 것들을 따라잡기 위해 뭐든지 할 아이들이니까.

"우선, 나는 절대 하버드랑 MIT를 골라갈 정도로 똑똑하진 않아."

"⋯⋯로사랑 비슷한 말을 하는구나."

"아니, 나는 로사나 너처럼 정상으로 올라가는 길은 잘 몰라. 하지만 정상의 풍경을 보고 내려오는 길이 어떤지는 내가 가장 잘 알 거야."

"그렇지만, 넌 아까 그 풍경을 보기조차 싫다고 했잖아."

"응. 할아버지 말로는 우리 부모도 한때는 산을 오르면서 보는 나무를, 자갈을, 벌레를 사랑했대. 어린아이가 호기심 찬 눈으로 세상을 더 알아가고 싶어 하는 것처럼. 물론 난 어렸어서, 내 기억에 그런 부모님은 없어. 내 기억이 시작된 시점은 그 사람들이 정상에 막 올랐을 때야. 자기가 평생 해오던 연구가 세계적으로 인정받고 하버드대 교수로 임용되면, 하비야. 어떤 기분일 것 같아?"

"……그건 분명, 우리 상상도 못할 만큼의 기쁨이겠지."

"맞아. 그 기쁨, 그 성취감이 너무 커서 나무, 자갈, 벌레, 그리고 길을 같이 올라갔던 사람들과 시간들은 전부 그걸 위한 수단이 돼. 겪어온 모든 게 다 정상에서 내려다보는 그 풍경만을 위해 존재했다고만 믿게 된다고."

"넌 그게 비극적인 결말이라고 생각해?"

"나는 그렇게 생각해. 그 공허함을 견디지 못하는 부모를 내 눈으로 봤으니까."

하비는 진희의 얘기가 진실을 관통하고 있는 것을 알았다. 그래서 그녀의 얘기에 쉽게 동의하고 싶지 않았다. 그동안 다져온 결의가 흔들리지 않게 하기 위해서는 그녀의 얘기를 외면해야 했기 때문이다. 그래서 이번에는 조금 공격적인 톤으로 되물었다.

"너희 부모님한테 선택권이 없었을 수도 있잖아. 나는 산이 거기 있기 때문에 올라가야 한다고 생각해. 산이 있다는 걸 알면서도 정상에 오르지 못한다면, 그게 훨씬 비극적 결말일 수도 있잖아?"

통증이 많이 나아졌는지, 진희는 더 이상 발목을 만지면서 표정을 찡그리지 않았다.

"고마워, 하비야. 발목 때문에 업어주고, 내 얘기도 잘 들어
줘서."

"……내가?"

"응. 이런 얘기를 하면, 높은 확률로 다른 애들은 그냥 내가
자기들을 기만한다고 생각하거든. 내가 이 얘기를 했을 때 이
렇게 자기 의견을 말해주는 건 너랑 로사뿐이었어. 그리고 네
말이 높은 확률로 맞을 거야. 아마 나는 너랑 이런 얘기를 해
서 내 부모를 조금 더 독립적인 개체로서 이해해 보고 싶었던
것 같아."

여전히 담담하게 부모님을 남처럼 표현하는 진희를 보며
하비는 그녀가 이렇게 담담하게 말할 수 있게 되기까지 얼마
나 오랜 시간이 걸렸을까, 하고 생각했다. 그리고, 수도외고생
이면서 어떻게 하버드를 원하지 않을 수 있는지도 조금은 이
해할 수 있을 것 같았다.

"하비야. 내가 한 얘기는 높은 확률로 도움이 안 되는 얘기
니까 잊어버려줘."

"입시에?"

"입시에 도움이 안 되는 것도 맞지만, 너랑 내 부모는 전혀
다른 사람이니까. 너는 귀여운 오리를 구경하다가 바보같이 자
빠져서 발목을 다친 날 업고 여기까지 와준 좋은 사람이잖아."

"파핫, 아냐. 오리는 그만큼의 가치가 있었어."

"다만 너는 좋은 사람이니까, 네가 정상에 오른 후에도 공

허감에 빠지지 않았으면 좋겠다는 바람이 있을 뿐이야."

그렇지만 진희야, 나는 위를 향해 나아가는 것 말고 다른 선택을 할 것 같지는 않아, 그 대가가 무엇이더라도 말야, 라고 하비는 말하려다가 관뒀다.

하늘이 어두워졌다.

"슬슬 돌아가 보자."

"아냐! 혼자 일어서지 마!"

"으앗."

발목이 괜찮아진 줄 알았던 진희는 부축을 받지 않고 혼자 일어서려다 다시 통증을 느끼고 주저앉았다.

"아이고, 다시 업혀."

"아냐, 그건 미안해서 안 돼."

"그래야 '높은 확률로' 호텔로 돌아가지."

하비는 진희의 '높은 확률'이라는 말투를 장난스럽게 따라 하며 부축해 주었다. 그야말로 인간 알파고라는 별명에 걸맞은 말 습관이었다.

"어? 하비야, 저기!"

"어! 택시다. 택시! 택시! 여기요!"

"여기요!"

아무도 없는 고요한 차도를 과속해서 달리던 택시는 둘의 애타는 외침을 들었는지 급정거했고, 진희와 하비는 무사히 호텔에 도착할 수 있었다. 그는 그녀를 호텔 안 치료소까지 부축해 주었다. 아직 보스턴에 와서 다른 낯선 친구를 새로 사귀지는 못했지만, 하비는 같은 비행기를 타고 온 낯익은 친구를 조금 더 깊게 이해하게 됐다.

객실 몇 미터 밖에서도 단테의 코 고는 소리가 들려왔다. 문을 여니, 불이 환하게 켜져 있는데도 덕 투어가 어지간히 재미있었는지 평소 기숙사에서는 코도 골지 않고 애처롭게 웅크리고 자던 단테가 대자로 뻗어 있는 것이 보였다. 하비도 몸이 고단했지만, 그동안 시차 때문에 가끔 새벽에만 볼 수 있었던 NBA 농구 경기중계를 이 미국에서 실시간으로 한번 보고 싶었다. 거기다가 오늘 경기는 동부 컨퍼런스 파이널 경기였다.

하비는 곯아떨어진 단테를 방에 놔두고 불을 꺼준 다음 로비로 나와 호텔의 낯선 투숙객들과 함께 경기를 시청했다. 세 번째 쿼터가 마무리되어 갈 즈음, 복도에 뭔가 익숙한 실루엣이 지나가는 것 같았다.

"로사야!"

반나절 못 봤을 뿐이지만 하비는 로사가 너무나 반가웠다. 그녀를 보니 쌓인 피로가 모두 쓸려나가 버렸다. 그가 농구 중계 해설자들의 소리보다 몇 배는 우렁차게 로사를 부르자 로사는 품, 웃었다.

"로사야! 잘 있었어?"

"흐응, 뭐. 그럭저럭?"

"무슨 문제 있었어?"

"아니? 우리야 잘 놀았지. 방금은 진희랑 얘기하다 왔어. 넌 괜찮아?"

"아, 응. 나는 잘 있었어. 진희는 크게 다친 거 아니지?"

"응, 근육이 잠시 놀란 거래. 근데……."

"응?"

"언제 그렇게 진희랑 친해졌대? 그 먼 길을 업어다 주고?"

하비는 그녀의 질투 섞인 장난스러운 말투가 좋아서 웃었다.

"에이, 친구인데 당연히 그래야지. 게다가 내가 유심 칩 끼우는 걸 잊어버려서 진희가 도와준 것도 있고."

"흐응."

"아, 생각해 보니 나 지금 유심 칩 바꿔야겠다. 로사야, 너 혹시 바늘이나 옷핀처럼 좀 뾰족한 거 있어?"

"한번 볼게."

하비는 로사를 따라 위층으로 다시 올라갔다.

"아, 로사야. 혹시 네 방에서 바꿔도 돼?"

"어라라, 우리 하비가 오늘 갑자기 왜 이렇게 과감해졌지?"

"어? 아, 아냐. 그게 아니라, 단테가 이미 곯아떨어져서 내 방에선 부스럭댈 수가 없어서."

"진짜?"

"진짜."

단테가 세상 모르게 자고 있는 건 사실이었지만, 하비는 괜히 로사에게 거짓말을 하는 것 같아 어색하게 말꼬리를 늘였다. 막상 그녀의 방으로 들어가자 그의 목덜미에 조금이지만 감출 수 없는 긴장이 돋아나는 것을 보고 로사는 웃었다.

"옷핀이 안 보이네. 연필, 이거 꽤 뾰족하기는 한데 이걸로 되려나?"

"아, 땡큐. 될 거야."

"하필 이게 또 HB 연필이네. HV 연필은 없나? 아, 그러면 네가 발음을 못하겠네."

"와, 너 진짜 민(Mean, 못된) 로사네."

"오, 방금 그거 나쁘지 않아."

"훗, 당연하지. 나도 이제 이 정도 말장난은 할 수 있다고."

하비는 유심 칩을 바꾼 후 약간 어색하게 서성이다가, 냉장고를 열어봤다. 알록달록한 미니 와인이 비치되어 있었다. 하비는 병을 들어서 자세히 관찰했다. 법을 준수하는 바른 청소년으로서 아직까지 술을 한 번도 마셔본 적은 없었지만, 왠지 특별한 순간에는 한 모금 마시고 싶다는 생각이 들었다.

"어, 이거 술이야? 우리 방 냉장고에는 없던데."

"응, 호텔이 깜빡하고 우리 방 건 안 치워놓은 것 같아."

"한 모금만 마셔볼까?"

"진짜?"

"아아, 아니다. 나중에……."

똑똑. 아, 로사와 둘이 더 있고 싶었는데 진희가 돌아온 듯했다. 그런데 문을 열자, 뒤에 체육 선생도 같이 있는 것을 본 하비는 조금 당황했다.

"어, 하비도 있네?"

"아, 쌤. 안녕하세요. 그, 단테가 방에서 너무 깊이 자고 있어서. 하하……."

"그래. 그래도 좀 있다 방으로 돌아가서 자고."

"네."

"그리고 너희 혹시 술 마신 건 아니지? 진희랑 올라오는데, 방금 프론트에서 술값 청구되었다고 해서."

헉.

"아, 선생님. 그건요, 제가 물 꺼내다가 알게 됐는데 냉장고에 센서가 달려 있어서 술병을 조금이라도 건드리면 자동으로 청구되더라고요. 나중에 제가 호텔 직원한테 말해놓을게요."

"어, 진짜? 그래줄래? 그럼 모두 잘 자고, 내일 대회도 파이팅!"

"네, 안녕히 주무세요."

체육 선생은 오늘 보스턴 관광이 굉장히 즐거웠던 모양이었다. 문을 닫자마자 세 명은 웃음을 터뜨렸다.

"와, 순발력. 로사 말이라서 그냥 믿어주는 건가?"

"글쎄, 그런가?"

"아, 근데 내가 너희 둘 시간을 괜히 방해한 것 같네. 미안."

"아니야, 아니야."

강한 부정은 긍정이라고 했는데, 하비와 로사는 손까지 내저으며 진희의 말을 매우 강하게 부정했다.

지잉. 갑자기 로사의 휴대폰이 울렸다. 발신자 번호 앞에 국가코드 +82가 표시되어 있었다. 그녀의 얼굴이 조금 어둡게 변했다.

"아…… 나 부모님이랑 통화해야 돼서 좀 나갔다 올게. 하비야, 그러면 내일 아침에 로비에서 보자!"

"어, 응. 내일 봐…… 진희야, 너도 잘 자."

"하비야."

"응?"

갑자기 불러 세우는 진희의 목소리에 하비는 문을 나서다 말고 멈춰 섰다.

"아까 우리가 건너려던 다리 있잖아."

"아, 응."

"그 다리 이름이 앤더슨 메모리얼 다리(Anderson Memorial Bridge)거든. 건너가서 다리 끝에 앉은 후에, 바람이 불지 않을 때 찰스강 표면을 한번 봐봐. 정말 아름다울 거야."

"어, 앤더슨 다리…… 응, 그럴게!"

"대회 끝나고 다음 날 하루는 놀러 나갈 시간이 있잖아? 한 저녁 6시 정도에 가봐. 로사랑 같이."

앤더슨 메모리얼 다리, 찰스강, 저녁 6시. 하비는 입 안에서 되뇌며 고개를 끄덕였다.

"발목은 좀 괜찮아?"

"테이핑을 해둬서. 이제 혼자 걸어 다녀도 아무 문제없어. 고마워."

"아냐, 뭘. 잘 자."

"응, 너도."

단테는 여전히 방에서 코를 골고 있었다. 하비는 너무나도 편하게 자고 있는 단테를 자신의 설렘으로 깨우지 않으려고 조심하면서 소리 없이 침대에 누웠다. 그렇게 보스턴에서의 다이내믹했던 하루가 마무리되고 있었다.

*

GSC 개회식은 학술 대회라기보다는 축제에 가까웠다. 사회자는 세계 각국에서 이렇게 다양한 학생들이 모인 것이 얼마나 기적 같은 일인지 얘기했지만, 등수나 상금에 대해서는 일절 언급하지 않았다. 그리고 선진두의 말대로 팀 코리아를 비롯한 모든 참가자들은 이미 GSC에 참가 자격을 얻은 것만으로도 대단한 스펙을 쌓은 것이기에, 크게 수상을 욕심내지 않는 분위기였다.

수도외고 대강당보다 다섯 배는 더 큰 대회장 . 종이 울리면서 공식적으로 대회가 시작되었다.

"자아, 우선 팀명을 정해야 합니다. 너무 깊게 생각하지 말고 즉흥적으로 정해주세요! 여러분들의 창의력을 보여주세요! 대회 끝나고 받으실 기념품에도 팀 이름이 새겨질 테니까!"

진행자의 말에 팀 코리아는 서로를 바라봤다.

"우리 팀명 생각해 놓은 거 있나?"

"그냥 '수도외고'?"

"팀 '선진두'?"

"아니, 단테야. 선진두는 진짜 오바야."

"그래, 만에 하나 상까지 타면 상장에 '팀 선진두' 이렇게 나올 거 아니야. 기념품에도."

아이들은 그 끔찍한 상상에 고개를 저으며 웃었다. 넷은 머리를 맞대고 진지하게 팀 이름을 토의하기 시작했다.

"하버드라는 단어를 써볼까?"

"그건 어려울걸? 상표권 때문에."

"응, 하버드는 워낙 깐깐해서."

"아, 아쉽다. 그럼 이건 지우고……."

로사는 자신이 줬던 HB 연필로 팀 이름 후보들을 썼다 지우는 하비의 모습을 보고서 속으로 '유레카!'를 외쳤다.

"'HARVARD'에서 'v'를 'b'로 바꾸는 건 어때? 저 연필 보고 생각난 건데, 하비도 맨날 자기 이름의 v를 b로 발음하니까."

"와, 그걸 여기서? 너무하네에."

"미아안. 근데 어제 나만 빼고 재밌게 놀았으니까."

"이렇게 나온다는 거지?"

"사랑싸움 방해해서 미안한데, 난 좋아."

"그러면 '팀 HARBARD'?"

"아니, 뭐야. 진짜 이걸로 가는 거야?"

"아, 혹시 뒤에 'Redemption'을 붙이는 건 어때? 영화 〈쇼생크 탈출〉, 그러니까 〈The Shawshank Redemption〉에서

따서. 물론 우리는 하버드에 갇히고 싶어서 몸부림치는 거지만, 그럼에도 마음 한편으로는 자유를 추구하고 싶다, 이런 의미에서?"

"아, 단테야. 자유 좋다. 그럼 이건 어때? 자유의 상징인 새를 넣어서……."

하비는 연필 뒤쪽에 달린 지우개로 HARBARD에서 두 번째 a를 지우고, 대신 그 자리에 i를 썼다.

HARBIRD.

우와. 아이들은 하비의 아이디어에 적잖이 감탄했다.

"와, 멋지다. 이건 선진두 선생님도 좋아하시겠다."

"그래. 학교 모토잖아. '진리가 너희를 자유롭게 하리라.' 아니 하버드가 너희를 자유롭게 하리라, 라고 해석될 수도 있는거지."

"오, 진짜 꿈보다 해몽이네."

"그만큼 내가 만든 게 훌륭하다는 거지, 훗."

"훗훗거릴만 하네. 돌아가서 상표등록 해야겠다."

신난 아이들은 바로 'HARBIRD'를 팀명으로 적어 제출했다.

"오, HARBIRD라. 재밌는데요?"

접수를 받는 관계자 역시 엄지손가락을 들어 보였다. 그렇게 '팀 HARBIRD'가 탄생했다.

"메인 대회인 릴레이작문(Collaborative Writing)을 시작하겠습니다. 팀 이름이 A-J로 시작하는 팀들은 지금 왼쪽 건물로 모여주시고, 나머지는 여기서 대기해 주세요!"

H로 시작하는 팀 HARBIRD는 왼쪽 건물로 향했다. 다시 느꼈지만, 무대 장식도 그렇고 사회자의 말투도 엄숙한 학술 대회에서 규정을 설명하는 게 아니라, 디즈니랜드에서 놀이기구를 타기 전 주의사항을 얘기하는 것 같은 인상을 주었다.

"잠시 후에 밝혀질 제시어를 보고 첫 번째 주자가 앞 책상으로 나와서 5분 동안 에세이를 쓰고, 다음 주자가 나와서 이어 쓰는 식으로 총 20분의 시간을 사용해 한 편의 에세이를 완성하는 겁니다. 이어달리기처럼 말이죠. 이해되셨죠?"

"예에!"

"자, 그럼 오늘의 제시어를 공개합니다!"

『미운 오리 새끼』 이야기를 다른 오리들에게 가르쳐줘야 하는가?

매일 무거운 시사 이슈나 철학적인 주제로만 데일리 에세이를 써오던 팀 HARBIRD는 제시어를 보자마자 웃음을 터뜨렸다. 어떻게 순서를 정하고 방향을 잡을지 그들은 제법 진지하게 회의하고 고민했지만, 압박감은 하나도 없었다. 그저 즐겁기만 했다.

1번 주자로 먼저 에이스인 로사가 나가고, 그다음으로 하비, 진희, 단테가 순서대로 나갔다. 제출할 때까지 계속 웃음이 나왔다.

"단테야, 우리 괜찮게 썼냐?"

"응, 좋던데? 처음에 로사가 '기본 오리권'을 정립해야 한 다고 쓴 것부터 강렬하더라."

이어지는 다른 대회들도, 대회라기보다는 문화교류 행사에 더 가까웠다. 점심시간에는 각 나라의 부스를 돌아다니면서 서로의 전통 음식들을 맛보고 친분을 쌓았다. 오후에는 더욱 캐주얼한 대회들—제퍼디*, 스펠링 비**, 다트 대회 등이 이어 졌다.

저녁에 진행된 폐회식에서는 시상이 이루어졌다. 팀 HARBIRD는 아쉽게 상을 타지는 못했다. 그렇지만 넷 중에 서 상을 타지 못한 걸 아쉬워하는 사람은 없었다. 오늘만큼은 대회에 참가한 누구도 승리자와 패배자를 나누고 싶지 않아 했다.

그렇게 GSC는 즐거운 열기 속에 마무리되었다. 점심을 먹 으며 친해진 아이들과 연락처를 공유하고 짧게 인사를 나눴 다. 폐회식까지 끝마치고 대회장을 나서려는데, 진희가 중요 한 것을 기억해 냈다.

---

* 미국의 최장수 퀴즈쇼로, 다양한 주제의 상식 문제를 다루며 참가자는 답을 외치는 게 아니라 문제에 맞는 질문을 해야 한다.
** 미국에서 개최하는 경시 대회로, 진행자의 발음을 듣고 참가자들이 영어 철자를 맞 춰야 한다.

"얘들아, 우리 기념품 받아가야지."

"아, 맞다! 기념품!"

출구 앞에서 주최측이 기념품을 나눠주고 있었다.

"팀 이름을 말씀해 주시겠습니까?"

"팀 HARBIRD요."

아이들은 기념품 가방을 받자마자 바로 열어보았다. 에코백, 텀블러, 팔찌, 티셔츠, 배지, 양말, 연필까지…… 많이도 담겨 있었다. 와, 그냥 티셔츠나 한 장씩 나눠줄 줄 알았는데.

"하비야, 연필이랑 티셔츠 한번 봐봐! 벌써 팀 이름이 새겨져 있어!"

티셔츠는 그렇다 쳐도 연필에까지? 단테의 말에 하비는 서둘러 가방을 뒤져 연필을 찾아냈다. 연필 위에는 작은 헬베티카체로 'HARBIRD'가 새겨져 있었다. 마침 하버드의 상징인 크림슨레드 색깔이어서, 하버드대 기념품 숍에서 파는 연필과 얼핏 비슷하게 보였지만 더 고급스럽게 보였다. 게다가 이 세상에 딱 네 자루뿐인 연필이었다.

"이 연필은 아까워서 절대 못 쓸 것 같아."

"내 말이."

"징표로만 간직해야겠다."

저마다 감격으로 눈을 반짝이는 아이들을 시원한 여름의 밤공기가 반겼다. 오늘, 아이들은 처음으로 위로 올라가지 않아도 행복할 수 있다는 것을 느낀 듯했다.

보스턴에서의 마지막 날. 오전에 팀 HARBIRD는 즐겁게 시내에서 브런치를 먹고, 저녁에 다시 놀러 나가기로 했지만…… 단테는 몰려오는 식곤증을 못 버티겠다며 자리 들어갔고, 진희는 다시 욱신대는 발목 때문에 치료소로 내려갔다. 남은 건 하비와 로사 둘뿐이었다. 아하. 고맙다, 눈치 빠른 친구들아.

"우리 둘도 피곤한데, 그냥 좀 쉴까?"

로사는 일부러 장난스럽게 웃으며 하비에게 물었다.

"어어? 아니이? 그건 안 될 말이지. 마지막 날이잖아? 어디 가고 싶은 데 있어, 로사야? 첫날에 덕 투어하면서 시내밖에 못 돌지 않았나? 학교 투어 한번 가볼까?"

"흠, 나 하버드 투어는 어릴 때 해봤는데?"

"에이, 어릴 때랑은 또 다르지. 새로운 곳을 발견할지 모르잖아?"

"핫, 그래. 좋아."

적당한 노을이 졌을 때, 하비와 로사는 호텔을 나서서 하버드 캠퍼스를 향해 걷기 시작했다.

"어어, 로사야. 캠퍼스 쪽 말고 이쪽으로……."

"이야, 미리 답사까지 한 거야?"

귀엽다는 듯이 로사가 쿡쿡대며 웃었다.

"물론이지, 너랑 가는 건데."

부끄러워하면서도 진심이 담겨 있는 그 말에, 이번에는 둘의 귓불이 같이 빨개졌다.

다만 문제가 있었다. 어제 분명히 유심 칩을 바꿔 넣었는데도 여전히 지도 앱이 제대로 작동되지 않고 있었다. 앤더슨 뭐시기 다리를 찾아야 했는데, 진희와 왔던 곳이 정확히 여기가 맞는지 헷갈렸다. 하비는 내색하지는 않았지만 속을 태우며 기숙사들을 따라 다리를 찾아 헤맸다. 오, 그런데 멀리 가지 않아 찾은 듯하다.

"여기야. 로사야."

"아, 응."

하지만 다리 위는 너무나 번잡했다. 자전거를 타다가 쉬고 있는 사람 둘, 단체 사진을 찍고 있는 관광객 팀 하나, 웃통을 벗고 조깅하는 사람 하나, 웃통을 안 벗고 조깅하는 사람 하나…… 진희가 말해준 것과 달리 앉을 곳도 없었다. 여기가 맞나? 로맨틱한 분위기를 조성하기에는 너무 북적였다. 아주 잠시라도 온전히 그들의 것이 될 수 없는 다리였다. 그런데 저편에, 뭔가 건축 스타일이 비슷해 보이지만 조금 작아 보이는 다리가 하나 더 있었다.

"로사야, 조금만 더 걸을 수 있어?"

"응, 물론."

하비는 로사를 데리고 좁은 조깅 길로 걸어가 잔디 속 벌레들을 먹으러 아장아장 걸어다니는 오리 가족을 지나쳐, 훨씬 목가적이고 고요한 다리의 끝자락에 도달했다. The multitude of the wise is⋯⋯ 다리 기둥에 이런 글자가 새겨져 있었다. 아, 이곳이 약속의 장소겠구나. 단 몇 십 걸음 떨어져 있을 뿐인데, 이 다리에는 오직 둘밖에 없고, 난간은 올라가서 누울 수 있을 정도로 여유롭다. 바람 소리와 숨소리가 겹쳐서 들릴 정도로 조용하다.

"분위기가⋯⋯ 완전히 다르다."

"응⋯⋯ 정말."

그들의 목소리 데시벨은 함께 줄어들다가 이내 자연의 소리에 동화되었다. 지성의 정원. 울타리에 걸터앉은 그들은 경건해졌다. 세상에서 통용되는 하버드라는 기호 때문이 아니었다. 그들은 그것을 좇는 자들이지만, 지금 이 순간만큼은 아니었다.

어둠이 더욱 짙어지며 붉은 노을이 지기 시작했다. 구름들이 진한 그라데이션을 이루면서 가장 높은 곳부터 틸 블루(Teal Blue)가 내려오고, 이를 상쇄하려는 골든로드(Goldenrod)색의 가로등은 발화하여 하늘을 은은하게 밝혔다. 그리고 이어 강물 위 바람이 완전히 사라지면, 엄중한 강물 표면에 파장을 일으킬 수 있는 건 오직 이 둘의 숨결뿐.

이 모든 풍경은 찰스강의 잠잠한 표면에 한 치의 오차도 없이 정확하게 복사되고 반사되어, 완벽한 상하대칭을 이루고 있었다. 아, 오리 가족이 물에 뛰어들었다. 그제야 완벽하고 정적인 표면의 대칭이 일시적으로 깨졌다. 그것이 이 강이 언제나 흐르고 살아 있음을 일깨워 주었다.

"Mesmerizing.*"

로사와 하비 중 누가 한 말인지 알 수 없었다. 아마, 같이. 밤이 되고 조금 더 매서운 바람이 불어와 찰스강에 반사된 세상을 깨뜨릴 때까지, 이 한 단어가 그들이 말한 전부였다.

하비가 먼저 참았던 숨을 내뱉었다. 이내 그는 가방에서 뭔가를 꺼냈다. 호텔 냉장고에 있었던 미니 와인이었다.

"언제 가져왔대."

"와인은 하나도 모르지만, 찰스강을 위하여."

그녀는 자신의 손에 꼭 맞는 병을 쥐고선 호록, 하고 마셨다. 그리고 이어 그가 호록, 하고 와인을 마셨다. 이후 둘은 다리 끝 난간에 올라가서, 책상다리를 하고 앉아 서로에게 기댔다.

"하비야."

그녀는 속삭이듯이 말했고, 볼에서는 눈물 한 줄기가 조용히 흘렀다. 감상에 빠지고 싶지 않은데. 다 와인 때문이야.

"다시 멀어져야 돼."

그도 화답하듯, 속삭이듯, 말했다.

"아니, 다시 떠나야 해."

"그래…… 맞아. 그러면 다시 돌아올 거야?"

"2022년에."

---

* 최면에 걸린 것처럼, 신비롭고 매혹적이다.

"졸업식 끝나고, 모두 흩어졌을 때……."

그녀의 눈물에 응답하듯 그의 얼굴에서도 눈물이 흘러내렸다. 다 와인 때문이야. 그러니까 말도 안 되는 상상 하나만 할게. 그때 이곳에 돌아와서, 우리끼리 한번 더 졸업식을 열자. 서로를 바라보다가 둘은 암묵적인 합의에 다다랐다. 도장은 눈물 한 줄기를 걷어낸 엄지손가락으로 찍었다.

그들은 서로의 손을 꼭 잡았다. 그들은 기적을 믿은 적이 없다. 수도외고에서 이곳에 올 수 있도록 허락된 것은 단 한 명뿐이니까. 자명한 그 사실 위로, 이제 완전한 어둠이 깔렸다. 강물을 가르는 밤바람도, 강물에 빠져드는 생명체도 더 이상 없었다. 찰스강은 아까보다 더 고요한 반사체가 되어 다시 한번 하늘과 완벽한 상하대칭을 이루었다. 완벽하게 좌우대칭을 이룬 그들의 입술처럼 말이다.

*

아침 비행기가 예약되어 있는 수도외고 일행은 모두 이른 새벽에 일어나야 했다. 다만 로사와 하비가 보이지 않았다.

"뭐야? 야, 단테. 로사랑 하비는 어디 갔어? 설마 아직도 못 일어난 거야?"

"아, 선생님. 아까 로비에서 봤어요."

"뭐야, 둘이 연애하니?"

"그건…… 모르겠는데 깨 있기는 해요. 걱정 마세요. 바로 연락해 볼게요."

"아, 그럼 뭐. 체크아웃도 해야 해서 난 먼저 내려갈 테니, 조금 있다 같이 로비로 내려오렴."

"네."

체육 선생이 로비로 내려가자, 단테는 로사 방을 똑똑 두드렸다.

"체육 쌤 나갔어."

"아, 땡큐."

그제야 하비와 로사는 같이 방에서 나와 신속하게 짐을 챙기기 시작했다. 체육 선생은 워낙 쇼핑을 많이 한 탓에 짐을 챙기는 데 몇 시간이 걸렸지만, 아이들은 기념품과 GSC 굿즈를 제외하면 별로 짐이 없었기에 금방 로비로 같이 내려올 수 있었다. 그래도 혹시 HARBIRD 연필을 빠뜨리지는 않았는지 한 번 더 체크했다.

공항으로 돌아가는 길에는 햇빛이 그렇게 세게 내리쬐지 않았다. 모두들 선글라스를 끼지 않은 채로 한동안 오지 못할 보스턴의 풍경을 만끽했다. 공항으로 가는 버스 안에서, 서울로 돌아가는 비행기에서, 하비와 로사는 서로 머리를 기대고 계속 함께 있었다. 앞으로는 이런 시간이 없을 것이라는 걸 직감하며.

9교시

얼마 남지 않은 여름방학 동안, HARBIRD 팀은 매일 기숙사에서 조금 멀리 떨어진 도서관에서 만나 같이 공부했다. 스터디 그룹을 만드는 건 효율이 떨어지는 공부 방법이지만, 이렇게라도 함께 시간을 보내고 싶다는 마음은 네 명 모두 같았다. 그리고 모두의 필통 안에는, HARBIRD가 새겨져 있는 크림슨레드색 연필이 소중히 간직되어 있었다.

새로 지은 도서관이라 그런지 시설이 깔끔했다. 에어컨이 힘차게 돌아가고 있었고 통유리 밖으로는 여름의 풍경이 하나도 빠짐없이 보였다. 하비도 이런 완벽한 날씨에는 쉽게 공부에 집중할 수 없어, 이미 공부는 뒷전이고 즐겁게 소설책만 읽고 있는 단테와 잡담을 나누며 낄낄댔다.

"후, 단테야. 나 진짜 열심히 공부하려고 하는데 네가 그렇게 옆에서 놀고 있으면 공부가 안 되잖아."

"좋은 핑계네. 네 옆에 농구 잡지들은 뭐냐?"

"내일부터 NBA 결승전이잖아. 중요한 시사 이슈들은 알아 둬야지."

"여억시. 맞네."

"아, 날씨가 너무 좋다. 그냥 밥이나 먹으러 갈까?"

"로사랑 진희는?"

하비는 로사랑 진희 쪽 책상을 힐끔 바라보고 웃었다.

"로사는 넷플릭스 보고 있고, 진희도 케이팝 잡지 읽고 있는데? 가자 가자, 밥이나 먹으러 가자."

"오케이, 고고고."

"아까 도서관 후문 쪽에 치킨집 새로 연 거 봤는데, 거기 가자. 지나가는데 치킨 냄새가 완전."

그러나 하비가 고른 치킨집은 풍미만 엄청났을 뿐, 거의 폐닭 수준의 닭을 튀겨 내놓았다.

"와…… 이건 무슨 냉동 닭도 아니고 이렇게 퍽퍽한 닭이……."

로사와 단테는 하비에게 마이크를 들이미는 손동작을 하며 물었다.

"이건 좀…… 흠, 구하비 씨. 책임을 통감하십니까?"

"네에, 깊이 책임을 통감하고, HARBIRD 스터디그룹 맛집 선정 위원장에서 사퇴하겠습니다."

"그래요, 긴 자숙 시간을 가질 필요가 있어 보이네요."

비록 맛대가리 하나 없는 치킨이었지만 아이들은 여전히 즐거웠다. 진희는 언제나 그렇듯 진지한 얼굴로 진지한 의제를 던져주었다.

"아마 높은 확률로 육식을 그만하고 채식을 하라는 계시일 수도 있어."

"하긴, 맞아. 치킨도 새의 한 종류잖아. 우리 팀 이름이 'bird'인데."

"정말 훌륭한 지적이다. 가슴이 아려오네."

"콩 같은 걸로 만든 대체육 쓰는 치킨집도 있을걸?"

"미안하지만, 아직까지는 이 힘겨운 수도외고 생활을 이겨내기 위해서 나한테는 닭의 숭고한 희생이 필요해. 진정한 채식주의자가 되기 위해서는, 먼저 우리를 육식주의자로 내몬 교육제도를 개혁해야 한다고 생각해."

"그건 그래."

넷은 이런 시답잖은 대화로 웃고 떠들며 시간을 보냈다. 다시 도서관으로 돌아와서는 극심한 식곤증으로 인한 나른함을 이겨내고 조금이라도 여름방학을 생산적으로 활용하려 애썼지만, 사실 그들은 그냥 지금이 좋았다. 보스턴에서 꾸기 시작했던 한여름 밤의 꿈에서 아직 깨고 싶지 않았다. 커피를 사러 가는 로사를 따라 하비는 도서관을 나갔다.

"뭐야, 언제 따라온 거야?"

"아, 그냥 우연의 일치야."

"흐음, 그래. 난 아까 치킨 먹은 게 소화가 잘 안 돼서, 카페 가서 요거트 좀 사려고."

"어, 나도. 마침 카페 가서 요거트 사려고 했어."

"아, 정말? 어디로?"

"으음, 저기 미스터커피빈."

"응, 그렇구나. 난 수도벅스 가려고. 그럼 잘 사먹고 와, 하비야!"

"아이이, 알았어. 같이 가아."

하비는 로사의 다부진 손을 바라보았다. 손을 잡으려다가 잠시 멈췄는데, 로사가 먼저 그의 손을 확 낚아챘다.

"너, 보스턴에서는 과감하더니 한국 오니까 왜 이렇게 소심해졌어?"

하비는 그저 좋아서 웃기만 했다. 로사와의 관계를 섣불리 규정하고 싶지는 않았다. 이렇게 함께 보내는 현재가 너무나 소중했기 때문이다. 둘은 카페에 앉아 작은 나무 스푼으로 요거트를 폭 떠먹고, 종이 빨대로 아메리카노를 호로록 마시며 주변을 둘러보았다. 번화가의 카페는 도서관 내부에 있는 휴게실과 너무나 달랐다. 도서관 휴게실은 불확실한 미래를 품고 있는 이들로 바글대지만, 이 카페에는 확실한 현재를 살고 있는 이들뿐이었다. 하비는 카페에 앉아 있는 사람들을 둘러보다가 하버드 후드티를 입고 있는 한 커플을 발견했다.

"저기 저 커플, 하버드 후드티 입고 있다."

"호, 그렇네. 뭐, 지금 미국도 여름방학 기간이잖아. 여긴 유학생들도 많이 살고."

"아니면, 그냥 여행 갔다가 산 것일 수도?"

"흐음, 하긴."

말은 그렇게 했지만, 그 커플은 진짜 하버드생들인 것 같았다. 그래서 하비는 또 상상했다, 2022년을. 자신과 로사 둘 다 진짜 하버드생이 되어서, 진정한 기쁨을 만끽하면서, 여름의 휴일에 시원한 카페에 앉아서…… 진짜로 그런 모든 걸 누릴 수 있을까. 이런 꿈을 꿀 때면, 하버드엔 오직 한 명만 지원할

수 있다는 제약은 잠시 잊어버리기로 한다. 지원할 수 있다고
해도 합격하는 건 또 다른 차원의 문제라는 것도 잠시 잊어버
리기로 한다.

"로사야. 헤헤."

"뭐야, 핫. 갑자기 웃고 그래……."

다음 주가 개학이기는 하지만, 하비는 로사에게 다음 주말
에도 이렇게 나와서 둘이서만 데이트를 하자고 말하려고 했
다. 하지만 그녀와 눈이 마주치자 너무 좋아서 쑥스러워진 나
머지 바로 말을 꺼내지 못하고 삼켰다.

"너 여기 커피 좀 흘렸다."

"앗, 진짜네. 종이 빨대가 지구를 위해서는 필요해도 이럴
땐 불편하다니까."

"민로사가 이런 실수를."

"츱, 그러게. 화장실 좀."

"응, 천천히 갔다 와."

하비는 그녀가 커피 자국을 씻어내고 오면 아까 실패한 데
이트 신청을 다시 하기 위해 혼자 예행연습을 했다.

로사는 블라우스에 묻은 커피 자국을 깔끔하게 씻어내고
페이퍼 타월로 손을 닦으면서 문득 거울에 비친, 혼자 있을 때
차가워지는 자신의 표정을 보았다. 보스턴에서 일어난 일은
보스턴에 두고 오기로 단단하게 마음을 먹었지만, 오직 합격
이라는 목표를 향해서 나아가며 고독을 잘 견뎌왔다고 생각

했지만, 진희와 단테, 그리고 특히 하비와 함께하는 시간은 정말 행복한 시간들이었다.

그래서 그녀 역시 하비와 함께 있는 동안에는 오직 한 명만 하버드에 지원할 수 있고, 오직 한 명만 합격할 수 있다는 사실을 애써 망각하기로 암묵적인 협약을 맺었다. 그러나 이렇게 잠시라도 혼자 거울을 바라볼 때 협약은 깨져버리고, 언젠가 끝나야 할 시간을 더 두려워하게 되었다. 애써 다시 웃음을 지어볼 때였다. 지이잉, 하고 세면대 옆에 올려둔 휴대폰이 요란하게 진동했다. '엄마'라고 액정에 떠 있는 글자를 보고 로사의 얼굴이 다시 굳었다.

"여보세요."

─로사야, 주말인데 오늘도 나간 거니?

"……네. 벌써 들어오셨어요?"

─아니, 집에 서류 가지러 잠시 왔다. 네가 알아서 잘 하겠지만, 나가서 그냥 놀면서 시간 보내고 있는 건 아니지?

"아니에요. 끊을게요.

뚝. 통화가 종료된 후에도 로사는 종료 버튼이 있던 자리를 두세 번 더 눌렀다. 이내 스스로를 다시 추스른 로사는 테이블로 돌아갔다. 조금 전보다 그녀의 표정이 훨씬 차갑게 보여서, 하비는 데이트 얘기를 꺼내도 되나 고민이 되었다.

"그, 로사야. 다음 주에 개학인 건 알지만 첫째 주는 원래 좀 여유 있잖아. 혹시 다음 주 주말에……."

지이잉.

다시 울리는 진동 소리에 로사는 신경질적으로 휴대폰을 꺼냈으나, 이번에 울린 것은 자신의 휴대폰이 아니었다.

"하비야, 네 것 같은데?"

"아, 별거 아닐 거야. 그, 혹시 다음 주말에⋯⋯."

"하비야."

"어?"

"받아야 할 것 같은데?"

하비의 휴대폰 화면에 뜬 이름은 다른 그 누구도 아닌, 선진두 선생이었다. 그는 굉장히 당황하며 휴대폰을 집어 들었다.

"미안, 좀 받고 올게."

"여기서 받아도 돼."

선진두의 번호를 저장해 놓은 것도 몰랐다. 아, 생각해 보니 학기 초에 선생들의 번호를 긴급연락처로 저장했던 것이 기억났다. 허겁지겁 전화를 받는 하비를 보며 로사는 종이 빨대를 버리고 남아 있는 커피를 한 모금 홀짝였다.

"어⋯⋯ 안녕하세요, 선생님. 전화 거신 거 선진두 선생님 맞으세요? 저 구하비인데요⋯⋯."

—다음 주 토요일 날부터 학교로. 아침 9시까지.

선진두는 전화를 뚝 끊었다. 뭐야? 하비는 이해가 안 되는 표정으로 로사를 바라보았다.

"뭐지? 잘못 전화하셨나 봐."

"뭐라고 하시는데?"

"갑자기 토요일에 학교 나오라고 하고 끊으셨어."

"잘됐다. 축하해."

"어? 뭘?"

로사는 커피를 한 모금 더 홀짝였다.

"이제 토요일반에 들어온 거야."

"어? 무슨 반?"

"토요일반. 선진두 쌤이 다음 주부터 토요일 9시에 오라고 한 거 맞지?"

"어…… 너도 그 반이야?"

"응. 진희도."

"아, 진짜? 그럼 잘 됐네. 다음 주에 HARBIRD 스터디는 그냥 학교에서 할까?"

"아니."

로사는 다 마신 커피를 테이블에 탁 놓으며 차갑게 잘라 말했다.

"다른 애들한테는 알리지 마. 물론 단테한테도."

"알리지 말라고? ……왜?"

"그게 토요일반 규칙이야. 가보면…… 선진두 쌤이 더 얘기해 줄 거야."

하비는 무슨 영문인지 도저히 알 수 없었다. 그녀의 한층 더 차가워진 얼굴도 그랬다.

"그래도 단테는 알아도 상관없지 않아? 섭섭해할 것 같은데…….'"

로사는 이 문제로 자신과 논쟁하지 말라는 듯 단호한 표정을 지으며 말없이 고개만 저었다. 하비 스스로도 단테는 핑계라는 것을 알았다. 그는 왠지 모르게 서운했다. 토요일반이 뭘하는 곳인지는 몰라도, 자신이 방금 전까지 로사가 말한 '다른 애들'에 속했다는 사실이. 그녀 역시 하비의 서운함을 느끼고 조금 더 말을 할까 하다가 그만두었다.

"하비야, 이제 그만 돌아가자. 너무 오래 나와 있었어. 지금 안 가면 도서관 자리 뺏길 것 같아."

"아, 하하…… 그래. 이제 슬슬 돌아가자."

둘은 짐을 챙겨 카페에서 나와 도서관 정문으로 들어가기 전까지 아무 말 없이 걸었다. 먼저 침묵을 깬 것은 로사였다.

"하비야."

"응."

"미안, 토요일반 미리 말 안 해줘서. 정말 중요한 일이라고 생각했으면 당연히 말해줬을 거야."

"아니야, 로사야. 괜찮아. 사실 아까는 조금 삐지기는 했는데……"

"와, 뭐야. 진짜? 완전 삐돌이."

둘은 서운함과 어색함을 농담과 웃음으로 풀어냈다. 다른 사람도 아니고, 로사가 그렇게 판단한 데에는 이유가 있겠지, 하고 그는 생각했다.

"토요일반이 뭔지는 몰라도, 너랑 같이 하는 거니까 좋은 거겠지."

"헷, 그래."

"로사야, 그리고 토요일반인지 뭔지 끝나면 그날 오후 데이트할래?"

말이 너무 쉽게 나와버려서 하비는 스스로도 조금 놀랐다.

"흐응, 그래. 좋아. 시간 맞으면 바로 가자."

"응."

둘은 도서관으로 들어서면서 서로의 손을 잡지는 않았다. 이유는 알지 못했다. 서로의 온도를 느끼기에 충분히 가까웠기 때문일 수도, 아니면 보스턴에서 돌아올 때 이미 한여름 밤의 꿈에서 깨버렸기 때문일 수도.

*

개학 후 첫 주는 어수선하게 지나갔다. 대부분의 학생들은 아직 방학의 달콤함에서 깨지 못했고, 선진두도 이번 주에는 딱히 그들을 터치할 생각이 없어 보였다. 저녁 수업을 마치고 모두가 집으로 돌아가는 금요일.

"하비야, 안 가?"

침대에 계속 누워 있는 룸메이트를 보고 단테가 물었다.

"아…… 그게, 나 이번 주는 잔류 신청했어. 주말 동안 학교에서 공부 조금 더 하려고."

역시 거짓말을 할 때는 말이 쓸데없이 길어진다. 게다가 누가 개학 첫 주말부터 잔류를 한다고…… 토요일반의 규칙이라고 하니 따르는 거지만, 이렇게 뻔히 보이는 거짓말로 굳이 단테를 속이려니 마음이 불편했다.

"무슨 일 있어?"

"어? 아니야, 전혀."

"하긴, 뭐. 넌 첫 번째 시험 끝나고도 바로 화장실 가서 밤 새웠으니까."

하비는 그것까지 기억해 주는 단테에게 고마우면서도 더욱 미안했다. 우선 토요일반 수업 한번 가보고, 숨길 이유가 없으면 말해야겠다고 생각했다.

"주말 잘 보내고 일요일 날 밤에 보자."

"그래. 심심하면 연락해."

단테가 문을 닫고 나가고, 하비는 이제 기숙사에 혼자 남았다. 창문 앞에 서서 밖을 내려다보았다. 높은 곳에서 아이들이 하교하는 모습을 보는 건 색다른 감정이었다. 초저녁 노을이 지친 몸을 이끌고 걸어 내려가는 아이들을 감쌌지만, 어차피 곧 복귀해야 한다는 사실에 발걸음이 무거운 아이들은 고개를 들어 노을을 보기엔 기력이 모자랐다. 나도 항상 저렇게 걸어 내려갔었구나. 우린 마치 개미 떼 같았다.

평소에는 화장실 칸을 두고도 치열한 경쟁이 일어났는데, 지금은 너무나 한적한 이곳. 하비는 침대에 털썩 누워서 숨을 참고, 방바닥에 날리는 먼지 소리라도 들어보려고 했다. 그러나 아무 소리도 나지 않는다. 고요로 완성된 자신의 요새 안에서 하비는 잠이 들었다.

*

평일 아침과 다르게 알람은 교내 전체가 아닌 하비의 휴대폰에서만 울렸다. 그래도 그 짜증나는 학교 알람은 주말에는 쉬는구나. 단테의 알람과 옆방 놈들의 알람이 겹쳐서 내는 불협화음도, 절박하게 잠을 더 청하는 아이들의 신음도 없었다. 그는 조금 긴장한 모습으로 아침을 먹는 대신 이를 닦고 교복을 갖춰 입은 다음 토요일반 교실로 향했다.

"오늘은 교복 안 입어도 되는데."

로사가 하비의 뒤에서 후줄근한 후드티 차림으로 말했다. 그는 그녀가 귀여운 후드티를 입은 모습에 또 한번 반했다고 말하고 싶었지만, 뒤이어 따라오는 샐리 때문에 말을 삼켜야 했다.

"오, 우리 토요일반의 마지막 멤버!"

"어…… 안녕, 샐리야."

"웰커엄! 오늘은 좀 더 재밌어지겠네에!"

토요일반 교실 문을 열자 이미 진희와 재익이 앉아 있는 것이 보였다. 재익은 하비가 온 것을 못마땅해하는 기색이 역력했지만, 하비는 전혀 괘념치 않고 오히려 그를 더 날카롭게 쏘아보았다.

"우와아, 그거 이번에 하버드 갔다 오면서 사온 거야아?"

하비의 필통에 들어 있는 HARBIRD 연필이 샐리의 레이더에 들어온 모양이었다.

207

"기념품 사왔으면 우리도 나눠줘야지. 섭섭해, 섭섭해!"

"아, 이건 산 게 아니라……."

"한번 봐도 돼?"

하비는 조금 머뭇거리며 샐리에게 연필을 건네줘야 하나 말아야 하나 갈등하고 있었는데, 로사가 그 고민을 멈춰주었다.

"넌 한국에서도 기념품 주문하려면 얼마든지 할 수 있잖아? 연필이 워낙 무게가 나가서 여러 개 구매하기가 어려웠네, 미안."

"에이, 직접 사서 오는 거랑 딱딱한 택배 상자에 담겨서 오는 거랑은 느낌부터 다르지. 그 먼 보스턴에서 사오시는 기념품인데에. 하긴, 우리 로사는 워낙 검소하니까."

"그래. 네 손에 있는 천만 원짜리 몽블랑 만년필 쓰다가 이거 쓰면 불편할 것 같아서."

스파크 튀는 둘의 대화에 겁먹은 하비는 조용히 HARBIRD 연필을 다시 필통에 넣었다. 둘 사이에 어떤 역사가 있길래 이런 숨 막히는 대화가 가능한 건지 궁금해졌다.

그때, 선진두와 함께 그보다 훨씬 젊은 실루엣이 교실 문을 열고 들어왔다. 바로 반채인 선배였다. 그와 같은 공간에 있는 건 첫 번째 면담 이후로 처음이었다. 그때 이후로 학교에서 보이질 않더니, 이 비밀스러운 반을 맡고 있었구나…… 그는 갑자기 하비에게 다가왔다.

"로사야. 방학 잘 보냈니?"

아, 나한테 온 게 아니었구나.

"네, 오빠. 오빠도 잘 보냈죠?"

오빠? 하비의 눈썹이 씰룩거렸다. 반채인은 그에게도 악수를 청했다.

"안녕, 하비야. 반가워. 반채인이라고 해."

"아, 안녕하세요. 선배님."

"입학식 때 앞 쪽에 앉아 있었지? 열심히 듣고 있던 학생들 얼굴은 기억이 나서."

"아, 감사합니다……."

입학식 때를, 통성명을 하기도 전의 자신을 기억한다는 게 놀라웠다. 매너 있는 태도의 그와 악수하면서 동생과는 격이 다른 포스를 느꼈다. 이 수도외고에서의 시간을 모두 이겨내고 예일대에 합격하기까지의 시간과 내공이 그의 손에 응축되어 있었다.

"동생한테도 얘기 많이 들었어."

"아아…… 진짜요?"

하비는 재익을 한번 흘겨봤다. 그러나 반채인은 웃으면서 말했다.

"좋은 얘기만 들었어, 하하. 데일리 에세이 쓴 것도 읽어봤는데 굉장히 똑똑한 친구인 것 같네. 토요일반에 온 걸 환영해. 난 지금 갭이어(Gap Year)여서, 선진두 선생님 도와드리면서 토요일반 조교를 맡고 있어."

그는 적어도 지금은 하비에게 전혀 악의가 없어 보였다. 의외였다. 반재익이 내 얘기를 좋게 했을 리는 없을 텐데. 무엇보다 어딘가 약간 찝찝한 것은 재익 때문이 아니라 전에도 봤던 반채인의 웃는 입과 웃지 않는 눈 때문이었다.

"자, 이제 진행하지."

"네, 선생님. 그래도 새 멤버가 합류했으니까 간단히 토요일반 소개만 해주겠습니다. 하비야, 토요일반은 데일리 에세이 수업의 심화 버전이라고 보면 돼. 1학년 때와는 다르게 2~3학년으로 갈수록 주제는 더욱 철학적으로 변할 거고, 그냥 글쓰기만 잘한다고 점수를 잘 받는 게 아니야. 네 주장을 뒷받침할 이론적 근거를 항상 끌어와야 돼."

"예."

"그렇지만 알다시피, 문제는 어떤 주제가 나올지 절대 모른다는 거지. 그래서 항상 몇 가지 유명한 철학 이론들을 네 툴키트(toolkit)처럼, 어떤 주제에도 적용해서 쓸 수 있도록 가지고 다녀야 해. 우리는 일반적인 수업에서는 알려주지 않는 이론들을 가르칠 거고, 잘 따라오다 보면 에세이 쓸 때 도움이 될 거야."

"옙, 알겠습니다."

신기했다. 수도외고에 들어온 것만으로도 모든 고등학생들 중에 선택받은 거라고 생각했는데, 토요일반은 수도외고 속의 수도외고였던 것이다. 그동안 자신이 이 선택된 그룹에 속하지 못했던 것에 화가 나기보다는, 이제라도 속했다는 안도가 더욱 컸다. 자신이 두 번째 시험에서 3등을 하지 못하고 토요일반에 마지막으로 합류하지 못했다면 상위 다섯 명과의 격차는 더욱 벌어졌을 것이다. 반채인은 칠판에 오늘의 주제를 적었다.

욕망의 삼각형.

"오늘은 르네 지라르의 '욕망의 삼각형'에 대해서 배워볼 거야. 우리의 욕망은 '주체' '중개자' '대상'으로 이루어진 삼각형 형태를 하고 있는데, 여기서 중요한 건, 정작 우리는 물리적인 대상(physique)을 직접 욕망하지 않고 그것을 소비하는 상징적인 중재자(metaphysique)의 모습을 모방하게 된다는 점이지."

하비는 첫 한두 문장은 어설프게 알아들었지만, 그 이후로는 무슨 소리인지 도통 알 수가 없었다. 옆을 보니 무슨 말인지 이해를 못 하고 있는 사람은 자신뿐만이 아닌 것 같았다.

"그나저나 구하비. 넌 왜 혼자 교복을 입고 왔냐?"

선진두가 갑자기 구하비에게 말했다.

"아…… 어제 학교에서 잔류했습니다."

"그래 보인다. 아침은 먹고 왔냐?"

"아…… 아뇨."

"그래 보인다."

아이들은 피식 웃었다. 하비도 조금 웃었다. 토요일반의 선진두는 뭔가 평소보다 훨씬 부드러워 보였다.

"배고픈가?"

"어…… 약간요."

"그래, 그 배고픔은 욕망이 아니라 욕구다. 먼저 욕구와 욕망을 구별할 필요가 있다. 그렇다면 구하비, 네가 가장 가고 싶은 학교는 어디냐?"

그래, 이제 첫 번째 시험 때와 달리 가슴에 품고 다니는 내 목표를 떳떳하게 밝혀도 괜찮을 정도로 나는 노력했다. 하비는 당당하게 말했다.

"하버드입니다."

반씨 형제의 표정이 조금 씰룩거렸다.

"그래, 구하비는 하버드에 가고 싶어 한다. 이건 욕구가 아니라 욕망이지. 여기서 욕망의 주체는?"

"하비요."

"대상은?"

"하버드요."

"그렇다면 이 욕망은 자연발생적인가?"

"아닌 것 같습니다."

"그래. 아무리 야망이 흘러넘치는 신생아라고 해도, 이 세상에 태어나자마자 든 생각이 '하버드에 가고 싶다'일 리는 없으니까. 그러면 우리의 욕망은 무엇을 통해 형성되는 걸까?"

"어…… 하버드가 세계 최고니까요?"

"반재익, 그러면 그 세계 최고라는 건 누가 정하지?"

"대학 랭킹을 매기는 언론매체들…… 그리고 이차적으로 담론을 생산하는 사람들 아닐까요?"

"괜찮은 답이야. 또 다른 예를 들어보지. 어떤 남학생은 엄청 똑똑하고 멋있는 어떤 여학생에게 반했다. 그리고 그 여학생은 하버드를 가고 싶어 해. 그래서 그 남학생도 하버드를 가고 싶어 한다. 이때 그 남학생의 욕망은 자연발생적인 게 아니고, 그 여학생을 '중개자'로 둔 삼각형의 욕망이다. 즉 '모방 욕망'이지."

왠지 하비는 선진두가 칠판이 아니라 자신과 로사를 보면서 말하는 것 같다고 생각했다.

"요지는, 우리 욕망의 형태는 직선이 아니라 삼각형이라는 거다."

오전 동안 학생들은 모방 이론에 대해 배우고, 짧은 토론을 거쳤다. 토요일반은 하비의 생각보다 훨씬 색다르고 흥미로웠다. 다만 그는 자신이 진정으로 욕망하는 '대상'이 하버드인지, 아니면 하버드는 '중개자'에 불과하고 로사가 진정한 '대상'인지…… 혼란스러웠다. 옆에 앉아 있는 그녀를 바라봤지만 이론을 명확하게 적용할 수는 없었다.

오후에는 데일리 에세이 수업처럼 욕망의 삼각형 이론을 적용해서 에세이를 써내야 했다. 제한 시간은 똑같았지만, 워낙 형이상학적인 주제인 만큼 난이도는 조금 더 높았다. 그러나 하비는 그냥 로사를 생각하며 자신의 솔직한 감정을 쓰면 되었다.

선진두는 수업이 끝나기 전까지 에세이를 채점하고 곧바로 돌려줬다.

"나쁘지 않다."

하비는 에세이를 받으면서 위에 빨간 글씨로 쓰여 있는 점수를 확인했다. A-였다.

"감사합니다."

기분 좋게 에세이를 받아 든 하비는 갑자기 오싹함을 느꼈다. 뒤를 돌아보니, 반채인이 독사 같은 눈을 하고 자신을 살벌하게 노려보고 있었다. 에이, 착각이겠지.

"선생님. 구하비 학생, 처음인데도 꽤 잘 따라오네요."

반채인이 설핏 웃으며 선진두에게 말했다. 하지만 반채인이 미소 뒤에 숨겨 놓은 뱀 같은 속셈을 알고 있는 선진두는 짤막하게 대답했다. 다른 아이들에겐 들리지 않을 작고 낮은 목소리로.

"채인아, 도형이는 이미 졸업했다. 저놈은 내 조카야. 괜히 건드리지 마라."

반채인은 또 다시, 웃고 있는 입과 웃지 않고 있는 눈으로만 답했다.

*

가방을 챙기며 하비는 말을 꺼내려 했다. 로사야, 데이트…… 같까?

"로사야!"

그때, 갑자기 확 끼어드는 반채인.

"오늘 저녁 같이 먹을래?"

"아, 오빠…… 오늘은 친구랑 저녁 먹을 것 같아서요. 하비
랑……."

"아하, 남자 친구?"

순간, 애매한 정적 속에 로사와 하비는 서로의 표정을 살폈
다. 반채인 선배의 이유 모를 적대감은 착각이 아니었나 보다.
하비는 이런 진부한 하이틴 삼각관계가 형성될 줄은 몰랐다.
그것도 반재익도 아니고 그 형과. 정말 짜증나는 형제군. 그는
당당하게 자신이 로사의 남자 친구라고 말하고 싶었지만, 그
들의 관계는 그렇게 평면적으로 규정될 수 없었다. 그래서 그
가 할 수 있는 것은 로사가 자신을 규정해 버리기 전에 자신
이 먼저 규정하는 것뿐이었다.

"아니에요, 아직은……."

그렇지만 마지막 '아직은'을 기어 들어가는 목소리로 말해
버려서 반채인 선배에게는 제대로 전달되지 않은 듯했다. 젠
장, 망할 하이틴 드라마를 보면 주인공들의 목소리는 항상 자
신감에 차 있던데.

"음, 로사야. 이 친구, 아니 하비한테는 미안하지만, 아버지
가 너랑 오랜만에 식사하고 싶어 하셔서."

"장관님이요? ……진짜요? 근데 저희 부모님은 오늘 사무

실에 계실 텐데……."

"뭐, 부모님끼리는 다음에 보시고. 오늘은 너만, 하하. 우리가 뭐 하루 이틀 본 사이도 아니잖아."

하루 이틀 본 사이도 아니라고? 유치하게도 나온다. 하지만 둘의 역사가 얼마나 오래됐는지 알아야 반격이라도 할 거 아니야…… 젠장. 그런데 지원군인가? 갑자기 권샐리가 참전했다.

"에이이, 오빠아. 너무한다. 얘네 둘이 한창 설렐 때인데. 데이트 뺏어 가면 어떡해. 불쌍한 하비이."

하며 하비의 머리를 쓰다듬어 주는 것이었다. 산책 나갔다 와서 혼자 남겨진 강아지를 쓰다듬듯. 뭐지? 이 정도로 우리 친한 사이 아닌데? 하비는 샐리의 행동에 당황했지만, 반채인 선배 옆에 서 있는 로사를 보니 화도 나고, 오히려 잘 됐다 싶었다. 나도 권샐리한테 맞춰주자. 그는 최대한 강아지 같은 눈으로 머리를 쓰다듬는 권샐리에게 화답했다.

하지만 유치한 질투 유발 반격은 딱히 저쪽에 데미지를 입히지 못하고 시시하게 마무리. 결국 로사는 무표정하게 반채인을 따라가면서 손으로 나중에 전화할게, 표시를 하며 교실을 떠났다. 하비는 알겠다는 듯, 아무 문제 없다는 듯 미소로 일관했지만 그녀가 교실을 나가자마자 표정이 굳어졌다.

"우리 하비, 로사 뺏겨서 어떡하나아."

"뭘 뺏겨?"

"에이이, 경쟁자가 다른 사람도 아니고, 채인이 오빤데."

"하…… 너도 아는 사이인가 보네. 서로서로 친해서 차암 좋겠다."

"당연히 알지이, 채인이 오빠가 로사 중딩 때 첫사랑인데!"

"뭐?"

무슨 큰 시험을 망친 것처럼, 그의 심장이 철렁 내려앉고 목소리 톤이 급변했다.

"우왕, 질투에 불타오르는 저 눈! 너무 걱정 마. 중학교 때 무슨 시리어스한 로맨스가 있었겠어? 그냥, 채인이 오빠처럼 젠틀한 교회 오빠 타입은 늘 인기가 많으니까. 그 정도였어. 그래도 로사가 채인이 오빠 얘기는 중학교 이후로 한 번도 한 적 없어!"

"……그래."

"근데 너 진짜 로사 엄청 좋아하는구나! 너희 둘이 잘됐으면 진짜 좋겠다아. 하긴, 잘될 거야. 걔가 말하는 거 보면, 너 많이 좋아하는 거거든."

"어? 진짜? 로사가 뭐라고 했는데?"

"아이, 바로 얼굴 밝아지는 것 봐. 하지만 순서가 있지. 우선 저녁부터 먹으러 가자아."

쩝, 붙임성이 좋은 건지, 남한테 아무 관심이 없는 건지. 샐리는 뇌가 좀 과하게 행복해 보이긴 해도, 나쁜 애는 아닌 듯했다. 거기다 로사도 반채인 선배를 따라갔는데, 나도 샐리 따라가지, 뭐.

로사와 하비는 각각 익숙하고, 새로운 사람들과 저녁 식사를 마치고 집으로 돌아와 각자의 방에서 누워 있었다.

샐리와의 저녁은 예상대로 호화로웠고, 예상 외로 흥미로웠다. 뭐, 연애 조언들은 그냥 흘려 들었다. 넌 로사가 첫사랑이라 재지 않고 올인하겠지만, 균형을 맞추기 위해서는 밀당을 해야 한다. 로사가 네 톡을 기다리게 해라. 반채인 앞에서는 괜히 꾸며낸 모습 보이지 말고 원래 성격대로 나가라. 반채인같이 속을 알 수 없는 사람은 정공법이 좋다. 등등.

원래 공부에만 집중하던 주말에 인간관계에도 에너지를 과도하게 할당하다 보니 좀 지친 하비. 로사에게 톡을 해볼까, 하다가 반채인이 계속 떠올라 망설여졌다. 로사는 당연히 하비의 첫사랑이다. 그러나 첫 번째라서가 아니라 로사였기 때문에, 하비에게 그녀는 누구보다 전지전능했다. 그런데 그런 로사가 다른 뻔한 사람들처럼 누군가를 좋아했었다니…… 그리고 오늘 또 둘이서 식사를 하고 있다니. 휴.

이건 그냥 질투하는 게 아냐, 하비는 속으로 항변했다. 그는 로사를 사랑하는 만큼 그녀의 야망도 사랑했다. 그렇기에 로사가 반채인을, 거의 모든 것을 갖춘 예일대생을 좋아했다는 사실은 단순한 질투의 수준을 넘어 하비의 자존심을 심하게 긁었다. 그때 울리는 휴대폰.

로사: 미안. 갑자기 식사 가버려서. 잘 들어갔어?

하비는 곧바로 환하게 웃으며 로사의 메시지를 읽었다. 그러나 샐리가 조언해준 것처럼, 이제는 적당한 밀당도 필요해 보였다. 그는 일부러 5분 동안 아무것도 하지 않고 휴대폰을 들여다보다가 답을 썼다.

하비: 아 아냐, ㅎㅎ 나도 식사 잘 하고 들어가서 쉬고 있어
로사: 누구랑?
하비: 아 샐리랑
로사: 권샐리랑? 왜?

권샐리? 도대체 왜 다른 사람도 아니고 권샐리랑? 로사의 미간이 찌푸려졌다. 그러나 그것까지 톡 메시지에 전부 전달되지는 않았다. 그녀는 조건반사적으로 답장을 보낸 것을 후회했다. 막상 가보니 별 쓰잘데기 없는 말만 가득했던 반채인의 저녁 초대였는데다, 이미 피곤한 상태에서 굳이─그것도 권샐리를 주제로─대화를 시작하고 싶지 않았다. 그래서 바로 다시 톡을 하나 더 보냈다.

로사: 아냐 신경 쓰지 말고 월요일에 보자

그러나 막상 바로 또 답문을 보낸 자신이 구차하게 느껴졌

다. 하비와 많은 시간을 함께 보내기 시작한 후로, 로사는 자신이 더 이상 온전히 자신이 아님을 느끼게 됐다. 그래, 방학 중에는 이런 시간도 여유롭게 즐길 수 있었다. 하지만 다시 수도외고의 일상으로 돌아온 지금, 그녀는 다시 예전의 냉철하고 완벽한 자신을 시급히 되찾아야 했다.

　15분이 지나도 그로부터 답장이 오지 않았다. 왜 답장이 없지? 그동안은 10초도 안 돼서 답장했으면서. 그녀는 몇 분 더 답장이 오기를 기다리다가, 결국 기다리는 시간을 계속 버릴 수는 없는 노릇이었기에 휴대폰을 확 꺼버렸다. 그러나 휴대폰을 꺼도, 번뇌는 꺼지지 않았다. 왜 권샐리랑 저녁을? 걔가 먼저 가자고 한 거겠지. 하비가 먼저 가자고 했을 리는 없지. 아니, 근데 그렇다고 해도, 친하지도 않으면서 무슨 둘이서만 저녁이야? 세상을 살다 보면, 물론 로사가 그리 오래 산 건 아니지만, 절대로 엮이기 싫은 사람이 있기 마련이다. 로사에게는 그 사람이 권샐리였다. 그래서 하비에게 그동안 그녀 얘기를 한 번도 하지 않았던 것이다. 하지만 오늘 이후로 갑자기 걔 얘기를 하면, 자신이 무슨 저녁 한번 먹은 거 가지고 질투해서 얘기한 것 같고…… 그렇다고 이렇게 놔두자니 그것도 뭔가 불편하고. 아, 무엇보다 이런 걸 신경 쓰고 있을 여유가 없는데. 이쯤 되면 모든 것이 짜증이 난다. 하비도 포함해서.

　띠리링.
　현관문 도어 록이 열리는 소리가 들렸다. 로사의 부모님은 토요일인데도 언제나 밤 12시가 가까워서야 퇴근했다.

"오셨어요."

"응, 그래. 너 곧 시험기간인데 학원 특강은 새로 시작 안 하니?"

이 말은 그냥 묻는 말이 아니라, 시작하라는 완고한 명령이었다.

"예, 엄마. 내일 안 그래도 아침 일찍 가기로 했어요."

"아니지, 내일 아침에는 샐리네랑 브런치 있잖니? 끝나고 가거라."

아, 또 권샐리네. 물론 내일 브런치 모임은 그냥 안부를 나누러 가는 게 아니었다. 샐리네 건설사가 용산 인근 아파트 재건축 사업 시공사로 선정되었기에 로사의 부모님은 자신들의 영세한 로펌에 법률 자문을 맡겨달라고 간곡히 부탁하기 위해 가는 것이었다. 다만 어른들은 얼마나 돈을 벌 수 있을지 계산기를 두드리기 위함이라는 목적을 대놓고 드러낼 순 없으니, 학부모로서 아이들이 학업에 정진하고 있는지 따위의 숭고한 명분을 내세워야 하는 모양이었다. 아이는 그저 매개일 뿐.

"이만 자렴."

"네."

부모님은 내일의 학부모 모임을 위해서 서재 불을 켜고 서류를 다시 검토하러 들어갔다. 로사의 부모님이 총명하던 서울대 법대 캠퍼스 커플이던 시절에 샐리의 아버지는 중등 수

학문제도 제대로 풀지 못하던 낙제생이었다. 샐리의 할아버지가 운영하던 불법 주점에만 뻔질나게 드나들던 한량. 로사의 부모님이 사법고시에 합격하고, 검사로 임용되어 서울에 발령 받았을 때 권샐리의 아버지는 불법적인 로비와 인맥으로만 키워놓은 부실 건설사를 물려받아 허덕이고 있었다.

그러나 인생은 가끔 정말 한 번에 뒤바뀌기도 한다. 정권이 바뀌고, 로사 부모님을 이끌어주던 선배들은 손과 발이 잘리고, 당시 아직 평검사였던 로사의 부모님은 선배들 대신 희생되어 검사복을 벗고 전관예우는커녕 소일거리로 먹고사는 변호사가 되었다. 반면 정권실세와 동향 출신으로, 불법 주점에 뻔질나게 들락거리던 인간들이 장차관이 되자 샐리의 아버지 건설사는 대박을 맞았다. 매번 부실 공사 비난을 받았지만, 아파트를 잘 짓는 것보다 입찰 받는 것이 훨씬 중요한 업계에서 샐리 아버지의 회사는 국내 굴지의 건설사를 넘어 리조트 사업, 골프장 사업 등 수많은 계열사를 거느린—생양아치 집단에서 건설 재벌로 진화한 것이다. 로사 가족이 사는 이 아파트도 샐리네 건설사가 지은 것이었다. 다만 톰브라운은 자신이 디자인한 톰브라운 옷을 입고, 고든램지는 자신이 요리한 고든램지표 비프웰링턴 스테이크를 먹을 텐데, 샐리네 가족은 수십 년 전에 지어진 한남동 대저택에 살고 있었다.

물론 로사가 부모님이 갖고 있을 모종의 한(恨)을 갚기 위해서 공부를 하는 것은 아니다. '나는 부모님과 독립적인 개체다. 주체적인 개체다.' 진정으로 그렇게 믿고 그렇게 실행해 왔다. 다만 그녀는 세상이 이렇게 되어서는 안 된다고 생각했다. 부모님과 내가 도서관에서 보낸 수많은 밤들이 모두 의미 없는 것이 되어서는 안 된다. 노력도, 실력도 없이 뭔가를 얻은 놈들이 고개를 들고 활개 치는 세상이 와서는 안 된다. 나는 이 잘못된 순서를 바꾸고 싶다.

우선은 대학 입시부터 시작이다. 낙제생 DNA는 어디 안 가는지, 수도외고 신관 건물을 공짜로 지어주고 입학했어도 샐리의 성적은 바닥을 기고 있었다. 하버드는 샐리 따위가 닿을 수 있는 곳이 아니다. 이런 생각을 하면 결의는 다시 불타올랐다. 비록 내면을 장작으로 태우는 듯한 기분이 들어도 말이다. 하비만이 이런 자신의 생각을 유일하게 이해할 수 있다. 그 아이는 부모나 세상으로부터 받은 한이 아직 없는데도 나를 이해하니까. 그도 세상의 순서를 바꾸고 싶어 한다. 그래서 함께 있을 때면 결의를 불태우면서도 서로의 내면을 지켜줄 수 있다. 하지만 이제 그 시간이 다해가고 있는 게 느껴진다. 누구의 잘못도 아니다. 그저 하버드에는 한 자리밖에 허락되지 않기 때문이다.

로사는 휴대폰을 다시 켤까 망설이다, 그대로 두고 방 불을 껐다. 잠에 들려고 했지만 역시나 윗집이 쿵쿵거리며 걸어다니는 소리가 거슬렸다. 샐리네 집처럼 400평이 넘는 토지에 홀로 지어진 대저택이 아닌 이상 층간소음은 항상 존재한다. 아니면 재익이네처럼, 이 아파트의 가장 높은 펜트하우스에 살아야 한다. 그녀는 먼저 귀마개를 끼고, 그 위에 노이즈캔슬링 헤드폰을 낀 다음 안대까지 착용한 뒤에 힘겹게 잠을 청했다.

*

브런치 모임을 위해 로사의 가족은 압구정동의 한 이탈리안 레스토랑에 도착했다. 로사는 층간소음 때문에 잠을 설쳐서인지, 컨디션이 너무 좋지 않아서 약을 먹고 나와야 했다. 부모님도 어제 밤까지 계약서를 검토한 건지, 아니면 그냥 주차할 곳을 찾느라 짜증이 난 건지 한층 더 날카로웠다. 샐리의 가족은 약속 시간보다 10분 늦게 도착했는데, 서두르는 기색 하나 없이 기사가 문을 열어줘도 바로 나오지 않고 여유를 부렸다. 그럼에도 웃는 얼굴로 대화를 이어가야 하는 로사의 부모님. 로사 아버지는 언제 계약서 얘기를 꺼내야 가장 자연스러울지 타이밍을 고심하고 있었고, 한량 시절 버릇을 못 버린 샐리 아버지는 상석에 다리를 쩍 벌리고 앉아 테이블에 상체를 삐딱하게 기댄 채 똑똑한 양반들이 자신들에게 억지로 아부하는 것을 감상하고 있었다. 서로의 목적을 우선 감추고 샐리와 로사의 수도외고 생활과 대학 진학 얘기가 대화의 주를 이뤘다.

"샐리는 코넬 호텔경영학과나 뉴욕대 티쉬 스쿨(Tisch School)이 제일 좋을 것 같다네요. 아이 아빠는 아무래도 아이비리그니까 코넬을 더 좋아하긴 하는데, 왠지 저는 뉴욕이 좀 더 낭만적이네요. 어때요? 로사 엄마."

"하하, 예. 샐리 어머니. 둘 다 뉴욕주에 있어도 코넬이 있는 이타카는 도심이랑 좀 머니까, 뉴욕대에 가면 뉴욕 사교계에 진입하기 더 수월하겠네요."

"뭐, 그래도 코넬이 아이비리그긴 하니까요. 그나저나, 우리 샐리가 얘기해 줬는데 토요일반에 새로운 애 한 명이 새로 들어왔다고 하더라고요. 원래 토요일반은 그런 목적으로 만든 게 아니었는데."

"그래도 선진두 선생이 있으니까……."

"아유, 아무리 그래도 선진두 선생은 가끔 보면 고지식한 면이 종종 보인다니까? 저번에 들어온 수진희라는 애, 그리고 이번에 또 한 명. 모르는 애들이 이렇게 끼면 우리가 컨트롤하기가 어려워지잖아."

"하하, 예. 그래도 우리 아이가 그러는데 굉장히 똑똑한 아이라고 하더라고요. 또 선진두 선생님이 판단해서 넣은 아인데 설마 문제가 있을까요."

로사의 어머니는 가끔씩은 참지 못하고 이렇게 뼈 있는 한마디를 던졌지만, 어머니와는 다르게 로사의 아버지는 그럴 때마다 급히 끼어들어 샐리 어머니에게 앞발을 싹싹 비볐다.

"아이구, 샐리 어머니께서 우려하시는 점, 충분히, 백번 이해합니다. 허허."

"……네, 사실 이이가 아이 교육에는 저보다 더 관심이 많아서 제가 오히려 더 모르는 게 많아요, 호호. 아무리 같은 토요일반에 있다고 해도 원서 철이 되면 각자도생하는 거니까, 샐리는 분명히 원하는 곳 갈 거예요."

결국 로사의 어머니도 다시 거짓 웃음의 탈을 쓰고, 샐리의 어머니가 듣고 싶어 하는 말을 들려줘야 했다.

"하긴 뭐, 토요일반에는 모르는 애들이 끼어들었다 쳐도 일요일반까지 있으니까 큰 문제 없겠죠. 호홍."

"크흠."

샐리의 아버지가 갑자기 아내를 보며 헛기침을 했다.

"아, 내 정신 좀 봐. 일요일반이 아니라…… 호호. 말이 헛나왔네……."

샐리 어머니는 말실수를 했는지 당황하는 모습을 보였다. 일요일반? 로사는 엄마에게 귓속말로 물었다.

"엄마, 일요일반이 뭐예요?"

"……몰라."

"아…… 예, 지당하신 말씀입니다."

로사 부모님은 샐리 어머니가 무슨 말실수를 했는지 몰랐고 관심도 없었다. 다만 지금이 계약 얘기를 꺼낼 적절한 타이밍이라는 것만 계산했을 뿐이었다.

"아유, 샐리 어머니, 생각해 보니 저희가 아이들을 너무 말없이 앉혀만 놨네요. 호호."

"아, 그것도 그렇네요. 저희끼리만 얘기하고, 호홍."

"로사야, 테이블 따로 마련해 줄 테니까 샐리랑 둘이 편하게 얘기 좀 하고 있어."

기가 더 빨려나가겠군. 샐리와 마주 보는 건 정말 싫었지만 이제 부모님이 계약서 얘기를 할 타이밍인 것 같아 로사는 순응하고 자리를 옮겼다.

"로사야, 조금 길어질 수도 있으니까, 필요한 거 있으면 편하게 시키고, 응?"

"예, 걱정 마세요."

초등학교부터 고등학교까지 전부 다 같이 다니면 관계가 끈끈해진다는 바보 같은 생각은 도대체 누가 한 걸까? 아니지. 그렇게 포장만 할 뿐, 아이들이 아니라 어른들의 관계를 끈끈하게 해주는 거겠지. 나도 어른이 되면 그렇게 될까? 적어도 권샐리와는 아니기를.

로사가 아무 이유 없이 권샐리를 싫어하게 된 것은 절대 아니었다. 어릴 때는 제법 친하다고 생각했지만 친구와, 부모님과, 선생님과 어떤 트러블이 생길 때마다 일의 진상을 알아보면 근원에는 항상 권샐리가 있었다. 로사가 그녀의 이간질을 인지하고 경계하기 시작했을 때가 되어서야, 샐리는 더 이상 적개심을 감출 필요조차 느끼지 못했던 것 같다.

샐리가 어떤 말을 해도 무시하겠다는 작정으로 로사는 자몽 주스를 연신 들이켰다.

"로사야, 요새 구하비 가지고 노는 건 어때애? 응?"

"……자몽 주스가 맛있네."

"응! 심플한 네 입맛에 딱 맞아 보여!"

샐리 역시 자신이 로사를 미워하는 데에는 다 이유가 있다고 항변할 수 있었다. 그녀는 예전부터 로사가 거슬렸다. 샐리가 원하는 삶은 별게 아니다. 조기유학을 떠난 친구들의 인스타그램 스토리처럼, 매일같이 고급 아파트 옥상에서 신상 원피스 입고 샴페인 들고 파티하는 가십걸의 삶. 그게 내가 원하는 자유야. 그러나 학력 콤플렉스가 심한 아빠가 아무리 돈이 많아도 대학은 기필코 좋은 곳에 가야 한다고 우겨서 수도외고에 억지로 입학한 것이다. 결정적으로는 이게 다 아빠 옆에서 꼬리를 흔들며 알랑거리는 저 가난한 변호사 부부 때문이다. 어릴 때부터 로사와 비교당하다 보니 덩달아 자유를 뺏기고 수도외고에 갇히게 된 거라고 샐리는 믿고 있었다. 학교밖에서는 내가 왕인데, 모두 나한테 조아리는데. 수도외고에서는 왜 공부 좀 못한다고 조용히 살아야 돼? 대학만 가면 지금까지 못 놀았던 거 다 놀아도 된다, 하고 부모님은 딸을 달랬지만 고등학교 3년 동안 이렇게 재미없게 숨죽여 지내는 건 그녀에게 태생적으로 불가능했다. 그렇기 때문에 샐리는 공부에 쓸 시간을 아이들을 조종하고, 이간질하고, 모든 연애사에 관여하는 데 쏟았다.

하지만 그동안 로사는 중학생 때 잠시 반채인을 좋아한 걸 제외하면, 대학 입시가 끝나기 전까지는 공부에만 전념할 것 같았기에 잠시 타깃에서 빼놓은 것뿐이었다. 그런데 어느 날 갑자기 세상의 순서를 바꿀 수 있다고 믿는, 어디서 자기랑 판박이 같은 남자애를 찾아와 썸을 타는 것이 보이자 샐리의 악의적인 호기심이 폭발해 버린 것이다.

"걔가 좋아하는 게 너야, 아니면 네 성적이야, 아니면, 뭐 네 백그라운드야? 아, 너 백그라운드는 없잖아! 킥킥. 그건 아니 겠고오."

"……."

"걔가 좋아하는 게 지금 네 성적이면, 만약에, 걔가 너보다 더 높이 올라가면 널 더 이상 안 좋아하게 되는 건가아? 킥."

일만 시간의 법칙. 로사가 에세이를 일만 시간 동안 써와서 어느 경지에 오른 것처럼, 샐리는 인간관계에서 상대방의 약점을 파고들어 속을 긁어대는 데에는 어느 경지에 올랐다. 아, 하비한테 답장 왔나 확인도 못했네. 지금은 정말 너무 피곤해. 이런 약점을 권샐리가 파고들게 여지를 준 하비도 조금은 밉다. 원래의 로사라면 의연하게 대처했겠지만, 샐리의 비열한 공격에 약간 움찔해 버렸다. 샐리는 그것을 보고 척추가 짜릿해지는 쾌감을 느꼈다.

"와, 로사야. 너 진짜 걔 좋아하는구나? 내가 너무 말이 심했네. 미안 미안. 둘이 잘 지냈으면 하는 마음에서 그런 걸로 이해해 줘어. 헤헹."

로사는 부모님을 바라보았다. 아까보다 아버지 표정이 밝아진 걸 보니, 이야기가 어느 정도 성공적으로 흘러가고 있는 것 같았다. 그녀는 이미 얼음만 남은 자몽 주스에 꽂혀 있는 빨대를 계속 호로록거리며, 샐리의 말들을 최대한 한 귀로 듣고 한 귀로 흘렸다. 그러나, 정말, 정말 모든 것이 너무 피곤했다.

*

로사는 브런치 모임이 끝나자마자 학원에 도착했다. 대단한 걸 가르쳐주는 학원이 아니었다. 집에서도 풀 수 있는 모의고사를 풀게 하고 빅데이터를 사용해서 결과를 분석해 피드백을 준다는데 그녀는 애초에 틀리는 문제가 거의 없었다. 평소 컨디션이라면 끝까지 남아서 자습까지 하겠지만, 오늘 같이 특히 피곤한 날에는 도대체 자신이 여기 왜 있는지 모르겠다고 생각했다. 고작 한 문제 틀린 것 가지고 피드백이랍시고 형형색색의 그래프를 그려놓은 분석표를 가방에 구겨 넣고 그녀는 일찍 학원을 나서려 했다.

"오, 우리 학원 에이스 로사 양. 벌써 모든 일정이 다 끝나신 걸까요?"

억지로 성대를 눌러서 내는 느끼한 목소리, 맞춤법은 깡그리 무시하는 말투. 학원 원장은 투명 컬러 유리로 만든 사무실에 앉아 모든 학생들을 능동적으로 감시했다. 어느 날 샐리 부모님이 정말 잘 가르치는 선생님이라면서 브런치 모임에 데려와 소개한 이후로, 로사는 공부를 위해서가 아니라 부모님 간의 친목 도모 때문에 어쩔 수 없이 샐리, 재익과 같은 학원에 다니게 되었다. 생각해 보니 이것도 또 권샐리 때문이네. 그때 듣기로는 원장이 선진두의 절친한 후배라고 했지만, 둘의 실력은 하늘과 땅 차이였다.

"……안녕하세요."

"로사 양, 혹시 오늘 단어는 다 외우신 걸까요? 쪽지 시험은 보신 걸까요?"

"아뇨…… 예, 그게 있었네요."

"오우, 우리 로사 양답지 않게. 쪽지 시험이 기다리고 계시는데 보고 가실까요? short and sweet*하게!"

되도 않는 높임말 좀 그만 쓰세요. 신이시여, 오늘 누가 원장 얼굴에 찬물 좀 뿌려줬으면.

결국 로사는 곧 쓰러질 것만 같은 컨디션에도 불구하고 이를 악물며 쪽지 시험까지 완료했다. 물론 만점이었기 때문에 오답 분석 따위는 필요 없었다. 그런데 이내 밖에서 쿠르릉, 하고 천둥이 치더니 이어 쏴아아, 소나기가 쏟아지는 소리가 들렸다. 신이시여, 찬물은 원장한테만 뿌려달라고 한 건데. 그러고 보니 우산도 가져오지 않았다.

"수고하셨어요, 로사 양. 몸도 안 좋으신 것 같은데."

"원장님, 혹시 학원에 남는 우산이……."

"오, 비가 오시네요. 아쉽게도 학원에 비치해 놓은 우산은 없으시네요. 저쪽 편의점에 가면 있으실 거예요."

원장님, 씨발. 그건 저도 알고 계세요. 명색이 학원 선생이라는 인간인데, 맞춤법이 정말 기가 막혔다. 속에서 열불이 치미는데 비라도 맞으면 좀 식혀질까 싶어 우산 없이 밖을 나와 보

* 짧지만 강렬한. 짧고 굵은.

니 한쪽에는 편의점이, 반대쪽에는 택시가 서 있는 것이 보였다. 갈등하던 로사. 결국 택시를 향해 뛰어갔다. 그러나 와이셔츠가 이미 다 젖어서 투명해진 한 젊은 직장인이 로사보다 먼저 택시에 올라타 버렸다. 하…… 다시 방향을 틀어서 편의점으로 뛰어 들어갔으나 이미 비를 다 맞아버린 뒤였다. 너무 추워서 온몸이 떨렸다. 울고 싶었다. 몸을 녹여야 했으나 편의점에는 에어컨이 빵빵하게 틀어져 있었다. 이어폰을 끼고 노래에 심취해서 몸을 흔들고 있는 알바생은 에어컨 좀 꺼달라는 로사의 요청을 가볍게 무시했다. 편의점이 호텔도 아니니까 어쩔 수는 없었다. 결국 그녀는 남극 같은 편의점에서 택시를 기다리다가 반 시간이 지나서야 빈 택시를 잡을 수 있었다.

축축하게 젖은 옷가지를 질질 끌고 우여곡절 끝에 집에 돌아온 로사. 밥을 먹고 감기약도 먹어야 했지만 그럴 여력이 조금도 남아 있지 않았다. 로사는 거의 의식이 반쯤 나간 채로 쓰러졌다가 겨우 깨서, 어느새 침대에 누워 있는 자신을 발견했다. 몇 시지? 아, 휴대폰 꺼놨지…… 알람 시계를 보니 새벽 2시 반이었다. 그래도 새벽에는 집이 조금 고요하구나. 로사는 그럼에도 혹시 모르는 불안감에 숨을 참고 위층 발소리가 들리는지 확인했다. 다행히 비바람이 부는 소리 외에는 적막했다.

샤워하고 다시 자야지…… 라고 막 생각했을 때였다. 위층에서 쿵쿵거리는 소리가 들려왔다. 그 소리를 듣자 심장이 금방이라도 터져버릴 것 같았다. 방금 들은 것이 화장실에서 나는 소리이기를 간절히 바랐지만 곧 다시 쿵쿵쿵. 또각 또각 또

각. 확인 사살이라도 하듯 발 망치 소리와 구두 소리가 더욱 크게 들려왔다.

로사는 결국 폭발해서 경비실에 인터폰을 했다. 하지만 경비원은 자신들이 확인하고 경고를 하고 싶어도, 새벽 3시인데 어떻게 인터폰을 하겠냐는 무력하고 원론적인 답변만 내놓았다. 전화하는 도중에도 쿵쿵쿵. 또각 또각 또각. 기가 막혀서 팔짝 뛸 지경이었다.

덜컹. 부모님 방에서 소리가 났다. 결국 부모님까지 잠이 깬 듯했다. 로사는 갈라지는 목소리로 외쳤다.

"아니, 엄마, 아빠. 인터폰 좀 해주세요. 새벽 3시에 저렇게……."

그러나 부모님 방에는 아무도 없었다. 세찬 비바람 때문에 창문이 흔들린 소리였을 뿐이다. 부모님은 계약서 때문에 밤새 로펌 사무실에 있겠다고 한 것을 로사는 뒤늦게 떠올렸다. 그녀는 혼자였다. 적막조차 허락되지 않는 새벽 3시. 빈속에 독한 감기약을 집어넣고서야 그녀는 겨우 고독한 잠에 빠질 수 있었다.

*

로사: 권샐리랑? 왜?

로사: 아냐 신경 쓰지 말고 월요일 날 보자

토요일반이 있던 날 저녁, 로사로부터 연달아 온 문자를 받자마자 하비는 즉시 답장을 썼다. 하지만 바로 보내지는 않았다.

하비: 그으 샐리랑은 그냥 어쩌다 보니 가게 됐어. 진짜
하비: 음 사실 샐리가 무슨 얘기 해줄까 조금 궁금해서 갔는데……
전혀 그냥 ㅎㅎ

그는 그렇게 계속 휴대폰을 보고 있다가, 한 15분 정도가 지난 후에 전송 버튼을 눌렀다. 샐리의 조언에 따라 한번 밀당을 해보려던 연애 초보 하비는―물론 문자 몇 분 늦게 보내는 것도 밀당이라고 쳐준다면 말이다―결국 밀당 같은 걸 하기에는 자신이 로사를 너무 좋아한다는 걸 알고 집어치웠다. 다만 그의 답장은 그녀가 휴대폰을 꺼버린 후에 도착하고 말았다. 몇 시간이 지나도 '1'이 지워지지 않자, 하비는 이해가 되지 않았다가, 조바심이 났다가, 머릿속에 떠오르는 로사가 반 채인과 함께 있는 모습을 계속 애써 지웠다. 그는 그날 휴대폰을 붙들고 뒤척이다가 잠들었다.

월요일 아침에서야 만난 로사는 컨디션이 최악인듯 했다. 하비는 조심스럽게 말을 건넸다.
"로사야, 안녕. 그…… 휴대폰 계속 꺼져 있던데."
그녀는 피곤에 쩐, 짜증이 가득 섞인 표정만 지을 뿐 아무

답도 하지 않았다. 하비는 다시 조심스럽게 말했다.

"그…… 오늘 HARBIRD 스터디는 동아리방 말고 도서관에서 하기로 했어. 단톡방 못 본 거 같아서. 근데…… 컨디션 많이 안 좋으면 오지 말고 꼭 쉬어."

"내가 알아서 할게."

"응…….."

약을 먹고 잤음에도 로사의 열은 밤새 펄펄 끓었다. 도저히 스터디그룹에 갈 컨디션이 아니었다. 하지만 아플수록 더욱 솟구치는 분노와 오기가 그녀를 도서관으로 이끌었다.

나머지 세 명은 웃고 떠들면서 공부를 하고 있었다. 아니, 그건 사실 잘 모르겠다. 어디까지가 진짜로 들리는 거고, 어디부터가 환청인지…… 그들은 로사를 발견하곤 반겼다. 하지만 자신을 걱정스러운 눈으로 바라보기 시작하는 것도, 방금 셋만 있을 때 화기애애하던 분위기가 자신으로 인해 사라져 버린 것도 화가 나는 로사였다.

"하비야."

로사는 하비를 차갑게 불렀다.

"어…… 응."

"아까처럼 그냥 웃고 떠들어도 돼. 나 없다고 생각하고."

"아, 아니야. 하하. 아까는 단테가 웃긴 얘기를 해서."

"그러니까, 아까처럼 웃긴 얘기에 또 웃고 떠들라고."

하비가 아픈 자신을 배려해 주려고 하는 건 안다. 그러나 그의 배려가 왜 쩔쩔매는 것으로 느껴지는 건지. 그리고 왜 이렇게 자신 앞에서 쩔쩔매는 게 짜증나는 건지.

"으응…… 로사야. 오늘 컨디션 너무 안 좋으면……."

"아니, 너 왜 이렇게 쩔쩔매? 내가 무슨 불치병 환자야? 내 컨디션은 내가 알아서 해! 아까처럼 웃고 떠들라고!"

결국 하비도 폭발해 버렸다. 로사의 초췌한 얼굴을 보니 마음이 아프면서도 이해할 수 없는 그녀의 태도에 화가 났다.

"너 토요일부터 갑자기 왜 이래?"

"그때부터 뭐?"

"데이트는 파토 내고, 반채인이랑 저녁 먹으러 갔잖아!"

"아니, 머저리처럼 채인이 오빠 앞에서 아직은…… 하면서 쩔쩔맨 건 누군데!"

"그럼 너랑 역사가 얼마나 긴지도 모르는 사람 앞에서, 드라마처럼 손이라도 확 붙잡아야 맞는 거야? 거기다가 그때부터 연락도 안 되고!"

"불만이 있으면 그때그때 말하든가! 그리고 뭐? 역사가 얼마나 긴지도 모르는 사람?"

"그래, 오빠라며! 오빠? 하…… 네가 그렇게 소녀소녀한 모습은 처음 봤다!"

"그러는 너는 뭔데? 권샐리가 가자고 하니까 좋다고 같이 밥 먹고 시시덕거리고!"

진희와 단테는 더는 안 되겠다 싶었는지 다가와서 둘을 중재하려 했다.

"로사야, 밖에 나가서 따뜻한 거라도 좀 마시고 오자."

"아니, 난 오늘 더 못하겠어. 미안."

최대한 의연하게 대처해 왔다고 생각했는데, 결국 주말에 받은 스트레스를 엉뚱한 사람에게 풀기만 했다. 권샐리가 자신을 흔들어놓은 것이다. 그걸 인정해야 하는 게 더욱 로사의 속을 끓어오르게 했다. 그녀는 거칠게 팍, 팍 소리를 내면서 가방을 챙긴 후에 도서관을 나갔다. 진희는 로사를 따라 나서면서, 나머지 둘에게 너무 걱정 말라는 신호를 보냈다.

"에구, 하도 맨날 꿍냥꿍냥대서 너희들이 한 번이라도 싸울까 했는데…… 괜찮냐? 얘기하고 싶은 거 다 쏟아놔. 혼자만 가지고 있으면 해소가 안 되잖아."

"휴우…… 난 이런 유치한 드라마는 무슨 중학생 때 연애에만 있는 건 줄 알았어."

"하하, 우리 중학생에서 고등학생으로 전직한 지도 얼마 안 됐잖아."

"핫, 하긴 그것도 그렇다. 역시 어른인 척해봤자 이렇게 유치해지잖아."

"야, 그래도 바쁜 와중에 주말에 데이트하는 게 어디야."

"휴, 아냐. 데이트는 가지도 못하고 그냥 학교에서 본 것뿐이라."

"주말에? 왜 학교에서?"

단테는 이해가 안 된다는 듯이 고개를 갸웃거렸다. 아, 말실수. 로사가 단테한테 토요일반 얘기는 하지 말라고 했는데…… 그런데 이걸 왜 단테한테 숨겨야 하지? 뭐 대단한 거라고. 하지만 아무리 싸웠다고 해도 하비는 로사와 한 약속을 깰 순 없었다. 아니, 오히려 싸웠기 때문에 이때 약속을 깨면 그녀와의 관계가 더 악화될 것 같았다. 그래서 이야기를 들어주고 자신을 달래주는 친구에게 계속 토요일반의 존재를 숨기며 거짓말을 할 수밖에 없었다.

"아…… 사실 그…… 주말에 있는 학원 특강 같은 곳에서 만났어."

"어…… 그렇구나. 로사랑 같은 학원 다니는 거야?"

"어, 응…… 그냥 토요일 날에만."

"하."

갑자기 뒤에서 냉소적인 탄식이 들렸다. 뒤를 보니, 로사가 돌아와 서 있었다.

"너, 내가 토요일반 얘기하지 말라고 했잖아. 하…… 이렇게 입이 싼데 퀸샐리한테는 있는 거 없는 거 다 얘기해 버렸 겠지. 볼 필요도 없네."

하비는 발끈해서 소리쳤다.

"여긴 또 왜 왔어?"

"노트 놓고 가서 다시 온 거야!"

"그럼 노트나 가져가지, 왜 엿듣고 있다가 나와? 아니, 그리고 토요일반 얘기 안 했거든? 엿들으려면 제대로 엿듣든가!"

"엿들은 거 아니라고!"

둘은 싸우느라 아직 단테가 옆에 앉아 있다는 것도 잠시 잊어버렸다. 둘의 언쟁이 극에 달했을 때, 단테의 한마디가 둘을 멈추게 했다.

"저기…… 토요일반이 뭐야?"

로사는 당황하며 하비에게 물었다.

"뭐야, 네가 얘기한……."

"네가 잘못 들었다고 했잖아!"

"얘들아, 다 들려. 토요일반이 뭔데."

싸늘해진 단테의 목소리를 처음 들은 둘은 어쩔 줄 몰랐다. 하비는 더 이상 숨길 수도 없었고, 숨기기도 싫었다.

"그…… 단테야. 미안. 아까 말한 특강이라는 게 사실 토요일반이야. 토요일마다 학교에서 다섯 명이서 모여서 따로 받는 보충수업 같은 거야."

"아까 학원 얘기는 뭔데?"

"그건 내가…… 그냥 지어낸 거야…… 숨겨서 미안. 숨기고 싶지는 않았는데."

굳이 한마디를 덧붙여 자신의 책임을 조금이라도 경감하려는 의도가, 스스로 생각해도 비겁해서 싫었다. 로사와 진희 역시 죄책감에 고개를 떨궜다.

"그럼 너랑 로사랑 샐리랑 셋이서 하는 거야?"

"아니…… 진희랑 반재익도……."

"그러면 뭐, 우등반 같은 거네."

단테의 담담한 말투에 그의 실망과 상처가 한껏 묻어나왔다. 그럴 수밖에.

"오늘은 나도 이만 들어갈게."

단테는 아무와도 눈을 마주치지 않고 나가버렸다. 혹시라도 그가 두고 간 노트라도 있을지 몰라 찾아봤지만 없었다. 하비는 로사에게 애당초 왜 단테한테 말 못하게 했냐고 따지고 싶었다. 그러나 그래봤자 뭐가 달라질까? 로사와 진희도 가책을 느꼈지만 하비만큼은 아니었다. 하비에게 있어서 수도외고에서 버틸 수 있도록 지원을 해준 사람은 부모님이고, 꿈을 준 사람은 로사지만, 항상」―수업이든 기숙사 방이든―같이 있어준 사람은 단테였다. 그럼에도 그에게 토요일반을 숨긴 것은 온전히 자신의 선택이며 책임이었다.

열 때문에 서 있기도 힘들어 보이는 로사는 노트를 챙겨서 나갔다. 그녀도, 진희도 죄책감이 가득한 눈을 하고 있었다. 진희는 하비와 눈인사를 하고 로사를 부축하며 기숙사로 돌아갔다.

오늘 밤에 그냥 방으로 돌아가 단테를 마주하기에는 너무 미안했고 용기가 없었다. 이 엉망진창 속에서 하비의 형체를 유지시켜 줄 수 있는 것은 야망을 위한 공부밖에 없었다. 그는 그대로 화장실에서 밤을 새우며 세 번째 시험을 준비했다.

아침이 밝아왔다. 교복으로 갈아입고 가방을 챙기려면 어쩔 수 없이 방에 돌아가 단테를 마주쳐야 했다. 어차피 세상에서 절대 피할 수 없는 사람은 빚쟁이랑 룸메이트라고 하니까. 조심스럽게 방문을 열어보니, 단테는 이미 일어나서 등교할 채비를 하고 있었다.

"왔네."

"응······. 단테야, 어제는······."

"아니야, 하비야. 설명 안 해도 돼. 어제 화나긴 했지만, 근본적인 문제는 나야. 결국에는 내 성적이 바닥을 기어서 그런 거니까······."

"학기 초에 네가 나 안 도와줬으면 나도 아론이처럼 이미 자퇴해 버렸을 거야. 알잖아."

"아냐, 그건 네가 노력해서 잘 이겨낸 건데."

"적어도 내 에세이가 얼마나 형편없었는지 그건 알잖아. 뭣도 못 쓰는 게 맨날 오스카 와일드처럼 문장만 복잡하게 꼬고."

"훗, 그건 아니라곤 못하겠네."

단테는 하비의 말에 조금 피식했다.

"그, 단테야. 어제 그 토요일반에서 받은 자료랑 노트들, 내가 오늘 이메일로 보내줄게. 마지막 서술형 문제 대비하는 건데, 꽤 쓸모 있어. 물론 너는 워낙 에세이 잘 쓰지만······."

"아니야, 괜찮아······ 하하. 이것도 내가 풀어야 할 문제야."

"그래도······."

"나 먼저 갈게······ 교실에서 보자."

"으응······."

하비는 모든 것이 답답했다. 로사와 단테, 그리고 다가오는 세 번째 시험까지. 그날 데일리 에세이 수업 시간에 결국 로사와 하비는 각각 다른 자리에 앉았다. 확대경에 올라온 로사의 에세이가 화면에 비쳤다. 그러나 그는 더 이상 그녀의 에세이를 필사하지 않았다. 같은 수준의 에세이를 쓸 수 있는 경지에 도달했기 때문만은 아니었다. 예전에는 그녀의 언어만을 사랑했다. 그러나 이제 그가 알고 싶은 것은 그녀의 언어만이 아니었다. 처음인가? 그녀의 뒷모습을 온전히 보는 게? 그는 이내 자신이 똑똑한 로사, 야망과 자신감이 넘치는 로사, 하버드에 합격할 로사…… 이 모든 것의 집합체 이상을 사랑하게 되었다는 것을 알게 되었다.

그렇기 때문에 로사는 이제 그의 신이 아니라 연인이 되어버렸다. 그것은, 하비를 참을 수 없을 정도로 공허하게 만들었다. 자신이 그저 그녀의 신도였을 때가 그리웠다. 그의 달콤한 동경의 유통기한은 다 되어버렸고, 이제 사랑, 질투, 아집이 섞인 잡탕을 들이켜야 하는 것이었다.

그는 수업 시간 동안 상상 속의 그녀를 빚어냈다. 상상 속의 그녀는 그에게 에세이를 하나 써서 건넸다. 거기에는 그에 대한 매몰차고, 타당하지 않은 감정들이 실려 있었다. 그는 거기에 자신의 타당하지 않은 감정 또한 섞으며 그것을 충실히 필사하고 반박했다. 그러나 수업 종이 울리고 현실로 돌아오자, 상상 속의 로사는 에세이를 받아주지 않고 사라져 버렸다. 이제 이 에세이는 실재하는 로사에게 제출할 수밖에 없었다.

"로사야."

"하비야."

"잠깐 얘기……."

"응."

둘은 저녁 수업까지 모두 끝나고 나서야 서로의 옆에 다시 나란히 앉았다. 상상 속의 로사와 달리, 실제 로사는 그에게 매몰차지 않았고, 오히려 서로 담담하게 지난 자신들을 반성하며 오늘의 상대방을 용서했다. 다만 담담하게 침잠하는 기분…… 둘은 분명 명목적으로는 화해했고, 로사의 열도 내렸다. 그러나 이것은 조용히 또 다른 불안의 씨앗을 심었다. 그들은 정말로 서로를 다시 이해하기 시작한 것일까? 아니면, 코앞에 닥친 세 번째 시험 때문에 더 이상 할애할 감정적 자본이 바닥났기에 서로에게 일시적으로 백기를 든 것일까?

하비가 기숙사로 돌아갔을 때 방에는 단테의 가방만 덩그러니 놓여 있었다. 이 시간에 갈 곳은 화장실밖에 없을 테지. 그는 잠에 들기 전 노트북을 켜서, 토요일반에서 나눠준 자료들이 있는 클라우드에 접속했다. 하지만 모든 페이지마다 "기밀 자료—배포 금지"라는 워터마크가 찍혀 있는 탓에 화면 캡처를 하지 못했다. 철저하기라도 하셔라. 그는 다시 드라이브에서 토요일반 자료들을 열고 휴대폰 사진으로 노트북 화면을 한 장 한 장 찍은 후, 그 사진들을 다시 pdf로 변환하고, 학교 이메일이 아니라 개인 이메일을 사용해 단테에게 보냈다. 막노동과 국정원, 그 사이 어디쯤의 작업.

단테는 화장실에서 문제집 대신 휴대폰을 보고 있었는지, 곧바로 고맙다는 답장과 함께 귀여운 유료 토끼 이모티콘을 보내왔다. 어제보다는 마음이 가벼워졌다. 이내 하비 역시 공부할 자료들을 들고 화장실로 향했다.

　그날 이후, 시험 전날까지 더 이상의 드라마는 없었다. 하비는 3등에 안주할 수 없었다. 심지어 밥을 먹을 때도 그는 책을 손에서 놓지 않았다. 그런 하비를 아니꼽게 생각하는 아이들은 있을지 몰라도, 누구도 그의 앞에서 비아냥거릴 수는 없었다. 손에서 책을 놓지 않는 게 효과적인 공부 방법이기보다는, 잠시라도 멈추면 생각의 회로가 끊길 것 같아서 그랬다. 심지어 인간 알파고 진희조차도 공부하다가 눈이 아프면 잠시 케이팝을 들으며 창밖을 봤는데, 하비는 이미 너덜거리는 자습서에 줄을 그으며 공부했던 부분을 또 복습했다. 교과서 한 부분을 읽으면 자동으로 입에서 바로 다음 부분이 튀어나왔다. 아주 조금이라도 현실에 안주하게 될 때면 그는 로사와, 그리고 상상하기 싫지만 반채인을 상상해 가며 스스로를 채찍질했다.

　그렇게 대망의 세 번째 시험 전날 밤. 하비는 자신의 기억이 조금이라도 휘발되기 전에 어서 시험을 보고 싶은 지경에 다다르고 말았다. 그는 완벽한 컨디션 유지를 위해 그날만큼은 변기 위가 아니라 침대 위에서 12시 정각에 잠들었다.

세 번째 학기말 시험 날. 날씨, 습도, 기압, 강당, 시험관들, 좌석표, 책상, 의자까지 모든 것은 이미지 트레이닝의 오차범위 내였다. 하비는 왼쪽 대각선 뒤에 앉은 놈이 계속 다리를 달달 떨 거라는 것조차 예상했다. 시험지가 배포되었고, 그에게 막히는 문제란 없었다. 예전의 나라면 이런 오답을 골랐겠지, 까지 생각할 정도로 여유가 있었다. 몇 문제는 교과서의 어느 부분을 참고해서 출제했는지까지 선명히 그려졌다. 오늘만큼은 만용이 아니라 유비무환. 그렇게 그는 막힘없이 20번 문제까지 전진한 다음, 조금의 떨림을 안고 30번 문제까지 마무리했다. 28번 문제를 풀지 못했지만, 그냥 리듬이 깨지는 것을 우려해 넘어갔을 뿐이었다. 모두 끝내고 나서 다시 읽으니 못 풀 문제가 아니었다. 이제 남은 건 마지막 서술형 문제뿐.

반면 로사는 답지 않게 13번 문제에 멈춰 있었다. 두 개의 빈칸에 들어갈 단어 묶음을 고르는 문제였다. 사실 이런 문제들은 보통의 로사였다면 조금 더 쉽게 소거를 할 수 있었겠지만······ 평소와 같은 컨디션이 아니었다. 그래도 그녀는 이런 것에 무너지지 않는 베테랑이다. 침착하게 심호흡을 했다. 객관식은 나중에 돌아오고, 서술형부터 공략하자······ 로사는 하비처럼 에세이 템플릿을 필요치 않았다. 남들이 템플릿으로 쓰는 게 자신의 에세이라는 자신감. 영어 실력 역시 이미 원어민을 뛰어넘는 수준이었기 때문에, 문법이나 단어를 잘못 썼는지 의심하고 검토하는 시간은 그녀에게 필요하지 않았다. 에세이 작문을 만족스럽게 마친 후 시계를 보았는데……

어? 자신의 예상보다 4분이나 더 지나 있었다. 아까 시계를 잘못 봤나? 급히 객관식 문제로 돌아갔다. 별것 아닌 4분이지만 로사의 리듬을 어긋나게 하기에 충분했다. 지금의 그녀에게는 객관식 문제를 두 번 세 번 검증하고 스스로 뿌듯해할 여유가 없었기에, 답이 생각나는 대로 마구 선택했다.

문제들을 풀다 보니 서서히 리듬을 조금씩 되찾을 수 있었다. 풀지 못했던 문제들도 다시 읽으며 이 쉬운 문제를 왜 당황해서 풀지 못했지, 하고 밀리세컨드 동안 스스로를 책망한 후 다음 문제로 재빠르게 넘어갔다. 아, 이제야, 이제야 다시 페이스를 되찾았다. 다만 시간이, 시간이 얼마나 남았지?

"시험 종료 5분 전입니다!"

로사는 그 소리에 놀라서 연필을 떨어뜨렸다. 아, 이런. 오케스트라의 수석 연주자는 활을 떨어뜨렸지만, 지휘자와 단원들은 그녀를 기다려주지 않았다. 어긋난 호흡을 급히 재정비해서 다시 오케스트라의 선율에 합류했다.

"시험 종료입니다. 손 올려주세요!"

손 올려주세요, 라는 말이 끝남과 동시에 로사는 OMR 카드에 마지막 문제의 답을 간신히 채워 넣었다. 가까스로 던진 공이 득점으로 인정되어 경기를 뒤집을 수 있을지는 초조하게 비디오 판독 결과를 기다려봐야 알 수 있는 일이었다.

그렇게 우선 끝나버린 시험. 결과를 기다리는 일주일을 사형 집행을 기다리는 죄수처럼 보낼지, 아니면 티오만 섬에서 휴가를 보내는 자유인처럼 보낼지는 온전히 그 학생의 성적에 달려 있는 것이다.

역사 시간. 역사 선생은 시험 채점을 해야 한다며 아무것도 가르치지 않고 조용히 자습을 시켰다. 자습이 싫은 건 아니지만, 그렇다고 저렇게 직무 유기하는 것이 달가운 것도 아니다. 능력도, 프로 의식도 없는 쓰레기. 선진두 선생은 역사 선생보다 일이 열 배는 많지만, 절대로 수업 시간을 침범해서 자신의 일을 하지 않는다. 하비는 갈수록 선진두만 한 선생이 없구나, 하고 생각하게 됐다.

아이들은 유튜브를 보거나, 게임을 하거나, 노래를 들었다. 하비는 노트를 부욱 한 장 뜯어서, 연필로 옆자리의 로사와 문자하듯 필담을 했다.

하비: 로사야 안뇽
로사: 신박한 커뮤니케이션 방식이네
하비: 이건 문자일까 대화일까
로사: ㅋㅋ너 필담 처음 해보지. 필담할 때는 한번에 기이일게 쓰는 거야. 나처럼.
하비: 낭만이 없잖아 그럼

로사: 아 이번에 한번에 길게 안 쓰면 안 읽을 거야 ㅡㅡㅋㅋ

하비: ㅎㅎ일요일에 데이트 할래?

하비는 그동안 말로는 너무 가깝고 문자로 하기에는 너무 멀게 느껴져서 미처 하지 못했던 말을 종이에 썼다. 로사는 피식 웃었다. 그 웃음에 그의 심장이 또 녹았다.

로사: 시험 결과 나오고서 가자고? 뭐야 너 이번 시험 자신 좀 있나 보다?

하비: 뭐, 나쁘지 않게 본 거 같애

로사: 이러다 막상 점수 안 나오면 울면서 파투 내는 거 아니지?ㅋㅋㅋ

하비: 아이 아니거든ㅋㅋ

로사: 하긴 그래 너 공부 엄청 빡세게 하더라. 뭐 밥 먹을 때도 책을 보고 그러냐?

하비: ㅋㅋ그건 나도 솔직히 조금 재수 없었던 거 인정.

로사: 이번에 설마 나도 이겨버리는 거 아냐?

하비: 아무리 그러고 싶어도 아직 너랑 진희는 넥스트 레벨이라

로사: 어나더 레벨이겠지 바보야

하비: 앗

로사: 근데 아직은 이라니. 언젠가는 나를 이기겠다는 거네. 내가 호랑이 새끼를 키웠어.

하비: ㅋㅋSunday it is

로사: Sunday it is

둘은 서로를 보며 씨익 웃었다. 그러나 로사는 내색하지는 않았지만, 이번 시험 결과 발표를 자유인이 아니라 사형수에 가까운 심정으로 기다리고 있었다. 예감이 좋지 않다. 진희를 이기는 건 어려워 보이지만, 그나마 위안이 있다면 그녀는 하버드에 지원하지 않을 것이고, 하비와의 관계도 안정적으로 유지할 수 있을 것이고, 샐리에게 다시는 휘둘릴 틈을 주지 않을 거라는 다짐으로 스스로를 다질 뿐이었다.

*

세 번째 성적이 발표되는 종례 시간. 하비는 더 이상 긴장하지 않았다. 이제는 전쟁의 승패가 싸우기 전에 결정된다는 것을 충분히 알고 있었다. 과연 자신의 이름이 불릴지, 반재익의 이름이 불릴지. 먼저 이름이 불리는 사람이 패배하는 것이다.

"4등 반재익."

예스! 하비는 속으로 쾌재를 불렀다. 그동안 힘들게 공부했던 시간들이 헛되지 않았다. 이로써 저번에 반재익을 꺾고 3등을 차지한 게 요행이 아니었다는 것을 만천하에 공표했다. 그는 자랑스럽게 로사를 바라보았다. 그녀는 이번에 자신의 이름이 1등으로 불리기는 어려울 거라는 사실에 썩 밝은 표정을 지을 수만은 없었지만, 그래도 웃어주었다.

재익은 입꼬리가 내려가다 못해 녹아서 처진 채로 뭉그적
거리며 앞으로 나가 성적표를 받았다. 선진두는 그에게 일말
의 관심도 주지 않았고, 패거리 역시 이제 재익의 이용 가치가
다했음을 알고 아무 호응도 위로도 해주지 않았다.

"3등······."

하비는 순간 자신의 이름이 안 불리면 어떡하지, 하는 상상
을 했다가 도로 집어넣었다. 절박함이 나를 배신하지 않을 거
야. 그는 일어날 준비까지 했다.

"민로사."

뭐? 하비는 일어나려다가 그 자리에서 서서, 그리고 로사는
앉은 채로 굳어버렸다. 선진두는 실망스럽다는 눈으로 로사
를 바라보았다. 그리고 그녀에게 조금의 틈도 주지 않고 2등
을 호명했다.

"2등은······ 없다!"

예?

"수진희와 구하비가 공동 1등이다. 두 명 모두 전체 시험에
서 단 한 문제씩만 틀렸다."

와, 아이들은 탄성을 질렀다. 선진두는 성적표를 주면서 말
했다.

"구하비."

"예?"

"훌륭하다."

하비는 도저히 믿을 수가 없었다. 공동이지만 1등이라니.

내가 이 수도외고에서 1등이라니! 반년 전 첫 번째 성적 발표 날이 떠올랐다. 아니, 반년은 무슨. 반백 년 전처럼 느껴지는 시간이었다. 그러나 이제 정상에 다다른 것이다. 벅차올랐고, 심장이 뛰었다. 당장 성적표를 들고 나가서 수도외고 합격 때처럼 운동장을 돌지 않으면 고혈압으로 쓰러질 것 같았다.

하지만 의기소침하게 자리에 앉아 있는 로사를 보자, 벅차오름은 금세 사라지고 마음이 착잡해졌다. 하비는 생각했다. 나는 뭘 원한 것일까? 로사였나, 승리였나? 성적 발표가 끝나고 그는 그녀에게 다가갔다.

"진짜 청출어람이 일어나 버렸네."

"로사야……."

"하비야, 네가 네 노력으로 얻어낸 건데 나 때문에 승리를 만끽 못하면 안 되잖아."

"네 도움이 없었으면 불가능했을 거야. 정말이야."

"그렇게 말해주니 고맙네."

"민로사. 잠시 면담이다. 교무실로."

"예."

로사는 선진두가 자신을 불러준 게 이렇게 고마울 수가 없었다. 더 이상 쿨한 표정을 유지할 수도, 그렇다고 실망과 상실을 드러낼 수도 없었기 때문이다.

하비의 주변에는 아이들이 몰려들었다. 진희와 샐리 이외에도, 그동안 한 번도 얘기를 나눠보지 않았던 아이들까지 새로운 정복자에게 어색한 축하의 말을 건네고 친한 척을 했다.

하비 역시 어색한 미소로 응대하고, 어색하게 승리를 만끽했다. 그런데⋯⋯ 단테는?

*

밤에 기숙사로 돌아왔을 때 룸메이트는 또 방에 없었다. 시험도 끝났을 텐데 어디 간 거지? 설마 화장실에 있나? 화장실에 들어가 확인해 보니, 가장 구석진 칸이 잠겨 있었다. 그러나 하비는 문을 두드릴 수 없었다. 밖으로 들리는 단테의 미세하게 떨리는 숨소리, 울음이 섞인 소리 때문이었다.

어떤 위로도 도움도 줄 수 없었다. 하비는 기숙사 방으로 돌아와 불을 끄고, 침대에 누워서 너무 일찍 현실이 되어버린 꿈을 곱씹었다. 온전한 환희란 존재할 수가 없구나. 달콤하고도 씁쓸했다.

11교시

선진두는 민로사를 불러 그녀의 상태를 체크했을 뿐, 별다른 조언은 하지 않았다. 뭐가 문제인지는 로사 본인이 더 잘 알고 있을 것이었다.

"민로사."

"네."

"또 되풀이할 거냐?"

다만 이렇게 물음으로써 간접적인 경고를 했을 뿐.

로사는 저녁을 거르고, 동아리방에 혼자 들어가 문을 잠갔다. 3등이라는 숫자가 새겨져 있는 성적표를 다시 들여다보다가, 눈을 감고 조용히 혼란에 잠겼다.

언제나 자신보다 위에 있는 이들은 존재했다. 그래서 필립스 엑시터에서 나온 후에도 바득바득 위로 올라갈 곳이 있었다. 그러나, 이렇게 따라잡혀 버린 것은 처음이었다. 그것도…… 하비에게. 로사도 그를 어떻게 규정해야 할지 모르는 것 같았다.

하비에게만 로사가 이상향인 것은 아니었다. 그 역시 그녀의 이상향의 매개자였다. 학기 초, 이 방에서 하비를 봤을 때 그의 눈은 방향을 잃어버린 내 눈과 똑같았다. 그래서 나는 내 부끄러운 생각들을 그에게 모두 공유했고, 그는 내게 감화되었지. 그전까지 아무도 이해해 주지 못하던 생각들을, 그가 진리로 받아들였기에 그 생각들 역시 진리가 된 것이다. 단 한 명의 사제와 단 한 명의 신도. 하지만 그 관계는 끝나버렸다. 냉정하게 바라보자.

로사는 머릿속에 삼각형을 그렸다. 수도외고에서 만나기 전—서로의 존재는 차치하고 서로의 부재조차 인지하지 못하던 시절—둘은 온전히 개별적으로 존재하던 꼭짓점이었다. 이곳에서 둘은 선으로 연결되었다. 그리고 하버드라는 꼭짓점으로 그들은 삼각형을 완성시켰다. 입시에 대한 불안이라는 교집합으로 잉태된 인연이었기에, 같은 곳을 바라보고 같이 나아간다는 사실은 서로를 안심시켰다.

그러나 그것의 기한은 길지 못했다. 갈수록 온전한 자신을 잃어간다고 생각했던 로사는 오늘에서야 그 까닭을 알았다. 하비와 자신의 관계는 더 이상 삼각형이 아니었다. 둘은 목표에 가까워지는 게 아니라, 서로에게만 너무 가까워져 버렸던 것이다. 그렇기에 로사는 더 이상 온전한 꼭짓점으로 존재할 수 없었다. 완전히 겹쳐지고 포개져 사라져 버린. 하버드에 갈 수 있는 건 오직 한 명인데, 내가 어떻게 그것을 망각하고 있었는지.

이것은 삼각형의 탓이 아니다. 그의 탓도 아니다. 이 모든 게 제 탓이라고 칠게요. 이럴 때는 어떻게 해야 하는지 알려주세요. 신이시여, 우뚝 설 힘과 지혜를 빌려주세요. 답이 없으시다면, 제가 사라지기 전에 삼각형을 완전히 부숴야겠지요.

*

"이야아, 1등!"

"으응."

샐리가 반갑게 하비의 어깨를 쳤다.

"1등한 기분이 어때애?"

"뭐 그냥 좋고, 그냥 그렇지."

"아니, 로사랑 어떠냐고. 내가 알기로 로사가 자기 남친한 테 진 건 처음인데에, 헤헤."

샐리의 미끼를 물지 않으려 그는 대답했다.

"샐리야. 그건 내가 알아서 할게."

"그래애, 물론이지. 난 그냥 로사가 조금 걱정돼서."

"진짜 걱정돼서 그런 거야? 아니면 네가 로사한테⋯⋯."

"로사한테 안 좋은 감정 있냐고? 서먹한 건 사실이야. 너도 유치원부터 같이 계속 다녀봐. 서로 더 끈끈해지는 게 아니라 더 불편해진다니까? 그래도 이번에는 로사가 진짜 조금 걱정 돼. 근데 네 말대로, 로사랑 불편한 관계인 내가 가서 위로해 줄 수도 없잖아? 이럴 때는 남자 친구가 나서서 위로해 줘야 지. 그냥 있을 거면 친구 사이랑 다를 게 뭐야?"

샐리는 '남자 친구'에 미묘하게 강조를 넣으며 하비의 몸을 살짝 떠밀었다. 하비는 샐리의 부자연스러운 호의를 최대한 한 귀로 흘리고, 아무렇지 않은 척 노트를 펴서 읽었다. 수학 시간인데 역사 노트를 꺼내놓은 것도 모른 채.

네 명은 오랜만에 동아리방에서 다시 모였다. 여전히 각자의 필통에는 HARBIRD 연필을 소중하게 간직하고 있었지만, 오늘 이곳은 저마다의 고민에 휩싸여 제각기 공부만 하는 평범한 도서관과 다를 바 없었다.

"으아."

단테의 스트레스가 임계점에 달한 것 같았다.

"하, 진짜 하나도 모르겠다."

그러나 단테의 탄식에 반응해 주는 사람은 없었다. 진희는 케이팝을 크게 듣고 있었고, 로사는 다른 생각에 빠져 있었다. 하비는 뭐라고 답해줘야 할지 몰랐다.

"……아무도 말이 없구나."

"아, 그게."

"아니야, 미안…… 그냥 한 소리야, 하하…… 있잖아, 나 오늘은 먼저 갈게."

"어, 응…… 방에서 봐."

단테가 나가자 진희도 슬슬 짐을 챙겼다. 하비는 로사를 불렀다.

"로사야."

"……"

"로사야."

"어, 못 들었다. 미안."

"무슨 일 있으면 언제든지 편하게 말해줘. 어떤 얘기든,

응……?"

"아니, 아니야."

로사는 과하게 웃음을 지어보이며 부정했다. 만약 하비가
나였다면 농담조로 '너한테 져서 그래'라고 말하며 웃어넘
길 수 있을까? 나는 왜 그 간단한 말을 그냥 쿨하게 하지 못할
까? 그냥 자존심 문제인가? 이 간단한 말 한마디가, 우리 관계
의 터부였구나.

"그…… 로사야. 일요일 날 데이트는 나중에 가자. 지금은
시기가 좀…….'

"어? 아냐, 아냐. 일요일 날 가자."

"진짜?"

"응, 물론이지."

그냥 나중에 가자는 그의 말에 고개만 끄덕였어야 했다. 로
사는 자신이 괜찮다는 것을 어필하는 것에 집중한 나머지, 타
이밍을 놓쳐버렸다.

12교시

데이트를 하기로 한 일요일 저녁. 로사가 지독하게 아프기 시작했던 날과 비슷하게 비바람이 몰아쳤다.

로사는 데이트를 위해 입을 옷을 고르면서도 도대체 자신이 이 판국에 뭘 하고 있는 건지, 라는 의문이 끊임없이 들었다. 그녀에게 1등 이외의 등수는 아무 의미가 없었다. 하버드에 지원할 수 있는 티켓은 오직 한 장. 그리고 그 티켓 순위에서 처음으로 밀려났다. 이 용납할 수 없는 이 상황 속에서 문제집이라도 한 페이지 더 풀지 않고, 자신을 앞지른 그 주인공과 데이트를 하러 가기 위해 입을 옷을 고르고 있는 것이다.

그래서, 오늘 데이트를 마무리하며 로사는 그들의 방 안에 있는 코끼리*를 죽이기로 마음먹었다. 오늘만큼은 정리해야 한다. 그것이 그에게도 예의다.

하비야, 네가 나를 추종하고 사랑해 줄수록, 너는 그 이상향에 가까워지지만 나는 추락하고 멀어져. 너는 내 절박함을 무뎌지게 해. 인정할게. 나 역시 그 찰스강의 달콤함에 취해서, 그 순간들을 사랑했어. 하지만 하비야, 내가 너에게 더 이상 우상이 되지 못하면 우리 관계는 끝나는 거였잖아. 그러니 어쩔 수 없어. 나는 지금 뭘 해야 할지 모르겠지만, 뭘 그만둬야

---

* the elephant in the room. 분명히 존재하지만, 모두가 이야기하기 꺼리는 '불편한 진실'.

할지는 알겠어. 로사는 검은 원피스를 입고 거울에 비추어보며 되뇌었다.

띠리링.

이번에는 잘못 들은 것이 아니었다. 로사는 당황스러웠다. 왜 이렇게 빨리 돌아오셨지? 아직 5시도 안 된 시간이었다.

로사의 아버지는 딸을 보며 차가운 목소리로 물었다.

"3등?"

로사는 처음으로 부모님에게 자신의 성적을 숨겼다. 물론 일주일 동안만. 어차피 성적표에 사인을 받으려면 일주일 후에는 알려드려야 했다. 다만 오늘은 하비와의 일을 먼저 매듭지으려고 했다.

"어떻게……."

"샐리네랑 식사했다. 그때 그 새로 온 애한테 졌다고."

하, 역시 퀸샐리. 정말 고맙다.

"어디 가는 거니?"

그의 말 앞에는 '성적을 이따위로 받아놓고'가 생략되어 있었다.

"약속이 있어요."

"그럼 질문을 바꾸지. 누굴 만나러 가니? 설마, 널 이긴 놈한테 가는 거니?"

"……그렇지만 오늘 다 매듭지을 거예요."

"헛소리."

엄하다기보단 감정적인 목소리였다. 로사의 아버지는 다가와서 딸의 볼을 어루만지며 말했다.

"로사야, 우리 딸. 너는 프린세스가 아니라 퀸이어야 하는데. 체스 판 어디든 자유롭게 갈 수 있는, 가장 강력한 퀸 말이야."

"……아빠."

"그런데 지금 네 꼴을 보렴. 너를 이긴 놈한테 쪼르르 달려 나가는 꼴을. 엑시터 자퇴할 때의 한은 다 잊어버린 거니, 우리 딸? 스스로를 몰아치면서 담금질을 해도 모자랄 판에……."

"그만 안 해?!"

로사 어머니가 아버지의 말을 끊으며 소리쳤다. 어머니의 몰골 역시 말이 아니었다.

"로사야, 네 한심한 아빠를 이해해 주렴. 그 무식하고 천한 권가 것들에게 나까지 고개 숙이게 하더니 결국에는 계약도 따내지 못한 걸 봐, 하하. 대학도 못 나온 양아치 졸부 놈 구둣발을 개처럼 핥아도……."

"닥치지 못해?"

"뭘 잘했다고 나한테 명령이야!"

부모님의 고함을 듣자 로사는 숨이 가빠왔다.

"로사야. 알지? 엄마나 아빠를 위해서 1등을 하라는 게 아냐. 널 위해서야. 엄마를 보면 모르겠니? 대학 졸업식 가운을 입고 세상으로 나왔을 때, 엄마는 모든 걸 할 수 있었어. 그렇지만 일을 그만두고 웨딩드레스를 입은 순간 내가 결정하고 컨트롤할 수 있는 것은 아무것도 없었단다. 그렇지 않았겠니?"

"아니에요, 엄마……."

"우리 딸. 엄마는 이미 기회를 날려버렸어. 우리 똑똑한 딸. 꼭 성공해야 해. 단 한 번도 긴장을 놓지 마. 너 자신 빼고는 모두 적이야. 나한텐 너도 마찬가지야. 나가고 싶으면 나갔다 와도 좋아. 우리 로사는 똑똑하니까, 큰 목표를 잊지 않을 거야. 그렇지?"

엄마는 웃으면서 울고 있었다. 로사는 무섭고 슬펐다. 뒷걸음질 치며 옷을 제대로 다 갖춰입지도 못하고 가방도 다 챙기지 못한 채, 휴대폰만 들고 슬리퍼를 신은 상태로 집에서 도망쳤다. 엘리베이터를 타기 직전까지도 부모님이 싸우는 소리가 복도에까지 울려 퍼졌다. 그녀는 그 소리로부터 필사적으로 도망쳤다. 편의점에 도착할 때까지도 손이 떨렸다. 차라리 공부를 강요하는 부모님과 공부를 싫어하는 아이 간의 1차원적인 갈등이었다면. 그녀는 부모의, 특히 엄마의 애환을 깊이 증오하면서도 지독히도 사랑했다. 그래서 손의 떨림이 멈추지 않았다.

로사는 한 시간 내내 멍하게 편의점 안의 플라스틱 테이블에 앉아 있었다. 얼핏 창문 밖으로 단지를 산책하는 반재익을 본 것 같았지만, 그런 것에 신경 쓸 여력이 없었다. 로사에게서 느껴지는 절망의 아우라 때문에 편의점 알바생은 계속 머뭇거리면서 카운터로 돌아갔다가, 다시 용기를 내어 로사에게 다가와 정중히 얘기했다.

"저…… 죄송한데 여기 그냥 앉아 계시면 안 됩니다."

그녀는 눈물을 닦고, 가장 가까이에 보이는 바나나우유를 하나 계산했다. 당이 들어가니 손이 떨리는 게 조금은 진정되었다. 이렇게 모든 것이 엉망이었다니. 시간을 보려고 휴대폰 화면을 켜보니, 하비로부터 부재중 전화와 걱정하는 문자가 여러 통 도착해 있었다. 그러나 지금 로사는 어떤 답도 할 수 없었다. 그대로 삼십 분을 더 앉아 있다가, 그녀는 결국 문자 하나를 보낼 수밖에 없었다.

로사: 미안…… 못 가겠어.

문자를 받은 하비는 한숨을 푹 쉬었다. 그는 일주일 전에 예약한 식당에서 로사를 한 시간 넘게 기다리는 중이었다. 직원에게 양해를 구하고, 짐을 챙겨 머쓱해진 채로 식당에서 나왔다. 아까 들어올 때보다 비가 훨씬 세게 쏟아지고 있었다. 하비는 로사에게 다시 전화를 걸려다 취소 버튼을 눌렀다. 지금 그녀에게 전화를 걸면 날것의 감정을 그대로 쏟아낼 것 같았다. 우선 감정을 갈무리한 뒤, 짤막하게 문자를 보냈다.

하비: 괜찮아.

세 번째 성적이 발표된 후, 로사의 모습은 분명 로사답지 않왔다. 그러나 그는 그녀를 이해하려고 했다. 서로 지금까지 입 밖으로 내지 않은 게 있잖아. 우리 중에 오직 한 명만 원하는 걸 얻을 수 있다는 거. 근데 그걸 마주해야 하는 시간이 생각 보다 너무 일찍 와버린 것이다. 여기까지 나를 이끌어준 것은 그녀다. 그는 자신의 야망을 누구에게도 양보할 생각이 없었 지만, 로사라면 달랐다. 또 그는 누구보다 그녀에게 인정받고 싶었지만, 동시에 그녀가 강인함을 유지하기 위해서 일시적으 로 자신을 멀리한다면 받아들일 각오가 있었다. 로사와 하버 드, 두 가지는 상호배타적이지 않다. 그는 그렇게 믿어야 했다.

첨벙. 하비는 생각에 빠져서 길을 걷다가 크게 고여 있는 물웅덩이를 있는 힘껏 밟아버렸다. 데이트를 위해서 성심성 의껏 고른 바지에 오물과 뒤섞인 빗물이 튀었고, 새 신발에는 물이 스며들어 양말까지 젖어버렸다.

"아, 진짜!"

그는 그동안 쌓였던 온갖 짜증과 번뇌와 서운함을, 말하지 못하는 물웅덩이에 발산했다. 번화가 한가운데에서 정신 나 간 사람처럼 소리를 쳐대니 사람들은 그를 슬슬 피해서 지나 갔다. 빗소리만 제외하고 주변이 고요해졌다. 그리고 이내 하 비는 발견했다. 자신의 발아래 마찬가지로 고요해진 물웅덩 이를. 그곳에 자신의 일그러진 모습이 온전하게 반사되어 있 었다. 이렇게 비가 세차게 쏟아지는데, 자신의 우산 아래 있는 물웅덩이만큼은 파동 하나 없이 유리처럼 매끈하고 고요했 다. 마치 그때 그 저녁의 찰스강처럼 말이다.

그곳에 그대로 서서 물웅덩이에 우산을 씌워주고, 한시간 동안 반사된 자신을 응시했다. 그제야 자신이 그녀에게 어떤 역할을 해야 할 때인지 결정했다. 하비는 휴대폰을 열어 로사에게 문자 하나를 더 보냈다.

하비: 로사야. 우리 보고 만나서 말하자. 말해줘, 뭐든지. 오늘 아니어도…….

그래. 사람은 누구나 약해질 때가 있다. 로사는 단지 우상으로서 내게 꿈을 보여주기만 한 것이 아니다. 동아리방에서 처음 그녀를 만났을 때 나는 한없이 약했고, 그 비바람을 로사가 막아줬기에 견뎌낼 수 있었다. 그런데 상황이 반대가 되었는데, 나는 아직 아무것도 해주지 못했다. 나는 로사라는 우상을 잃는 게 두려운 건가, 아니면 사람을 잃는 게 두려운 건가? 당연히 후자였다. 데일리 에세이 수업 때 그녀의 뒷모습을 보며 느끼지 않았나? 로사는 샐리를 멀리하라고 했지만, 이번만큼은 샐리의 말이 맞는 것 같았다. 이럴 때 로사를 북돋아 주고 위로해 주는 게 나의 역할이다. 우리가 서로의 관계를 어떻게 규정하든 지금은 서로의 우산이 되어야 해. 그리고 나서 어떻게든 방법을 찾아낼 거야. 2022년, 하버드에서의 졸업식이 끝나고 우린 그 고요한 찰스강에 다시 가서, 이번에는 졸업 가운을 입은 우리의 반사된 모습을 보면서 다시 입을 맞출 거니까. 그것을 위해서라면 뭐든지 할 수 있었다. 시간이 갈수록 하늘에 구멍이 뚫린 듯 비는 더욱 세게 내렸다. 그러나 그는 답장을 기다리며 또 한 시간 동안 그 자리에 굳건히 서 있었다.

비를 내리시기는 했지만, 하늘도 하비의 마음을 안 것일까?

띠링. 톡이 하나 도착했다. 하비는 서둘러 휴대폰을 열었다. 그러나 발신자는 민로사가 아니라 반재익이었다. 톡에는 아무 말 없이 사진 한 장이 첨부되어 있었다.

*

로사는 세 시간째 편의점 테이블에서, 세차게 떨어지는 모든 빗방울들을 자신의 눈물이자 거울로 비추어 보며 관찰하고 있었다. 편의점 문이 열리고 닫히는 소리, 성실한 아르바이트생의 "어서오세요" 하는 소리는 빗소리처럼 일정했다.

"어서오세요."

"로사야."

어? 로사는 따뜻한 목소리에 황급히 뒤를 돌아보았다. 하비인가?

"아, 오빠……."

하비가 아니라 반채인이었다. 다행이었다. 하비에게 지금 자신의 이 꼴은 죽어도 보이고 싶지 않았다. 그리고 또 다른 이유가 있었다. 그날, 동아리방에서 하비가 부모님에게 자퇴하고 싶다고 얘기하는 것을 엿들었을 때, 로사는 보았다, 그들이 하나의 온전한 가족으로서 서로를 사랑하고, 서로를 위하면서 해결책과 타협점을 찾아가는 과정을. 한 달만 더 버텨보는 게 어떻겠냐고, 한 달만 더 버텨보겠다고. 서로를 걱정하면서 전화를 끊는 가족애. 그렇기에 그는 이 문제에 있어서는 절대로 자신을 이해해 줄 수 없을 것이다. 오히려, 영원히 아버지에게 인정받지 못하고 방황하는 이 사람. 누구보다 준비되어 있었지만 문도형 선배에게 잡아먹혀 버린 이 사람은 나를 조금 더 잘 이해해 줄 수 있지 않을까?

"로사야, 괜찮아? 아까 밖에 산책하다가…… 널 잠깐 봤는데 안색이 너무 안 좋아 보여서. 아직도 여기 있었네."

"네에…… 괜찮아요. 아니…… 모르겠어요. 오빠, 잠깐만…… 시간 있어요?"

반채인은 묵묵히 초콜릿을 하나 계산해서 로사에게 건넸다. 지칠 대로 지친 로사는 더욱 무장해제되었다.

"오빠, 조금 조심스러운 질문일 수도 있는데……."

"아니야, 로사야. 그런 거 걱정하지 말고, 네가 편한 대로 해."

"오빠나 저나, 결국 부모님에 의한 작용인지 반작용인지 모를…… 그것 때문에 목표를 추구하는 걸까요?"

"흠. 그럴 수도."

"저는 제가 독립적이고 자유로운 존재라고 생각했는데. 물론 하비는 그렇게 절 생각하는 것 같지만, 실상은 하비가 훨씬 더 자유롭게, 더 제대로 목표를 향해 가고 있어요."

"그때 토요일반에 새로 온 그 친구 말이지? 둘이 가까울진 몰라도 서로를 다 아는 건 아니니까, 너무 그렇게만 생각할 건 없어. 우린 '긴 존재'잖아."

"긴 존재요?"

"너, 구하비라는 애가 널 이해해 주는 것 같아? 걔는 널 동경하는 것뿐이야. 내 동생이 나를 보는 것처럼. 걔는 일시적으로 너한테 자극이 될 수는 있어도, 널 절대 깊숙이 이해하지 못해. 왜 그런지 알아?"

"왜요……?"

"우리가 부응해야 하는 기대의 무게를 짊어져 본 적이 없으니까. 그러니까 자유로워 보이는 착시현상이 일어난 것뿐이야. 그런데 선진두나 아버지는 처음부터 가장 위를 지켰던 우리의 고생은 싹 무시하고, 밑에서부터 치고 올라오는 슈퍼 루키들만 편애하지.

"……그러면 오빠는 문도형 선배를 볼 때 어떤 기분이었어요? 그 선배는 정말 새처럼 자유롭……."

채인은 웃는 입에 웃고 있지 않은 눈으로 로사를 바라보았다. 그녀는 방금 전까지 인자하던 오빠의 눈이 독사처럼 변해버린 것을 보고, 두려움에 말을 끝맺지 못했다.

"걔는 문도형이 아니야. 거기다가, 나나 문도형이나 다 졸업했고, 이제는 과거의 사람이잖아."

"……그건 그렇네요. 죄송해요, 오빠."

"아냐, 죄송하긴. 그런 뜻으로 말한 게 아니야. 그보다, 나는 처음부터 수도외고에 조교로 들어갔을 때부터 네가 걱정이었어."

"왜요……?"

"네가 신경 쓰이니까."

"하하…… 저 중학생 때, 그것도 완전 중1 꼬맹이 때 감성으로만 잠시 좋아했을 뿐인 거, 오빠도 알잖아요. 오늘은 고마워요. 그렇지만……."

그런데, 반채인은 갑자기 로사의 차가운 손을 꽉 잡더니 이내 손목과 팔목까지 불쾌하게 어루만졌다. 그녀는 놀라 일어서며 독사의 혀 같은 손을 뿌리쳤다.

"오빠, 왜 이러세요?"

"아아, 미안. 네 이야기에 너무 몰입하다 보니……."

"이거…… 이거 놔요. 놔요! 다시는 이러지 마세요."

로사는 자리를 박차고 벌떡 일어나 편의점 반대편을 향해 달렸다. 떠나 달리고 싶다. 모든 것으로부터.

*

"잘 찍혔냐?"

"어어, 형. 봐봐."

반재익은 자신의 형이 민로사의 손을 잡으며 고민 상담을 해주는 척하는 동안 그 장면을 적나라하게 사진으로 담았다.

"쯧, 뭔가 좀 아쉽긴 하네. 구하비 걔는 네가 보낸 톡은 읽은 거고?"

"응, 1이 바로 사라지던데? 답장은 당연히 없고. 병신, 큭큭."

"갑자기 뭘 도와달라는 건가 했는데, 웬일로 네가 쓸모 있는 짓을 다 하는구나. 주제도 모르고 깝치는 그놈도 흔들어놓고."

"형이 원하던 것이기도 했지. 문도형 선배 닮은 애 망가뜨리고 싶……."

문도형이라는 이름에, 그는 갑자기 왼손으로는 동생의 입술을 터뜨릴 듯 쥐고, 오른손으로는 죽일 듯이 동생의 목을 졸랐다.

"이런 씨발! 도대체 졸업한 지 몇 달이 지났는데, 여기서도 문도형, 저기서도 문도형! 결국 문도형 새끼는 도망쳤잖아! 마지막에는 내가 결국 이긴 거야. 알겠어? 네 입에서 그 새끼 이름 한 번만 더 나오면 입을 찢어버릴 테니까 명심해."

반재익은 두려움에 떨면서 급히 끄덕끄덕했고, 형은 그제야 동생을 풀어줬다. 재익은 콜록거리며 눈물을 닦았고, 반채인의 독사같이 섬뜩한 눈빛은 풀리고 입은 다시 금새 웃었다.

"너한테 이런 탁월한 이간질 능력이 있다는 걸, 아버지도 아셔야 할 텐데. 그치?"

"……우선 Top3까지는 복귀해야 돼. 형, 구하비 그 새끼 멘털은 이제 완전히 망가졌겠지?"

"구하비만 신경 쓰지 말고, 민로사 개도 똑바로 견제해. 네 능력으로는 무리일지 몰라도, 더 끌어내리라고. 어디서 건방진 애새끼 둘이서 하버드를 가니 어쩌니 감히 나대고 있어…… 문도형 그 새끼랑 나도 못한 일을."

"알았어, 형……."

반채인은 꼬맹이들 연애에는 정말로 관심이 없었다. 다만 그 꼬맹이들이 감히 하버드에 도전하겠다면 망가뜨려 주겠다는 일념뿐. 채인은 동생이 대학을 잘 가는 것에도 물론 일체 관심이 없었다. 오직 자신과, 그리고 죽일 정도로 밉지만, 문도형의 아성에 도전하지 않아야 했다. 이 섬뜩한 집착에 반재익은 그저 형에게 복종할 수밖에 없었다.

"그래, 보자…… 9월이면 이제 곧 코리아 에세이 컴피티션이 있겠네. 나 1학년 때도 그랬으니까. 그렇지만 명심해. 대회 정도는 몰라도, 아버지도 그렇고 나도 그렇고 굳이 선을 넘으면서까지 널 도와주지는 않아."

재익은 고개를 끄덕였다.

13교시

　비가 그치지 않을 것만 같던 그날 이후로는, 비극적으로 화창한 나날이 계속되었다.

　그날 반재익의 비열한 이간질에 정통으로 충격을 받은 하비는, 집에 비를 흠뻑 맞고 돌아가 잠을 이루지 못했다. 결국 로사가 의지하는 건 내가 아니라 반채인 선배구나. 1등을 해서 로사와 멀어지게 되었는데, 또 열패감은 들고. 기숙사에 돌아가서도 하비는 여러 가지 이유로 불면증에 시달렸다. 그날의 트라우마에서 빠져나오지 못하는 것이 가장 큰 이유였지만, 다른 주위 환경들도 도움이 되지 않았다. 잡생각에 잠을 이루지 못하고 뒤척이다 3~4시 사이에 잠이 들면, 5~6시 정도에 화장실에서 공부를 하고 온 단테가 방으로 돌아오는 소리에 깨버렸다.

　아, 진짜! 단테야!

　뭐라고 한마디 하고 싶었지만, 자신 역시 화장실에서 매일 밤을 새우면서 공부했던 시기를 기억하기에 그를 책망할 수도 없었다. 지금까지 기숙사 룸메이트 배정이 랜덤이라고만 생각했는데, 다시 보니 수도외고에서 가장 위태로운 두 남자를 한방에, 그것도 가장 높은 층에 같이 가둬둔 것이었다.

　물론 로사도 위태로운 건 마찬가지였다. 그날 비를 흠뻑 맞고 돌아간 것도 마찬가지, 불면증에 시달린 것도 마찬가지. 마찬가지인 둘은 학교에서 어색하게 마주쳤다.

"하비야…… 미안. 못 가서. 일요일에……."

하비는 로사를 슬픔 반, 원망 반인 눈으로 바라보기만 하다가 말했다.

"그건 괜찮은데…… 그건 괜찮았는데. 반채인 선배가 필요했던 거야?"

"뭐? 아냐, 아냐! 근데 그걸 네가 어떻게…… 아냐! 나 혼자 편의점에 있었는데 그 사람이 갑자기 와서. 그리고 갔…… 그냥 끝이야, 거기서."

"아니, 그래…… 널 심문하는 것도 아니고, 그냥 물어본 거였어. 컨디션은 좀 괜찮은거지?

"응……."

"알겠어……."

해명을 듣기엔 너무 지친 하비. 해명하기엔 너무 지친 로사. 일요일의 기억은 비가 쏟아져서 쓸려 내려가기를 기다리는 수밖에. 그전까지 둘은, 굳이 말을 꺼내지 않았지만 각자의 꼭짓점으로 돌아가 있기로 했다. HARBIRD 스터디그룹은 어디서도 열리지 않았고, 동아리방은 그렇게 누구 하나 방문하지 않은 채 며칠간 텅 비어 있었다.

선진두의 호출. 하비는 힘없이 교무실 문을 열었다. 다행인지, 수도외고와 선진두는 지친 그에게 쉴 틈을 주지 않았다. 네 번째 시험과 동시에 찾아온 '코리아 에세이 컴피티션

(Korea Essay Competition)'. 오랜만에 찾아온 외부 대회였다. 데일리 에세이를 쓰듯, 철학적인 주제로 24시간 내에 스무 장 내외의 에세이를 써내는 대회라고 한다. 그러나 하비는 선진두의 설명에 쉽게 집중하지 못했다.

"구하비."

"예…… 아, 죄송합니다. 에세이 컴피티션이요……."

"1등을 거머쥐었으면 조금 더 행복해 보일 줄 알았는데 말야."

"……요새 잠을 계속 설쳤습니다."

"왜?"

"단테랑 수면 사이클이 조금 안 맞는 것도 있고……."

그러나 선진두는 되도 않는 핑계라는 듯 피식 웃었다.

"훗, 민로사랑도 잘 안 풀려서?"

"예? 그걸 선생님이 어떻게……."

"사람은 공부해야 하는 기계지만, 애석하게도 모두가 공부하는 기계인 건 아니야. 너희들이 교실 밖에서 내 눈에 보이지 않을 때도, 어떤 게 너희들 공부에 영향을 끼치는지 모두 다 알아야 하는 게 내 일이지."

하비는 적잖게 놀랐다. 전혀 몰랐다, 선진두가 자신과 로사가 어떤 사이인지 알고 있을 줄은. 아니, 정확하게는 조금의 관심이라도 두는 줄은. 문득 궁금했다. 그렇다면, 이 사람이라면 로사와의 관계에 대한 해법도 알고 있을까? 그는 조심스럽게 그녀에 대한 현재 자신의 감정을 두서없이 털어놓았다. 얘기를

273

하면서도, 이런 주제로 선진두와 그의 교무실에 앉아 대화를 한다는 게 믿기지는 않았다. 하지만 선생은 의외로 제자의 이야기를 경청해 주었다.

"구하비."

"예, 예."

"나는 입시 전문가지 연애 전문가는 아냐. 나는 아무 답을 줄 수 없다."

"예…… 죄송합니다."

그래, 내가 정신이 어지간히 나갔지…… 무슨 정신으로 선진두 앞에서 이런 연애 상담을 한 거지. 하비는 부끄러움에 얼굴이 확 붉어졌다.

"하지만, 애인이 아니라 우상으로서의 로사에 대한 마음은 어떻게 정리해야 하는지 알고 있다."

"예?"

"내가 입학식 때 보여준 강당 위층의 소강당, 기억하나?"

"아, 네. 명예의 전당."

"그 옆에 쓰인 이름은 기억하고 있나?"

"……아뇨."

"그게 당연한 거지. '박노라 명예의 전당'. 이제 이 학교에서 '박노라' 세 글자를 기억하고 있는 사람도 나뿐이다."

"어떤 분이신데요?"

"수도외고 재학생 시절 내 담임선생님이셨고, 선배 교사셨고, 첫사랑이었지."

구하비는 또 놀랐다. 선진두가 첫사랑이라는 단어를 쓰다니. 아니, 알고 있다니.

"지금의 수도외고를 있게 한 분이기도 하다. 배은망덕한 이 제자가 등 뒤에 칼을 꽂고 수도외고의 전권을 강탈해 가기 전까지 말이야."

선진두의 얼굴에 고통과 슬픔이 처음으로 스쳐갔다. 그러나 하비는 그가 자신의 깊은 사연을 학생에게 말하지 않을 거라는 것을 알았기에 더는 묻지 않았다.

"이것만은 말해주마. 네가 마음에 담았고 너를 이끌어줬던 우상을 언젠가 네 손으로 파괴하지 못하면, 절대 앞으로 나아가지 못하고 어떤 것도 이룰 수 없을 거다."

"하지만……."

"지금은 잘 이해도 안 가고 상상도 안 되겠지. 하지만 진정으로 뭔가를 이루려는 사람은 그래야 한다. 언젠가 너는 이 학교도, 나도 완전히 파괴하고 지워나가게 될 거다. 시시콜콜한 내 사연은 그때가 되면 말해주마. 다만 그때가 되면 너는 궁금해하지도 않겠지만 말이야."

선진두는 하비를 정면으로 응시하면서 단호하게 말했다.

"구하비."

"……예."

"네 선생으로서, 내가 해줄 수 있는 최선의 조언은 이것뿐이다."

"……."

"연인으로서의 민로사는 추억으로 남기고, 우상으로서의 민로사는 파괴해라."

이 명료한 정리는 하비의 앞에 서려 있던 자욱한 안개를 걷어내 주었다. 그럼에도, 하비는 선진두의 말을 마냥 기쁘게 들을 수만은 없었다. 다시 한번 청원해 봐야만 했다. 이 모든 것의 근원 중 하나인, 온리 원 하버드 룰에 대해.

"선생님. 만약에 로사와 제가 같이……."

"그럴 일은 절대로 없다. 말했듯, 이 수도외고에서 하버드에 지원할 수 있는 건 오직 한 명이다. 그건 절대적인 룰이야. 공동 1등, 공동 지원. 그딴 건 절대로 없다. 이건 내가 원해서 정한 룰이 아니야. 지난 수년간의 실패를 답습하지 않기 위한 최후의 장치야. 그리고 민로사가 너에게 한 번 더 1등의 자리를 헌납할 거라고 착각하지 마. 민로사는 이기려고 작정해도 이길 수 없는 완벽에 가까운 학생인데, 전혀 필요 없는 고민을 하는군."

"예……."

선진두는 작은 한숨을 쉬고 일어나 하비의 어깨를 잡고 말했다.

"아니, 진짜로 깨닫고 대답해라, 구하비. 매일 밤 학교에 남아 있는 날 볼 때마다 학생들, 심지어 동료 교사들도 '선진두는 일만 하다가 죽을 거다' '인생에서 한번 즐거움을 느끼지도 못하고 죽을 거다' 하며 비웃는다는 것 다 안다."

"아…… 그건."

"하지만 그 사람들은 모르고 오직 나만 아는 즐거움이 있다.

나라고 이렇게 매일 밤을 고독하게 교무실에서 보내는 게 즐거운 것만은 아니야. 조금의 즐거움도 없다면 인간은 미쳐 돌아버리지. 하루 일과가 끝나고 내가 가장 환희를 느낄 때가 언제인지 아나?"

구하비는 말없이 선진두의 눈을 응시했다.

"깜깜한 밤. 모두가 이 수도외고를 떠나고 이 큰 건물이 온통 고요해질 때, 그때 옥상에 올라가서 나는 밑을 내려다보는 게 아니라 하늘을 본다. 그러면 내 눈에 보이는 것들은 사람들도, 사람들이 만든 것들도 아니다. 그렇게 가장 완전하고 완벽한 고독을 느끼는 거야."

선진두는 하비의 어깨를 더 강하게 잡으며 말했다.

"스스로 깨달아라. 절박함, 고독함, 위대함. 이 세 가지는 완전히 같은 본질이라는 것을. 절박함이 위대함을 피워내고, 그건 고독한 사람만이 해낼 수 있어. 옥상에 가서, 아래를 바라보며 안주하지 말고 하늘을 올려다봐라."

하비는 수도외고에 와서 가장 오래, 가장 뚜렷하게 선진두의 눈동자를 바라봤다. 그리고 아무 말도 하지 않고, 분명하게 고개를 끄덕인 뒤 그의 교무실을 나섰다.

*

"하비야."

로사가 선진두의 교무실 앞에서 하비를 기다리고 있었다.

예상치 못한 로사의 등장에 하비는 잠시 움찔했다.

"……무슨 일이야."

"우리 얘기 좀 하자. 저번에 우리 둘 다 너무 지쳐서…… 제대로 얘기를 안 하고 넘어간 것 같아."

하비는 로사를 노려봤다. 로사는 죄책감에 힘없이 서 있었다. 그것이 화가 났다. 누구보다 당당한 네가 왜? 기껏 선진두로 인해 복구한 자신의 자존심이 훼손되는 것 같았다.

"난 얘기할 거 없어. 에세이 컴피티션 때문에 선진두 선생님 만나러 온 거면, 들어가."

"하비야."

"로사야, 너 한가해? 컴피티션은? 네 번째 시험은?"

그는 로사의 자존심을 건드려 봤지만, 그녀는 꿋꿋이 말했다.

"이걸 해결하지 않고 가면 안 될 것 같아. 오랜만에 우리 같이 동아리방 가서…… 얘기 좀 하자."

하비는 로사와 함께 마지못해 동아리방에 들어갔다. 이곳에서 같이 보낸 시간이 너무나 무색했다. 그간의 즐거움과 화목함이 이 방 곳곳에 남아 숨 쉬고 있을 텐데, 며칠 안 들어왔다고 어떻게 벌써 이렇게 황량해져 있는 건지.

정적이 10분 정도 흘렀을까, 그녀는 심호흡을 크게 하고 말을 꺼냈다.

"그래. 우선, 하비야. 그날 약속에 나가지 못해서 미안해."

"지금 그게 미안해서 날 부른 거야?"

"그리고 반채인 선배랑은, 다시 말하지만 아무 일도 없었어.

너도 알잖아, 그건."

"그래…… 그 좆같은 반씨 새끼들이 장난친 거지. 그렇지만 그건 지엽적인 문제잖아."

"그래, 맞아. 내가 말하고 싶은 건…… 나는 삼각형이라고 생각했던 우리 관계가 무너지는 것 같았어. 같이 하버드를 바라보는 우리 둘이서 양 꼭짓점에 서 있다가…… 나는 너에게 삼켜져 버리는 것 같았어. 사실 지금도 이 삼각형을 어떻게 정리해야 할지 모르겠어. 그리고, 내가……."

"그만."

하비는 마침내 입을 열고 차갑게 로사의 말을 끊었다.

"로사야."

"응."

"미안, 더 못 들어주겠어. 네가 마치 나한테 잘못한 게 있어서 해명하려는 듯한 이 상황, 이게 다 뭐야? 하하……."

실소. 그리고 하비는 로사를 지긋이 바라보았다.

"우리가 지금 대화하는 걸 봐."

"……."

"한심하지 않니? 이곳에서 처음 얘기할 때, 나는 그냥 자퇴하고 아무것도 아닌 실패자가 될 수순이었어. 하버드? 아무 이름 없는 대학이나 지원서를 낼 수나 있으면 다행이었겠지."

"아니야……."

"그런데 네가 길을 보여줬잖아. 시스템에서 벗어날 수는 없지만 가장 높이 올라가서 자유로워질 수는 있다고. 하, 다시 생각해 봐도 그 말은 내 가슴을 끓게 해. 네가 그런 말을 했던 건 기억이 나? 이곳에서?"

"하비야……."

"솔직히 난 불안했어. 겨우 내가 너를 한 번 이겼다고, 그렇게 휘청거리는 게 말이 되나? 이 로사는 내가 알던 그 로사가 맞기는 한 건가? 그동안 내가 동경하던 로사가 아니면 어떡하지? 그거 알아, 로사야?"

"뭘?"

"나는 너한테 너무나 큰 빚을 졌어. 언젠가 꼭 갚아야 될 빚. 너는 나한테 새로운 세계를 보여줬으니까. 하지만, 그 빚을 너한테 하버드 한 자리를 양보함으로써 갚을 생각은 추호도 없었어. 그건 모욕이니까. 이 동아리방에 있었던 그때의 로사라면, 나한테 한 번 진 것 가지고 그렇게 흔들리지 않았을 거야…… 결국에 너는 나아가고 이겼을 거야. 그래서 난 방금까지 기대했어. 네가 조금 생산적인 주제로 대화를 시작하리라고. 근데, '약속에 나가지 못해서 미안해'라고? 기가 막히지도 않네. 로사야. 이제는 분명히 말할 수 있겠다. 나는……."

숨이 거칠어진 탓에, 하비는 문장을 마무리하지 못했다. 그는 이내 몇 초 동안 숨을 내쉰 후, 최대한 냉정하게 문장을 완성했다.

"……나는 언제나 너를 동경할 거야. 그렇지만 이제 우리가 애써 외면하고 있던 사실을 마주하자. 어차피 하버드는 한 명밖에 못 가잖아? 그러니까 다음에도, 그다음에도, 또 그다음에도…… 난 그냥 너를 이기는 것만 생각할 거야. 너도 그렇게 해줘."

하비는 이 말을 마지막으로 동아리방을 나갔다. 문밖에는 진희가 서 있었다.

"뭐야, 다 들은 거야?"

"안 들었어……."

"……그래. 나 먼저 갈게."

진희는 방에 들어가서 텅 빈 한숨을 내쉬고 있는 로사를 위로했다.

"로사야."

"괜찮아…… 후우."

"로사야, 난 연애는 전혀 모르지만, 하비가 마지막에 한 말은 높은 확률로 거짓말이라는 건 알겠어."

"다 들었어?"

"못 들었어. 마지막 부분 조금만 빼고."

"그렇지만…… 네가 하비 얼굴을 봤어야 해. 그건 진심이었어."

"아니야. 하비는 지금 그냥 상처를 받지 않기 위해서 야망으로 도피한 거야."

"야망으로 도피한 거라고?"

"야망은 배신하지 않으니까."

"고마워…… 진희야. 하지만…… 그게 아니라면?"

"그냥 그렇게 믿어야 돼, 로사야. 그래야 버틸 수 있어. 지난

번에 해줬던 내 부모님 얘기 기억 나?"

"으응."

"나도 부모님이 그냥 날 떠난 게 아니라, 야망을 위해서 나를 떠났다고 믿어서 나아갈 수 있었어."

로사는 고마우면서도 동시에 가슴이 아려와서 진희를 꼭 껴안아 주었다. 눈물 한 방울—닦아내며, 그래. 우선 우리 야망으로 도피하자. 동시에, 보스턴의 한여름밤의 꿈에서 이제는 슬프지만 깨어나자.

하비는 동아리방에서 나와 멀리 가지 못하고 주변 벤치에 힘없이 털썩 앉았다.

로사야, 나는 시간이 이 상처를 해결해 주기를 기다릴 수 없었어. 그러기에는 우리에게 주어진 시간이 너무 없었고, 그러기에는 내가 너를 너무 좋아했어. 네가 나를 떠나버리면 살 수가 없을 것 같아. 그래서 내가 선제적으로 끝내야, 너무 힘들어도 야망이라도 살릴 수 있을 것 같았어.

로사야, 네 말대로 우리는 삼각형의 관계야. 하지만 어떻게 삼각형의 대상과 중개자를 구분 지을 수 있을까? 처음에는 네가 중개자였고, 하버드가 대상이었지만 그건 갈수록 반대가 됐어. 이제는 분명히 알겠다. 너와 내가 품고 있던 삼각형은 달랐음을. 네 삼각형의 이상향은 여전히 하버드야. 그렇지만 내 이상향은 그저 하버드라는 무생물 하나뿐만이 아니었어. 그래서 내 삼각형 역시 무너진 거야. 내가 향해 가던 곳은, 그래, 22학번으로 졸업하는 너와 나. 그게 내 이상향이었다. 삼각형이 아니라, 포개져서 직선이 되어버린 건 서로 마찬가지네. 내 삼각형 역시 신기루였다는 걸 인정할게.

그렇지만 나는 자퇴를 생각하던 그때처럼, 아무 목표도 없이 외롭게 떠도는 꼭짓점 하나로 돌아갈 수 없어. 적어도 선진두의 시스템은 내가 죽도록 노력하기만 하면 날 배신하지 않을 거잖아? 그러니까, 널 기필코 이길 거야. 그 말은 진심이야.

14교시

　12시, 기숙사 전체 소등 후에 화장실로 향하는 건 일상이 되었다. 하비와 단테, 두 룸메이트는 가끔 위태로울 정도로 공부 스트레스에 눌린 서로를 마주쳤다. 그렇게 하비와 단테는 각자 스스로 선택한 고독과 스스로 선택하지 않은 고독에 잠식되어 갔다.

　선진두가 말한 코리아 에세이 컴피티션의 수상은 단 세 명에게만 주어진다. 골드, 실버, 브론즈 상. GSC만큼 권위 있거나 중요한 대회는 아니지만, 이번 대회의 수상은 곧 완전한 수도외고의 Top3로 입지를 굳힌다는 것을 의미했다. 모두 진희, 로사, 하비가 수상할 거라고 생각하겠지만 하비에게는 순서도 중요했다. 더 이상 로사와 함께 나란히 서는 것이 아니라, 위에 서는 것.

　그래서 시험과 에세이 대회 모두 놓칠 수가 없었다. 선택과 집중? 그딴 건 없어. 절대적인 시간이 부족하다면 잠을 줄이면 되었다. 로사와 멀어짐으로써 무한한 고독과 자유를 부여받았기 때문에, 이번의 승패는 오직 자신의 의지에 달린 것이라고 믿었다. 하지만, 왜 능률이 오르는 것 같지가 않을까?

　휴대폰을 보니 새벽 3시 15분이었다. 하비는 화장실 칸에 갇혀 있는 것이 답답해 세수를 하러 나가려다가, 누군가 먼저 절박하고 심란한 어푸어푸 세수 소리를 내는 걸 듣고 그의 소리가 사라질 때까지 숨죽이고 기다렸다. 이내 소리가 사라졌길래 간 줄 알았는데, 문을 여니 거의 서서 죽은 것처럼 세숫물이 뚝뚝 떨어지는 채로 우두커니 서 있는 룸메이트가 있었다. 룸메이트라곤 하지만 매일같이 한낮에는 도서관, 새벽에는 화장실 칸에 갇혀 공부만 하다 보니 눈 뜨고 있는 모습은 서로 오랜만에 보는 것이었다.

"단테야."

"……어, 하비야."

"오랜만이다…… 아니, 오랜만이라니. 핫, 서로 바로 옆 침대에서 서식하면서, 웃긴 말이네…… 괜찮냐?"

"응, 그냥 세수 좀 하느라."

"그래, 나도."

"그래."

하비는 다시 화장실 칸으로 들어가려는 단테를 불렀다.

"단테야."

"으응……?"

"혹시 내가 뭐 도와줄 수 있는 거 없냐…… 아니면, 뭐 같이 공부할 거라든가."

내가 지금 뭐 하는 거지. 같잖은 죄책감인가. 그렇게 같이 공부하려고 HARBIRD 스터디그룹을 만든 건데, 어쩌다 이렇게 와해된 거지. 단테는 그냥 씁쓸하게 미소만 지으며 물었다.

"너는…… 그 시험공부 하는 거야?"

"아…… 아니, 지금은 에세이 컴피티션 준비."

단테는 에세이 컴피티션이 뭔지는 몰랐지만, 대충 자신과는 관련이 없다는 걸 눈치 챌 수는 있었다. 아, 그냥 시험공부한다고 거짓말이라도 할걸. 하비는 또 자책했다. 단테는 괜찮다며 웃었다. 그러나 그 웃음은 하비에게 '봐, 넌 이미 다른 세계에 가버렸잖아' 하고 너무 분명하게 말하는 것 같았다.

"괜찮아. 걱정 고맙다. 성적은…… 그렇게 많이 떨어진 건…… 아니고. 하하, 그래. 그냥 중간. 중간 정도야. 그냥 더 올리고 싶어서 빡세게 하는 거니까 너무 걱정하지 마. 잘 자고."

단테는 화장실을 떠나 기숙사 방으로 돌아갔고, 하비는 화장실 칸으로 들어가 에세이 컴피티션을 준비했다. 한때는 웃음이 가득했던 방이었지만, 이제 그 방은 하비에게 너무 멀어 보였다.

오늘 에세이 컴피티션의 주제를 받은 아이들은 24시간 동안 제출할 에세이를 쓰거나 타이핑하기 시작했다. 하지만 그 24시간을 온전히 전부 사용하는 참가자는 없다. 구하비 빼고. 벌써 시험공부 때문에 72시간째 숙면을 취하지 못해 오감이 퇴화되어 버린 그는 으어어, 손바닥으로 얼굴을 쓸어내리며 겨우 브레인스토밍을 시작했다. 온몸의 감각은 거의 사라져 갔고, 마약을 한 것처럼 머리가 몽롱해지기 시작했고, 겨우 몇 그램 남은 악다구니에 의지한 채로 노트를 뜯어 연필로 글을 썼다. 요 며칠 공부를 하면서 느낀 기분은 세 번째 시험 때와 너무 다른 기분이었다. 그때도 역시 빡빡한 스케줄이었지만, 건강한 목표를 가지고 동료들과 함께 임하는 하드 트레이닝이었다. 그러나 지금은, 아무도 없는 체육관에서 죽을 때까지 그저 목적도 모르고 뛰기만 하는 농구선수와 같았다. 그때는 왜 그렇게 열심히 할 수 있었을까? 하비는 그 질문에 답하기 싫었고 답할 수도 없었다. 답을 찾지 못하는 자신의 무의미성 속에 빠져 죽을 것만 같았다. 자신이 원하는 게 하버드인지, 로사인지, 아니면 어떤 다른 형이상학적인 욕망이신지—그냥 버티기도 힘든데 조금이라도 머릿속에 그런 잡생각이 뭉게뭉게 떠오르면 필사적으로 박멸했다. 하비는 자퇴를 고민하던 시절 깔았다가 지운 캘린더 앱을 다시 깔았다. 그리고 이번에도 일 단위가 아니라 시간 단위로 편집증적인 알람을 설정해놓았다. 지금 그에게는 동기부여가 과도한 상태였다. 그러나 아주 조금이라도 완벽하지 않은 에세이를 대회에 제출하는 것을 용납할 수 없었기에, 그는 이틀 밤을 시험 준비로 새우고도 또 하루를 화장실 칸막이 안에서 꼬박 새우며 에세이 컴피티션 대회를 준비하고 있었다.

*

따르르르릉! 따르르르릉!

뭐야…… 언제 잠든 거지. 알람 소리치고는 너무나 공격적인 경보음, 아침치고는 너무 어두운 창문 밖. 아…… 왜 이렇게 시끄러워…… 피곤해 죽을 것 같다…… 하비는 얼굴을 베개에 파묻고 최대한 귀를 막았다. 컴피티션에 제출할 에세이를 80~90% 정도 완성하고 나서 침대에 쓰러져서 잠들었던 것 같았다. 아래층 학생들이 우당탕탕 뛰는 발소리가 들리더니, 사감 선생이 달려 올라와 방문을 다급하게 쾅쾅 두드렸다.

"화재경보다! 얼른 내려와!"

뭐? 하비는 눈을 아직 제대로 뜨지 못한 채로 헐레벌떡 일어났다. 아이들은 이미 비상계단을 혼잡스레 내려가고 있었고, 옆의 단테도 이미 내려갔는지 침대가 비어 있었다. 그는 대열의 마지막에 겨우 합류했다.

"모두, 일렬로 쭉 서서 질서 정연하게! 침착해!"

사감의 다급한 외침.

"와…… 미친. 진짜 불난 거야?"

"야, 진짜 불났으면 지금 우리 질식사해서 다 뒈졌어. 그냥 어떤 새끼가 경보기 울린 것 같은데?"

아이들은 저마다 경보음의 근원지를 추측해 가며 조잘댔다. 아직 잠이 들지 않아서 말짱한 아이, 중간에 깨서 비몽사몽하고 있는 아이, 조금 색다른 이 이벤트에 재밌어하는 아이도 있었다. 다만, 내일 아침까지 나머지 10%의 에세이를 완성시켜야 하는 하비는 조마조마했다. 서늘한 늦가을의 칠흑 같은 암흑 속, 유난히 추운 날. 모두 슬리퍼를 신고 얇은 파자마 쪼가리만 걸친 채로 모여 웅성거리고 있었다.

"아니, 진짜로 누가 그냥 실수로 울린 듯?"

"내 말이. 씨발, 내일 월요일인데."

"야, 불 안 난 거면 다행이지."

"노잼인데?"

"아, 내일 별것도 없는데 그냥 불이나 나지. 물론 우리 방 말고, 킥킥."

"큭큭, 미친놈들. 몇 시냐?"

"나 폰 안 가지고 왔어."

"나도. 야, 폰 있냐? 몇 시야?"

"어, 2시 4분."

2시? 겨우 두 시간밖에 못 잤다고? 멀리서 아이들이 나누는 말을 듣고 피로도가 정확히 수치화되자, 하비의 분노가 급격하게 치밀어 올랐다. 안달이 났다. 불이 나든 말든, 에세이의 완성도를 위해 빨리 다시 쓰기 시작해야 했다.

"아, 사감 쌤. 누가 화재경보기 잘못 울린 것 같은데, 그냥 들어가서 자면 안 돼요?"

이름 모를 누군가가 물었지만.

"안 돼! 절대 안 돼! 소방차 오고 나서, 모두 안전한지 다 체크해야 들어갈 수 있다."

"흐으아."

몇 분 후, 소방차 한 대가 시끄러운 사이렌을 울리면서 도착했다. 아이들의 불안과 흥미가 동시에 증폭되었다. 하지만 영화에서 보던 것처럼 호스로 불을 끄는 일은 없었다. 소방관들은 외관상으로는 너무나 평온한 건물에 들어가서 한 시간째 나오지 않았다. 하비는 도저히 서 있을 힘이 없어서 계단 구석에 앉아 이 기막힌 광경을 지켜보았다. 매일 아침 교복 셔츠와 함께 인식되던 여러 얼굴들이 잠옷을 입고 있으니, 뭔가 처음 보는 얼굴들 같았다. 다만 거의 유일하게 교복과 잠옷 위의 얼굴이 모두 익숙한 자신의 룸메이트는 어디 다른 곳에 있는지 보이지 않았다. 소방관들이 나올 기색을 보이지 않자 구석에서 쪽잠을 자보려고도 했지만, 그러기에는 날이 너무 쌀쌀했다.

소방관들은 그로부터 한 시간 정도가 더 지나서야 기숙사 건물에서 나와 사감과 얘기를 나누며 또 몇십 분을 보냈다. 빨리빨리 좀 얘기하고 이제 들어가게 해주세요……. 그렇게 새벽 4시가 넘어서야 아이들은 기숙사 안으로 다시 들어갈 수 있었다.

"아니, 씨발 4시네. 이게 다 뭔 난리냐?"

"내가 잠깐 엿들었는데, 한 미친 새끼가 밤에 냉동 치킨 데워 먹다가 화재경보기가 울린 거래."

"뭐? 어떤 또라이 새끼야?"

"조용히 하고 빨리 각자 방으로 올라가라!"

소방관들의 대화는 언제 또 엿들었는지. 이런 소동이 일어나면 소식을 전달하는 전령사 헤르메스가 꼭 한둘은 있기 마련이다. 그들이 전하는 루머에는 대부분 과장이 곁들여지지만 아예 근거가 없지는 않다. 더군다나 사감의 태도를 보면 그

루머의 내용이 맞는 것 같았다. 다만 하비는 그놈을 원망할 시간에 빨리 자신의 방으로 올라가 몇 분이라도 더 에세이를 써야 했다.

그러나 평소에는 굳게 잠겨 있어야 할 옥상 문이 화재 소동으로 열려버린 탓에, 완전히 잠이 깨버린 아이 몇몇이 옥상에서 뛰놀며 쿵쿵댔다. 하비는 결국 옥상으로 올라가, 소동의 흥분이 가시지 않아 소풍 온 듯 들떠 있는 아이들을 소리 지르며 겨우 내려 보냈다. 휴대폰을 보니 이미 5시 20분. 그는 천근같이 무거운 몸을 조금이라도 깨우기 위해 팔팔 끓는 듯한 뜨거운 물에 샤워를 하고, 정말 후들거리는 손가락에 연필을 끼워 에세이를 적어냈다. 내용도, 감동도 없지만 오직 악으로 완성한 에세이였다.

잠시 눈을 붙이고 싶었지만, 겨우 완성한 에세이를 대회 측에 발송하기 위해 하비는 곧바로 행정실로 달려갔다. 마찬가지로 컴피티션에 에세이를 제출하러 온 진희와 로사, 재익은 그의 상태를 보고 식겁할 수밖에 없었다.

"하, 하비야. 괜찮아?"

거의 좀비처럼 도착한 하비를 보고 심지어 반재익조차 그에게 괜찮냐고 물어볼 뻔했다. 숨이 잘 쉬어지지 않았다.

"후우, 후우, 응…… 아직 제출 안 했지?"

"응, 아직. 걱정 마."

난처한 로사 대신 모든 대답과 질문은 진희가 맡아주었다.

"하비야, 별일 없었던 거야? 어제 남자 기숙사에 무슨 일 있었다고 들었는데…… 그것 때문에 그런 거지?"

"아…… 휴우, 누가 화재경보기를 잘못 울려서…….."

"화재경보기?"

질문은 한 것은 진희였는데, 재익이 놀라며 하비에게 물었다가 아차차, 하는 표정을 지었다.

"……뭐야, 반재익. 너 어제 기숙사에 없었어?"

"어? 아니, 그, 그냥 일이 있어서."

뭐야? 뭔가 수상해 보이는 반재익. 평소 같았으면 의심스럽게 캐물었겠지만 하비는 지금 가만히 앉아 있을 기력도 없었다.

"코리아 에세이 컴피티션 참가하는 학생들이죠? 에세이 여기 주시면 발송해 드리겠습니다."

죽어가는 모습으로 에세이 봉투를 제출한 후, 아이들은 어색하게 각자 교실로 떠났다.

"……조심히 가."

로사는 들릴 듯 말 듯한 작은 소리로 하비에게 인사를 건넸다. 그가 그것을 들을 여력이 있었는지는 불분명. 하비는 기숙사 건물까지 가지도 못하고 야외 벤치에 누웠다. 지금 당장 눕지 않으면 자신을 구성하는 분자들이 공중으로 모두 흩어져 버릴 것만 같았다.

수도외고 1등. 다음은 하버드 지원 자격. 다음은 하버드 합격…… 또 뭐가 있지? ……더 높은 장벽과 한계선을, 아니, 사선을 넘고 넘었는데도 오히려 자유로워지지 못하고 있다. 새장에 날개와 발과 부리마저 더욱 세게 동여매지는 느낌. 완벽한 번아웃이었다. 수도외고에 온 이후로 처음 느껴보는 종류의 장벽이었다. 그리고 이번에는 어떻게 넘어야 할지 도저히 감조차 오지 않았다. 자신의 견고한 새장이, 이제보니 나뭇가지로 만든 허술한 둥지에 불과했나 하는 두려움만이 탈진한 그에게 남아 있을 뿐.

15교시

컴피티션 제출이 마감된 다음 날부터 하비는 지독한 감기 몸살을 앓았다. 침을 삼킬 때마다 부은 목이 찌릿함을 전달했고 온몸은 열로 펄펄 끓었다. 전신에 쌓인 수도외고의 독소가 빠지려면 족히 한 달은 필요했지만, 그는 금요일에는 학교에 나와야 했다.

"이제 네 번째 시험이 2주도 남지 않았군. 1학년 마지막 시험의 중요성을 두 번 말할 필요는 없겠지?"

"예!"

"그리고, 이 중대한 시기에 한 주를 통째로 날린 이 병든 양에게 누가 노트 좀 빌려주고."

선진두는 겨우 학교에 다시 나온 하비를 바라보며 피식 웃었다.

"아, 그리고. 에세이 컴피티션 결과가 나왔다."

대부분의 아이들은 그게 뭔지도 모른 채 멀뚱히 서로를 쳐다보았지만, 하비가 학교에 나온 것은 이 결과를 들어야 했기 때문이었다. 번아웃이 왔다고는 해도 여전히 무엇 하나 손에서 놓지 못하는 것이었다. 어쩌면 그게 진정한 번아웃인지도.

"선생님, 에세이 컴피티션이 뭐예요?"

"다 알 필요는 없다."

선진두는 이름 모를 학생의 질문을 냉정하게 잘라먹었다.

"자, 빠르게 발표하겠다. 어차피 내일이면 학교 홈페이지에도 올라올 테니. 골드상은 로사, 실버상은 수진희. 그리고……."

하, 젠장. 역시. 하비는 고개를 떨궜다. 그래, 잠도 제대로 못 잔 상태에서 쓴 에세이로 1등을 할 수는 없겠지. 골드상과 실버상은 로사와 진희가 차지하는 것이 합당했다. 하지만 다가오는 네 번째 시험만큼은…….

"브론즈상은 반재익."

네?

"이상이다."

아니, 잠깐만요. 그는 혹시 자신이 잘못 들었나 싶어 첫 번째 시험 결과 발표 때처럼 선진두에게 되물을 뻔했다. 제가 브론즈상이 아니라고요? 그것도, 반재익한테 졌다고? 상황 자체만은 데자뷔로 느껴질 만큼 그때와 비슷했지만, 지금은 단지 인정하지 못해서 되묻고 싶은 것이 아니었다. 말이 되지 않는다. 하비의 에세이 실력은 이제 로사와 더불어 수도외고에서 1, 2등을 다투는 수준까지 올랐다. 반면 재익은 아직도 A를 받아본 적이 없을 텐데. 더욱 의심스럽게도 기적적으로 브론즈상을 따낸 것을 기뻐해야 정상일 텐데, 재익은 그저 조용히 고개를 숙이고 어색한 동작으로 짐을 챙기고 있었다.

하비는 종례가 끝나자마자 그에게 성큼성큼 다가갔다.

"야."

"뭐, 뭔데?"

당황한다. 뭔가 있어.

"너, 에세이 네가 쓴 거 맞냐?"

"야, 구하비. 추하게 왜 이러냐?"

반재익 패거리 원, 투는 오랜만에 예전 지위를 되찾은 듯한 주인을 비호하며 하비에게 비아냥댔다.

"그러게. 이, 이제 인정도 못하나 보네. 내가 더 잘 썼나 보지."

"헛소리. 다른 사람은 몰라도, 비열하게 남 끌어내리는 것밖에 모르는 네가? 네 에세이 실력이 어떤지는 네가 더 잘 알 텐데?"

"그럼, 뭐, 뭐, 너만 날 이기란 법 있냐? 응?"

언뜻 보면 재익은 예전의 오만함을 되찾은 것 같았지만…… 아니야. 이 새끼 숨기고 있는 게 있어.

"하…… 그래. 재익아. 씨발. 내가 졌어. 너한테 처발렸다고. 그러니까 부탁 하나만 해도 돼?"

"뭐, 뭔데?"

"네 훌륭한 에세이를 좀 보면서 배우고 싶어. 제발. 이 한심한 패배자한테 자비를 베풀어서 좀 보여줘. 응? 응?"

"무, 무슨 소리야? 되도 않는 부탁할 거면 꺼져!"

"야."

하비는 목소리를 깔고 재익을 노려봤다. 자신의 가설이 거의 확실해졌다.

"너, 에세이 누가 대필해 줬지."

"하, 참····· 그, 그래애. 그렇게 믿고 싶으면 믿어. 그, 근데 증거는 있어야지. 나가서 내 돈 받고 에세이 대필한 사람 찾아와 봐. 그, 그러면 그땐 인정해 줄게."

"개소리."

"뭐?"

"네 형 새끼지? 바로 옆에 작당질 할 완벽한 공모자가 있네."

논리적으로 생각해도 반채인 그 새끼밖에 없었다. 에세이 대필에 가장 적합한 최고의 입시 코디네이터는 누구인가? 20~30년의 경력자가 아니다. 입시를 잘 '아는' 사람이 아니라 직접 '겪어낸' 사람이다. 그것도 예일대까지 합격한 사람인데, 당연히 반채인이겠지. 다만 지금은 물증이 없다. 찾아내기만 해봐. 그땐······.

재익은 급히 대화 주제를 틀었다.

"나, 난 떳떳하거든? 자, 작당질은 해도 네 쪽에서 하겠지. 룸메이트가 방화범인데, 킥킥."

에세이 대필의 진상을 밝혀내는 것밖에 관심이 없던 하비는, 잠시 멈칫했다.

"뭐? 방화범? 무슨 개소리야?"

"뭐야아, 얘 모르네. 둘이 절교라도 했나?"

"아니, 무슨 개소리냐고."

"얘 진짜 모르나 보네. 저번 주 일요일 새벽에 화재경보기 울린 거 안단테인 거 모르냐? 서로 얘기도 안 하고 쌩깠나 보네? 존나 꿀잼. 킥킥."

하비는 반재익이 하는 말이 하나도 이해가 되지 않았다. 재익은 이번에는 자신이 이겼다는 듯 비웃으며 말했다.

"네 패배를 기념할 겸 말해줄까? 네 룸메가 새벽에 뭐, 냉동 식품, 맞냐?"

"냉동 치킨. 킥킥."

"그래, 큭. 냉동 치킨 전자레인지에 돌리다가 불 낸 거란다. 맨날 지들 넷끼리 옹기종기 모여 다니면서 죽마고우인양 하더니."

그게 무슨 소리야. 그러면, 그날 새벽에 화재경보 울려서 내 컴피티션 망쳐놓을 뻔한 애가 단테고, 게다가, 겨우 야식 따위를 먹으려다가 그랬다는 거야?

*

"단테야! 안단테!"

단테는 이미 교실을 떠나고 없었다. 그럼 어디에? 아. 하비는 동아리방으로 뛰어 올라가서 단테를 찾았다. 그곳에는 로사와 진희도 있었다.

"저번 주 일요일에…… 화재경보기 울린 사람, 너야? 그것도 뭐? 냉동 치킨 데우다가?"

"하…… 그래."

"'그래'? 그게…… 그게 끝이야?"

그는 단테의 자초지종부터 들어보려고 했다. 하지만 별것도 아닌 걸 왜 물어보느냐는 듯한 단테의 한숨에 피가 거꾸로 솟았다. 거기다가, 내가 아파서 학교 못 나온 사이에 세 명끼리만 다시 뭉친 거야? 나 빼놓고 동아리방에 있는 건 또 뭐야?

"······그럼 뭐라고 더 해명할까?"

"갑자기····· 갑자기 이건 뭐냐? 뭔 되도 않는 짓을 해놓고, 뭔데 이렇게 당당하냐? 그날 새벽에 에세이 컴피티션 마무리해야 할 거, 잠도 못 자고 완성도 제대로 못하고 냈는데 적어도 첫마디가 미안하다 정도는······"

"그래, 그 잘난 컴피티션····· 그래."

단테는 평소처럼 조곤조곤 말했지만, 마찬가지로 누적된 분노와 피로가 임계점을 넘은 목소리였다. 너무나 낯설어 보이는 안단테.

"이렇게 겉만 'HARBIRD'라고 하지. 실상은 나만 빼고 너희 셋끼리만 다 해먹잖아? 토요일반도 너희만. 컴피티션도 너희만."

"단테야····· 그런 게 아닌 거 알잖아."

"그리고 지금 이걸 입 밖으로 꺼내는 내 심정은? 얼마나 비참한지 알아?"

로사는 단테를 다독여 주려 했으나 그는 손을 탁 쳐냈다. 그것에도 하비는 꿈틀했다.

"야, 안단테. 우리가 뭐, 고의로 널 빼놓은 거야?"

"하비야."

진희의 만류도 들리지 않았다.

"아니, 우리가 너 토요일반 못 들어오게 막은 거야? 아니면 에세이 컴피티션 참가 못하게 막은 거야? 너한테 고마운건 많아. 그래. 그래서 내가 토요일반 자료도 보내주고! 다른쪽으로도 도와줬잖아! 그런데 넌 겨우 냉동 치킨 튀겨 먹다가…… 이렇게 망쳐놓고 지금 적반하장……"

"하비야, 그만……"

"네가 냉동 치킨이나 튀겨먹고 경보기 울릴 때 난 화장실에처박혀서 공부했어. 너 언제 한번 나랑 화장실에서 마주친 거기억 나? 네가 방에 돌아가고도 나는 거기서 서너 시간을 더공부했다고, 매일매일! 비참하다고? 그건 네가 충분히 비참해지지 못해서 그런 것뿐이야. 네가 절박함을 알기나 해?"

"그래! 아주 네 절박함이 벼슬이다! 그런데 네 절박함은 의지가 아니라 그냥 욕망인 거야. 알아? 토요일반 자료? 네 적선도, 네 훈수도 정말 존나게 고맙다!"

"훈수가 아니라 그게 현실이잖아! 넌 시스템을 벗어나려고가 아니라, 이기려고 한 번이라도 시도해 봤어? 이 시스템이싫다고? 나는 여기서 기필코, 기필코 가장 높이 올라가서 자유로워질 거야. 그게 유일한 길이니까!"

하비는 저도 모르게 단테가 아니라 로사와 스스로를 겨냥한 듯한 선언문같이 말했다. 단테는 긴 한숨을 뱉은 후, 음울하고 솔직한 목소리로 돌아와 한 음절을 짧게 내쉬었다.

"넌."

"……나 뭐?"

"하비야, 너 노력 많이 했지. 그래. 근데 넌. 넌 한 번이라도 추락해 봤어? 등수가 내려가는 걸 넘어서, 네 손으로 직접 주홍글씨를 새기는 듯한 결과를 받아본 적 있냐고⋯⋯ 네가 나한테 그렇게 묻는다면, 난 너한테 이렇게 물을게. 아니, 너희 셋 모두한테."

"그건⋯⋯!"

뭐라고 말해야 할지 몰라 굳어버린 셋을 두고, 단테는 가방을 챙겨서 방을 나가기 전 하비 앞으로 무언가를 던졌다. 진희는 단테가 던진 것을 대신 주워, 슬프게 쳐다보다가 하비에게 건넸다. 그녀는 이 모든 상황을 예전으로 되돌릴 수 없음이 슬펐다. 단테가 하비에게 던져놓고 간 것은 그의 HARBIRD 연필. 지금이 팀 HARBIRD가 해체되는 순간 같았다. 진희는 조용히 하비와 로사에게 눈인사를 하고 방을 떠났다. 이제 방에는 둘밖에—마치 처음부터 그랬던 것처럼 둘밖에 남지 않았다.

"⋯⋯날 왜 그렇게 보고 있어, 로사야?"

"하비야."

"왜."

"⋯⋯미안해."

"아니. 아니야! 미안하다는 말 하지 마!"

하비는 어떤 말보다 로사의 이 말이 가장 두려워서, 허둥대며 우선 아무 말이나 해야 했다. 아, 그래.

"아, 그래. 로사야⋯⋯ 안 그래도 물어볼 게 있어. 너, 그 반재익이 어떻게 브론즈상 받았는지 알지? 반채인 새끼가 대필해 준 거잖아…… 그 증거를 찾아야 돼. 어떻게든 찾아야 돼…….”

그녀는 그의 말에 답하지 않고, 텅 빈 눈으로만 그를 바라보았다.

하비는 놓친 진도를 따라잡기 위해 기숙사 잔류를 신청했다. 내일은 토요일반 수업이 있으니 반채인 새끼를 또 마주칠 테고…… 그는 동아리방에서 허망하게 기숙사로 돌아와 누워 있다가, 일어나서 굳이 침대 위로 올라가 천장을 한 번 주먹으로 세게 쳤다. 그리고 또다시 금요일 저녁, 노을 밑에서 하교하는 학생들을 바라보았다. 그러나 오늘은 어떤 만족감도 느껴지지 않았다. 번아웃 때문인가? 단테 때문인가? 로사 때문인가? HARBIRD 때문인가?

아니야. 아니다. 그동안 나는 절박함이 위대함을 피워낼 수 있다고 믿었어. 노력을 하면 보상을 받는 정직한 시스템을 믿었어. 그런데 에세이 컴피티션을 편법으로 뺏겼다. 믿어온 규칙이 유효한지에 대한 의문 때문에 일시적으로 공허한 것뿐이다. 오직 그뿐이다. 다시 되찾으면 길을 찾을 수 있을 거야.

아까 가져온 단테의 HARBIRD 연필을 주머니에서 꺼내서 방구석으로 휙 던져버렸다. 그러나 연필이 책상 밑 깊숙한 곳으로 쏙 들어가 버리자, 그는 다시 줍기 위해 우스꽝스럽게 바닥에 몸을 붙여서 엎드려 찾았다. 손바닥으로 바닥을 쓸어대며 드는 생각. 언제부터 방이 이렇게 엉망이 된 거지? 이제까지 한 번도—아까 아침에 등교해서 짐을 풀 때조차 느끼지 못했는데—학교를 며칠 쉬고 다시 들어온 자신의 방은 너무나 엉망이 되어 있었다. 모두 자신이 어질러놓은 것들. 에세이 브레인스토밍을 위해 벽에 붙여둔 포스트잇들은 더 이상 한 글자도 알아볼 수 없을 만큼 빽빽하게 겹쳐져 있었고, 차곡차곡 쌓아둔 교과서와 문제집 더미들은 더 이상은 쌓아올릴 수 없는 바벨탑 같았다. 깔끔하게 정리되어 있는 반대쪽 단테의 책상과 더욱 대비되었다.

하비는 HARBIRD 연필을 주워 어루만지면서 말했다. 그래, 단테야. 너라면 방 청소부터 같이하자고 했겠지. 세상을 정복하기 전에 침대부터 제대로 정리하라는 격언 따위를 말해주면서 말이야. 그렇지만, 그 말은 생각할 가치도 없는 한심한 말이다. 26등 구하비는 절박하게 올라가는 것만 생각하면 됐다. 하지만 1등 구하비는 이제 안다. 높이 올라갈수록 길은 더 위태로워지고, 한 발짝만 잘못 내디뎌도 모든 걸 잃게 된다는 것을. 이건 침대 정리 따위를 해서 해결되는 게 아니라, 그냥 한 발 한 발 사력을 다해서 계속 더 높은 곳으로 내딛는 수밖에 없어.

그는 옥상으로 달려가서 온몸으로 찬바람을 느꼈다. 그래. 여긴 아무것도 없다. 땅을 내려다 보는 게 아니라 텅 빈 하늘을 올려다본다. 깔끔하고 고독하다. 학기 초에 아론이 걱정돼서 올라왔을 때와는 달라. 지금 이 기숙사 건물에서 나보다 높은 곳에 있는 사람은 없다. 절박함이 나를 여기까지 이끈 거야. 그게 훼손되어서는 안 돼. 선진두가 옳다. 아래를 보며 안주하지 말고, 하늘을 보며 진일보해야 한다. 이것이 단테 말대로 의지가 아니라 욕망이라면 그 욕망으로, 악으로 연명하면서 바벨탑을 계속 쌓아 나가겠다.

16교시

"여보세요."

—아이고, 우리 공주님!

"아빠, 나 바빠."

—우리 공주님, 시험이 얼마 안 남았네, 그치?

"아이, 아빠! 나도 알아!"

—알지, 알지. 아빠는 우리 공주님이 잘할 거 알지. 로사만큼 하라는 건 아니고.

"아니, 갑자기 왜 걔 이름을 꺼내? 걔랑 나랑 비교하지 말라고! 어차피 고등학교만 졸업하면 로사는 내 직원이고, 나는 사장 아니야?"

—그렇지, 그렇지. 아빠가 비교하는 게 아니잖아.

"아니기는! 모임 때마다 맨날 로사가 몇 등을 했네, 얼마나 똑똑하네 하면서."

—에헤이, 똑똑하기로는 우리 공주님이 최고지. 공부를 안 해서 그렇지. 학교에 조금 더 마음 붙이면 좋을 텐데.

"아빠도 공부 못했는데 그냥 할아버지 돈으로 대학 간 거잖……."

샐리는 순간 자신이 선을 넘었음을 감지하고 말을 멈췄다.

—권샐리.

샐리의 아버지는 딸을 완벽한 온실 속에서 공주로 키웠다.

그러나 천문학적인 돈을 쏟아부었음에도 극복하지 못한 학벌 콤플렉스는 대를 이어왔고, 그걸 건드리는 것은 자신의 사랑스러운 딸이라도 용납할 수 없었다. 거기다 허구한 날 술집에서 깽판을 치던 성격이 나이가 들었다고 어디 갈 리 없다. 샐리도 싸늘해졌을 아빠의 표정을 상상하고 잠시 입을 닫았다.

—후……. 우리 공주님. 물론 아빠도 책벌레 새끼들만 보면 패버리고 싶어요. 근데 돈으로만 되는 거면 내 친구들 자식들도 벌써 다 아이비리그 갔지. 근데 돈만으로는 그게 안 돼요. 아빠가 몇 번 말해? 강산이 바뀌어도 맨날 클래식 음악만 들으면서 잘난 척하는 연놈들이 있으니까 우리도 그게 필요하다고. 아빠는 우리 공주님이 꼭 좋은 데 갈 거라고 믿어요.

"……알았어."

—그래, 우리 공주님. 필요한 거 있으면 언제든지 아빠한테 말해주고. 이번 주에 일요일반도 있잖니. 빠지지 말고.

"알았어. 당연히 가지, 그건. 끊을게요."

금요일 밤은 원래 클럽에 가서 MD가 미리 준비해둔 테이블에 앉아, 직원들이 대령하는 아르망디 샴페인 열차를 받고 새벽까지 즐기라고 신이 정해준 날이다. 하지만 자꾸만 시험에 대한 압박을 주는 아빠 때문에 어쩔 수 없이 샐리는 오늘 처음으로 기숙사 주말 잔류를 신청했다. 정확히는, 자꾸 자신과 로사를 비교하는 부모님에게 자신도 열심히 공부하면 좋은 성적을 받을 수 있다는 무력시위를 하기 위해서였다.

그러나 도서관에서 공부를 시작한 지 10분도 채 지나지 않아 찾아온 극심한 지루함에, 결국 1층 매점으로 내려와서 시간 때울 거리만 찾고 있었다. 아…… 정말 민로사 때문에 이게 무슨 고생이지. 사람마다 다 잘하는 게 있는 건데. 사람 다루는 건 내가 훨씬 잘하잖아? 졸업하기만 해봐. 그렇게 구시렁거리며 자신의 무료함을 달래줄 재밌는 장난감이 어디 없나 두리번거리던 권샐리의 레이더에, 길 잃은 양이 한 마리 포착됐다.

"이것도요."

"아, 깜짝이야!"

"헤헹, 놀랐냐?"

샐리는 야식을 계산하고 있는 하비의 뒤에서 불쑥 손을 내밀었다. 그리고 매점에서 제일 비싼 고급 마카롱을 100원짜리 사탕 집듯 한 움큼 집어 계산대에 올려놓은 후 검은색 신용카드를 내밀었다.

"아냐, 내가 낼게."

"아이, 됐어어. 어차피 거의 다 내가 먹을 거야아."

"고마워, 잘 먹을게."

"그래. 원래 인생이 뭣 같을 때는 당분을 보충해야 되잖아."

"흠, 네 인생도 뭣 같을 때가 있어?"

"당연하지이! 내가 공부로 드라마 찍은 적은 없어도, 연애 문제로는 벌써 시즌 열 개는 찍었어어."

"……그래. 저번에 로사 일, 조언해 준 거 고마웠어. 이제는 뭐, 어쩔 수 없게 되어버렸지만……."

별 기대 없이 하비에게 미끼를 던져봤을 뿐인데, 이렇게 곧바로 낚싯바늘을 물 줄은 몰랐다. 물론 그녀는 재익에게 둘 사이에 대충 어떤 일이 일어났는지 브리핑을 받은 상태였고, 그래서 그가 그 일에 대해서 먼저 말을 꺼내는 것이 더욱 의외였다. 교과서를 읽느라 반쯤 감겼던 그녀의 눈꺼풀은 가십을 듣자 다시 번쩍 뜨였다.

"그래. 더 얘기하고 싶은 거 있으면 이 누나한테 다 얘기해. 들어줄게에. 헤헷."

하비는 고개를 끄덕거리는 건지, 떨구는 건지 모를 정도로 지쳐 있었다. 뭐라도 털어놓지 못하면 큰일 날 것처럼 위태로워 보였다. 샐리는 그 모습이 매우 흡족했다. 민로사, 구하비, 수진희…… 공부 좀 잘한다는 이유만으로 무결점 인간으로 대우받고. 결국 이렇게 무력한 주제에. 그녀는 그것들의 치부를 드러내고 맛보고 싶었다. 로사는 충분히 건드려봤고, 하비는 신선한 물고기였다. 안 그래도 잔류하는 동안 지루해서 죽는 줄 알았는데, 이게 웬 떡이람? 능숙하게 고개를 살짝 내리고, 잔망스러운 눈빛으로 하비를 올려다보는 샐리. 그의 얼굴과 귓불이 빨개졌다. 븅신. 아무리 네가 로사에게 일편단심인 척해도, 나한테 흔들리는 거 다 알아. 모든 남자애들이 그렇거든. 내 아름다움, 내 재력. 너 같은 애 길들이는 건 일도 아니지.

"샐리야."

"그래."

"……솔직하게 너한테 물어볼 게 있어."

"응응! 말해봐아."

"너 반재익이랑 친하잖아."

"뭐, 그렇지."

"걔가 이번 코리아 에세이 컴피티션 때…… 하, 아직 물증이 없어서 확실하게 말할 수는 없어. 그런데 걔가 어쨌든 뭔가 불법적인 방법을 써서 상을 탄 것 같은데, 물증이 필요해."

"반재익이 불법적인 방법을 썼다고? 그 물증을 나한테 구해달라는 거야?"

"구해달라는 건 아니고…… 하. 이게 지금 다 설명할 수는 없는데……."

"근데 에세이 컴피티션이 뭐야아?"

다 알고 있지만 천진난만한 척, 샐리는 물었다.

"어? 이번에 열렸던 에세이 선발 대회…… 근데 내가 묻고 싶은 건, 반재익이 너한테 뭐 말한 거 없어? 미안, 너한테 밀고해 달라는 거니까……."

"그래. 미안한데, 난 네가 무슨 얘기하는지도 모르겠고, 재익이 약점을 가지고 있지도 않아. 안다고 해도 그걸 말해주기엔, 알지?"

"응, 알지, 알지. 미안. 하…… 그냥 내가 지금 너무 절박해서, 아무 방법이나 다 찾아보다 보니…… 미안해. 내가 도대체 뭐 하는 건지……."

여러모로 길을 잃어버린 것 같은 그를 보며 그녀는 웃음을 참기가 힘들었다.

"흐응, 진짜 고민은 놔두고 괜히 다른 얘기하는 거 아냐? 로사 얘기라면 내가 들어줄 수 있는데."

"아냐……."

"왜애. 로사가 나를 미워하는 거지, 난 사실 로사 하나도 안 미워해. 내가 갤 진짜로 미워하면 이렇게 말 못하잖아. 그치?"

"으응…… 나는 그냥, 뭐랄까…… 사람이 서로를 이해하기 위해서는 상대의 치부를 이해하는 것도 굉장히 중요하다고 생각해…… 물론 아무한테나 가서 막 하소연한다는 건 절대 아니지. 그런데, 가끔 오늘처럼 자신의 약한 면을 조금은 드러내 보이고 싶고, 이해받고 싶은 날도 있지 않아? 그래서 술도 마시는 거고. 스스로를 약하게 만들기 위해서. 아닌가……?"

"그게 네가 로사한테 바란 거야?"

"……세 번째 시험에서 내가 1등하고 나서, 그때부터 로사는 나를 다른 사람들 대하는 것과 똑같이 대하기 시작했어. 완전히 사무적으로. 자신의 어떤 감정도, 치부도 절대 드러내지 않고 말이야. 그동안 난 로사에게 '특별한 사람'이었다가, 갑자기 '다를 것 하나 없는 사람' 범주에 들어가게 된 느낌."

"그래!"

"응?"

"아냐, 아냐. 무슨 느낌인지 안다고."

처음에는 말을 더듬으며 시작하더니, 막상 하소연하기 시작하니까 청산유수인 구하비. 그리고 놀랍게도 샐리는 그의 말에 생각보다 큰 울림을 받았다. 어느새 인위적으로 말끝을 늘이며 애교를 부리는 것도 까먹고, 샐리는 자신도 모르게 조금 과하게 이입을 했나 보다.

"그런 거리감이 느껴지는 게 가장 힘들었어. 같이 써 내려간 이야기책의 서사들이 어느 날 통째로 사라진 느낌. 근데 지우개로 지우거나 페이지가 뜯겨나간 흔적도 없고, 그 페이지들 없이도 책에는 아무 문제가 없는 느낌. 난 아닌데……."

"하, 그래. 맞아. 민로사가 딱 그렇지."

"선진두가 그러더라. 우상을 파괴해야 앞으로 나아갈 수 있다고. 하지만 내가 로사와의 관계를 파괴해야 했던 건, 단지 앞으로 나아가기 위해서만이 아니었어. 로사가 나를 미워라도 해야, '특별한 사람'으로라도 기억될 수 있을 것 같아서…… 하, 완전 비논리적인 생각이지만……."

"아니야, 아니야! 무슨 말인지 충분히 알 것 같아."

"너는……?"

갑자기 질문의 방향을 트는 하비.

"사연이 뭔데?"

"사연?"

"책 속 이야기에는 다 사연이 있잖아. 그걸 방해하는 장애물을 극복해 나가는 게 드라마고. 사실 넌 이 생고생을 하면서 수도외고에 다닐 필요는 없었을 거 아니야? 왜 국제학교 같은 데 안 가고."

애 봐라? 지금까지 그냥 쩔쩔매는 범생이로만 알았는데 이

311

제는 감히 이런 질문도 하네. 하비는 아무 말이 없는 샐리의 눈치를 보며 말을 이어갔다.

"무례한 질문이었다면 미안. 내가 하고 싶은 말은, 로사나 내가 가지고 있는 끝없는 향상심은 어떻게 보면 병리적이라는 거야. 언제나 더 올라가고 싶다는 건, 뭔가가 항상 결핍되어 있다는 거잖아. 그리고 그렇게 계속 결핍되어 있는 채로 살다 보면 이렇게 번아웃도 오는 거고. 하지만 너는…… 너는 완벽하잖아. 재력, 외모…… 뭐, 공부야 그렇다 쳐도, 결핍이 없잖아."

샐리는 기분이 나쁘지만은 않았다. 그의 칭찬 때문이 아니었다. 사람들은 자신을 언제나 평면적으로만 인식한다. 철없는 공주님으로, 더도 말고 덜도 말고. 그러나 하비는 자신을 입체적으로 탐문하고 있었다.

"졸부 재벌 스토리의 클리셰 아니겠어? 밖에서 볼 때는 부족함 없는 다이아 수저지만, 안에서 볼 때는 텅 빈 돌대가리인 거지."

웃기에는 조금 뭐한 얘기지만, 샐리의 자조적이면서도 유머러스한 비유와 말투가 재밌어서 하비는 최대한 티 나지 않게 미소 지었다.

"대놓고 웃어도 돼."

"아니…… 하하, 미안. 그냥 네가 말하는 게 재밌어서."

"야. 돌잔치 때 하는 돌잡이, 뭔지 알지?"

"물건 여러 개 올려놓고, 아기가 골라서 집게 하는 거?"

"그래, 그거. 복주머니, 돈, 쌀, 실, 연필 등등 많이 올리잖아. 우리 아빠는 내가 연필을 잡길 간절히 기도했대. 물론 나는 돈을 집어버렸지. 킥. 넌 돌잔치 때 뭐 잡았어? 혹시 연필?"

"어…… 연필 잡았어."

"와아, 역시. 운명은 정해져 있다니까?"

"그게 사실, 인지과학적 측면에서 보면 아기들 눈에는 연필의 형태가 신기하게 인식돼서 그걸 집을 확률이 높은 거라고 하더라."

"흐음, 그래서 네가 보스턴에서 가지고 온 그 연필을 아직도 가지고 다니는 건가?"

하비는 그 말에 잠시 멈칫하더니 별로 더 얘기하고 싶지 않아 했다.

아하, 여기구나. 다시 영악한 샐리로 돌아온 그녀는 어디를 건드려야 하비가, 그리고 따라서 로사가 가장 아플지 바로 직감했다. 그의 허심탄회한 하소연에는 제법 흥미를 느꼈지만, 그녀는 솔직함에 쉽게 경계를 푸는 사람은 아니었다.

"저어기, 네 필통 가져와 봐아."

"응? 그건 갑자기 왜?"

"가져와 봐."

하비는 필통을 찾아 샐리에게 바쳤다. 그녀는 흡족하게 웃더니, 필통에서 그가 가장 소중히 여기는 크림슨레드색 연필을 홱 가져갔다.

"그건 왜?"

"저번엔 보여주지도 않더니 이제야 제대로 보네. 다시 봐도 예쁘다아. 딱 내 취향이야."

"이건 우리 스터디그룹 애들끼리 맞춘 거야……."

"너희 네 명?"

"응, 하버드 스터디그룹……."

"하버드? 킥. 다 같이 하버드대라도 갈 모양이지이?"

권샐리는 그의 연필을 만지작거렸다. 하비는 그녀가 연필을 만지작거리는 게 불편했는지 말했다.

"샐리야, 그만 다시 넣어줄래? 지금?"

"왜에? 로사랑 네 친구들과의 소중한 추억이 깃들어 있는 연필이라?"

"돌려줘."

"이거 나 가질래."

"뭐? 무슨 소리야! 안 돼."

그는 샐리의 갑작스러운 기행을 이해할 수 없는 표정이었다. 돌잡이 때 연필에 무슨 한이라도 맺힌 건가. 그녀는 또 그에게 다가가, 고개를 살짝 내린 다음 매혹적인 눈빛으로 그를 올려다보았다. 이럴 때 심장을 완전히 흔들어 주는 거지. 말할 필요도 없겠지만, 샐리는 지금까지 가지고 싶은 걸 못 가져본 적이 없었다. 그것이 다른 이가 소중하게 생각하는 것이라면 더더욱. 그리고 그녀의 욕망은 절대로 자연발생적이지 않았다. 그냥 말없이 가져가고 시치미 뗄 수도 있지만, 더 재밌는 방법이 있겠는데? 샐리는 사악한 웃음을 지었다.

"어차피 이 연필도 뺏길 운명일 텐데? 채인이 오빠가 재익이 에세이 대필해 줘서 네가 에세이 컴피티션 상 뺏긴 것처럼 말이야. 헤헷."

그녀의 말에, 하비는 피가 역류해서 벌떡 일어나 권샐리를 노려보았다. 하지만 그녀는 하나도 당황하는 기색 없이 오히려 기분 나쁜 미소만 지어보였다.

"아아, 이제야 좀 재밌는 리액션이 나오네. 하비야. 우리 순진무구한 헛똑똑이 하비야아. 너 진짜 그 되도 않는 연기하면서 내 비위 맞춰주면, 내가 반재익 약점을 너한테 알려줄 거라고 생각한 거야아? 킥킥."

"너, 너 역시 뭔가 알고 있구나. 그래. 반채인이 대필해 준 거 맞지? 내 생각이 맞았어. 아닐 리가 없지. 넌 어떻게 안 거야? 반재익이 직접 말했어? 추측이야? 아니면……."

"하아, 다시 재미없어졌어."

샐리는 한숨을 쉬면서 하비의 말을 끊었다. 그녀는 대신 여전히 매혹적인 눈빛으로, 오랫동안 이발을 하지 못해 눈을 가릴 정도로 길어진 하비의 머리카락을 한번 슥 걷어주었다. 샐리 앞에서 그가 지켜온 치열함과 진지함은 철저히 무시당했다. 하비는 그녀의 손길이 야릇하고 불쾌했고, 그녀는 이럴 때마다 짜릿함을 느꼈다. 교복을 입은 자신은 주인공이 되어본 적이 없었다. 학교에서는 성적 좋은 애가 천재고 주인공이고, 공부 머리가 없는 자신은 바보에 곁다리 취급하니까. 하지만 걔넨 실제로 세상에 나가면 공부밖에 못하는 헛똑똑이들일 뿐이야. 샐리는 그렇게 믿었다. 이것 봐. 학기 초에는 존재감도 없다가 공부 좀 잘하게 되니까 민로사, 반재익, 반채인 선배까지 다 전전긍긍하던 애가, 허를 찌르는 내 한마디에 자기 목적이 발가벗겨지자 얼굴이 홍당무가 되어서 어쩔 줄 몰라 하잖아. 한심한 헛똑똑이 책벌레 새끼들.

"재미없다고, 하비야. 그래서 뭐, 네가 공론화를 할 거야, 아니면 수사를 해서 법정에 갈 거야?"

"잘못된 건 바로잡아야지…… 날 위해서든, 시스템을 위해서든."

"금전 거래도 없었고, 남도 아닌 형제인데 그냥 에세이 좀 봐줬어요, 하면 끝이잖아. 애초에 인정할 리도 없고."

"물증을…… 물증을 찾아내면 돼."

"아하, 그럼 걔네 집에 〈미션 임파서블〉처럼 도청기라도 설치해서 녹음 파일 확보할 거야? 킥."

"그건……."

"하비야."

"왜."

"너, 그냥 지금 뭐라도 안 하면, 무기력해서 죽을 것 같지이?"

"……."

"반재익이 편법 쓰는 거 이기고 싶으면, 어떻게 해야 하는지 알려줄까?"

"……알려줘."

"편법은 편법으로 이겨야 돼. 입학사정관 계좌에 10억 입금하는 건 뇌물이고 불법이지만, 10억으로 비싼 말 사서 승마대회 나가고 그걸로 아이비리그 가는 건 편법이잖아?"

"……그렇게 해도 하버드는 못 가."

"그래, 그래도 반재익한테 이렇게 억울하게 지고 싶지는 않을 거 아냐? 걔 이기기 위해서는 뭐든지 하는데, 막상 너는 그런 각오도 안 되어 있었네. 하비야, 솔직히 너 보면 좀 안쓰러워."

"뭐가?"

"힘들지 않아아? 너만큼 노력하는 애 없잖아. 이 정도면 넌 충분히 다 했잖아."

"……충분히는 아니야."

"물론 난 너처럼 노력을 그렇게는 안 해봐서 확실하게는 말 못해. 그래도 이제는 느껴지지 않아? 노력으로 올라갈 수 있는 한계가? 그래서 네가 지금 번아웃 상태인 거잖아."

"그래서……."

"그래서 어쩌자는 거냐고? 다음번엔 내가 도와줄게. 어떤 편법을 써서라도, 반재익이든 누구든 이길 수 있도록. 애초에 난 시험공부도 제대로 안 하는데, 내가 어떻게 토요일반에 있는 것 같아?"

"그럼 넌 뭘 원하는데……."

하비는 힘없이 말했다.

"믿기진 않겠지만, 난 너한테 원하는 거 없어."

놀랍게도, 이건 '거의' 그녀의 진심이었다. 권샐리는 그저 구하비를, 민로사를, 아니면 그들의 웃기지도 않게 단란한 집합체를 망가뜨리고 싶을 뿐이었다. 한번 편법에 맛들이기 시작하면 다시는 예전처럼 온전한 노력을 쏟아붓지 못한다는 것이 그녀의 지론. 물론 권샐리가 그걸 알 정도로 노력을 해본 적은 없다. 다만 자신이 노력을 안 하고 공부를 못하는 것은 머리가 나빠서가 아니라 너무 많이 가지고 태어났기 때문, 편법을 쉽게 쓸 수 있는 환경에서 태어났기 때문이라는 걸 타인을 통해 증명하고 싶어 했다. 또, 그녀가 진심으로 하비를 위한 무언가를 해줄 리는 만무했기에 이것은 애초부터 지킬 필요도 없는 하찮은 약속에 불과했다.

"아, 원하는 거 하나 있다."

"뭔데?"

"이 연필."

"그건 안 돼. 그리고…… 그리고 그건 너한테는 아무 의미도 없는 거잖아."

"아니이? 내가 가져야 되겠는데에?"

그래, 아무 의미도 없지. 그리고 너한테는 너무나 큰 의미 있는 징표라는 사실도, 나한테는 별 의미가 없어. 있어봤자, 충성을 맹세하는 징표 정도인가? 나는 그냥 가져야 돼. 나는 태어나서 뭘 필요로 해본 적이 없어. 그냥 원했을 뿐이지. 그러니까 내가 원하는 건 전부 필요한 거고, 전부 가져야만 돼.

"좋아…… 대신, 에세이 컴피티션…… 내가 꼭 돌려받도록 도와줘. 반재익이 대필했다는 증거……."

"네가 하는 거 보고. 근데 이렇게 재촉하니까 흥미가 사라지는데? 헤헤."

완전히 말려버렸다는 듯한 하비의 표정. 그는 굴욕적이지만 어쩔 수 없다는 심정으로 샐리에게 하버드 연필을 바쳤다. 그래, 기껏해야 연필 한 자루인데, 하며 스스로를 애써 합리화하는 듯 불쌍한 그의 표정을 보자 샐리에게는 사디스트적 카타르시스가 솟아났다.

딱한 헛똑똑이 하비. 너는 몰라. 네가 생각하는 것보다 반재익이 얼마나 더 규칙 위에 높이 서 있는지, 그리고 나는 그보다 얼마나 더욱 높이 서 있는지. 반채인 오빠가 컴피티션 때 대필해 준 거? 그저 새 발의 피야. 하지만 네 상상력과 연기력으로 알아낼 수 있는 건 그게 최대겠지. 학교야 뭐, 네가 더 좋은 데 가겠지. 난 학교는 관심 없고, 그냥 재밌기만 하면 돼.

"잘 쓸게. 고마워, 하비야. 이제 보이지 않아?"

"……뭐가?"

"내가 로사보다 훨씬 더 높이 있는 거."

이런 일들이 왜 권샐리에게 기쁘고 의미 있는 일이 되는지 수도외고의 어느 누구도 이해할 수 없을 것이다. 그녀에게는 결핍이 결핍되어 있다. 그래서 그녀는 어떤 것에도 절박해질 수 없었다. 사람을 이용하고, 조종하고, 가스라이팅하는 인형놀이는 같은 반 학생들이 명문대에 합격하기 위해 하는 노력만큼 그녀에겐 절박한 일이었다. 왜냐하면 그제야 자신이 가진 돈은 의미 없는 숫자가 아니라 권력이 되기 때문이다.

*

　겨울이기에 더욱 어두운 일요일 밤. 샐리와 재익은 성북동의 한 비밀스러운 갤러리를 대관하고 컨퍼런스 룸에 앉아 있다. 무채색의 벽에는 르네 마그리트의 그림과, 그것을 감싸고 있는 화려한 액자가 걸려 있다. 테이블 위에는 노트와 문제집들이 펼쳐져 있기는 하지만, 공부에 집중하려고 온 것이었다면 훨씬 덜 화려한 장소를 선택했을 것이다. 샐리는 휴대폰만 들여다보고 있었고, 재익은 그녀의 눈치를 살피고 있었다.

　"야, 샐리야. 근데…… 너 왜 구하비랑 계속 어울리냐? 무슨 꿍꿍이라도 있냐?"

　"어머, 뭐라는 거야?"

　"후…… 아니, 혹시나 해서 그냥 물어보는 건데."

　"킥, 말해."

　"혹시 걔가 에세이 컴피티션 얘기는 안 해? 너어…… 또 장난기 도져서 구하비 그 새끼한테 이상한 떡밥 던져주고 그런 건 아니지?"

　"븅신. 야, 구하비는 이미 채인이 오빠가 네 에세이 대필해 준 거 알고 있더만."

　"뭐? 미친! 걔가 그걸 어떻게 알아? 설마 네가 말한 건 아니지?"

"미쳤냐? 내가 그걸 말하게? 오히려 내가 너 커버 쳐줬거든? 아이씨…… 이게 고마운 줄도 모르고."

샐리가 발끈하자 그는 기가 죽어서 조심스럽게 물었다.

"……진짜?"

"그래! 아니, 못 믿겠으면 가서 구하비한테 물어봐! 어? 물어보라고!"

"……알았어, 고마워. 근데 샐리야, 걔가 막 고발하고 그러지는 않겠지? 이거 알려지면 형은 둘째 치고 나 아빠한테 죽는다고."

그녀는 잔뜩 겁먹은 재익을 보며 피식 웃었다.

"그러니까아, 일요일반도 있는데 그깟 컴피티션이 뭐라고 꼭 무리수를 두네에."

"아니…… 나도 생각이 있었어."

"생각이 있기는. 그냥 구하비 한번 어떻게 이겨볼라고, 킥."

"내가 그냥 이기거든? 그딴 근본도 없는 듣보잡 새끼."

"너, 수도외고 오기 전에는 맨날 네가 이길 사람은 로사밖에 없다고 했잖아. 근데 어쩌다 이렇게 됐어어? 너희 둘 다 말이야아. 수진희는 물론이고, 구하비한테 닿지도 못하고."

"로사가 그 새끼보다 훨씬 똑똑하거든?"

"에휴, 로사한테 고백도 못하는 게 뒤틀린 소유욕만 있어서는. 공부도 연애도 하비가 훨씬 낫네."

"야, 샐리야. 그 새끼는 똑똑한 게 아니라 존나게 집요한 것뿐이야. 그냥 아득바득 기어오르는 것밖에 못한다고."

"아니 그러니까, 그걸 알면 조심 좀 하라고! 에세이 컴피티션 같은 걸 네가 괜히 건드려서 눈 돌아간 거 아냐. 네 말대로 걔 아직도 존나 집요하게 캐고 있을 거라고. 이러다가 이것도 알면…… 이건 장난하는 거 아냐."

진지해진 샐리의 말투에 재익은 알았다며 고개를 끄덕이고, 괜히 화제를 돌렸다.

"너는?"

"나 뭐?"

"아까 물어봤잖아. 넌 요새 구하비 데리고 다니는 거 무슨 꿍꿍인데? 뭐, 로사 대신 걔로 타깃 바꿨냐?"

"뭐, 헤헷. 좀 가지고 노는 거지. 구하비처럼, 그, 뭐라고 해야 하나…… 네가 아까 말한 대로 존나 하나에만 집요하게……."

"맹목적인?"

"그래. 그, 맹목적인 애들이 막상 보면 조종하기 쉽다고. 원래 야생에 있는 애들이 은근히 목줄이 채워지길 바란다니까? 물론 채우고 나면 재미가 없어져서 파양해야 되지만."

"권샐리 또 병 도졌네, 큭큭."

갑자기 컨퍼런스 룸의 문이 덜컥 열렸다.

"아유, 우리 샐리 양, 재익 군. 잘 지내셨나요. 좋은 일요일 아침이세요."

"안녕하세요."

"이제 한 학년을 마무리하는 시험이 다가오시네요."

재익과 샐리는 낄낄거리며 속삭였다.

"저놈의 높임말, 큭큭."

"자, 시작해 보실게요. short and sweet하게! 오우, 이건 르네 마그리트의 작품……."

17교시

　단테는 절박했다. 이번 시험은 마지막 기회다. 단테는 알고 있었다. 자신에게는 진희 같은 비상함도, 로사 같은 완벽함도, 하비 같은 집요함도 결여되어 있다는 걸. 하버드? 수도외고에서 스스로가 하버드에 가지 못한다는 것을 아는 학생은 여럿이었지만, 그는 그 사실이 괜찮은 유일한 학생이었다. 그는 대학을 어디로 가든 자신이 무엇보다 사랑하는 영문학을 공부할 수만 있다면 큰 상관이 없었다. 여리고 섬세한 단테의 꿈은, 누구도 해치지 않으면서 누구에게나 위로를 해줄 수 있는 소설가가 되는 것이었다.

　수도외고는 단테와 같은 학생이 있을 장소가 아니었다. 성적 발표 날을 생각하기만 하면 숨이 가빠져 왔다. 모두가 인류애를 가져야 한다는 게 아니다. 꼴등이 불쌍하니까 1등의 노력은 깡그리 무시하고 등수를 매기지 말자는 것도 아니다. 그렇지만, 누군가를 경쟁에서 이기고 밟고 올라가고 싶은 마음이 없다면?

　두 번째 시험을 기점으로 가파르게 추락한 그의 성적. 단테는 교무실의 단골손님이 되었다. 선진두 선생님은 말하겠지. 내가 널 수도외고에 징집하기라도 했나? 수도외고에 지원한 그날, 너는 이미 이 지옥을 각오했어야 하는 거야. 아니면 지금이라도 나가도 된다. 자퇴서 바로 바깥에 놔뒀잖니?

324

그렇게 교무실에서 실컷 깨지고, 방에 돌아와서야 그는 선진두 앞에서 하지 못했던 변론을 읊조렸다.

선생님, 저도 자퇴서 쓰고 나가고 싶어요. 그런데 전 부모님한테 절대로 자퇴한다고 말할 수가 없어요. 하비 부모님은 아들이 자퇴하고 싶다고 하면 찬찬히 얘기 들어주시고, 아론이 부모님은 교무실까지 찾아와서 싸우시잖아요. 역효과만 나긴 했어도.

저는 그런 건 바라지도 않아요. 그냥 자퇴한다고 하면 혼내는 부모님이면 좋겠어요. 근데, 우리 아빠는 하루 종일 엄마병간호 하다가 새벽에 일 가셔야 돼서 제가 교복 입은 거, 입학식 때 빼곤 본 적도 없어요. 부모님한테 성적표 확인 사인받을 때 다른 애들은 혼날까 봐 무서워하죠? 전 사인 받으려고 아빠한테 성적표 드리면, 저보다 아빠가 더 무서워해요. 혹시라도 제가 학교에서 못해서 쫓겨날까 봐, 학교 더 못 다닐까봐. 그런데 제가 어떻게 거기다 자퇴서를 들이밀어요? 저는원망할 사람도 없어요. 그래서 경쟁을 못 하나 봐요. 다른 애들이 날 원망하지도 않았으면 좋겠으니까.

이렇게 말하면 선진두는 어쩌라고, 하는 표정으로 답하겠지. 미안한데 난 인간극장에는 별로 관심이 없구나. 아, 근데그 사연으로 대학 지원할 때 자기소개서를 쓰면 괜찮을 것 같은데? 물론 성적은 더 올리고 나서.

선생님, 전 진짜 더 못할 것 같아요. 경쟁에서 이기고 지는 거 자체가 너무나 힘들고 죽을 것 같아요. 선생님, 제가 왜 책을 좋아하는 줄 알아요? 요즘엔 모든 예술에 점수랑 등수를 매기고 이 수도외고에서처럼 싸우잖아요. 음악은 빌보드 차트, 스포티파이 차트. 영화는 블록버스터 차트, 넷플릭스 랭킹, 로튼 토마토 점수…… 근데 책은 조용해요. 요즘엔 아무도 책을 안 읽으니까. 그래서 저는 책 읽는 게 좋고, 책 쓰고 싶고…… 책처럼 살고 싶어요. 제발 좀 자유롭게…….

이렇게 절규하면 선진두는 하비 얘기를 꺼내겠지. 네 룸메이트는, 네 베스트 프렌드는, 블라 블라.

그래서 가끔은 하비가 미웠다. 하비가 선진두와 수도외고 시스템의 상징이 되어버리고, 그로 인해 그 시스템이 자신에게 전가된 것 같아서. 그러나 또 마음 한편으로는 매일같이 화장실에서 밤을 새면서 정직하게 공부한 것밖에 없는 친구를 매도하고, 자신의 열등감 때문에 HARBIRD 스터디그룹까지 망쳐버렸다는 사실이 괴로웠다. 단테는 자괴감과 자기혐오에 잠식되어 갔다. 또 매일같이 밤을 불태우며 공부하는 하비는 방에 없고, 옆자리의 빈 침대를 바라보면 자신의 공허함과 죄책감이 거기 대신 누워 있는 것 같았다. 그것이 자신의 새로운 룸메이트였다.

그날, 동아리방에서 싸운 이후 단테와 하비 간에는 아무런

교류가 없었다. 그러나 적의 역시 전혀 없었다. 왜 권샐리랑 어울리면서 귀중한 시간을 낭비하는지는 모르겠지만, 근시안적일지라도 자신의 신념에 맞게 진일보하는 그를 보면 존경스러웠고 닮고 싶었다.

네 번째 시험 일주일 전, 화장실에서 공부를 하던 단테는 새벽 4시 정도에 방으로 돌아가려고 나왔다. 누군가 여전히 굳게 잠긴 칸 안에서 공부를 하고 있었다. 슬쩍 아래를 확인해 보니 익숙한 슬리퍼에 큼지막한 발, 룸메이트였다. 단테는 말 없이 캔 커피 하나를 칸 안으로 굴려 넣었다.

다음 날 저녁에 수업을 마치고 방으로 돌아와 보니, 자신의 책상 위에 치킨 한 마리와 쪽지가 놓여 있었다.

새벽에 커피 땡큐. 이건 냉동 치킨 아니고 방금 주문한 거니까, 또 전자레인지 돌리다가 불내기 ㄴㄴ

심신이 너무 지쳐 있던 단테는 그의 쪽지를 보고 몇 주 만에 웃었다. 자기 전에 휴대폰을 만지작거리다가, 조금 용기를 내서 또 밖에서 공부하고 있을 룸메이트에게 문자를 보냈다.

단테: 치킨 잘 받음. 땡큐ㅋㅋ

문자에도 약간 어색한 정적이 흘렀다. 상대방이 타이핑하고 있다는 상태메시지가 보이다가, 다시 사라졌다. 단테는 하비에게 털어놓고 싶은 말이 산더미였다. 그러나, 이내 지웠다. 시험이 코앞이고 서로의 깊은 속내를 나누기에는 시간이 너무 없었다.

단테: 시험 잘 봐라
하비: 너도 잘 보고 시험 끝나고 치킨이나 먹으러 ㄱㄱㄲ
단테: 그래ㅎㅎ

*

로사의 완벽주의는 자신이 완벽하게 컨트롤할 수 없는 일련의 상황들로 인해 완벽하게 부서져 버렸다. 그리고 묘하게도, 동시에 그녀는 자신을 속박하던 완벽주의로부터의 자유를 느꼈다. 1등이 아닌 도전자로서의 탄력을 다시 얻었음을 네 번째 시험을 준비하며 깨달을 수 있었다.

하비는 어떨까. 요새 권샐리와 어울리는 걸 보면, 질투보다는 걱정이 먼저 든다. 다행히 단테에게 들은 바로는 하비도 매일 밤을 새워가며 네 번째 시험을 준비하고 있다고 했다. 우선 이번 시험은, 그저 멀리서 서로가 원하는 것을 되찾기를 기도하는 수밖에…….

오늘도 로사의 부모님은 새벽이 되어서야 퇴근하시겠지만, 그녀는 더 이상 그들을 기다리지 않았다. 여전한 층간소음에도 불구하고 조금의 설렘과 조금의 긴장을 갖고 잠에 들었다. 내일, 네 번째 시험은 수도외고에 도착해 도전자로서 치르는 첫 번째 시험이었고, 그녀는 가장 높은 자리를 놓칠 생각이 없었다.

네 번째 시험 날의 아침이 밝았다. 이제 학생들은 익숙하게 강당에서 대기하다, 익숙하게 자리에 앉아 프로토콜을 따랐고, 익숙하게 시험지를 펼쳤다. 로사는 막힘없이 객관식 영역의 정글을 헤쳐나갔다. 결코 쉬운 문제들이 아니었지만, 용맹하게 전진했다.

마지막 객관식 문제를 풀어냈을 땐 아직 30분이 남아 있었다. 충분하다. 로사는 자신감 있게 페이지를 넘겼지만…… 최종 보스는 여기에 도사리고 있었다. 그 어느 때보다도 난해한 마지막 서술형 문제.

1. 해체주의의 아버지라고 불리는 프랑스의 철학자 자크 데리다에 따르면, 그림의 프레임(frame, 액자)은 이중적인 존재다. 우리가 그림을 바라보면 프레임은 바깥에 속하면서 시야에서 사라지지만, 우리가 그림의 바깥을 보면 프레임은 그림이 되면서 시야에서 사라진다.

2. 미국의 인지언어학자 조지 레이코프는 '프레임 이론'을 최초로 정립하면서 프레임을 '생각의 기본 틀'이라고 정의했다.

이 두 가지 '프레임'의 개념을 연결시켜 서술하라.

이게

도대체 무슨

개소리야?

　서술형 문항을 본 아이들은 모두 소리 지르고 싶은 것을 억지로 참았다. 이 문제는 고등학생 수준을 넘어선 그냥 어려운 문제가 아니었다. 다른 차원에 존재하는, 절대로 풀 수 없는 문제였다. 아니나 다를까, 곳곳에서 끙끙 앓는 소리가 나기 시작했다. 로사도 눈앞이 캄캄해지는 것 같았다. 다만 두 번째, 레이코프의 '프레임'은 어렴풋이 기억이 났다. 수도외고 입학 면접 준비를 위해 『코끼리는 생각하지 마』라는 책을 읽었던 것이다. '코끼리를 생각하지 말'고 하면 오히려 더욱 '코끼리'라는 프레임에 갇히게 된다는 내용. 그 작가가 이 사람……
맞겠지? 로사는 막막함을 안고 겨우 답안을 작성해 나갔다.
그런데 갑자기,
　"거기, 지금 책상에 뭐 쓰고 있나!"
　감독관이 소리치자 서술형 문제에 신음하던 아이들의 시선이 한쪽으로 향했다. 단테였다.
　"아…… 아무것도 아닙니다. 죄송합니다."
　감독관은 딱 걸렸어, 하는 얼굴로 단테에게 성큼성큼 걸어갔다. 하지만 이내 아무것도 발견하지 못하고 이해되지 않는다는 표정으로 떠났다. 단테는 뭔가를 책상에 새기고 있는 듯했지만, 시험과 관련된 것은 아닌 것 같았다. 하기야 이딴 문제가 나오면 빡쳐서 책상을 긁어댈 만도 하지. 로사는 생각했다.

결국 마지막까지 한숨 쉬는 소리가 푹푹 나다가 네 번째 시험이 마무리되었다. 마지막 서술형 문제에 대해 열띤 성토를 하며 시험장을 나오는 아이들. 로사는 하비와 단테를 차례로 마주쳤다. 단테의 얼굴은 특히 창백했다.

"……안녕."

"아…… 로사야. 안녕."

셋은 아주 어색하고 짤막한 인사를 나누고 헤어졌다. 예전처럼 고민을 공유하지 않고 각자의 고민을 싸들고서 방으로 돌아갔다. 그래도 어떻게든 이 1년을 마무리하고 나면, 그때는 넷이 다 함께 다시 한 자리에 모일 수 있지 않을까.

*

"샐리야."

"왜?"

"혹시 연필 하나만 빌려줄 수 있어? 내 연필이 부러져서……."

권샐리에게는 시험이 끝난 후 큰 문제가 생겼다. 아니, 시험 망치는 건 원래 일상이니까 전혀 상관없는데, 자신을 재미있게 해줄 갈등 상황이 하나도 일어나지 않는다는 것이다. 새로 구매한 구하비 장난감은 이용 가치가 벌써 끝나버린 듯했다. 오히려 민로사처럼 뭔가 튕기는 맛이 있어야 재밌는데. 로사의 질투 유발은커녕 이렇게 고분고분하게 복종할 거면 자신의 재력을 보고 쫄래쫄래 따라다니면서 비위나 맞추는 그녀의 얼빠진 시종들과 다를 게 무엇인가.

샐리는 혀를 쯧 차며, 초고가의 필기구들 사이에 들어 있는 싸구려 연필 하나를 꺼내 던졌다.

"여기."

"어, 이거 써도 돼?"

자기 물건이라면 끔찍이 아끼는 샐리였지만, 헌 장난감을 처분하듯 하비가 자신에게 바쳤던 크림슨레드색 하버드 연필을 건네주었다.

"어, 별 관심 없어."

"와…… 진짜 고마워, 샐리야."

뭐가 또 그렇게 고맙다는 건지. 하비는 소중한 보물을 되찾은 양 해맑게 웃음을 지었다. 이런 놈이 집요하기는 뭐가 집요해. 재익이도 멍청하다니까. 괜히 겁먹어서는. 공부만 잘하지, 이런 헛똑똑이들은 세상 살아가는 법을 모른다니까?

"나 어디 갔다 올 동안 짐 좀 지키고 있어."

"응, 응."

샐리는 학교에 무슨 재밌는 일이 없나 온 구석을 뒤졌지만, 태풍이 몰아치기 전처럼 고요하기만 할 뿐 어떤 이목을 끄는 이벤트는 없었다.

한 시간이 지나서 자리에 돌아와 보니 하비는 사라지고 책상에는 빌려준 크림슨레드색 연필만 덩그러니 남아 있었다. 어, 근데 뭔가 좀 허전하네. 연필 꽁무니에 달려 있어야 할 지우개가 없고 그 자리에는 구멍이 뻥 뚫려 있었다. 뭐야? 게다가 자리 좀 지키고 있으라고 했더니. 누가 내 물건 가져가면 어쩌려고. 그녀는 짜증을 내며 하비에게 전화를 걸었다.

—응, 여보세요. 샐리야.

"야! 내가 짐 보고 있으라고 했잖아! 누가 가져가면 네가 물어낼 거야?"

샐리의 다그침에 그는 침묵을 유지하다, 이내 새어 나오는 웃음을 멈추지 못하고 미친 듯이 웃어댔다. 상황에 맞지 않는 너무나도 호탕한 웃음에, 샐리의 팔에 소름이 끼쳤다.

"뭐…… 뭐야, 왜 웃는 거야? 뭐야?"

—샐리야, 너한테는 딱히 악감정 없어.

더 이상 그 전의 얼빠진 목소리가 아니었다. 갑자기 이 태도는 뭐야?

"무슨 소리야, 그게? 너 뭐, 뭐 한 거야?"

—그 하버드 연필은 가져. 그래도 너한테 준 거니까.

"뭐?"

—난 지우개만 필요하거든.

"뭐야? 뭐 어쩌라는……."

황급히 필통을 뒤져 지우개가 사라진 하버드 연필 꽁무니를 자세히 살펴보니, USB 단자 같은 모양이 눈에 띄었다. 더 불길해졌지만, 그녀는 여전히 상황이 이해되지 않았다.

―어중간하게 아는 게 더 무서운 거야, 그치?

"야, 구하비! 이거, 이게 뭐야? 무슨…… 특수 제작 연필이야?"

―아…… 역시 나는 끝까지 치밀한 성격은 못 되나 봐. 영화에서 이런 거 미리 말해주면 끝이 안 좋던데. 그래도 네가 트로이 목마가 되준 덕분에, 〈미션 임파서블〉을 찍을 필요는 없었어. 땡큐.

"말해! 이게 뭔데!"

자신을 살살 놀리는 하비에게 악이 받쳐 샐리는 소리를 질러댔다. 그러자 그가 건넨 답례에, 샐리는 더욱 기겁할 수밖에 없었다.

―*병신. 야, 구하비는 이미 채인이 오빠가 네 에세이 대필해준 거 알고 있더만…… 뭐? 미친! 걔가 그걸 어떻게 알아? 설마 네가 말한……*

지지직거리는 소리와 함께 휴대폰 너머로 자신과 반재익의 생생한 목소리가 들려왔다. 그녀의 심장이 철렁 내려앉았다.

―미안, 나도 아직 여기까지밖에 못 들었네.

샐리는 떨리는 손으로 연필을 들어 보았다.

―맞아, 샐리야. 연필 지우개 모양 초소형 녹음기. 이십 만 원짜리라, 지우개 부분만 내가 가져갈게.

그러면…… 그날 일요일반에서의 대화가 다 녹음됐다고……? 안 돼, 안 돼, 안 돼.

"야…… 야! 야! 구하비, 이 개, 개, 개새끼야! 너 나 녹음한 거야? 지금까지 다 연기한 거야?"

크레센도로 높아지는 샐리의 비명.

"어떻, 어떻게. 이게, 이게 말이 돼? 너, 나한테 준 연필 뭐야! 가짜야?"

—아, 재미없어.

"뭐, 뭐?"

—당연히 가짜지. 연필에 쓰여 있는 글자 잘 읽어봐. 진짜 내 연필은 HARVARD가 아니라, HARBIRD야. 새, 할 때 그 fucking 버드라고. 하하.

'Har'와 'rd' 가운데 있던 샐리의 엄지손가락이 들리자 드러난 두 알파벳은 정말 'bi'가 아닌 'va'였다. 보스턴의 기념품 숍 어디서나 살 수 있는, 전 세계에 4개뿐인 게 아니라 4만 개는 되는 연필.

—물론, 네가 이것까지 어떻게 미리 알 수 있었겠어?

"그, 그럼 일부러 ……."

—당연히 일부러지.

모두, 모두 일부러였다. 매점에서 마주친 것도. 속마음을 털어놓는 척한 것도, 스터디그룹 이름을 굳이 언급하면서 그녀가 HARVARD가 아니라 HARBIRD인 것을 모른다는 걸 확인한 것도…… 샐리는 어지러웠다. 아…… 씨발. 민로사와 똑같아. 이 집요하고 지독한 것들을 이길 수 없다…….

"하비야…… 녹음 파일 파기해 줘…… 제발……."

—그건 어렵겠네. 아까 너한테 딱히 악감정은 없다고 했잖

아. 반씨 새끼들만 보내버릴 용도로 쓸 거니까 너무 걱정 말고.

"얼마면…… 얼마면 파기할 수 있어? 1억? 2억?"

―1조.

"뭐?"

―샐리야. 네가 생각하는 것처럼 대학이 정말로 그냥 잔디 깔아주고, 도서관 지어주고 들어갈 수 있는 거였으면 너나 반 재익 새끼가 이미 하버드를 예약해 놨겠지. 아니, 수도외고에 들어올 필요조차 없었겠지. 안 그래?

"너……!"

―난 그게 참 기분이 나빠. 너희들처럼 노력도 실력도 없이 뭔가를 얻은 놈들이 고개를 들고 활개 치는 게. 감히 로사랑 내 앞에서 똑똑한 척한다는 게. 순서가 잘못돼도 한참 잘못된 거지.

"아니……!"

―안 그래? 절박함이 위대함을 피워내는 법인데. 네가 아무리 돈으로 과외 선생, 대필 선생, 컨설팅 선생을 고용해 봤자 그것들이 우리보다 절박할 리가 없잖아. 그래서 우리가 이겨야 하는 거고.

다급한 샐리는 자존심이고 뭐고 할 것 없이 하비에게 애원했다.

"그래, 그래…… 하비야, 그런데…… 녹음 파일은 제발……! 원하는 거 있어? 진짜 내가 뭐든……!"

―이게 너희 아킬레스건이 맞긴 한가봐, 샐리야?

"……."

—내가 절박하게 공부하는 이유는 알기 위해서가 아니라, 오직 이기기 위해서야. 그리고 그걸 방해하는 것들은, 공부에 쏟는 내 절박함의 몇 배를 쏟아서라도 어떻게든 아킬레스건을 끊어버릴 거야. 싹.

전화로만 진달됐지만, 한 치 흔들림 없는 그의 진심에 섬뜩해진 샐리는 이 말 외에는 더 할 말이 없었다.

"너…… 너…… 이거 터지면 아무도 무사하지 못해…… 이건 정말이야. 수도외고 전체가 날아간다고…….."

—아니지, 전체는 무슨. 노력한 학생만이 달콤한 결과를 누려야 하는 시스템에서, 감히 규칙을 어긴 것들은 당연히 혀가 뽑히고 목이 잘려야지.

"하……."

그녀의 떨리는 숨소리를 뒤로 하고 전화가 끊겼다. 하비는 다시 한번 클라우드에 녹음 파일이 완벽하게 백업되었는지 확인하고 웃음을 지었다. 좀 쉬다가 더 들어봐야지. 시시했다, 권샐리는. 절박해질 수 없으니까.

권샐리는 아빠에게 전화를 하려다가 멈칫했다. 먼저 알려야 하는 사람이 있다. 발신음이 울리는 동안 두렵고 막막해서 손이 떨리고 눈물이 뚝뚝 떨어졌다. 딸깍.

—여보세요.

그녀는 크게 한숨을 내쉰 후에 간신히 입을 뗐다.

"일요일반이…… 구하비가 일요일반을 알아낼 것 같아요. 설득도 안 돼요…… 아아…… 아무것도 모르겠어요. 어떡해요. 죄송해요, 선생님……."

*

이제 내일이면 네 번째 시험의 결과가 발표된다. 로사는 집에서 쉬고 있었고, 로사 아버지는 딸과의 관계를 회복해 보려는 듯 평소라면 서류 더미에 파묻혀 있어야 할 시간에 집 안에서 어색하게 서성이고 있었다. 그러나 그녀는 여전히 노이즈캔슬링 헤드폰을 쓰고 공부에만 몰두하는 중이었다.

따르릉. 어색한 공기 속, 전화벨이 반가운 로사 아버지는 후다닥 전화를 받으러 나갔다가 로사의 방으로 들어왔다.

"로사야."

"왜요."

"샐리 아버지셔. 너랑 통화해야 한다고……."

"누구요?"

"샐리건설 회장님."

권샐리 아버지가 왜 나한테 전화를? 딸을 잘못 키웠다고 사과라도 하려는 것인가. 아버지도 전혀 영문을 모르는 듯했다.

"안녕하세요……."

—로사야, 아저씨다. 구하비라는 놈, 너랑 만난다는. 그놈을 좀 설득해 다오. 녹음만 폐기하면 원하는 거 다 들어주겠다고.

우리 딸이 많이 곤란한 상황이야. 그리고, 너도 곤란한 상황에 처할 수 있다.

"네? 무슨 설득이요?"

—아직 못 전해 들은 거니, 아니면 모른 척하는 거니? 스피커폰으로 잠시 바꿔다오.

무슨 소리야, 이게? 로사는 전혀 영문을 모른 채 스피커폰을 켰다.

—로사 아버님. 로사가 그놈 잘 설득해서 녹음만 파기해 주면, 내가 아주 큰 빚을 지는 거요. 이번 일만 잘 도와주면 저번 용산 계약은 물론이고 앞으로도 우리 회사 일은 로사 아버지 로펌에 전부 맡기는 걸로, 응?

"예, 예! 물론이죠, 회장님."

전화가 끝나고 아버지는 화색이 돌며 딸에게 물었다.

"로사야, 로사야! 이게 무슨 일이니? 뭘 설득하라는 건지는 몰라도, 어려운 거 아니겠지?"

"아빠…… 난 샐리 아버지가 무슨 말 하는 건지 하나도 모르겠어요."

"아니, 나도 전혀 모르겠지만 그냥 하면 되는 거 아냐, 응?"

"……저 들어갈게요."

아버지는 방으로 들어가려는 딸의 손을 확 잡아챘다.

"우리 딸, 아빠 위해서 꼭 해줄 거지? 어려운 거면 아빠가 얼마든지 도와줄게."

그녀는 아무 대답도 하지 않고, 방문을 닫은 다음 다시 헤드폰을 썼다. 문자가 와 있었네…… 즐겨찾기에 등록되어 있지만, 한동안 연락한 적 없던 번호로부터 온 문자였다.

하비: 로사야 급하게 얘기해야 할 게 있어
하비: 좀 나와줄래 전에 그 도서관 근처 수도벅스

그의 문자에서는 그동안 멀어졌던 서로의 거리를 뛰어넘는 긴급함이 느껴졌다. 로사 역시, 여유롭고 평화로운 기억으로만 남아 있던 그 카페로 긴급하게 달려갔다.
"하비야."
"로사야."
어떤 말로 대화를 시작해야 할까?

이것은 로사에게 의논하지 않으면 안 되는, 너무나 중요하고도 긴급한 사안이었다. 그래서 그녀와 떨어져 있었던 시간, 이별, 간극―무슨 망할 이름을 붙여도 좋다―을 뛰어넘을 마음의 준비가 되지 않은 채로, 감정의 해소가 완전히 이루어지지 않은 채로 그녀에게 도달해야 했다.
그동안 학교에서 서로의 얼굴을 멀리서는 봤지만, 가까이서는 외면해 왔다. 하지만 이렇게 밖에서 서로의 이름을 부르자 다시 서로의 목소리가 서로의 얼굴과 일치되며 형상을 새로 빚어냈다. 이 시스템을 올라가려는 자신의 몸부림과 그녀를 향한 자신의 마음은 영원히 분리할 수 없다는 것만 다시 느꼈다. 용솟음치는 감정들을 힘겹게 억누르고 용건을 꺼내는 하비.

"로사야…… 너 일요일반이 뭔지 알고 있어?"

"일요일반……?"

"다른 명칭이 있을지도 몰라. 그렇지만 권샐리랑 반재익, 둘이서만 일요일에 하는 수업인 건 확실해."

어디선가 한번은 들어본 이름이었다. 로사 역시 하비를 보자 숨죽여 왔던 감정들이 되살아났다. 그러나 최대한 두뇌를 차갑게 유지한 채 골똘히 기억을 되짚었다.

"토요일반이랑 연관된 거야? 일요일반은 잘……."

"모르겠어? 토요일반이랑 비슷한 형식인 것 같아."

아, 브런치…… 그때 브런치! 권샐리 아빠가 방금 전화를 하지 않았다면 기억하지 못했을 것이다.

"어…… 응. 한번…… 한번 권샐리네 가족이랑 식사할 때 들어본 것 같아. 언제 한번 권샐리 엄마가 '일요일반'이라고 했는데, 권샐리 아빠가 눈치 주니까 황급히 정정…… 했었어."

하비는 갑자기 사색이 되어 로사를 붙잡고 물었다.

"그러면, 그러면……! 일요일반이 뭐 하는 곳인지 알고 있어?"

"아니…… 나도 물어봤던 것 같은데, 말을 안 해주고 얼버무렸어."

"누가, 누가!"

"권샐리 부모님이…… 하비야, 무슨 일인데 이렇게……."

"로사야, 그냥 들어보고…… 뭔가 걸리는 게 있으면 말해줘."

"뭘?"

"우선 한번 들어봐 줘."

그는 깊은 한숨을 쉬며 이어폰 한쪽을 로사의 귀에 꽂아 주었다. 그 손길에 그녀는 잠시 긴장했지만, 하비는 이 일요일반이라는 것에 완전히 매몰되어 있을 뿐 특별한 의미가 있는 동작은 아니었다.

안녕하세요…… 이제 한 학년을 마무리하는 시험이 다가오시네요…… 자, 시작해 보실게요…… short and sweet하게…… 오우, 이건 르네 마그리트의 작품…… 거기다가 이 프레임, 그림에서 완벽한 이중적 요소세요…… 또, 이것은 파이프가 아니다, 같은 그림은 우리에게 이미지와 언어의 관계라는 제한적인 생각의 틀을 벗어나서 미술이란…… 예술이란…… 무엇인가를 되짚어 보게 도와주시는 역할을 하시죠……

반재익과 권샐리, 그리고 다른 한 사람의 목소리가 지지직거리는 소리와 섞여 들렸다. 얘네 둘이 따로 수업하는 건가? 그냥 무슨 철학 수업 비슷한, 토요일반에서 하는 것 같은 대화뿐인데? 도대체 뭘 들어야 하는 거지?

"하비야. 뭘 들으라는 거야? 이해가 잘……."

로사는 다시 한번 귀를 기울여 봤지만 무엇을 들어야 하는지 감이 오지 않았다.

"······모르겠어. 네 말대로 토요일반 같은 수업을 둘이 따로 듣는 거 아냐? 그냥 뭔지 말해주면 안 돼?"

"그건······ 안 돼. 내가 잘못 판단한 걸 수도 있기 때문에 네가 아무 선입견 없이 들어줘야 돼. 그래야 내가 생각하는 게 맞는 건지, 아니면 그냥 미친 생각인 건지 알 수가 있을 것 같아······. 한 번만 더 들어봐줘."

그는 그녀가 자신의 가설이 맞다고 확인해 주길 바라면서도, 한편으로는 다른 진실을 찾기를 바라는 것 같았다. 도대체 어디서 이런 녹음 파일을 구했으며, 갑자기 뭘 확인해 달라는 건지······ 하비가 완전히 미쳐버린 것이 아닐까.

다시 들어도 로사는 여전히 이해가 가지 않았다. 다만, 선생 같아 보이는 사람이 쓰는 극존칭이 우스꽝스러우면서 묘하게 익숙하다는 것만 알겠다. 얼마 지나지 않아 녹음이 끊겼다.

"어······ 다 들었는데. 이 사람은 선생인가? 수업 내용이 이게 끝이야? 5분도 안 되는데?"

"응. 그게 전부야."

"녹음이 중간에 잘린 건 아니고?"

"아냐. 절대 아냐."

일요일반이라길래 권샐리가 무슨 유명한 일타 강사들을 시간당 천만 원씩 쥐가면서 섭외한 과외인 줄 알았는데, 겨우 5분 동안 횡설수설한 게 수업의 전부라고? 하비는 뭔가 더 말을 하려다 말았다. 그가 답답해 보이는 것만큼 로사도 답답했다. 갑자기 나타나서 나한테 뭘 찾으라는 거지? 그러나 그

의 절박한 얼굴을 보니, 자신이 뭔가를 꼭 찾아줘야 할 것 같
았다.

"한 번 더 들려줘."

"응."

아무런 선입견 없이 들어보자. 선생이라는 자의 우스꽝스
러운 말투도, 퀸샐리와 반재익도 생각하지 말자. 망할. 생각
하지 말자고 되뇌니까 오히려 더 생각나잖아. 진짜 『코끼리는
생각하지 마』랑 똑같네…… 아니, 잠깐만. 어…… 잠깐만?

잠깐만.

이건 르네 마그리트의 작품…… 거기다가 이 프레임, 그림
에서 완벽한 이중적 요소세요…… 또,

아니, 그럴 리가 없어.

제한적인 생각의 틀을 벗어나서 미술이란…… 예술이란……
무엇인가를 되짚어 보게 도와주시는 역할을 하시죠……

"아!"

로사는 믿지 못하겠다는 표정으로 외마디 탄식을 외쳤다.
머릿속에서 모든 퍼즐 조각이 맞춰진다. 그렇게 완성된 퍼즐
은 모든 것을 뒤흔들고 뒤엎는다.

"알겠어……?"

하비가 문자 로사가 답했다.

"……프레임."

*

하비가 샐리로부터 녹음 파일을 입수한 그날, 그는 전화를 끊으면서 뭔가 불완전하다는 느낌이 들었다. 분명히 에세이 컴피티션 대필 증거를 잡아냈고, 그것은 확실한 스모킹건이자 아킬레스건인 것은 확실했다. 그렇지만 샐리는 너무나 필요 이상으로 두려워했다. 마치 대필 문제 따위는 안중에도 없는 것처럼.

……뭐지? 내가 뭘 놓쳤나? 아니면 더 확실한 증거가 있는 건가? 그는 그날부터 수십 시간을 투자해 각종 잡음들을 견뎌내며 녹음 파일 속을 헤맸다. 밥 먹으면서도, 샤워하면서도, 잠자면서도 들었다. 하지만 아무리 들어도 결정적 단서라고 할 만한 부분은 여전히 이 5분 남짓한 '일요일반' 부분을 제외하면 아무것도 없었다.

붕신. 야, 구하비는 이미 채인이 오빠가 네 에세이 대필해 준 거 알고 있더만…… 뭐? 미친! 개가 그걸 어떻게 알아? 설마 네가 말한……

권샐리가 겨우 이 몇 마디가 그렇게 두려워서, 억 단위까지 불러가면서 날 회유하려 한 거라고? 다른 게 있어. 분명히. 이 5분 안에. 하비는 노이즈캔슬링 헤드폰을 끼고 그 부분만을 반복해서 들었다. 어디엔가 더욱 확실한 단서가 있……

기는 개뿔. 하, 이게 전부라고? 정말? 몇 번을 들어봐도 아무 맥락 없는 얘기뿐. 마그리트 작품이 뭐 어쩌라고.

삐빅. 삐빅. 초소형 녹음기가 배터리가 없다는 신호를 보냈다. 충전기를 어디다 뒀더라? 가방 앞주머니인가. 시험이 끝나고 난 뒤에는 지쳐서 가방을 한 번도 풀지 않았다. 지퍼를 열자 문제집들과 노트들, 시험 때 서술형 에세이 브레인스토밍 용도로 쓴 종이까지 전부 혼잡하게 섞여 있는 것이 보였다. 종이를 많이도 썼네. 하긴 마지막 서술형 문제가 워낙 미친 난이도였으니까. 뒤적거리던 중에, 하비는 모든 동작을 멈췄다.

아니, 잠깐만.

잠깐만. 잠깐만. 잠깐만. 잠깐만……! 그는 감전된 듯 일시적으로 굳어 있다가 허겁지겁 녹음 파일을 다시 한번 재생했다.

이건 르네 마그리트의 작품…… 거기다가 이 프레임, 그림에서 완벽한 이중적 요소세요……

진실을 알아차린 순간, 온몸의 피가 굳었다. 분노 따위가 아니었다. 너무나 거대한, 감당할 수 없는 진실을 알게 되는 순간이었다. 믿고 있던 모든 것의 근간이 뒤집히는 순간이었다.

트루먼이 자신의 인생이 쇼였다는 것을 인지하는 순간과 마찬가지였다. 상상력의 범위를 너무나 현저히 뛰어넘는 진실을 알게 되면, 그것을 인정하는 것이 가장 두려워진다. 그래서 하비는 수백 번을 더 들어야 했다. 그러나 결국엔 인정할 수밖에 없었다. '프레임'…… '작품'…… '생각의 틀'…… 두 가지 '프레임'의 개념을 연결시켜 서술하라.

그렇구나. 이 새끼들은 미리 알고 있었구나. 마지막 서술형 문제로 뭐가 나올지를…….

*

"알겠어?"

"알겠어."

진실을 알아차린 순간, 로사 역시 온몸이 떨렸다. 일요일반은 토요일반처럼 철학을 가르쳐주는 수업도, 대필을 해주는 수업도 아니었다. 절대로, 아무도 알 수 없는 마지막 서술형 문제를 미리 반재익과 권샐리에게만 전달해 주는 5분짜리 수업. 그리고 그 둘은 며칠 동안 미리 준비해 온 에세이를 시험날 적어내기만 하면 되는 것이었다. 하비와 로사 사이에는 긴 정적이 흘렀다.

"로사야, 나는…… 나는 아직도 안 믿겨져. 굳이 이렇게까지 번거로운 방법을……."

"이메일이나 서면으로 전달하면 증거가 남으니까……. 그리고 네가 녹음하리라고는 추호도 몰랐을 거야. 그런데 하비야, 녹음은 도대체 어떻게 한 거야?"

"그냥, 녹음기를 권샐리한테 트로이 목마처럼 흘렸어."

"그럼 요즘 개랑 어울리던 게……."

"당연하지. 난 너 말고는 아무도……."

너무나 거대한 진실 앞에서 잠시 한 발짝 물러나, 대신 로사에게 한 발짝 다가가는 하비. 그러나 거대한 진실은 이것뿐만이 아니었다.

"로사야…… 우리가 어떻게 해야 하는 거지? 어떻게 문제가 유출될 수가 있지? SBT 감독관을 경찰에 신고해야 되나? 제보해서 공론화 시켜야 되나? 아니면……."

"하비야……."

"으응."

"SBT쪽에서 유출된 게 아닐 거야……."

"어? 그러면? 설마 반채인……."

"기억 나? 네가 유나바머 얘기해 줄 때, 사람이 쓰는 말에도 지문이 있다고 했잖아. 말투 들어보니까 누구인지 알 것 같아. 여기 녹음 파일에 나오는 선생."

"여기 녹음…… 녹음 파일에 나오는 이 사람을 안다고?"

"응. 내가 다니는 학원 원장이야. 이 듣기 싫은 높임말, 거기다가 short and sweet이라는 말버릇까지. 확실해. 그리고……반재익이랑 권샐리, 나, 셋 다 이 학원에 오래 다녔어."

"뭐?"

머리가 지끈거리는지 하비는 얼굴을 찡그렸다.

"하지만 난 절대 한 번도……."

"알아, 로사야. 네가 연관되지 않았다는 것만은. 말하지 않아도 당연히 알아."

그의 단호하고 흔들림 없는 말투에 굳었던 그녀의 심장이 조금은 녹을 수 있었다.

"하지만 로사야…… 이게 말이 돼? 수도외고랑 아무 관련 없는 학원 원장이 학교 시험 문제를 유출한다고?"

"맞아. 이 학원 원장은 이런 큰일을 저지를 깜냥이 안 되는 인간이야. 하지만……."

"그러면…… 누가?"

머뭇거리는 로사. 그러나 이내 그의 정체를 뱉어냈다.

"나도 여전히 믿기지는 않아. 하지만 이 학원 원장…… 선진두 학교 후배야. 분명히 그렇게 들었어. 권샐리 부모한테서."

그러자 하비의 얼굴에서 애틋함, 호기심, 두려움, 모든 것이 싹 가셨다. 그리고 오히려 로사를 이상한 눈으로 바라보기 시작했다.

"에이…… 하하. 로사야. 너 무슨 말 하는 거야?"

"아직은 추측일 뿐이지만, 일요일반을 운영한 건……."

"아냐! 로사야. 그건, 그건 정말 정신 나간 소리야. 아니, 선진두 선생님을 생각해 봐. 선진두가 그런 일을 할 거 같아? 다른 사람은 몰라도 선진두가?"

그렇다. 이것은 하비에게 받아들여질 수 없는 진실이었다.

"그래, 하지만 SBT 문제에 미리 접근할 수 있는 사람도 이 학교에서는 선진두 선생님 한 명뿐이야. 첫 번째 시험 끝나고 나서 기억 나? 그때 감독관만 들어갈 수 있는 SBT 부스에서 나오기도 했잖아."

"……그렇다고 선진두가 문제 유출을 했다고 확정할 수는 없잖아."

"응……. 나도 지금은 함부로 결론을 내리지 않을게. 그리고 선진두가…… 그 사람이 만든 시스템이 너한테, 우리한테 얼마나 중요한지도 알고 있어. 내일 물어보자. 내일. 오늘, 오늘은 머리를 최대한 차갑게 하자. 우리 둘 다."

그는 고개를 끄덕이면서도 머리를 싸맸다. 선진두는 단지 '선생' 선진두가 아니다. 하비가 믿고 의지하는 모든 가치를 가르치고 체현한 사람이다. 하지만 만약 정말 선진두가 그랬다면? 그렇다면 하비의 모든 믿음 체계가 붕괴되지 않을까?

"로사야…… 한 가지만 확인해 줘. 만약, 정말 만약 내가 이 녹음을 터뜨리게 되면, 너한테 가는 피해는 없어? 같은 학원에 다녔다는 이유로, 원장이랑 아는 사이라는 이유만으로 너도 피해를……."

"아냐, 전혀 그럴 일은 없어."

아니, 당연히 그럴 일이 생길 것이다. 로사는 녹음 속 목소리의 주인이 학원 원장임을 알아챘을 때부터, 왜 퀸샐리 아버지가 전화로 '너도 곤란한 상황에 처할 수 있다'고 말했는지 이해가 갔다. 굳이 학원에 다닐 필요가 없는 자신을 끌어들인 것 역시, 혹시나 권샐리와 반재익이 이 짓거리를 하다 걸렸을 때 보험이자 완충제로 이용하기 위해서가 아니었을까? 따라서 이 녹음이 수면 위로 나오게 되면 자신 역시 무사할 리가 없었다. 권샐리 아버지가 전화한 진짜 이유는, 나 스스로를 인질로 삼아 하비로 하여금 녹음 파일을 파기하도록 회유하라는 것이었구나. 아빠 일도 그렇고.

……그렇지만, 난 절대로 이번만큼은 내 사람한테 짐을 지우지는 않을 거야. 이 아이는, 하나도 가공되지 않은 원석으로 입학해서 지금은 자신과 진희와 같은 경지에 올랐다. 그러니 일요일반, 권샐리, 반재익─이 쓰레기들을 봐준다면 하비의 존재를 부정하는 것이다. 하비야, 나는 신경 쓰지 마. 나는 어떻게든 살아남을 거야. 이 쓰레기들을 청소하고 계속 올라가. 나도 계속 올라갈 거야.

"하비야. 네가 옳다고 생각하는 일을 해. 나는 떳떳한데 무슨 피해가 있겠어?"

로사는 자신의 두려움을 완벽히 감추고 하비를 안심시켰다.

"알겠어. 로사야, 그러면 오늘은 이만 갈게…… 내일, 모든 게 밝혀지겠지."

"그래, 맞아. 내일…… 조심히 가."

"너도."

하비는 걸어가다가, 뒤돌아 그녀를 보았다. 그녀도 그가 가는 것을 지켜보며 그 자리에 그대로 서 있었다. 그는 멈춰 있던 발걸음을 옮기며 생각했다.

로사야, 고마워. 너는 하나도 변하지 않았다. 동아리방에서 나한테 길을 보여줬던 그 사람 그대로야. 하지만 혹여 네가 그대로가 아니었더라도, 나는 녹음을 터뜨리지는 못할 거야. 그렇게 되면, 수도외고의 모든 시스템은 끝이 날 뿐만 아니라 너도 어떤 식으로든 피해를 입을 테니까…… 애초에 이 시스템을 맹신한 것도, 그 치부를 발견해 버린 것도 나야. 너는 절대로 어떤 연유에서든 연루되어서는 안 돼. 여기 오기 전에도 이미 마음은 그렇게 정했지만, 너와 얘기하면서 더욱 내 선택에 확신이 생겼다. 어떤 경우라도 이 녹음 파일을 터뜨리는 일은 없을 거야. 다시 한번 진정으로 깨달았으니까. 2022년. 보스턴의 초여름. 졸업식이 모두 끝나고 고요한 찰스강을 너와 함께 바라보게 될, 그 순간을 어떻게든 지켜내야겠다는 걸.

18교시

저녁 종례 시간. 아이들은 네 번째 시험 결과를 들고 교실로 들어올 선진두의 눈을 혹시 마주칠까 모두 책상 밑으로 시선을 고정하고 있었지만, 하비만큼은 정면을 뚫어져라 응시했다. 그의 얼굴을 봐야 했다. 벼르면서, 그가 정말로 일요일반의 설계자가 맞는지 아닌지 알아내겠다고.

드르륵. 문이 열리고 등장한 선진두 선생은 왠지 평소보다 조금 긴장한 듯했다.

"모두들 주목. 안타깝게도 네 번째 시험 성적 발표는 조금 미뤄지게 되었다."

학생들은 웅성거렸다.

"왜요?"

"아…… 하루 종일 긴장했는데."

"이번 시험의 마지막 서술형 문제, 모두들 기억 나나?"

"네에에."

어떻게 기억이 안 나겠어요, 선생님.

"우리는 최대한 변별력 있는 문제들을 출제해서 학생들의 실력을 정확히 평가하려고 했지만, 이번 서술형 문제의 난이도는 필요 이상으로 어려웠다는 민원이 많았다. 따라서!"

뭘 말하려고 하는 거지?

"……마지막 서술형 문제는 전원 만점으로 처리하기로 결론을 내리게 되었다."

뭐? 아이들은 너무나 갑작스러운 발표에 당황하면서도, '만점'이라는 말 한마디에 대부분 얼굴들이 밝아졌다. 물론 한두 명을 제외하면. 그중 단테는 특히 창백해진 표정으로 손을 들고서 선진두에게 물었다.

"그럼…… 전체 등수는 어떻게 산출하나요?"

"전원이 서술형 만점을 받게 되었을 뿐, 객관식은 그대로다. 그러니 객관식 점수에 따라서만 등수가 산출될 것이다."

"아…… 하지만……."

"이번 사건은 온전히 우리의 실책이다. 너희들에게 혼란을 야기한 점, 진심으로 사과한다. 오늘은 이걸로 종례도 마무리하겠다. 이상."

선진두는 아이들 앞에서 90도로 고개를 숙이며 사과했다. 너무나 신속하게, 그리고 너무나 일방적으로 상황을 정리하고 나가버려서 누구도 이의를 제기할 틈이 없었다. 이 조치는 사실, 극소수를 희생양으로 삼아 다수의 불만을 잠재우는 불공정한 조치였다. 서술형에 강하고 객관식에 약한 단테 같은 학생은, 모두가 서술형 만점을 받음으로 인해 상대적으로 등수가 내려가게 된다. 하지만 서술형을 더 어려워하는 절대다수의 학생은, 특히나 서술형 문제가 말도 안 되게 난해했던 만큼 선진두의 조치를 반가워했다. 전원이 빵점을 맞은 거나, 만점을 맞은 거나 똑같은 조삼모사의 상황임에도 불구하고 말이다.

로사는 기가 막혔다. 이 일요일반이라는 극악무도한 비리를 바로잡기 위해서는 공론화가 필요하다. 절대다수 학생의 피해와 분노가 필요하다. 그러나 이미 모두가 만점을 받고 만족하고 있는 차에 하비가 공론화를 시도한다면 여론에 찬물만 끼얹는 것이 된다. 거기다 서술형 문제가 아예 없던 일로 되어버렸으니, 권샐리와 반재익이 저지른 짓은 결과적으로는 '미수'에 그쳐버리는 것이다.

명확해진 것은 단 하나. 이제 일요일반의 배후를 더 이상 의심할 필요가 없게 되었다. 그럼에도, 그럼에도 선진두의 이야기를 들어야 했다. 하비는 분노에 차서 자리를 박차고 일어나 선진두를 따라가려고 했지만,

"하비야, 잠깐만…… 시간 좀 있어?"

단테가 다급함과 절망이 섞인 목소리로 하비를 붙잡았다. 하지만 지금 그에게 단테를 신경써 줄 여력은 없었다.

"미안, 단테야. 조금만 나중에."

가방에서 준비해 둔 서류 하나를 꺼내들고 하비는 선진두의 교무실로 성큼성큼 걸어갔다. 그의 교무실은 언제나 그러했듯이 불이 켜져 있었다.

선진두가 일요일반의 설계자였다는 것, 머리로는 이해했다. 그러나 가슴으로는 여전히 이해할 수 없었다. 지금까지 우리에게 설파했던 당신의 신념들은 다 뭐였는데? 그게 다 진심이 아니었다면, 어떻게 우리는 이렇게 철저히 매료될 수 있었

던 거야?

하비는 교무실 문을 세게 쾅, 하고 열었다. 하지만 선진두는 자리에 없었다. 그가 상황을 모르고 있을 리도, 도망갈 리도 없다. 그렇다면…… 그곳에 있을 거야. 그곳에서 나를 기다리고 있겠구나.

옥상까지 달려 올라가는 숨소리가 분노에 뛰는 심장 소리에 묻혀버렸다. 도착하자, 하늘을 올려다보는 것이 아닌, 땅을 내려다보고 있는 선진두를 발견했다. 구부정한 뒷모습. 언제나 꼿꼿하던 그 모습이 아니었다. 그 역시 사람이기에 너무나 거대한 진실과 치부 앞에서 조금은 긴장하고 있는 것일까?

"……이런 일이 일어나게 되어 유감이구나."

거친 바람 소리에 묻혀서 선진두의 목소리는 더욱 작고 초라하게 들렸다. 그 때문에 하비는 조금 흔들렸다.

"선생님, 선생님이…… 일요일반을 만든 거예요? 상식적으로 그럴 리가 없잖아요. 그렇죠?"

"……."

"그건 말이 안 되잖아요…… 그렇죠?"

선진두의 침묵이 길어질수록, 하비는 더욱 선진두를 노려보았다. 이내 돌아선 선생은 아무 말도, 아무 성의도 없이 고개만 한 번 끄덕였다. 하지만 그 태연함보다 그의 초라함에 제자는 더욱 폭발해 버렸다.

"도대체…… 도대체 언제부터……."

"………."

"지, 지금 이게 말이 된다고 생각하세요?"

하비의 목에 핏대가 서고 오른쪽 뒷목이 부르르 떨리기 시작했다. 선진두의 자백은 지금껏 하비가 정성스럽고 힘겹게 쌓아왔던 야망의 몰락이자 존재 이유에 대한 부정. 하비는 뒷목을 오른손으로 겨우 부여잡으며 말을 뱉었다.

"선생님. 도대체…… 언제부터, 언제부터 이 모든 게 다 거짓이었던 거예요?"

"이런 일이 일어나게 되어 유감이구나."

"이런 씨발! 유감 같은 개소리하지 마요!"

앵무새 같은 답변에, 그는 결국 가장 밑바닥에 있는 욕망까지 남김없이 긁어모아 분노했다.

"이건 말도 안 되는 개소리야…… 거짓이었든 진실이었든 상관없어요. 상관없다고! 선생님, 저한테만은, 저한테만은 이러면 안 돼요. 지금까지 내가 당신의 시스템을 믿고 달려왔던 그 시간은, 그 노력은! 그걸 겨우 뒷돈 몇 푼 받으려고 권샐리한테 다 팔아넘긴 거예요?"

"……어쩔 수 없는 일들이 있었을 뿐이다."

개소리. 이건 말도 안 되는 개소리다. 거기다, 이런 나약하고 하찮은 선진두의 모습은 처음 본다. 검사 앞에서 얼어버린 초짜 잡범처럼, 제대로 들리지도 않게 웅얼거리기만 했다.

"아냐, 아냐, 아냐. 이건…… 이건 말이 안 돼. 지금까지 나한테 가르친 게 어떻게 다 거짓일 수가 있어요? 그 수많은 데일리 에세이들은요? 절박함만이 위대함을 피워낸다면서요!"

"……."

"선생님, 절박함이 위대함을 피워낸다면서요…… 난 그게…… 그게 거짓말이면 안 돼요!"

모든 것이 거짓말이고 신기루였을 뿐이라고? 하비는 계속 악을 쓰며 소리를 질러댔지만, 선진두의 말소리는 어디에도 없고 옥상에 부는 칼날 같은 겨울바람만이 그의 절박함을 난도질했다.

반 시간 정도 지났을까, 그는 빈 하늘에 절규를 모두 쏟아냈다. 모두 비워내자, 분노를 주체할 수 없던 아까보다는 상황이 조금 명료하게 보였다.

이 모든 게 전부 거짓말이고 신기루일 수는 없다. 〈트루먼 쇼〉도 이렇지는 않았을 것 같다. 무엇보다 선진두가 지금껏 진심이 아니었다면, 나도 로사도 그를 믿고 여기까지 올 수 있었을 리가 없다.

가장 완벽한 거짓도 백 퍼센트의 거짓으로만 이루어져 있지 않다. 그 역시 진심이었을 거야. 저딴 초라한 게 선진두라고? 저건 선진두가 아니다. 선진두일 수가 없다. 이 모든 시스템을 만든 인간—그 치부와 부정행위까지 포함해서, 교육이 중시하는 모든 가치를 깡그리 무시하고 자신만의 신념을 세상에 정립한 인간. 나보다, 로사보다, 진희보다 더욱 편집증적으로 철저하고 더욱 야망으로 가득 차 있는 괴물이 이런 상황을 예상하지 못했을 리 없다. 애초에, 날 여기서 기다리고 있었잖아.

아.

이내 하비는 깨달았다. 선진두는 지금 어느 때보다 철저하다는 사실을. 나에게 고해를 하는 게 아니라, 나를 믿지 못하는 거야. 하비는 어떻게 해야 그에게서 진실을 들을 수 있는지 알 것 같았다.

"하하…… 그래. 그럴 리가 없지."

하비는 한겨울의 칼날 같은 바람 속에서 교복을 벗기 시작했다. 재킷, 셔츠, 바지, 신발, 양말까지 하나하나 벗어 던졌다. 선진두조차 이 기행에는 당황할 수밖에 없었다. 그의 표정을 본 하비는 자신의 가설이 맞았음을 확인했다. 주머니가 없는 내복 하의를 제외하고 전부 탈의한 후, 그는 바닥에 내팽개쳐진 교복을 맨발로 세게 꽉꽉 밟았다. 그리고 선진두의 눈을 똑바로 쳐다보며 멀리 던져버렸다. 숨이 찬 채로, 아까 들고 온 서류를 집어 들고 제자는 선생에게 다가갔다. 그리고 다시 한 번 원망을 섞어 부르짖었다.

"선생님! 이제 안심하시겠어요? 혹시라도 제가 녹음할까 봐, 바람 소리 때문에 녹음 안 되는 이 옥상까지 와서. 그딴 허접한 연기까지 해가면서……."

"……."

"이제 나는 얘기를 들어야겠어요. 당신은 내가 지금 얼마나, 얼마나 당신이 결백하기를 바라는지 알아요?"

"……권샐리가 허술하다는 건 알았지만 그래도 사람 다루는 데에는 도가 텄다고 생각했는데, 그렇게 속여 넘길 줄은 몰랐군. 연필에 녹음기라고? 아주 깜찍한 짓을 했구나."

침묵을 깬, 두 옥타브는 낮고 두 배는 진한 그의 진짜 목소리. 선진두는 다시 그 꼿꼿하고 오만한 선진두로 돌아왔다.

"……그러니까 이제 얘기해 주세요."

"네가 어떤 얘기를 듣고 싶은 건지에 달렸지."

"권샐리의 돈이 필요했다는 개소리는 하지 마요."

"믿기 싫겠지만, 그건 꽤나 진실이다. 내가 배은망덕하게 박노라 선생님을 몰아냈듯이, 이 망할 수도외고 이사회도 하버드 합격생이 없다는 걸 빌미로 날 몰아내려고 했다. 아이비리그 한 명도 합격시키지 못한 것들이, 이제 배가 부른 거지. 권샐리 아버지의 기부금으로 조금 시간을 벌어야 했다."

"뭘 위해서요?"

"이 수도외고는 내가 평생을 바친 작품이자 위대한 실험이야. 이딴 황무지에서 너희 머저리들 중 그나마 싹수가 있는 놈을 가르쳐서 가장 위대한 학교, 하버드에 보내는—그 실험의 끝을 난 봐야겠다."

얼핏 들으면 맞는 말. 하지만 선진두는 핵심을 피하고 있다.

"아뇨, 선생님. 전 아직 못 믿겠어요. 절박함이 위대함을 피워낸다. 그 신념으로 하버드생을 빚어낸다는 게, 어떻게 자격도 없는 것들을 위해 추잡하게 문제 유출하는 거랑 양립할 수 있어요? 세상은 속일 수 있어도, 스스로를 속이는 순간엔 다 끝나는 건데!"

하비의 이 외침에는, 선진두도 반박할 말이 없는 듯 가만히 서 있었다.

"저는요, 절박해질 수 있어요. 그런데, 절박해지려면 당신이 만든 이 개 같은 세계를 믿을 수 있어야 한다고! 우상은 언젠가 파괴해야 한다는 선생님 말이 맞아요. 그런데 난 아직 우상이, 믿음이 필요해요. 로사도, 선생님도 사라져 버리고 이제 내가 믿을 수 있는 우상이 아무것도 남지가 않았어요…… 그럼에도 뭔가는 믿어야 해요."

분명히 흔들리는 선진두.

"선생님."

"……그래."

"그러니까, 믿게 해주세요."

그러나 선진두는 끝내 제자의 호소를 외면하고 고개를 돌렸다. 하비의 눈앞에는 학기 초에 야망도, 우상도, 아무것도 없었던 초라했던 자신을 대하던 그 야멸찬 선진두가 서 있었다. 그래, 그렇다면. 하비는 들고 온 서류를 선진두를 향해 내밀었다. 대수롭지 않은 듯 봉투를 열어보던 얼굴이 급작스럽게 사색이 되어, 선진두는 서류를 손으로 구기며 자신의 제자를 노려봤다.

"너……!"

자퇴신청서.

이 다섯 글자는 선진두를 뒤흔들어 놓기에 충분했다. 교무실 옆에 자퇴서를 비치해 놓고 버틸 수 없다면 얼마든지 나가라는 엄포를 놓았던 그. 그건 진심이었다. 또한 그렇게 자신 있게 내뱉은 규칙을 자신이 어기게 된다면 시스템에는 균열이 생길 것이다. 그렇지만…… 이 망할 놈은 얘기가 다르다.

이놈은 이제 단지 조커가 아니다. 성적 때문만은 아니었다. 만약 수진희나 민로사가 자퇴서를 제출했다면, 자신의 위대한 실험이 성공할 확률이야 현저히 떨어지겠지만 선진두는 그들을 보내줬을 것이다. 그들과 구하비는 달랐다. 이놈이 올라온 길에는 자신의 모든 신념이 응축되어 있었다.

그래서 그는 인정할 수밖에 없었다. 이놈을 보내주기에는 자신이 너무 많은 진심을 쏟아부어 버렸다는 것을.

선진두는 자신이 가장 아꼈던 실험 샘플을, 당장이라도 목을 졸라 죽일 듯한 눈으로 노려보았다. 하지만 눈빛을 보니 이놈이 자퇴서를 내놓은 건 블러핑이 아니라 진심이었다. 권샐리에게 미리 연락을 받고, 이놈이 날 찾아와서 해명을 요구할 거라고 예상은 했지만, 자퇴까지 불사했을 줄이야.

진심으로 납득시키지 못한다면 이놈은 수도외고를 떠날 것이다. 선진두는 자신이 쌓아온 견고한 수도외고의 성벽에 조금 금이 가는 것을 느꼈다. 그렇지만 방법이 없다. 어떻게든 이놈을 붙잡아 문도형으로는 이룰 수 없었던 염원, 위대한 실험의 끝을 이뤄보고 싶었다.

"그래. 자퇴서는 곧 처리하마."

선진두는 차갑게 말했다. 하비는 자퇴서를 작성하면서 수백 번 시뮬레이션을 돌리고 마음의 준비를 했지만, 막상 자퇴서를 처리하겠다는 그 말에는 흔들릴 수밖에 없었다. 그 틈을 타, 선진두는 먼저 채찍을 집는다.

"자퇴하면, 다른 학교로 전학 갈 건가? 아니면 뭐, 혼자 공부할 건가?"

"아직은…… 모르겠어요."

"그래, 넌 어딜 가서도 잘할 거다. 미국 대학은 평생 못 갈 테니 학비도 엄청 아낄 수 있겠군? 그 돈으로 창업을 해도 좋고."

"네? 미국 대학을 평생 못 간다뇨?"

"아니, 구하비. 너 설마 미국 대학 입시가 그냥 수능처럼 SBT 최종 시험만 보면 되는 줄 알았나? 커먼앱*을 한 번이라도 살펴봤으면 알 텐데? 내 추천서가 없이는 지원 자체가 불가능하다는 거."

"그건…… 그건 알고 있지만…… 근데, 저는 자퇴생……."

"제대로 알고 있는 게 맞나? 자퇴생이라고 하면, 미국 대학들은 이렇게 말하겠지. 자퇴하기 전에 다니던 학교 선생님한테 추천서를 받아오라고. 그리고 그건 나고."

권력관계는 갑자기 또 역진되어 버렸다.

"하지만 나는 원칙적으로 자퇴생에게는 절대로, 절대로 추천서를 써주지 않아. 하버드 추천서도 한 명만 써주는 게 우리

* 하버드대학교 등 주요 미국 대학에 지원할 때 사용하는 원서 시스템.

규칙인데, 하물며 자퇴생한테 줄 추천서가 남아 있을까?"

무너지는 제자를 보며, 선진두는 계속 태연하게 말을 이어 갔다.

"말했듯이, 너는 어디서든 잘할 거라고 생각한다. 다만 그게 미국 대학일 수는 없겠지."

하비의 심장은 깊은 연못 속에 가라앉아 버린 듯했다. 자신이 추구하던 추상적인 가치, 절박함, 위대함, 믿음…… 이 모든 것들은 아주 작고 사소하지만 실존하는 추천서라는 요식 행위에 걸려 넘어졌다.

다시 어둠 속을 헤매는 제자를 보며 선진두는 사디스트적인 미소를 지었다. 만약 네놈이 그저 그런 대학에 만족하는 놈이라면 내 채찍은 소용이 없었을 거다. 그런데 네놈은 아니지. 네놈은 절대로 시스템에서 도망치는 혁명가가 되지 못해. 시스템의 가장 위에 서서 자유롭다고 착각하는 지배자가 되려고 하지. 보나마나 네놈은 이렇게 생각했겠지. 자퇴? 그래. 수도외고를 나가서, 더 열심히 해서, 온전히 내 능력으로 이뤄내면 돼. 그리고 네놈이라면 아마 그렇게 할 거다. 멀리 있는 저 이상향으로 나아가려는 능력은 정말로 인정하니까. 그렇지만 그 이상향 자체가 불가능의 영역이 되어버렸는데, 네놈이 어디로 나아갈 수 있겠나?

이제는 당근을 줄 차례군.

"구하비!"

"예, 예……."

아까 진실을 요구하던 패기는 온데간데없고, 다시 새장에 갇힌 모습으로 돌아간 구하비였다.

"잘 봐라."

선진두는 바로 그의 눈 앞에서 자퇴서를 북, 북, 북 찢었다. 하비는 움찔했을까? 발끈했을까? 아니…… 생각했다. 다행이라고……. 굴복한 것이나 다름없었다. 선진두는 하비의 어깨를 강하게 붙잡고 그를 응시하며 말했다.

"구하비. 나는 지금까지 학생들이 낸 자퇴서를 단 한 번도 반려한 적이 없다."

"네……."

"나는 오늘 그걸 딱 한 번 어길 거다. 딱 한 번. 너만을 위해서."

감사해야 하나? 안도해야 하나? 굴욕으로 받아들여야 하나? 하비는 어쩔 줄을 몰랐다.

"나는 인정하지 않겠다. 네가 말한 그 두 가지는 양립할 수 있어. 내 신념은 그렇다. 세상 사람들은 공정이 절대적 가치라고 잘못 알고 있어. 공정은 상징적 가치다. 사람들이 원하는 건 공정하다는 감각일 뿐이야."

그는 하비에게 무언가를 건넸다. 자퇴서가 담겨 있던 봉투와 똑같은 봉투였다. 그 안에는, 하비가 지금까지 써왔던 데일리 에세이들이 들어 있었다. C-, C, C+로 점철된 그의 학기 초 에세이들 말이다.

"그 봉투 안의 에세이들은 쓰레기야. 내가 왜 C를 받은 에세이들 따위를, 그것도 사본으로 복사해서까지 따로 보관했겠나? 나는 왠지 모르게 처음부터 네놈이 조커가 될 것 같은 느낌이 들었다. 그리고 너는 그 기대에 부응했어. 네가 하버드에 합격한다고 상상해 봐라."

상상했다, 하비는. 이 말도 안 되는 그의 새장에 다시 발을 들여놓고서.

"그때 그 쓰레기 같은 C 에세이들은 역사가 되는 거다. 노력, 실력, 능력—너는 공정의 상징이 된다. 수도외고 신입생들은 더 이상 실패한 도형이가 아니라, 네 얘기를 들으면서 꿈을 키우게 되겠지."

"일요일반 같은 치부는 그대로 덮어두고 말인가요……?"

"네가 이렇게 도덕성이 충만한 놈인줄은 정말 몰랐군. 진짜 공정을 추구하는 거냐, 아니면 네 승리가 완전하게 느껴지지 않을 것 같아서냐?"

"……."

"공정하다는 착각이 무너지면, 대안은 있나? 로또라도 뽑아서 하버드 갈까? 반재익이나 권샐리는 시스템의 작은 버그에 불과해. 겨우 그것 때문에 내 시스템을 불공정하다고 할 수 있나? 너와 로사가 하버드 한 자리를 두고 함께 달려왔던 그 시간들이, 다 착각에 불과한 게 되나?"

선진두는 하비의 어느 부분을 건드려야 하는지 정확히 인지하고 있었다.

"로사랑 제가 여기까지 온 건…… 그건 진짜잖아요."

"그래, 바로 그거다. 너는 진짜로 여기까지 온 거고, 만약 하버드에 도달하게 되면 너는 우리 교육 시스템의 상징이 되는 거야. 네가 말했듯이, 우린 뭔가를 믿어야 한다. 그리고 수도외고와 나의 역할은 그 상징을 빚어내는 거다. 그게 진정한 선생의 역할이야."

모든 선생은 공정하다. 그러나 어떤 선생은 다른 선생보다 더욱 공정하다. 공정한 선생은 말을 갑자기 멈추고, 길을 잃은 제자에게 확 다가왔다.

"그런데, 그 상징이 될 기회를 눈앞에 두고, 자퇴?"

"……."

"믿게 해달라고 했지."

"……네."

선진두는 손가락으로 하비의 가슴팍을 한 번 깊게 찔렀다.

"네가 믿어야 할 우상은 네놈이다."

"……저요?"

"이제 네 우상은 민로사도, 나도 아냐. 상징이 된 너 자신이다."

하비는 겁이 나면서도 설레었고, 치욕스러우면서도 당당해졌고, 어쩔 줄 몰라 하면서도 선진두의 눈을 쳐다보았다. 확신을 얻고 싶었다. 그리고 그의 눈은 확신에 차서 속삭였다. 너는 상징이야. 이 수도외고의, 내 위대한 실험의. 네 이름은 명예의 전당에 하버드라는 이름과 함께 새겨지고, 신입생들은 네 손때 묻은 데일리 에세이들을 성경처럼 필사할 거다.

"우리 수도외고 역시 하나의 상징이다. 저 변두리의 고등학교에서 문제 유출 사건이 일어나면 아무도 신경 쓰지 않지만, 수도외고에서 일어난다면 그건 대한민국 교육의 상징이 뒤집히는 것이다. 그러니, 네놈이 가지고 있는 그 녹음 파일의 무게를 똑똑히 알고 있어라."

선진두의 기세에 움찔해서 하비는 뒷걸음질 쳤다.

녹음 파일을 파기하라고 명령해 봤자, 어차피 복사본이 있겠지. 저놈 스스로 포기하게 만드는 것이 가장 확실하다. 그리고 더 중요하게는, 조커에서 에이스가 된 네놈을 기필코 내 마지막 실험의 상징으로 만들어야겠다.

하비의 가설은 맞았다. 선진두의 철학과 신념은 절대로 거짓이 아니었다—자신과 로사, 진희에 국한해서 말이다. 하비가 해야 할 일은 단순했다. 공정의 햇빛이 비치지 않는 어둡고 음습한 곳들을 외면하고 눈을 감으면 됐다.

"선생님……."

"아니, 지금은 아무 결정도 내리지 마라. 오늘 하루, 온전히 고민해 보고 온전히 네가 선택해라."

선진두는 갈기갈기 찢어진 자퇴서를 바닥에서 주워서, C 에세이들이 담겨 있는 서류 봉투에 함께 담아 하비에게 건넸다. 그 조각들을 받는 제자가 자신에게 완전히 압도되고 감화되었음을 선생은 확신하고 미소를 지었다.

19교시

잠들 수 없는 밤. 그러나 결정을 위해 밤을 새운 것은 아니었다. 결정의 본질이란 그렇게 긴 시간을 요구하지 않는다. 밤이 길었던 까닭은, 자신의 결정을 그럴듯하게 만들어줄 이유들을 발굴해내야했기 때문이었다.

녹음을 공개한다면 어떻게 될까. 수도외고의 시스템은 붕괴될 것이고, 책임을 져야 하는 권샐리와 반재익뿐만 아니라 로사, 나, 진희, 단테…… 무고한 모두에게 콜래트럴 데미지(collateral damage, 부수적 피해)가 생기겠지.

녹음을 은폐한다면 어떻게 될까. 그 모든 것이 일어나지 않겠지. 그렇다면, 너무 당연한 선택 아닌가? 말했듯이, 하비에게 필요한 것은 선택을 고민할 시간이 아니라 합당한 이유를 찾아낼 시간이었다. 그의 선택은 선진두가 자신을 상징이라고 가리켰을 때 이미 정해졌던 것이다.

다음 날 이른 아침, 구하비는 다시 선진두의 교무실을 찾았다. 역시 불이 켜져 있었다. 저 불은 꺼지기는 하는 걸까.

드르륵. 이 이른 시간에 누군가 교무실 문을 열고 나왔다. 하비는 화들짝 놀라서 반사적으로 복도 벽 뒤에 숨었다.

아, 단테다. 잠깐만, 그런데 내가 왜 숨은 거지? 이내 하비는 다시 복도로 나와서 교무실 앞으로 걸어갔다.

"단테야."

"어…… 하비야."

"선진두 선생님 안에 계셔?"

"응……."

"그…… 너는 무슨 일이야? 이런 이른 시간에."

단테는 말이 없었다. 하비는 어제 단테가 다급하게 자신을 잡고 뭔가를 물어보려고 했던 것이 기억났다.

"아, 어제 뭐 물어보려고……."

아니, 아니다. 하비는 자신의 말을 끊었다. 단테도 별로 말하고 싶은 기분이 아닌 것 같고, 그의 고민이 무엇인지는 몰라도 지금은 어떤 일도 더 크게 만들고 싶지 않았다.

하비가 단테에게 인사를 건네고 교무실로 들어가려는 찰나, 갑자기 단테가 그의 손을 덥석 잡았다.

"근데, 하비야."

"응? 응."

"혹시……."

"응."

"이번 서술형 문제, 왜 갑자기 전부 만점으로 처리됐는지 아는 거 있어?"

또 한 번 하비의 심장이 철렁 떨어졌다. 단테가 설마 일요일반에 대해서 뭔가 알고 있는 건가? 뭐라고 대답해야 하지?

틀렸다. 애석하게도 단테는 일요일반에 대해서도, 수도외고의 그 어떤 치부에 대해서도 모르고 있었다. 뭘 알아내기 위해서 질문한 게 아니라, 그저 마지막 지푸라기를 잡는 심정—혹시라도 시험문제에 다른 오류가 있지 않을까, 자신의 점수가 기적적으로 조금이라도 오르지 않을까, 하는 순수하고 헛된 희망뿐이었다.

"미안…… 잘 모르겠어."

"그렇구나. 그냥…… 물어봤어."

"너 이번 시험……."

단테는 많이 지쳐 보였다.

"하하…… 괜찮아."

"응…….”

"밖에서 뭐 하는 거냐? 안단테, 너는 용건 끝났으면 돌아가고. 구하비, 너는 용건 있으면 들어오고.”

선진두의 부름에 하비는 급히 대화를 마무리할 수 있게 되었다.

미안하다, 단테야…… 이건 이미 너무나 충분히 가졌음에도 룰을 어겨가면서 더 꾸역꾸역 욕심을 키워낸 권샐리와 반재익 때문이야. 상징이 되고 싶은 내 욕망 때문이야. 우리가 감당하기에는 너무 큰 진실이기 때문이야. 우리는 믿어야 되잖아…… 공정한 시스템을, 수도외고를, 선진두를…….

"그래, 밤 동안 결정을 내렸나?"

"네."

이제 새로운 이상향을 설정한 하비는 더 이상 말끝을 흐리지 않고 대답했다.

"녹음 파일은 어떻게 할 거지?"

"……제가 녹음 파일을 파기하겠다고 이 자리에서 약속한들, 선생님이 그걸 백 퍼센트 믿으실 수 있나요?"

"못 믿지."

"그렇죠. 저라도 그럴 거예요. 이렇게 할게요. 에세이 컴피티션, 반채인이 동생 거 대필해 줘서 뺏긴 상에 상응하는 걸 원합니다."

"복수심에 그러는 건가? 그래, 뭘 원하는 거지?"

"아직 뭐가 될지는 모르겠어요. 하지만, 아뇨. 복수심은 아니에요. 선생님과 제가 서로 주고받을 게 있으면, 서로 신뢰가 구축되겠죠."

선진두는 어제와는 다른 구하비의 가차 없는 실용주의가 자랑스럽다는 듯, 미소를 지으며 제안을 수락했다.

"하지만, 선생님…… 모든 게 예전으로 돌아가는 건 불가능할 거예요."

하비는 상처받은 자신의 양심에 연고를 바르기 위해 한마디를 덧붙였지만, 그것은 그저 자위하는 말일 뿐 아무 힘도 실릴 수 없는 말이었다. 선진두는 들은 체도 하지 않으며 말했다.

"너는 옳은 선택을 했다, 구하비. 아, 그리고 내일이면 네 번째 시험 결과가 나올 거다."

"벌써요?"

"그래. 알다시피, 이번 시험에서는 '문제 오류 때문에' 마지막 서술형 문제를 채점할 필요가 없어져 버렸잖니."

선진두는 묘한 강압을 섞어 말하며, 다시 한번 구하비가 이 모든 사건에 대해 함구한다는 동의를 요구했다.

"……네, 그렇죠. 아, 선생님."

"왜?"

"단테는 무슨 일 있었나요……?"

"일은 무슨. 그냥 성적이 많이 떨어져서 부모님 좀 모시고 오라고 했다."

"예? 그렇게 심각하게 떨어졌나요?"

"그러면 뭐, 대신 시험이라도 쳐줄 건가? 어차피 항상 있는 프로토콜일 뿐이야. 별것도 아닌 거에 관심 갖는 척 안 해도 되니까, 이만 가봐라. 내일부터는 다시 앞으로 나아가야지."

하비는 망가진 양심과 알 수 없는 찜찜함을 안고 교무실을 나갔다.

선진두는 구하비가 나간 후 단테의 생활기록부를 잠시 뒤적거리다가, 이내 관심 없다는 듯이 무수히 많은 다른 학생들의 파일 속으로 다시 던져 넣었다.

*

옥상에 서 있다, 하비는. 공허함, 죄책감, 착잡함을 등에 업고. 어제보다 더 세차게 부는 밤바람이 그것들을 날려주기라도 할 듯이. 칠흑 같은 암흑 속에서, 누군가 따뜻한 손길로 하비의 등을 어루만지며 말했다.

"하비야. 너는 옳은 선택을 한 거야."

어둠에 가려서 손길의 주인공이 보이지는 않았지만 분명히 로사였다.

"아냐…… 로사야. 널 지킨다는 것도 결국 평계인지도 몰라. 이제 내가 수도외고에서 느낄 신념이나 철학은 아무것도 없어. 그냥 야망밖에…….."

그러자 조금 더 경박하고 사악한 목소리가 웃으며 말했다.

"하비야. 너는 옳은 선택을 한 거야, 킥."

로사가 아니라 샐리였나? 조소가 섞인 샐리의 속삭임에 하비는 굴욕감을 느끼며 소리쳤다.

"너희 같은 쓰레기들을 위해서 덮은 게 아니야!"

그러자 조금 더 낮고 슬픈 목소리가 음울하게 말했다.

"하비야. 너는 옳은 선택을 한 거야……."

하비는 여전히 화자의 얼굴을 볼 수 없었지만, 이번에는 단테인 듯했다. 그의 어조는 위로보다는 원망에 가까웠다.

"단테야. 그럼 내가…… 내가 어떻게 했어야 돼? 우리 모두의 미래가 사라지더라도 녹음 파일을 만천하에 공개했어야 됐어? 그게 공정한 거야? 공정…… 그래, 선진두가 말했다시피 공정은 상징적인 가치잖아. 우리가 이렇게 미친 듯이 공부하는 것도, 노력에 상응하는 보상을 받을 거라는 믿음 때문이고. 그 믿음이 공정일 뿐이잖아. 그런데 이 치부를 공개해 버리면 이제 아무도 공정이란 가치를 믿지 않을 텐데? 우리 다 길을 잃어버릴 텐데?"

"그래…… 네 말이 맞아. 그러니까 이 모든 게 정말, 캐치-22 아니니?"

단테는 그렇게 말을 끝맺고, 새처럼 날아갔다.

끼익…… 텅!

평소에는 죽은 듯이 고요하게 닫혀 있는 옥상 문이 너무나도 세게 텅! 하고 열렸다가 닫혔다. 그 소리에 하비는 새벽에 헉, 하는 소리를 내뱉으며 꿈에서 깼다. 무슨 문이 저렇게 세게…… 밤바람 때문인가. 어디까지가 꿈이고 현실인 거지. 식은땀이 하비의 이마에서 비처럼 쏟아졌다. 지독히 아팠다가 낫기 직전 흘리는 식은땀이었다. 단테는…… 어제 일을 더 얘기하고 싶었는데 새벽까지 화장실에서 공부하는 건지, 아침에 일찍 나간 건지 옆에 없었다. 아침 세수를 하면서 하비는 공허함, 죄책감, 착잡함을 같이 필사적으로 씻어내고…… 또다시 시작되는 하루를 준비했다.

*

"야, 시험 결과 오늘 나온대."

"벌써? 언제는 미뤄진다고 하더니."

"서술형 문제 그냥 다 만점 처리됐으니까 객관식만 채점하겠지."

"아, 그렇네. 하, 씨, 긴장돼."

그날 종례 시간이 다가오기 전까지 아이들은 여느 때처럼 시험 결과 발표를 기다리며 속을 바짝 태웠다. 그러나 하비는 다른 학생들의 긴장 섞인 목소리들을 들으면서, 더 이상 그들의 긴장과 설렘과 걱정과 희망을 자신은 공유할 수 없다는 것만 재확인했다.

드디어 종례 시간. 선진두는 성적표가 들어 있을 서류 뭉치들을 들고 들어왔다. 이내 교실의 정적 속에 꿀꺽, 침 삼키는 소리만 들렸다.

"자, 네 번째 시험 결과를 예정보다 일찍 발표하게 됐다. 너희들도 빨리 무간지옥에서 벗어나는 게 좋을 테니 서로 좋은 거지. 항상 하던 대로 상위 다섯 명……."

선진두는 비어 있는 한 자리를 발견하곤 말을 멈췄다.

"저 빈자리는 누구지?"

"안단테요."

하비는 그제야 잠념에서 깨어나서 단테의 자리를 돌아보았다. 단테가 지금까지 지각한 적은 없었는데.

"아무리 성적 발표가 무섭다고 해도 아예 안 와버리는 건 용납이 안 되는군. 이건 수도외고의 신성한 의식이다. 자신이 잘 봤든 못 봤든, 시험 결과는 모두가 같이 알아야 하는 거야. 안단테가 오기 전까지 발표는 하지 않는다."

반 학생들로부터 탄식이 터져 나왔다. 그러나 10분이 지나도 단테가 올 기미가 보이지 않자, 반재익이 손을 들고 선진두에게 물었다.

"선생님, 안단테 그냥 학교 빠진 거 아니에요? 걔 룸메이트가 누구였지이?"

반재익은 비열한 눈으로 하비를 힐끔 바라보았다. 기가 막혔다. 저 새끼는 어제까지만 해도 내가 자신의 명줄을 쥐고 있었다는 걸 아직 샐리에게 전달받지 못한 모양이었다. 하비가 죽일 듯한 눈으로 노려보자 반재익은 그제야 시선을 회피했다.

"어제 새벽부터 못 봤어요…… 제가 전화해 볼게요."

하비는 단테에게 전화를 걸었다. 그러나 통화 연결음만 외롭게 들리다 이내 '연결이 되지 않아 소리샘으로 연결……'이라는 멘트만 나왔다. 선진두는 계속 단테가 올 때까지 기다리겠다고 선언했고, 반 아이들은 더욱 노골적으로 볼멘소리를 냈다.

"안단테 장난하나. 빨리 와야지. 뭐 하자는 거야?"

"내 말이. 누가 지 성적에 그렇게 관심 있다고."

하비는 아이들의 말이 듣기 싫어서 다시 한번 단테에게 전화를 걸었지만, 역시나 같은 연결음밖에 들리지 않았다.

"잠깐만. 쉬잇."

그때, 진희가 조금 걱정스러운 얼굴로 아이들을 조용히 시키며 말했다.

"쉬잇. 이 소리 안 들려?"

"뭐?"

"무슨 소리?"

"폰 진동 소리."

맞다. 분명히 들린다. 하비는 자리에서 벌떡 일어나며 소리
쳤다.

"다들 잠시만 조용히 해줘!"

진동 소리는 교실 뒤쪽 어딘가에서 나고 있었다. 작지만 분
명히. 한 걸음, 한 걸음. 발소리조차 줄이고 진동 소리의 근원
을 찾던 걸음은 사물함 앞에서 멈췄다. 다시 한번 전화를 거는
하비의 표정은 쉽게 이해할 수 없다는 표정이었다.

"사물함…… 단테 사물함에서 나요. 진동 소리가."

"열어봐."

"자물쇠가 채워져 있어요…… 펜치. 펜치로 열어야 돼."

"행정실에 부탁해서 펜치 가져와라. 너희들, 기숙사로 돌아
가서 안단테 있나 찾아봐."

"네, 네에."

"빨리!"

선진두 역시도 낯빛이 변했다. 하비는 계속 전화를 걸었고,
단테의 사물함은 계속 진동했다. 궁시렁과 짜증이 증발하고,
공포스러운 정적이 교실을 빠르게 집어삼켰다.

그래, 공포. 사물이 마땅히 있어야 할 장소가 아닌, 전혀 생
각도 못한 기괴한 곳에 놓여 있을 때 생산되는 공포가 이들
의 심장을 관통했다. 도대체 누가 휴대폰을 사물함에 넣고, 이
두꺼운 자물쇠를 채운다는 말인가? 무언가 잘못되어 가고 있
었다. 하비는 자물쇠의 네 자리 비밀번호를 풀려고 시도했다.

0000, 1234, 9876, 1357…… 단테의 생일, 단테의 전화번호 마지막 네 자리…… 모두 틀렸다. 비밀번호가 틀릴수록 커지는 공포와 불안 때문에 손이 떨렸다. 로사와 진희도 곁에 다가와서 다른 번호들을 말해보았지만 전부 맞지 않았다. 여기 휴대폰이 들어 있는 건 맞겠지? 잘못 들은 것이라고 믿고 싶은 이들은 다시 전화를 걸었다. 단테의 사물함에서 몇 초간 나다 이내 끊기길 반복하는 진동소리가 마치 카운트다운 같았다.

"동아리방. 동아리방이나 다른 교실에 있을 수도 있으니까 찾아볼게."

"어, 응."

진희는 동아리방으로 달려갔고, 기숙사에 다녀온 학생들은 단테를 아무 데서도 찾지 못했다는 것 같았다. 반재익은 행정실에서 주무관을 불러왔다. 그러나 너무나 두꺼운 자물쇠는 펜치로도 전혀 잘리지 않았다.

"더 큰 펜치를 가져와야겠는데요. 안에 뭐가 있습니까?"

"휴대폰……."

"예? 휴대폰이요?"

"구하비."

학생들은 선진두의 창백한 얼굴을 처음 보았다.

"안단테, 안단테가 조금 위험한 상태일 수도 있다."

"예?"

"우선 빨리 찾아야 해."

겁이 났다. 심장은 빠르게 뛰었다. 하비는 단테가 되어, 그

의 갑갑하고 터질 것만 같은 상황에 스스로를 대입해 숫자를
떠올렸다. 어제 꿈이랑도 뭔가 연관이…… 아.

하비는 떨리는 손을 붙잡고 신속하게 자물쇠를 네 자리 번
호에 맞췄다. 캐치-22. 단테가 입버릇처럼 말하던, 빠져나올
수 없는 영원한 모순. 2222.

덜컹. 하비는 자물쇠가 풀린 줄 알고 세게 잡아당겼지만
요지부동이었다. 이해가 되지 않는다. 2222가 아니라고? 다
시 한번 사물함을 잡아당겼지만 여전히 잠겨 있었다. 그러면
0022? 2200? 모두 아니었다. 캐치-22가 아니라면 도대체 뭐
란 말인가.

"하비야. 알아낼 수 있을 거야."

로사는 떨리는 하비의 손을 잡아주면서 말했다. 그래. 지금
낭비할 시간이 없어. 그러면 우선 리셋을 하고 다시…… 어?

그때 딸깍, 자물쇠가 열렸다. 그가 맞춘 것이 아니었다. 다
시 0000으로 리셋하고 맞춰보기 위해 2222의 첫 자리를 0으
로 돌렸을 뿐이었다. 자물쇠는 0222에 열렸다. 왜? …… 왜
0222지?

아냐, 어쨌거나 열렸다. 하지만 사물함 안을 본 하비의 심장
은 멈춰버렸다. 부재중 전화가 쌓인 휴대폰 아래에 가지런하
게 놓인 교복과 편지봉투들, 그리고 그의 실내화가 있었다. 안
을 본 선진두의 심장 역시 멈춰버렸다. 아이들은 다시 웅성거
리기 시작했다.

"야, 야. 안에 뭐 있어?"

"나도 다는 못 봤는데…… 교복이랑 신발 있는 것 같아."

"헐…… 설마 자살…….."

선진두는 나머지 학생들이 보지 못하도록 사물함을 쾅 닫고 소리쳤다.

"거기 너희! 너희는 교실들 돌아보고! 저기 너희들은 기숙사로! 구하비, 일어나! 너랑 나는……."

모두 자리에서 일어나서 분주하게 움직이기 시작했으나, 어디로 향해야 할지 갈피를 잡지 못했다. 그건 선진두도 마찬가지였다. 하지만 하비는 뛰쳐나갔다. 아니야. 그럴 리가 없다. 그래서는 안 된다. 그가 다급하게 교실을 뛰쳐나가자, 선진두와 로사는 그 뒤를 따라 달려갔다.

옥상, 옥상, 옥상…… 새벽의 그 문 닫히는 소리가…… 그 소리가 설마 단테가 옥상 문을 열고 닫은 소리였나? 낡은 옥상 문이 매몰차게 닫히는 소리가 하비의 귀에 계속 울려 퍼져서 고막이 찢어질 것만 같았다. 느려터진 엘리베이터를 기다릴 수 없었다. 그는 실내화가 벗겨지는 것도 모르고 계단을 뛰어올라 가서, 옥상 문을 열어젖혔다. 너무나 세찬 칼바람 때문에 잠시 눈을 뜨지 못했으나, 이내 맨발로 옥상의 끝자락에 위태롭게 서 있는 단테의 뒷모습이 보였다.

"단테야! 단테야!"

하비는 목이 찢길 정도로 소리쳤다. 단테는 그를 돌아봤다.

"하비야."

단테의 몸은 미세하게 떨리고 있었다. 아직 기회가 있다.

"우선…… 우선 내려와 봐."

뒤이어 선진두와 로사, 진희, 그리고 다른 선생들이 엘리베이터에서 황급히 내려 옥상 계단을 올라오는 소리가 들렸다. 그 소리 덕분에 단테의 떨림이 멈췄다.

"……하비야."

"어?"

"부탁할 게 있으니까, 편지는 꼭 읽어줘."

"안 돼!"

"합격하면 치킨 쏴라."

단테는 마지막으로 희미한 미소를 짓고 고개를 돌렸다.

순식간이었다. 하반신부터 사라졌다. 영원히 새장에 갇혔다고만 생각했는데, 단테도 날 수 있었던 것이다. 그의 날개를 둔탁하게 땅에 찧는 소리, 아이들의 비명 소리, 앰뷸런스의 사이렌 소리는 하비의 기억에 저장되지 못했다.

20교시

　단테를 잘 알지 못하던 이들, 그러니까 거의 대부분의 수도외고 학생들의 인스타그램에는 그를 추모하는 국화꽃 사진이 올라왔다. 물론 그들 중 단테와 맞팔로잉이 되어 있는 사람은 없었다.

　로사와 진희는 장례식 첫날부터 단테 아버지를 도와 계속 자리를 지켰다. 단테의 아버지는 왜소하고 마른 체구의, 이미 너무나 많은 비극들을 겪어서 감정이 바닥나 버린 듯한 사람이었다. 그는 장례식 내내 어떤 감정 표현도 하지 않았다.

　하비는 장례식 둘째 날이 되어서야 정신을 차리고 장례식장을 방문할 수 있었다. 로사는 너무 많이 울어서 눈이 퉁퉁 부어 있었고, 진희는 감정을 내비치지 않은 채 힘겹게 버티고 있었다. 그렇게 HARBIRD 스터디그룹 네 명은 마지막 모였던 날 이후로 오랜만에, 생소한 장소에 모이게 되었다.

　로사와 진희가 뒤쪽 방에서 지쳐 잠들고, 몇몇 수도외고 교직원들이 뒤늦게 조문을 왔다. 선진두는 여전히 보이지 않았다. 하비는 단테 아버지를 도와서 상을 차리고 닦았다. 교직원 중 몇 명은 소주를 까서 마시기도 했다.

　"에휴…… 나도 선생이지만 요새 입시는 애들을 너무 몰아붙여……."

소주를 두 병째 들이켜며 계속 지껄이는 역사 선생. 제자의 비극을 안주 삼아 술에 취하고 싶은 건지, 아니면 이런 자리에 서조차 선진두를 깎아내리려고 하는 건지.

"시험 문제 내고 채점하는 우리 선생들도 이렇게 힘든데, 학생들은 오죽하겠어? 갈수록 다들 미쳐가지고 학교가…… 에잉, 쯧쯧. 학생들한테는 등수만 있고 인권은 없다니까?"

선생들이 아무도 그의 말에 맞장구치지 않자 그는 심술이 난 듯 덧붙였다.

"죽은 학생이, 떨어지기 전에 그 추운 날 옥상에 몇 시간이나 서 있었다며? 에휴, 애를 얼마나 몰아붙였으면…… 쯧쯧."

"선생님!"

결국 참지 못한 테레사 선생이 역사 선생에게 소리쳤다. 그는 어딜 감히 초임 선생이 나서냐고 반발하려고 했으나, 다른 선생들이 노려보는 시선에 조용히 소주 몇 잔을 더 꼴딱거린 후 만취한 상태로 돌아갔다. 테레사 선생은 장례식장에 남아 하비를 도와주었다.

"안 도와주셔도 돼요…… ."

"아니야, 하비 너도 좀 쉬어."

"아까…… 역사 선생님이 말씀하신 건 뭐예요? 단테가 옥상에서 계속 있었다는 거."

"아니야. 그냥 취해서 말씀 잘못 나오신 거야. 하비야. 이건 다 우리 잘못이야. 못난 선생님이 부탁 하나만 할게…… 너한테도, 로사한테도, 진희한테도…… 이럴 때일수록, 너희 스스로를 잘 돌봐줘…… 알겠지?"

조문객이 더 이상 오지 않을 것 같은 고요한 새벽. 부슬비가 내리기 시작했고, 하비는 잠에서 깼다. 움직이지 않고 웃고 있는 단테의 영정 사진 속 얼굴이 보였다. 여기서 눈을 한 번이라도 깜빡이면 다시 옥상에서 떨어지던 그의 얼굴로 변할 것 같아 눈싸움이라도 하는 것처럼 눈을 감을 수 없었다. 눈동자가 말라갔다. 눈물이라도 흐른다면 좋겠지만 아직 어느 무엇 하나 현실처럼 여겨지지 않아 단 한 방울의 눈물도 그의 눈을 적시지 못했다.

앗. 센서 등이 갑자기 확 켜졌다. 그제야 하비는 눈이 부셔서 반사적으로 눈을 감았다. 선진두였다. 괘종시계를 보니 새벽 4시였다. 그는 절제된 자세로 단테 앞에서 두 번 절을 하고 향을 피운 후에, 구두를 신고 떠날 채비를 했다. 그가 너무 늦게 왔고, 또 너무 일찍 떠나는 바람에 하비는 미처 그에게 할 말들을 정리하지 못했다. 그래서 그를 쫓아갔다. 앞지르지도, 붙잡지도 못하고 그저 따라만 갔다.

"왜 따라오는 거냐."

빗물이 고였다가 쏟아지는 출입문 앞에 선진두는 멈춰 서서 말했다.

"이건 전부 내 탓이다. 구하비, 너희 셋은 그저 앞으로 나아가라."

그 말을 끝으로 그는 걸어 나가버렸다. 하비는 아무 말도 하지 못하고 장례식장으로 돌아왔다. 장례식장에는 선진두가 두고 간 우산과 함께 하비만이 덩그러니 남아 있었다. 센서등은 다시 조용히 꺼졌고, 새벽 동안 부슬비가 계속 내렸다.

*

화장을 마친 뒤 유골을 수목장 하기 위해 하비, 로사, 진희는 단테 아버지의 낡은 차를 타고 외딴 지역으로 떠났다. 가는 길에 눈이 오기 시작했다. 어제 내린 비 때문인지, 정제되지 않은 진눈깨비가 내렸다.

잠시 들른 휴게소에서 단테 아버지는 버터구이 오징어를 네 개 사서 초췌한 손으로 아이들에게 건넸다. 마지막까지 아들과 있어줘서 고맙다고, 그는 연신 인사했다. 둘만 조금 울었다. 그것이 장장 몇 시간 동안 터덜터덜 달리던 차 안에서 나눈 대화의 전부였다.

수목장 시설에 도착하니, 직원은 춥고 얼어버린 땅에 지금 유골을 묻는 것은 쉽지 않다고 했다.

"대부분 따뜻한 봄날에 와서 묻으시는데……."

"예에…… 미안합니다."

자신의 탓이 아닌데도 자신부터 탓하고 보는 저 착해빠진 모습은 부자가 영락없이 닮았구나, 하고 하비는 생각했다. 다행히 우여곡절 끝에 단테를 잘 묻어줄 수 있었다. 아들이 묻힌 자리를 보며 단테 아버지는 담담하게 아이들에게 말했다.

"얘들아, 혹시 기숙사에 남은 단테 짐이 있으면 챙겨와 줄 수 있겠니? 계속 부탁만 해서 미안하구나."

"아니에요…… 당연하죠."

"고맙구나. 난 잠시 담배 좀……."

"천천히 오세요……."

허망했다. 지금 느끼는 허망함을 조금 더 자세히 묘사할 언어도 없었다. 눈만 조금 더 세차게 내리기 시작했다. 눈이 꽤나 쌓이기 시작했는데, 단테 아버지는 어디로 간 건지 돌아오지 않았다.

"아저씨 어디 가셨지?"

"그러게……."

아이들은 단테 아버지를 찾으러 흡연 구역에 갔지만 그곳에는 아무도 없었다.

"아, 저쪽 뒤에……."

"어! 괜찮으세요?"

단테 아버지가 쓰러진 줄 알고 허겁지겁 달려갔던 아이들은 이내 발걸음을 멈추고 아무 말도 하지 못했다. 단테 아버지는 흙에 얼굴을 파묻고 있었다. 휘날리는 진눈깨비들은 그의 머리 위에 균일하지 않게 소복소복 쌓였다. 그는 흙바닥에서 얼굴을 떼지 않은 채, 오열했다. 태워 보낸 아들의 뼛가루가 벌써 진눈깨비로 다시 아버지의 품에 돌아왔기 때문이었다.

　장례는 그렇게 모두 마무리되어 버렸고, 수도외고는 다음 주부터 다시 정상 수업이 재개됨을 게시판에 볼드체로 공지해 붙였다. 단테의 죽음은 수도외고의 일주일을 뒤흔들 정도의 충격이었지만, 수도외고의 일 년을 뒤흔들 정도로 충격적이지는 못했다.

　종례 시간 때 선진두는 말없이 비어 있는 한 자리를 쳐다본 후, 한숨을 쉬고서 말했다.

　"네 번째 시험 성적 발표는 다음 주에 하겠다. 모두 다시 주말 동안 공부에 정진할 수 있도록. 이상."

　몇몇은 지연되는 성적 발표가 불만이었지만, 공개적으로 이의를 제기하지는 않았다. 학생들은 대부분 침묵 속에서 가방을 챙겨 기숙사로, 집으로 향했다.

　진희는 곤혹스러운 얼굴로 하비를 불렀다.

　"하비야. 말할 게 있는데……."

　"응."

　"단테 사물함 다 정리했는데, 네 편지가 없어……."

　"어?"

　"로사랑 나한테 보낸 편지는 있었는데 너한테 보낸 편지가 안 보였어……. 혹시 단테가 다른 곳에 놔둔 거 아닐까?"

　뭐라고? 편지를 읽어달라는 게 단테가 마지막으로 남긴 말인데…… 없을 리가. 그렇다고 진희가 실수를 했을 리도 없고.

"어…… 응. 아마 방에 놔뒀을 수도 있겠다. 고마워, 한번 찾아볼게."

"응. 마음 잘 추스르고…… 월요일에 봐."

"응, 너도."

진희는 하비와 포옹하며 서로 슬픔을 조금이라도 나눠 가지고 집으로 돌아갔다.

기숙사 방에는 로사가 먼저 와 있었다. 망연자실한 둘 사이엔 며칠 전과는 달리 남은 간극이나 공백은 아예 없었다. 상상조차 해보았을까? 그들의 공백이 화해나 이해, 혹은 공통된 목적으로 매워지는 게 아니라, 소중한 친구를 상실함으로써 채워질 줄은. 기숙사는 쥐 죽은 듯이 조용했고 말없이 그의 유품을 정리하기 시작한 둘은 이 공간을 더욱 고요하게 만들었다.

"아…… 로사야."

"으응."

"혹시 정리하면서, 편지 같은 거 보이면 말해줄래?"

"응, 그럴게."

방은 하비의 마음 상태처럼, 공사가 중단되고 무너진 바벨탑처럼 어지럽혀져 있었다. 그는 책상 구석에 올려놓았던 단테의 HARBIRD 연필을 손으로 꼭 쥐었다. 시험 끝나고 돌려주려고 했는데…… 또 바로 옆에는 단테의 사물함에 달려 있었던 두꺼운 자물쇠도 있었다. 이건 또 언제 책상에 놔둔 거지…… 모든 기억이 뒤죽박죽이었다. 단테야, 네 물건이 내 책상에 왜 이렇게 많이 있냐…… 여전히 룸메이트 같네. 슬프게 피식 웃으며 자물쇠를 만지작거리는 하비. 단테가 바로 위에 서서 그에게 속삭인다. 편지는 꼭 읽어줘. 그래, 그럴게. 하비 는 더 부지런하게 물건 사이사이를 뒤지기 시작했다.

"어…… 하비야, 단테 짐이 이게 다야?"

하지만 한 시간이나 지났을까? 단테의 유품 정리는 너무나 빨리 끝나버렸다. 원래 정리 정돈이 확실한 그였지만, 옷장에 있던 이미 세탁된 교복과 일상복 몇 벌, 책상 위 데일리 에세 이 뭉치와 자잘한 필기구 몇 개를 제외하면 거의 아무것도 남 지 않았다. 일주일에 최소 문제집 한 권과 수행평가 종이 수 십 장이 쌓이는 여느 수도외고생의 책상치고는 너무나 가지 런했다.

하비는 친구의 자살이 차라리 우발적이기를 바랐다. 그랬 다면, 그동안의 시간은 조금이라도 덜 힘들었을 거라고 생각 할 수 있을 텐데. 그러나 너무나 깔끔하게 정리되어 있는 유품 들은 그가 예전부터 자신의 짐을 정리해 왔다고, 예전부터 이 새장에서 날아갈 준비를 했다고 말해주는 것 같았다. 망할 역 사 선생이 말한 것처럼 차디찬 옥상에서 대체 몇 시간을 보냈 고, 대체 몇 주 동안, 몇 달 동안 이 생각에 잠식되어 있었던 걸까. 나는 친구를 벼랑 끝으로 몰지는 않았지만, 그가 떨어지 기 가장 직전에 그 벼랑을 지나간 사람이다. 하지만 더 높이 솟아 있는 벼랑을 동경하고 눈에 담는 것에 바빠, 위태롭게 매

달려 있는 그에게 손을 내밀어 주지 못했다.

"로사야……."

"응."

"너는 내가 옳은 선택을 했다고 말해줬지만…… 틀렸어. 단테도 옳은 선택을 했다고 말해줬는데…… 그 톤이 이상했단 말야…… 하하. 그리고 새로 변해서 날아갔는데. 그 전에 뛰어가서 단테를 잡았어야 했어."

"……응."

"단테가 옥상 위에 서 있었다고 하더라. 이 방 바로 위에. 난 소리를 분명히 들었거든? 문이 닫히는 소리를. 그런데 내 바로 위에 서 있었는데 왜 그게 단테였다는 건 몰랐을까?"

"아니야…… 누가 그래. 하비야……."

"도대체 밖에 몇 시간 동안이나 서 있었던 거야…… 그 추운 날에…… 하하."

꿈과 현실의 경계가 무너진 채로 횡설수설하는 그의 말을 로사가 전부 이해하기는 어려웠지만, 깊이를 알 수 없는 비통함만은 통감할 수 있었다. 그는 두 손으로 얼굴을 싸맸다. 쥐어뜯었다. 너무나 울고 싶었지만 눈물이 도저히 나오지가 않았다. 이 메마른 분노가 자신과 수도외고를 향한다면 그때는 눈물이 나올까? 일요일반, 수도외고…… 지금이라도 모두 터뜨리고 자폭해 버리면 속죄가 될 수 있을까?

"하비야."

로사 역시 비통한 목소리로, 그러나 하비의 손을 꽉 잡으며 말했다.

"단테가 남긴 편지를 읽고, 내가 계속 했던 생각이 뭔지 알아? 마지막으로 한을 풀고 싶어서 쓴 편지인데도 정말 끝까지 아무도, 아무것도 원망하지 못하는구나, 였어…… 유약한 아버지, 아픈 어머니, 무책임하고 무관심했던 선진두와 우리들—그럼에도 자신이 소중히 여기는 그 사람들을 원망하지 못하고, 대신 자신을 원망했던…… 그러니까 넌 단테처럼 착해빠지지 마."

"원래도 난 안 착해."

"하비야."

"……응."

"알겠어?"

하비는 고개를 떨굼과 동시에 끄덕였다. 말을 마친 로사의 어깨도 조금 들썩였다.

"나 잠시만 나갔다 올게……."

"응. 거의 다 정리했으니까, 마무리 하고 있을게……."

로사가 밖으로 나가서 눈물을 닦아내는 동안, 하비는 책상 위에 놓인 단테의 데일리 에세이 더미를 보았다. 그래, 다른 건 몰라도 넌 정말 읽고 쓰는 걸 좋아했지. 역시 너답게 정리도 깔끔하게 되어 있구나. 에세이 더미의 맨 윗장이 눈에 띄었다.

DailyEssay_1222_안단테.

12월 22일…… 떠나기 바로 전날조차 너는 에세이를 썼구나…… 치킨이라도 한번 먹으러 갔어야 했는데……. 하비는 힘없는 손가락으로 그의 데일리 에세이 뭉치를 파라락 넘겨보았다. 거의 모두가 A 아니면 A-. 가끔 B+만 몇 개 보였다. 하지만 점수보다도, 300장이 넘는 에세이들을 보며 생각했다. 우리 참 많이도 썼구나. 균일한 글꼴과 글자 크기로 변환된 에세이들의 문장 문장에서 단테의 손가락에 생긴 굳은살과 이마에 맺힌 땀방울 냄새가 진동했다.

쯧, 하비는 다시 에세이 더미를 덮고 괴로움과 아련함에 바라보기만 했다. DailyEssay_1222_안단…… 어? 그의 눈에 들어온 건 알파벳도, 한글도 아니라 가운데 있는 숫자, 1222. 그렇게 특별할 것이 없는 숫자였을 것이다, 2가 많이 들어가 있다는 점을 제외하고는. 하지만, 연상 작용. 22, 22학번, 캐치-22, 그리고 앞자리의 1을 빼면……! 아, 0222.

필연은 우연보다 몇 배는 잔혹하다. 0222. 어찌 잊겠나. 그것도 며칠 되지도 않았는데. 단테의 사물함 자물쇠 비밀번호.

그런데, 0222는 이뿐만이 아니야. 자신과도 연결되어 있었다. 꽤 오랫동안 잊고 있었던, 수도외고에 들어와서 처음으로 데일리 에세이에서 A를 받았고, GSC 면접에 합격했고, 3등을 차지했던, 전환점의 그날.

아아. 하비는 이미 어질러져 있는 자신의 책상을 더 어지르며 미친 듯이 찾기 시작했다, 그날의 데일리 에세이를. 선진두가 옥상에서 건넨 C로 점철됐던 과거 자신의 에세이들, 수도외고의 상징이 될 자격이 충분하다는 에세이들 아래에서 발견했다. DailyEssay_0222_구하비.

그리고 다시 읽었다. 그날의 에세이 주제, '자신이 존재하고 싶은 가장 이상적인 공간에 대해 서술하라.' 그날의 답변, '명예의 전당.' 그리고 기억해냈다. 면접 때문에 데일리 에세이 시간에 가지 못해서 대신 채점된 에세이를 받아와 줬던 단테를.

"……그리고 이거. 데일리 에세이 따끈따끈하게 채점된 거."

앗! 0222에 사로잡혀 자신의 오래된 에세이를 읽던 하비는 종이에 검지 손가락을 베였다. 손가락에서 검붉은 피가 조금 흐르자, 오히려 머리가 맑아지는 것 같았다. 이건…… 네가 마지막으로 설계해놓은 필연이구나, 단테야. 네가 2월 22일의 내 에세이를 읽어줬다면…… 네 편지도 그 공간에 있겠지.

*

어두컴컴한 대강당은 공포스러웠다. 애써 발광하는 휴대폰 플래시도 너무나 거대한 이 빈 공간을 제대로 비추지 못했다. 겨우 엘리베이터를 찾아 2층으로 올라간 다음 학생증을 찍고 명예의 전당의 문을 열었다.

입학식 때 선진두가 가리킨 후로 상상만 했던 장소. 염원할수록 내 손에서 빠져나가니까, 징크스 때문에 와보지는 않았던 장소. 그만큼 염원했던 장소. 존재하고 싶은 공간. 하비의 이상향이었다.

이곳의 모든 기둥들에 새겨진 수도외고의 고고한 졸업생의 이름들, 유구한 입시 경쟁의 역사와 위대한 합격 실적의 유산들. 하지만 네가 남긴 편지는 어디 있을까. 하비는 플래시를 이리저리 돌리며 곳곳을 비췄다. 수도외고 30기 선진두의 이름이 새겨져 있는 기둥, 수도외고 59기 문도형, 반채인의 이름이 새겨져 있는 기둥…… 그 다음에 플래시가 멈춘 곳은 아직 아무 이름도 적혀 있지 않은, 우리들 62기의 이름이 새겨져야할 기둥이었다.

그리고, 그 아래에 놓여 있었다, 단테의 편지는.

그래, 하비야. 네 2월 22일 에세이, 혹시 내가 도움 줄 수 있나해서 한번 읽어봤어. 별 이유는 없어…… 넌 좋은 친구고, 네가 자퇴하는 걸 보고 싶지 않아서 그랬을 뿐이야. 지금이야 감히 수도외고 1등의 에세이에 감히 손댈 수가 있겠냐만은, 하하. 그래도 나도 에세이는 꽤 쓰잖아.

그래, 알지. 당연히 알지……. 하비는 서글프게 웃었다.

네 에세이를 읽으니까, 그동안 노력했던 흔적이 너무나 선명하게 보이더라고. 그 이후로 온전히 네 노력으로 상승하는 널 보면서, 참 멋지다고 생각했어. 그리고, 조금은 질투하기도 했어. 하지만 재익이처럼 네 성적을 질투한 건 아니야. 내가 질투하고 부러워했던 건…… 넌 무슨 일이 있어도 더 높이 올라갈 수 있을 것 같아서였어.

이 학교에서 자기가 하버드에 가지 못한다는 걸 인지하고 있는 학생은 여럿이지. 하지만 난 그 사실이 괜찮은 유일한 학생이었어. 여기서는 모두가 가장 위대한 입시 스토리를 쓰기 위해 노력하지만, 난 위대한 스토리 말고 그냥 스토리를 쓰고 싶었어. 아마 그래서 내가 안 되는 건가 봐.

아니야…… 하비는 힘없이 중얼거렸지만, 이미 그 중얼거림이 닿기에는 그가 너무 멀리 있었다.

세 번째 시험 성적이 나온 후에 선진두 선생님이 날 부르셔서 최후통첩을 하시더라고. 성적이 너무 떨어져서, 다음 시험에서조차 좋은 성적을 내지 못하면 장학금은커녕 어떤 대학에도 합격은 불가능하다고. 미국에서 공부하고 싶은 건 알겠는데, 솔직히 성적이나 집안 수준을 현실적으로 생각하면 유학은 포기하고 일반고로 전학 가서 내신 관리라도 하는 게 좋을 것 같다고.

화장실에서 밤새워 가면서 공부해도, 그럴수록 내가 더 올라갈 가능성은 아예 없겠구나 하고 뼈저리게 느끼기만 했어. 그래서, 사실 에세이 컴피티션 제출 하루 전이었던 그날 있잖아. 그 새벽에 냉동 치킨을 데우려던 게 아니었어. 눈은 빠질 듯이 아프고, 방에서는 계속 쿵쿵거리는 환청이 들리고, 너무 견딜 수가 없이 힘들어서, 홧김에 그냥 학교에 불을 질러버리고 다 끝내버리려고 했거든. 그런데 연기가 아주 자그맣게 피어오르기 시작하고 화재 알람이 울리니까, 너무 무서워서 바로 물통을 들이부어서 황급히 꺼버렸어…… 내 주제에 방화범이라니, 당치도 않지.

그리고 네 번째 시험 날, 자리에 앉는 순간 이런 생각이 들었어. 아, 수도외고에서 보는 시험은 이게 마지막이겠구나. 그냥 아예 답안지를 완전히 백지로 내버릴까? 그런데 있잖아. 막상 시험지를 받자마자 또 너무 무서워서, 아는 것도 하나 없지만 나는 억지로 답안지를 빽빽하게 채우기 시작했어. 그때 깨달았지. 아, 나는 절대로 자유로울 수가 없겠구나. 어느 시간과, 어느 공간에 있든 말이야. 감옥에서 석방되었어도 바깥의 삶이 더한 감옥처럼 느껴져서 결국 더 바깥으로 떠나기로 한 〈쇼생크 탈출〉의 브룩스처럼 말이야. 그걸 깨달았던 찰나의 순간이, 이 수도외고에서 내가 유일하게 자유로웠던 순간이었어.

하비야, 수도외고 교훈이 뭔지 알지? '진리가 너희를 자유롭게 하리라'. 아니, '하버드가 너희를 자유롭게 하리라'였지. 그래서 그런가 봐…… 나는 자유롭지 않고, 앞으로도 영원히 자유로울 수가 없을 것 같아. 이제는 더 갇히고 싶지 않아. 그렇다고 자유로워지려고 발버둥 치면, 감내해야 하는 그 순간들이 너무 무서워. 이제는 더 무섭고 싶지도 않아.

　……물론 마지막으로 한 번은 날 거야. 마지막으로 한 번은 더 무서울 거야.

　하비의 손에서 편지가 힘없이, 스르륵 빠져나갔다. 그는 털 퍼덕 땅바닥에 엎어져서 바닥에 떨어진 편지를 계속 읽었다.

　우린 성격도 성향도 굉장히 달라서 좋은 룸메였던 것 같아. 서로 다른 사람한테 많이 배우는 법이니까. 수도외고가 룸메 배정 하나는 잘해줬네. 그러니까 내 사유를 토대로 너를 판단하지는 않으려고 해.

　다만, 처음으로 수도외고라는 새장 밖으로 나와 보니 알겠어. 밤새 구부정하게 허리를 굽혀 영단어를 외우다가 화장실 칸에서 맞는 아침, 태어날 때부터 자신이 아는 언어가 아닌 외국어로 하루 종일 얘기하며 겪는 자기분열의 점심, 점수와 등수라는 신체 도식에 결박되어서만 자신의 모습을 그려볼 수 있는 저녁…… 수도외고에서는 너무나 자연스러운 풍경들이, 사실은 절대로 자연스럽지 않아.

　나 스스로도 벗어나지 못했던 새장을 비판하고 싶지는 않아. 그렇지만 하비야, 나는 네가 이것만은 기억해 줬으면 좋겠어. 수도외고가 아닌, 어쩌면 우리의 절박함이 진짜 새장일 수 있어.

아, 마지막으로 사소한 부탁 하나만 들어줄래? 사실, 지금까지 성적표에 부모님 사인 받아오는 거 있잖아, 내가 먼저 받아서 포토샵으로 고친 후에 드렸거든. 별로 어렵지도 않았어, 하핫. 22, 23등에서 앞자리 숫자 하나만 지우면 되니까. 뭐, 아무 의미 없는 짓이었지. 왜 그랬을까? 실제 등수가 바뀌는 것도 아니고, 그렇다고 아픈 엄마나 지친 아빠에게 나를 혼낼 기운이 남아 있는 것도 아니었는데…….

근데 이번 마지막 시험 성적표는 내가 고칠 수가 없을 것 같으니까, 네가 그것만 대신 좀 고쳐서 우리 집 우편함에 넣어줘. 별 이유는 없어. 혹시라도 아빠가 내 진짜 성적을 보면…… 아빠가 누구를 원망하게 될까 봐. 선진두든, 수도외고든, 나 자신이든…… 그냥 내가 한 선택의 이유에 대해 아빠가 몰랐으면 좋겠어. 엄마도 물론이고……. 사실 나도 잘 모르겠는걸.

무엇이든 알게 되는 순간, 너무 마음 아프잖아.

그러니까 너한테도 이 정도만 적을게. 안녕.

안단테.

*

    편지를 다 읽은 하비는 손의 힘이 완전히 풀려 휴대폰을 떨어뜨렸고, 그렇게 희미한 플래시마저 사라져 버렸다. 칠흑 같은 암흑만이 가득한 명예의 전당에서, 그의 메말랐던 눈물샘은 가득 채워졌고, 그제야 그는 편지 위에 엎드린 채로 소리 없이 흐느낄 수 있었다.

21교시

언제나처럼 일요일에도 오전 5시에 맞춰 출근하는 선진두. 아니, 그런데 오늘은 1분 늦은 듯하다. 그리고 교무실 문 앞 바닥에 누군가 귀신처럼 앉아 있었다.

"구하비? 무슨 일이냐?"

썩어 문드러져 있는 하비의 표정. 아니, 묘하게 홀가분한 표정으로 보이기도 했다. 그는 이전에 옥상에서 선진두에게서 받았던 서류 봉투를 다시 건넸다.

*

"로사야, 아직 준비 덜 됐니? 10시에는 출발해야지."

로사의 부모님은 정말 간만에 들떠서 브런치 모임에 나갈 준비를 마쳤다. 과정이야 어찌 되었든 일요일반 이슈는 성공적으로 덮였고, 권샐리의 아버지는 로사 부모님의 로펌에 대형 계약을 안겨주었기 때문이다.

"우리 딸, 아직 준비 덜……."

그러나 아무것도 들리지 않는 그녀는, 집 밖으로 달려 나갔다.

"어디 가니, 애! 로사야!"

수도외고에 헐레벌떡 도착한 로사. 폐가 터질 것 같아 숨을 조금 고른 다음 다시 전속력으로 동아리방으로 뛰어올라 갔다. 그곳에서 하비가 그녀를 기다리고 있었다.

"왔네……."

"마지막 인사라니. 문자, 도대체 무슨 소리야?"

"이게 마지막이면, 그래도 수도외고에서 가장 의미 있는 이곳에서 만나야지."

"아냐, 이건 아니야."

"수도외고에 잔인하지 않은 공간이라고는 없지만, 이 동아리방은 나쁘지 않았어."

그는 미소를 지으면서 말했지만, 그녀는 웃을 수 없었다.

"로사야. 나는…… 나는 녹음 파일을 터뜨리지 못해. 나한테는 아직 아무 힘도 없어."

"그래, 이해해. 나라도 못할 거야. 그래서 내가 이 방에서 말했잖아…… 시스템에서 지금 벗어날 수는 없다고, 하지만 가장 높이 올라가서 바꿀 수는 있을 거라고. 그런데, 선택의 결과가 어떻게 자퇴야?"

"처음부터 내가 바꿀 수 있는 건 없었어."

"나도 그건 마찬가지야! 나도……! 나도 너만큼은 아니더라도 단테에게 마음의 빚이 있어! 하지만 우리가 뭔가를 바꿀 수 있는 건 우리를 증명하고 난 후야."

"······내가 분명히 말하지 않았나? 자퇴서는 그날, 그 순간 딱 한 번만 반려해 주는 거라고."

"예."

"그런데도 이 자퇴서를 또 나한테 들이미는 건 뭘 뜻하는 거냐? 불과 며칠 전에 네놈이 제 발로 이 교무실에 찾아왔던 건 벌써 망각한 거냐?"

"······단테한테 떳떳하지 못하니까요."

선진두는 순간 부아가 치밀어 거칠게 하비의 멱살을 잡았다.

"나라고 죄책감이 없을 것 같나? 수도외고에서 자살한 학생이 안단테가 처음인 것 같아? 다른 놈들이야 그딴 같잖은 정의로운 말을 지껄여도, 너만큼은 안 돼! 착각하지 마라, 구하비. 넌 알도 깨지 않은 채로 내 둥지에 왔을 뿐이야. 알을 깨뜨려 주고, 날개를 달아주고, 나는 법을 가르쳐준 건 전부 나야! 나라고! 넌 내 최고의 샘플이어야 해. 내 위대한 실험을 망치는 게 아니라! 내가 또 야망을 심어주고, 또 절박함을 주입해 줘야 하는 거냐?"

하지만 하비는 선진두의 손을 강하게 떨쳐내고 오히려 그를 벽으로 몰아붙였다.

"······이제는 그러실 수 없어요."

"뭐라고?"

"이제는 그러실 수 없다고요! 선생님, 당신이 나한테 절박함을 주입했다고? 개소리하지 마."

미세한 떨림은 그의 목 뒤부터 시작해, 척추로 흘러내려갔다.

"인정하겠습니다. 선생님의 둥지가, 아니 선생님의 새장이 위대함을 피워내기에 가장 완벽한 환경이라고. 일요일반 같이 썩은 부분을 제외하면 말이에요."

"……."

"근데, 절박함은 온전히 내 거예요. 아시겠어요? 온전히 내 거라고! 별 볼일 없는 중학교에서 수도외고로, 수도외고에서 토요일반으로— 끝없이 내달리고, 올라갔어요. 나는 떳떳했으니까, 절박해질 수 있었어요."

말을 멈춘 하비는 안주머니에서 단테의 편지를 꺼내 거칠게 구긴 후, 그것을 입에 넣어 우물우물 잘근잘근 씹어서 삼켜버렸다. 마치 그 무엇도 더 이상 뺏기지 않겠다는 선언처럼. 선진두는 멍한 표정으로 하비를 쳐다볼 수밖에 없었다.

"수도외고에서 자살한 학생은 물론 단테가 처음이 아니겠죠. 마지막도 아니겠고요. 그렇지만, 선생님은 그 학생들이 보여요? 그 학생들이 선생님 등에 매달려 있나요? 그 학생들이 단 한 명이라도, 선생님 안에 있나요?"

"……."

"저는 수도외고에서 더 이상 떳떳해질 수가 없어요. 저는 이곳에서는 더 이상, 선생님이 항상 말했던 것처럼 절박함을 양분 삼아 위대함을 피워낼 수가 없어요."

"……이번에는 네놈의 자퇴서, 찢어주거나 돌려주는 일 결코 없을 거다."

"각오했어요."

망했다. 이 조커는 완전히 꽝이 되어버렸어. 에이스가 되기
바로 직전이었는데. 더 이상 이 쳐 죽일 놈을 설득하는 것은
불가능해 보였다. 자신의 실험이 실험체의 반발로 목전에서
종료되어 버린 것이다. 따라서 선진두가 쏟아낼 것은 저주밖
에 없었다.

"치기어린 짓거리일 뿐이야. 나중에 처참하게 망가진 네 인
생을 돌아보면서, 이 순간을 영원히 되돌려 보면서 후회할 거
다. 아니, 몇 년만 지나봐라. 그래, 자퇴해서 하루하루 피폐하
게 동네 도서관을 전전하며, 나른한 몸을 질질 끌고 검정고시
같이 아무 의미 없는 것들에 도전하면서 하루하루를 날려버
리겠지. 그러다 시간이 좀 지나서 자유롭게 배낭여행을 한번
떠나보렴. 미 서부? 동부? 어디든 좋아. 하지만 장담하는데,
넌 어디에서도 자유로울 수 없을 거다. 가는 곳마다 명문 대학
후드티를 입고 재잘거리는 네 또래들을 스쳐 지나가기만 해
도, 그때마다 끊임없이 네 세계가 무너질 테니까."

선진두는 이렇게 감정 조절을 하지 못하는 자신이 낯설었
다. 하지만 어떤 위대한 교육자라도 자신의 실험체가 갑자기
수류탄의 핀을 뽑고 자폭한다면, 실험실의 책상을 전부 뒤집
어엎어도 분이 풀리지 않은 채 깨진 플라스크 조각을 짓밟아
댈 수밖에 없을 것이다.

"선생님이야말로 착각하지 마세요."

"뭐?"

"저는 하버드에 갈 겁니다."

오기와 냉정, 그 어딘가에 서서 하비는 선언했다. 선진두는 머리가 떵했다.

"뭐, 뭐라고?"

"선생님의 둥지, 새장, 실험실—무슨 은유든 상관없으니 선생님의 시스템을 떠나서, 아니, 부정하고 저 혼자 준비해서 기필코 합격할 겁니다. 하버드."

하아. 하하…… 선진두는 한숨을 쉰 후 실소를 내뱉었다.

"구하비, 자퇴보다는 망상장애부터 치료하는 게 급선무일 것 같은데. 말했다시피 자퇴생은 추천서도 받지 못한다는……"

하지만 하비는 아랑곳하지 않고 바로 받아쳤다.

"녹음 파일. 에세이 컴피티션에 상응하시는 걸 주신다고 했죠."

"너……!"

"또 협박하고 협상하고 싶지 않아요. 피차 시간 낭비니까. 제가 원하는 건 오직 선생님의 추천서예요. 나머지는, 나머지는 전부 제가 이 수도외고 밖에서 이뤄낼 거예요. 그리고 이곳에 돌아오는 날, 증명할게요. 위대함을 피워내는 건 이 망할 수도외고가 아니라는 걸."

"이건 스스로를 파괴하는 거야. 너 혼자 죄책감을 다 짊어지지 마! 제발."

로사의 목소리가 갈라졌다.

"죄책감만은 아냐. 로사야, 단테가 너한테 남긴 편지에도 스스로를 가두지 말라고 적혀 있었지……?"

"……그래. 그리고 단테가 맞아."

"아니. 내가 잠시 선진두의 감언이설에 넘어가고 절박함을 잃어서, 이렇게 단테도 잃고 내 야망도 무너뜨려 버린 거야."

"아니야!"

"이건 온전히 내 결심이야. 난 이제 수도외고에 남아도 전처럼 절박하게 상승할 수가 없어. 날 여기까지 끌어준 동력을 상실했는데. 난 알기 위해서가 아니라 이기기 위해서 공부했는데. 기억 나? 입학식 때 선진두가, 기숙학원, 고시원 같은 새장에 스스로를 가두는 건 폐쇄가 주는 해방감을 누리는 거라고 했지."

"하비야. 자퇴하는 건 차원이 다른 문제야."

"수도외고…… 이 새장은 잘못 지어진 것도 모자라 우리를 배신했어. 하지만, 아니, 그러니까, 이제 시간이 온 거야. 진정한 내 새장의 시간. 자퇴만큼 견고한 절박함의 새장은 없으니까."

로사는 동의할 수 없었다. 자퇴는 둥지에서 떨어져서 죽는 거야, 새장도 살아 있어야 갇힐 수 있는 거야, 라고 얘기해야 했지만 그의 결의에 더 상처를 내고 싶지 않았다. 이 모든 상황이 개탄스러웠다. 슬픔에 찬 로사에게 하비는 흔들림 없이, 두 발자국 앞으로 다가와 그녀의 볼을 부드럽게 어루만졌다.

"로사야."

"응······."

"그러면, 아예 나랑 같이 전부 다 집어던져 버리고, 같이 자퇴해 버릴래? ······수도외고든 하버드든, 전부 잊어버리고?"

조금 긴 정적이 흘렀다. 그리고 볼을 어루만지고 있는 그의 손 위로 그녀의 눈물이 한 줄기 흘러내렸다. 너무나 힘겹고 느리게, 그렇지만 분명하게 그녀는 고개를 저었다.

그럴 순 없어, 미안해······.

아니, 고마워.

그제야 하비는 안심할 수 있었다. 로사를 포옹하고 있는 그의 표정은 한결 편해 보였다. 그는 그녀의 모든 버전을 사랑하거나 사랑했었지만, 가장 멈출 수 없이 사랑하는 그녀의 버전은, 무슨 일이 있어도 목표를 향해, 독립적인 신념으로 진일보하는 로사였다. 그 민로사야말로 하비의 끝없는 향상심의 근원. 위대함을 피워내기 위한 광합성 작용을 촉진하는 태양.

그렇기에, 그는 홀가분하게 미소 지으며 동아리방을 떠났다.

*

하비의 불타는 분노가 휩쓸고 간 자리에, 선진두의 체념과 후회가 밀려오고 둘은 조금 냉정을 되찾았다.

"자퇴생에게 재학생과 똑같이 추천서를 써주는 건 있을 수 없는 일이야. 전례도 없고. 그리고 다시 말하지만, 애초에 추천서를 남발하지 않기 위해 이 '온리 원 하버드' 룰도 만들었는데, 네게 하버드 추천서를 써줘 버리면, 그건 내 시스템의 존재 자체를 부정하는 일이 된다."

"……네. 당연히 우선권은 재학생에게 있는 것 인지하고 있습니다. 저는 아무도 지원하지 않은 학교, 혹은 얼리 라운드에서 이미 다른 학생이 합격한 학교만 택해서 지원하겠습니다. 그러면 저 때문에 다른 수도외고생이 불리해질 일은 없을 겁니다."

"간단하게 말하면, 남은 학교나 먹고 떨어지겠다는 거군."

선진두는 이렇게 말하기는 했지만 구하비의 허무맹랑한 계획이 뭔지는 알 것 같았다. 로사가 하버드 지원 자격 한 자리를 따내고 얼리에서 합격하면, 자신은 이후에 레귤러*로 하버드에 지원하겠다는 계획. 물론 불가능에 가까웠지만 그것은 나중에 생각하기로 했다.

하지만 아무리 체념과 후회가 선진두를 진정시켰다고 해도, 더 이상 자신의 새장의 일원이 아닌 구하비에게 나눠줄 자비나 애정은 많지 않았다. 그래서 조건을 달았다.

"아니, 그걸로는 부족해. 단 하나다. 내가 써줄 수 있는 추천

* 미국의 대학입학시험 전형 중, 정시모집에 해당한다.

서는. 넌 오직 단 하나의 학교만 선택해서 지원할 수 있어. 그게 내가 생각하는, 녹음 파일에 상응하는 최대의 가치다. 그리고 녹음 파일이 어떤 경로로든 밖으로 공개되는 순간, 모든 딜은 없던 일이 된다."

오직 한 번의 기회밖에 없는데도 네놈이 하버드를, 그것도 레귤러 라운드에 지원할 수 있는 배짱이 있는지 보자고. 절대로 불가능할 거다.

"……받아들이겠습니다."

이제 곧 전(前) 제자가 될 구하비의 담담한 수락. 선진두는 기대하던 반응이 아니자 조금 움찔했지만, 이내 냉정하게 자퇴서에 서명을 했다. 그의 펜 끝이 휘갈겨질 때, 그것을 응시하던 제자는 온 내장 기관이 움찔거리며 반응하는 것을 내색하지 않기 위해 애를 썼다.

서명이 완료된 자퇴서를 건네며, 선진두는 복잡한 눈빛으로 자신의 전(前) 제자를 노려보면서 말했다.

"자유를 얻었다고 생각하나?"

"……감사합니다."

진심이었다. 그리고, 정말로 많은 의미가 담겨 있는 감사였다.

"구하비."

"네."

"너의 전(前) 선생으로서, 한마디만 하겠다."

"……네."

"넌 이제 수도외고 밖으로 나간다. 새장 밖의 새처럼 자유롭게, 온 힘을 다해서 날아봐라."

"그러겠습니다."

"그렇게 광활한 하늘을 날게 됐을 때, 넌 그제야 깨달을 거야. 너무나 청명하고 인자해 보이는 하늘은, 그 자유를 감당하지 못하는 새의 날개를 잔인하게 부러뜨린다는 사실을."

선진두의 말에 대답하지 않고, 하비는 고개를 숙여 마지막으로 인사를 한 후 교무실을 나왔다.

22교시

언제나처럼 깊어오는 일요일의 밤. 아이들은 다시 수도외고에서 한 주를 견뎌내기 위해 기숙사로 돌아왔고, 기숙사는 다시 그들의 짐으로 한가득 찼다. 그는 방에서 아이들을 데려다주고 떠나는 분주한 승용차들의 불빛 춤을 감상했다.

하지만 이 모든 광경을 가장 높은 곳에서 볼 수 있는 하비와 단테의 꼭대기층 방은 반대로 텅 비게 되었다. 하비는 진희와도 마지막 인사를 나눴다. 언제든지 도움이 필요하다면 서로를 위해 달려갈 것이라고 약속했지만, 그럴수록 서로의 무력감만 실감할 뿐이었다.

소등이 되고, 수도외고의 마지막 밤이 시작되었다. 매트리스밖에 없는 휑한 침대에 누워 마지막 밤을 보내고 싶지 않았다. 눕는다는 것은 항복하는 것이고, 서 있는다는 것은 저항하는 것이었다. 하비는 저항하는 것에 더 가까운 쪽을 택했다. 자신의 독서실—아침 해가 뜨는 게 보이는 화장실의 가장 오른쪽 칸에 들어가 앉았다. 처음으로 이곳에 들어오면서 공부할 것을 들고 오지 않았다. 그저 이어폰만을 귀에 꽂고, 다프트 펑크 노래들을 재생했다.

이날 밤보다 두근거리는 날은 없었다. 이날 밤보다 고독한 날은 없었다. 이날 밤보다 두려운 날은 없었다.

월요일 아침이 밝아오고, 교실에는 이제 두 명의 자리가 비어 있었다. 선진두는 애써 빈자리들을 외면하며 말했다.

"자, 성적 발표가 많이 지연됐던 만큼 오늘은 종례 시간이 아니라 지금 결과를 발표하겠다."

로사는 아침부터 쭉, 하염없이 창문 밖만 쳐다보고 있었다. 그러다가 보았다. 캐리어를 끌고 수도외고의 가파른 언덕을 내려가고 있는 하비를.

"1학년의 마지막 시험, 1등은…… 뭐야? 민로사, 어딜 가는 거냐?"

이렇게 경사가 가팔랐던가. 하비는 금방이라도 굴러갈 것만 같은 캐리어를 힘겹게 붙잡았다. 한겨울 날의 아침이 이렇게 역설적으로 따뜻하고 밝았던가. 아직 미련이 남은 것일까, 뒤에서 누군가 자신의 이름을 부르는 환청이 들렸다.

"하비야, 하비야!"

환청이 아니었구나. 하비는 멈춰 섰다.

"……로사야."

"정말 가는 거야?"

"응."

어제 동아리방에서처럼 둘은 두 발자국 떨어져 있었다. 로사는 하비를 향해 한 발자국 다가갔다. 하지만 그는 그 자리에 그대로 서 있었다.

"로사야."

"응."

"이렇게 될 줄은 정말 상상해 본 적도 없지만. 이제 우리는 함께 하버드에 갈 수 있어. 이론적으로는 말이야. 아무리 지금은 불가능하게 들려도 말이야……."

"……그래."

"나는, 무슨 일이 있어도 가장 위대한 입시 스토리를 쓸 거야. 너도, 너도…… 그렇게 해줄 거지?"

"물론이야."

일그러지고 곧 울 것 같은 표정인데도, 그들의 눈동자에는 결의가 가득했다.

"그리고…… 이거."

하비는 잠시 갈등하다, 로사에게 연필 지우개 녹음기를 건넸다.

"이건……!"

"로사야, 난 이걸 가지고 있으면서도 단테를 잃는 건 막지 못했어. 너는…… 너는 절대로 조금이라도 부당한 일을 겪으면 안 돼. 이게 있다면 방어할 수 있을 거야. 그런 일이 없어야 겠지만, 혹시 모르니까 가지고는 있어."

그는 선진두와 어떤 딜을 맺었는지는 언급하지 않았다. 로사가 이 녹음을 쓸 일이 아마 없을 것이기 때문—아니, 결코 없어야 하기 때문이다. 그녀는 녹음기를 받으며 심장이 한층 무거워지는 것을 느꼈지만, 애써 웃으며 말했다.

"꼭 가는 거야."

"응."

"2022년, 졸업식이 끝나고 찰스강. 그 다리 위에서."

"꼭."

하비가 이내 몸을 돌려 떠나려고 하자, 로사는 그에게 한 발짝 더 다가가려고 했다. 그러나 그는 그녀를 멈췄다. 대신 수도외고 정문을 향해 한 발자국 앞으로 나아갔다. 둘은 다시 두 발자국 떨어져 있게 되었다. 뒤돌아보지 않은 채로, 그는 학교 정문 위에서 날아다니는 새가 듣지 못할 정도로 작게 그녀에게 말했다.

"⋯⋯로사야. 거기서 더 오지 말아줘."

"왜?"

"이제 더 이상 뒷걸음치고 싶지 않아."

돌아보고 싶었다. 하지만 그는 그대로 정문 밖으로 걸어갔다. 사랑하는 사람으로부터 연민의 눈빛을 받는 순간 끝이니까. 난 무슨 일이 있어도 가장 위대한 입시 스토리를 써낼게. 안녕, 로사야.

무언의 인사를 나눈 후, 하비는 부모님과 말없이 포옹하고 차에 탔다. 주차장에는 하비 부모님의 차밖에 없었다. 가득 찬 트렁크, 자동차 옷걸이에 걸려 있는 교복들. 더 이상 수도외고생이 아닌 신분으로 수도외고에서 하교하는 그는, 부모님의 차 안에서 흩어지는 창문 밖 풍경을 보며 형언할 수 없는 감정을 다스렸다.

*

"이번 시험은 1학년의 마지막 시험답게 무척 어려운 시험이었다. 아무리 서술형 문제가 전원 만점 처리되었어도 말이다. 그럼에도, 그 한계를 한참 뛰어넘는 결과가 나왔다."

중간에 나가버린 로사를 기다리기 위해 발표를 멈추고, 선진두는 그답지 않게 쓸데없는 말들을 덧붙였다. 스스로 느끼기에도 자신의 말은 힘의 방향을 잃어가고 있었다. 언제나 그렇듯 기대감과 두려움에 차서 성적 발표를 기다리고 있는 눈동자들은, 교실 뒷문을 열고 돌아온 로사에게 잠시 집중되었다가 분산되었다.

"아니, 정확히는 결과 '들'이지. 이번 네 번째 시험에서는, 무려 세 명이 올백을 받고 공동 1등을 차지했다."

와, 하고 아이들은 탄성을 질렀다.

"먼저, 수진희."

진희는 언제나 그렇듯 무심하게, 하지만 평소보다 더 무심하게 성적표를 받아갔다.

"그리고, 민로사."

로사 역시 아무 감정도 느끼지 못했다.

"마지막은…… 아니, 아니다. 자, 자, 그다음 4등 발표하겠다. 다음은……."

선진두는 하려던 말을 삼켰다. 그러나 말하지 않아도 그 주인이 누군지 알겠다는 듯, 몇 아이들은 말없이 빈자리 중 하나를 흘긋거렸다.

*

"자퇴생이에요, 그냥."

하비는 코리안 프라이드 치킨집(KFC)의 문을 열고 나왔다. 앞으로도 자주 가서 치킨을 시켜 먹겠지만, 여전히 학생 세트를 시킬 일은 없을 듯하다. 돈 몇천 원 더 내는 거면 뭐, 교복 벗은 학생, 자퇴생인 내 신분을 숨기는 값으로는 싼 거지.

벌써 해가 져버렸다. 추운 것보다 어두운 것이 더 견디기 힘들었다.

두 시간 남짓을 걸어 하비는 단테가 살던 아파트 단지에 도착했다. 낯설고 허름한 아파트 단지였지만 왠지 모르게 마음이 이끌렸다. 우편함 앞에 선 그는 409호를 찾았다. 4······ 409호. 단테의 아버지는 집에 오랫동안 들어오지 않았는지, 409호 우편함에는 온갖 우편물들이 한가득이었다. 익숙한 수도외고 봉투를 찾는 데에는 꽤 오랜 시간이 걸렸다.

보내는 사람: 선진두, 수도외국어고등학교

받는 사람: 안단테

하비는 준비해 온 핀셋을 사용해 티가 나지 않도록 정교하고 조심스럽게 봉투를 뜯었다. 그리고 가방에서 성적표를 꺼내 단테의 성적표와 바꿔 넣었다. 마무리는 딱풀로 깔끔하게. 봉투를 감쪽같이 다시 붙인 후, 우편함에 넣었다.

이제 됐다, 단테야. 새 성적표를 만드는 게 생각보다 어렵더라. 그래서 내 성적표에 내 이름 지우고 대신 네 이름을 적었어. 이제 치킨집 가자고 해놓고 못 간 거, 어느 정도 갚은 거다. 편히 쉬어.

그렇게 마지막 인사까지 건네자, 환청처럼 들리던 단테의 목소리도 사라져 버렸다. 사라져 버렸다, 완전히.

소음마저 수도외고에 두고 온 것인지, 현관에 들어선 하비는 자신의 집이 이렇게 고요했었나 싶었다. 한때 수도외고에 입학하기 위해 정말 치열하게 공부했던 기억이 되살아났다. 어렸고, 아무것도 몰랐고, 그저 더 높이 올라가기를 원했던 시절. 그는 남아 있는 후회들을 눌러 죽이고, 다시 나아가야 한다고 다짐했다.

하비는 책과 노트를 폈다. 새벽 서너 시까지 그동안 놓쳤던 진도를 따라잡은 후 이 정도면 오늘 할 공부는 다 했다고 느낄 때가 되어서야 그는 노트를 덮었다.

아니, 아니. 자기 전에 결의를 다지기 위해 해야 하는 게 있다. 노트를 다시 열어 한 장을 부욱, 뜯고 무언가를 적는 하비. 그는 수도외고 62기, 아니, 전 세계 동갑내기 수험생들이 가장 탐하는 글귀를 적어 벽에 붙였다.

HARVARD 22학번.

아니, 아니, 아니야. 그는 알파벳 일곱 자를 지우고 새로 적
었다.

HARBIRD 22학번.

하버드 22학번

초판 1쇄 인쇄 2022년 9월 26일
초판 4쇄 발행 2024년 9월 3일

지은이 구하비
펴낸이 김선식

경영총괄이사 김은영
콘텐츠사업2본부장 박현미
콘텐츠사업6팀장 임경섭 **콘텐츠사업6팀** 정지혜, 곽수빈, 조용우, 이한민
마케팅본부장 권장규 **마케팅1팀** 박태준, 오서영, 문서희 **채널팀** 권오권
미디어홍보본부장 정명찬
브랜드관리팀 오수미, 김은지, 이소영, 서가을
뉴미디어팀 김민정, 이지은, 홍수경, 변승주
지식교양팀 이수인, 염아라, 석찬미, 김혜원, 백지은, 박장미, 박주현
편집관리팀 조세현, 김호주, 백설희 **저작권팀** 이슬, 윤제희
재무관리팀 하미선, 윤이경, 김재경, 임혜정, 이슬기, 김주영, 오지수
인사총무팀 강미숙, 지석배, 김혜진, 황종원
제작관리팀 이소현, 김소영, 김진경, 최완규, 이지우, 박예찬
물류관리팀 김형기, 김선민, 주정훈, 김선진, 한유현, 전태연, 양문현, 이민운
외부스태프 디자인 송윤형

펴낸곳 다산북스 **출판등록** 2005년 12월 23일 제313-2005-00277호
주소 경기도 파주시 회동길 490
전화 02-704-1724 **팩스** 02-703-2219
이메일 dasanbooks@dasanbooks.com
홈페이지 www.dasan.group **블로그** blog.naver.com/dasan_books
용지 아이피피 **인쇄·제본** 한영문화사 **코팅 및 후가공** 평창피앤지

ISBN 979-11-306-9397-2 (03810)